小学館文庫

東京輪舞

月村了衛

JN020176

小学館

Бойцы поминают минувшие дни
И битвы, где вместе рубились они.

戦士らは過ぎ去りし日々と、ともに戦ったいくさを思い起こす

アレクサンドル・セルゲエヴィッチ・プーシキン
『オレーグ賢公の歌』

CONTENTS

1976

ロッキードの機影

なんだか廊下の方が騒がしいなとベッドの中で思っていると、六人部屋の病室に突然聞き慣れただみ声が響き渡った。

「君ィ、どうかね、怪我《けが》の具合は」

驚愕《きょうがく》のあまり、砂田修作《すなだしゅうさく》はベッドから飛び上がりそうになった。

この声を知らない日本人はおそらくいまい。

卵形の大きな顔に分厚い唇。せかせかとした足取りで病室に入ってきた声の主は、やはり田中角栄だった。

まさか、そんな――

慌てて起き上がろうとした砂田を、角栄が制止する。

「何をしとる。起きんでいい。怪我人はそのまま寝とれ」

「しかし総理――」

動転しながらも砂田は角栄の背後に視線を走らせる。

すぐ後ろに控えた眼鏡の人物は早坂茂三秘書官。病室の入口近くから眼を光らせているのは警備部警護課のSPだ。

「わしがいいと言っとるんだ、おとなしく寝とったらいい」

「は、はあ……」

砂田はやむなくベッドに戻った。横たわってはいるが、緊張のあまりシーツの上で直立不動の姿勢になっている。

大塚署に配属され、田中邸詰所で勤務していた砂田は、昨夜邸内に侵入しようとした不審者を発見し、これを取り押さえようとして盛大な格闘となった。激しく抵抗する相手をなんとか組み伏せて現行犯逮捕したものの、左足首を骨折してしまい、そのため大塚の東京病院に入院するはめになったというわけである。

不審者の正体は単なる酔っ払いの工員だったのだが、ボクシングの経験があった。思想的政治的背景等は一切なく、雑司が谷のバーで飲んだ挙句、「近くに角栄の家があるから行ってみよう」と押しかけてきたらしい。なにしろ酔った勢いなので、本人は何も覚えていなかったと聴取を担当した同僚から聞かされていた。

「いやあ、君がいてくれんかったら女房や眞紀子の身に何があったか知れたもんじゃない。本当によくやってくれた」

たとえどんないきさつがあろうとも、現職の総理が一介の巡査の見舞いに訪れるなど常識ではあり得ない。想像を絶している。

しかもここは個室ではなく大部屋である。同室の患者や見舞い客達が全員硬直して角栄を凝視していた。

「君のような警察官が体を張ってくれているからこそ、我々政治家も安心して全身全霊、国のために働けるというものだよ。いや、ありがとう」

入庁五年目でしかない砂田の目を見つめて角栄は言った。

なんの衒《てら》いもない、子供のように素直な言葉であった。そして何より、温かい。

平《ヒラ》巡査の見舞いにやって来て、そんな言葉をかけられる。誰よりも繊細でありながら信じ難いまでに天衣無縫。それが『田中角栄』という人物なのだ。

一国の総理に万一の事があってはと、張り詰めた心地で門前に立っていた日々。

黒塗りの公用車で出かける角栄をいつも最敬礼で見送った。

自邸の庭園を娘の眞紀子さんとともに語らいながら散策している姿を遠くから見かけた。父親の話を聞いている眞紀子さんは、普段の快活さを示しながらも、どこか神妙で、また少し緊張しているようでもあった。

そうだ、角栄が池のほとりで見せた笑顔は、天下国家を論ずる国会中継とはまるで異なり、ごく普通の父親らしいものだった――

角栄邸での記憶が胸に去来し、もう何も言えなくなった。

「ゆっくり養生してくれよ、砂田君。なあに、大塚署の署長にはよく言っておくから心配せんでええ」

知ってくれていたのか、立ち番でしかない自分の名前を――

感激する以前に、驚きが大きすぎてどこか他人事《ひとごと》のように感じられた。

病院へ来る前に名前を聞いただけかもしれない。またかねてより、田中角栄は一般の庶民にまで気を配る人だという評判を耳にしてもいた。それでも自分自身が経験することになろうとは思ってもいなかった。

何か答えねばと思ったが、一言も発することができない。

「総理、急ぎませんと」

入ってきたときから周囲を気にしていた早坂秘書官に促され、

「じゃあ砂田君、わしはこれで失敬するよ。くれぐれも大事にな」

そう言い残し、角栄は来たときと同じく、慌ただしく出ていった。

時間にして一分から二分の間。

たったそれだけの時間が、ベッドの上の砂田にはたとえようもなく重く、嬉《うれ》しく、誇らしかった。

昭和四十九年初夏のことだった。

1

昭和五十年、昇進試験に合格し巡査部長となった砂田は、警視庁公安部外事第一課五係に配属された。

初出勤は三月一日の土曜日であった。

「本日付をもちまして配属となった砂田修作です。よろしくお願い申し――」

直接の上司である馬越保《うまこしたもつ》班長に挨拶しようとした途端、大声で命じられた。

「ちょうどいい、おまえ、間組《はざまぐみ》の本社に行ってこい」

「は？」

わけが分からず聞き返そうとすると、馬越警部補は苛立《いらだ》ちを隠そうともせず、

「おまえ、警察官のくせに昨日の事件を知らんのか」

知らないわけがない。昨年八月三十日の三菱重工ビル爆破に始まる連続企業爆破事件が昨夜またも発生した。

二月二十八日午後八時に突発した間組本社と大宮工場の同時爆破である。

「本部じゃ人が足りなくて大騒ぎだそうだ。おまえはすぐに現場の応援に行ってくれ。仕事を覚えるにはちょうどいいだろ」

連続企業爆破事件の捜査では刑事部と公安部の合同態勢が取られている。

仕事を覚えるも何もない。こちらは公安刑事を拝命して初めての出勤なのだ。右も左も分からないと言っていい。

「なにしてんだ、とっとと行け」

それでなくても赤黒い馬越の顔色がさらに濃く剣呑《けんのん》なものになった。

否《いや》も応もない。砂田はその場から回れ右をして所轄署の特別捜査本部に直行した。

出勤初日は間組本社周辺の地取《じどり》（聞き込み）捜査の手伝いで終わった。なんのことはない、単なる刑事部の使い走りである。

翌日も、またその翌日も、命じられた仕事は同じであった。これでは公安部の捜査員になったのか、刑事部の捜査員になったのか分からない。

失望を覚えなかったと言えば嘘《うそ》になる。

こういうとき、砂田は必ずと言っていいほど〈あの人〉のことを想《おも》う。自分などとは比較にもならない、巨大で途方もない喪失感に、今あの人は耐えているに違いないと。

前年の十二月九日、いわゆる『田中金脈問題』批判を受け、田中内閣は総辞職していた。立花隆の執筆した記事「田中角栄研究――その金脈と人脈」が掲載された『文藝春秋』は、砂田も話題になると同時に購入した。読んでいる間中、胸が締めつけられるような息苦しさを感じた。そんな体験は初めてだった。

これは本当なのだろうか。それとも何かの間違いか。

警察組織の末端に身を置いてはいても、この問題に関して砂田の知り得る情報は一般人と大差ない。

政治とは金のかかるものである——それくらいは理解できる。身の回りの人々にも心付けを絶やすことのなかった角栄だ。金のばらまきがあったとしても不思議ではないし、それには当然資金源が必要となる。

いずれにせよ、すべては自分のはるか頭上、雲の上の出来事だ。

砂田の知る田中角栄は、あの日せかせかと病室に入ってきた、愛嬌溢《あいきょうあふ》れる「オヤジさん」のままだった。


三月中旬になって、刑事部の手伝いからようやく解放された。

警視庁庁舎に出勤した砂田は、公安部のフロアに通じる廊下で思いがけず背後から声をかけられた。

「砂田さんじゃありませんか」

懐かしい声だった。

「あっ、阿久津《あくつ》さん」

反射的に応じてから、慌てて言い直した。

「ご無沙汰しております、阿久津課長補佐」

阿久津武彦《たけひこ》は大塚署時代の同僚で、一時は同じ交番で勤務していたこともある。ともに昭和二十二年生まれで、入庁も同じ昭和四十五年。ただしキャリアである阿久津は、警察庁への入庁で、階級は最初から警部補だった。

その後阿久津は、神奈川県警の刑事部に捜査二課長として異動したはずだが――

怪訝《けげん》そうな砂田の顔色を察したのか、阿久津は快活な口調で言った。

「このたび外事一課担当管理官を拝命しまして」

「あっ、そうだったんですか」

まるで知らなかったが、それだけに喜びは大きかった。

管理官ならば、階級は警視か。

「またご一緒できて嬉しいです」

「こちらこそ。砂田さんが公安に引っ張られたって話は聞いてましたから、やっぱりデキる人材は目をつけられるのが早いんだなと」

「よして下さいよ。公安に来て間もない上に、例の連続企業爆破事件、つい最近まであれの手伝いに駆り出されるばっかりで」

「腕の振るいようもなかったたってわけですか」

「腕も何も、こっちはただの新米ですから」

阿久津は親しげな笑みを見せ、

「お互い積もる話もありますし、どうです、近いうちにまた一杯」

「ええ、ぜひ」

それじゃ、と軽く会釈して、阿久津は廊下を去っていった。

その後ろ姿を見送りながら、砂田は胸が少し軽くなったような高揚を覚えていた。入庁した頃から「警察庁の石坂浩二」と呼ばれていた阿久津は、キャリアらしからぬ気さくな人柄で、同年齢ということもあり、大塚署時代は警察の在り方について大いに語り合った仲であった。

青臭いと言えば青臭いが、これからは阿久津の下で働けるのかと思うと、今までの不満が急に払拭されたようにも感じられた。

五月十九日、東アジア反日武装戦線の主要メンバーが一斉に逮捕された。それを以《もっ》て、連続企業爆破事件は一応の終結を見た。

その四日後の夜、砂田は池袋西口の居酒屋『さる清』で阿久津と落ち合った。大塚署時代によく来た馴《な》染《じ》みの店だった。

「久しぶりだなあ、ここに来るのも」

おしぼりで手を拭いながら、阿久津は嬉しそうに店内を見回す。管理官ともなれば、こんな路地裏の店に入る機会も自然と減っていくのだろう。

当時のようにとりあえずビールで乾杯してから、つまみの選択にかかる。厳しい一日を終えた社会人の楽しみだ。

「ウチでも何人か騒いでるのがいますが、あれ、本当ですか」

二、三杯飲んだ後、砂田は意を決して切り出した。

「あれって？」

阿久津が聞き返してくる。こちらが何を言おうとしているか、察している証拠だ。

「連続企業爆破事件ですよ。公安は実行犯の面子《メンツ》をかなり早い段階から特定してたって話……だとすると、刑事部は言うまでもなく、ウチから手伝いに行ってた連中も、ずっと無駄働きをさせられてたってわけじゃないですか」

「僕に聞かなくても、みんな分かってるんでしょう、それくらい」

「そうかもしれませんが……」

コップに残っていたビールを干してから、阿久津は声を潜めて言った。

「犯人グループに気づかれないようにしながら一網打尽にするには、他に手はなかった。結果としてその手法が成功したわけですから、問題ないというのが上の評価です」

「本当にそう思ってるんですか、管理官も」

阿久津は黙った。

「それじゃ刑事部だけでなく、公安の身内まで騙《だま》していたことになる。他に手はなかったたって、それは一網打尽にこだわったからでしょう。言ってみれば単なる派手好みだ。そんなこと、決して――」

「いいわけありませんよね、現場にとっては」

ため息をつくように阿久津が漏らす。

「この件は後々まで警察内部に禍根を残すでしょう。実際、刑事部と公安部の確執はこれまで以上に深刻化している。でもね、今の僕らには何もできない。そうじゃありませんか」

今度は砂田が黙る番だった。

「これをなんとかしようと思ったら、少しずつでも僕らが力をつけていくしかない。またそうしなければ、近い将来、警察は取り返しのつかない道を歩むことになる。だからこそ、今は黙って力を蓄えるしかないんですよ」

大塚署の頃と少しも変わらず、阿久津は熱く雄弁だった。

砂田は黙って瓶を取り上げ、上司となったかつての同僚のコップにビールを注いだ。

「飲みましょう、管理官。今夜はとことん付き合ってもらいますよ」

「望むところです」

警察庁の石坂浩二は、爽やかに微笑《ほほえ》んでコップを取った。

2

発端はアメリカ議会上院チャーチ委員会に持ち込まれた一箱の段ボールだった。

ロッキード社の監査法人であるアーサー・ヤング会計事務所が誤って発送したものらしい。

その中から発見された極秘文書に、ロッキード社が日本政府高官に対し大規模な政界工作を行なっていたという記述があった。

年が明けた昭和五十一年二月五日、朝日新聞の朝刊に「ロッキード社　丸紅・児玉氏へ資金」の見出しとともに特ダネ扱いの記事が掲載された。

以降、『ロッキード事件』はマスコミ各社に連日大きく取り上げられ、日本中を席巻した。ロッキード社の航空機売り込みに関して「黒いピーナッツ」、すなわち賄賂を受け取っていた「灰色高官」は果たして誰か。

砂田もまた興味津々で事件の成り行きを眺めていた。

公安の最上層部がなにやら不穏な動きをしているらしいという噂《うわさ》もあったが、少なくとも警視クラスは何も把握していないようだった。ましてや砂田のような末端の捜査員にはなんの情報も流れてこない。まったくの傍観者である。

七月二十六日。スパイ事案との関連が疑われるオランダ人貿易商の基礎調査を終えて帰庁した砂田は、自席で大あくびをしながら安物の腕時計を見た。午前零時近かった。

公安における基本的な仕事にもやっと慣れてきた頃だった。

いいかげん上がりにするか──

椅子から立ち上がったとき、五係の先輩である矢島《やじま》が顔色を変えて駆け込んできた。

「角栄逮捕だ！」

矢島の叫びを、砂田はすぐには理解できなかった。

何を言ってるんだ、この人は──？

矢島は立ち止まって息を吸い込み、再び大声で叫んだ。

「検察にやられた！　連中、田中角栄を逮捕する気だ！」

［田中前首相を逮捕］

翌《あく》る七月二十七日。新聞各紙の号外や夕刊にはほぼ一言一句違《たが》わぬ大見出しが打たれていた。

前夜に矢島のもたらした情報通り、地検特捜部は早朝田中角栄邸に向かい「受託収賄罪」と「外国為替及び外国貿易管理法違反」の容疑で任意同行を求めた。

実名を挙げてはいなかったが、朝刊で角栄逮捕の可能性をほのめかしていたのは毎日新聞だけだった。検察はそれほどまでに保秘を徹底して事を進めていたのだ。

仕事の合間に入った新橋の大衆食堂で、砂田は息が詰まる思いで各紙の記事を読み込んだ。元首相が逮捕される。国民にとって、これほど衝撃的な事件があるだろうか。しかも逮捕されたのは極貧の中から這《は》い上がった経歴ゆえ〈今太閤〉と持てはやされ、多くの人に愛されたあの田中角栄なのだ。

到底信じられなかった。だが、これは現実だ。

カウンターの上に置かれた映りの悪い小型テレビも、入店したときから同じニュースを繰り返し流している。

「砂田、行くぞ」

ショートピースを吹かしながらテレビを眺めていた先輩刑事の逢沢《あいざわ》が、短くなった煙草《たばこ》を灰皿に押し付けて立ち上がった。

「あっ、はい」

その日砂田は、逢沢と組んで内偵中であるオランダ人貿易商の取引先を当たっていた。不審な点はどこにもなく、予想された通りオランダ人はスパイ事案とは無関係である可能性が濃厚となった。

調査が意外と早く終わったので、逢沢が一服していこうと言い出した。彼もまた、角栄逮捕に関する報道が大いに気になっていたのだ。

新聞を畳んでレジ横のラックに戻し、砂田は慌てて先輩の後を追った。

ロッキード事件の捜査は地検特捜部が主軸であり、警察では捜査二課が担当している。公安には公安の仕事があり、他にどんな重大事件が起こっていようと関係はない。

店の外はすっかり暗くなっていた。新橋駅前のネオンも、心なしか普段より光を失っているようだった。

蒸し暑い風が吹きつけ、駅前に散らばっていた「角栄逮捕」の号外が砂田の足許《あしもと》をかすめて飛び去った。


田中角栄の逮捕から一週間後の八月三日、馬越班のメンバーは西新宿の寂れた雑居ビル内に設けられた〈分室〉に集められた。

分室とは、公安部が極秘裏に〈業務〉、すなわち捜査活動を進める際の拠点であり、多くは一般の会社や事務所を装っている。西新宿の分室は、『イースタン・カンパニー』という業種すら定かでない社名をカモフラージュとして掲げていた。

馬越班に所属する十二人の捜査員は、目立たぬよう細心の注意を払い、それぞれ時間をずらして集まってきた。会議室では、馬越班長の他に阿久津管理官も列席して待っていた。

阿久津までいるのを見て、砂田は少なからず驚いた。

国際スパイ事案をも担当する外事一課の主戦場は、言わば社会の〈裏〉である。その最前線とも言うべき分室に、〈表〉の管理官が足を運ぶことなどあり得ないと聞いていたからだ。

だがその驚きを顔には出さず、上座の二人に目礼して末席に座る。

全員が集合したことを確認すると、馬越は紙製のファイルケースを配布した。有名メーカーのごく一般的な製品だが、許可が出るまで開封することは許されない。

「開けてよし」

馬越の許可を待って、全員同時に中身を取り出す。外国人男性の写真数葉と彼の経歴を記した英語の資料が入っていた。

砂田は素早くそれらに目を走らせる。

写真の外国人はヘンリー・ワイズ。アメリカ国籍。年齢は五十一歳。痩せ型の長身。細長い顔。丸眼鏡。髪はダークブラウン。

馬越が一同に向かい、

「ヘンリー・ワイズ。五十一歳。元ロッキード社の社員だ。現在は日本に潜伏中らしい。来日の目的等は不明。この男を捜し出して確保する。容疑は発見時の状況に応じて検討することとする」

元ロッキード社の社員。するとこれは、ロッキード事件に関する業務なのか。

しかしなぜ公安が——班長と管理官以外の全員が首を傾《かし》げる。

「CIAから調査依頼があった。はっきり言やあ、CIAの下請け仕事だ」

先回りするように馬越が言った。

公安がCIAからの要請で動くことは決して珍しくはない。逆に公安からCIAに依頼する案件も多い。要するに持ちつ持たれつの関係だ。しかし厳密にフィフティ・フィフティであるとはとても言えない。力関係としては常にCIA、つまりアメリカが上位にあるからだ。

「CIAの下請けはいいとして、ロッキード絡みなら自分達でやりそうなもんじゃないですか。あれはアメリカの議会でも問題になってるはずだ。なのにどうしてウチなんかに出すんでしょう」

捜査員の笹倉《ささくら》が発言する。

分室でのミーティングは正式な捜査会議ではない。時間の無駄を省くためにも、率直な意見交換が慣習となっていた。

「知らん」

苦虫をまとめて嚙《か》み潰したような顔で、馬越が率直すぎる回答をよこした。

「例によって説明はナシで仕事だけ押し付けてきやがった。こっちが聞きたいくらいだよ」

「ロッキード事件との関連は」

矢島の突っ込みに、馬越はまたもそっけなく、

「それも分からん。ま、普通に考えれば関連がないはずはないんだが、だとすれば日本側に任せる意味が分からん」

「それにしても、このワイズって男、何者なんですか」

馬越の近くに座っていた柿本《かきもと》というベテラン捜査員が訊《き》いた。班長の馬越よりも三つ年上であるという。

「だからロッキードの元社員だって言ってるだろう。資料にある以上のことは一切不明だ。それを解明することも今回の仕事のうちだと思ってくれ」

つまり馬越は、できればアメリカが隠そうとしている事情まで洗い出せと言っているのだ。それを把握することができれば、ＣＩＡに対して有利な取引材料となるかもしれない。情報機関特有のロジックであり、発想である。

「皆さんも知っての通り、田中元総理の逮捕によってロッキード事件は過熱の一途を辿《たど》っています」

それまで黙っていた阿久津が口を開いた。

「この案件は先々どう転ぶか、現段階では想像もできません。それだけに業務にはくれぐれも慎重を期して頂きたい。万一ロッキード事件に直接関わってくるようであれば、政局に大きな影響を与えかねない。その場合、事が大きすぎて我々だけでは処理し切れない事態となる可能性もありますので」

管理官が同席していた意味を全員が理解したようだった。

これではまるで、闇の中で爆弾を手探りで探すようなものだ。それは破滅に至る核爆弾かもしれないし、見かけ倒しの不発弾かもしれない。

見つけ出すまで中身が分からないというのもタチが悪い――

最後に阿久津が大まかな方針を指示し、馬越が全員の分担を決めた。

新人である砂田は、逢沢の助手として資料に書かれている事項の確認に当たることとなった。

来たときと同様、砂田は他の捜査員と間隔を空けて分室を退出した。

背中に途轍《とてつ》もなく重い荷物を背負わされたような気分であった。新宿駅に向かって歩きながらも、足取りは自《おの》ずと重くなる。阿久津も言っていた通り、この事案はただでさえ窮地にある角栄の首を、さらに締め上げるような結果となる危険をはらんでいる。

それでなくても世間は角栄叩《たた》き一色である。角栄が有罪なのか無罪なのかは別として――いや、たとえ有罪であったとしても――自分までそんな風潮に荷担する気にはなれなかった。

だが任務は任務だ。警察官である限り、個人の感情とは関係なく、与えられた任務は全力で遂行せねばならない。

それにしても、と砂田は思う。

こいつはどうにも得体の知れない話じゃないか――

翌日は逢沢から九時に分室へ来いと言われていたので、パチンコ店『新宿メトロ会館』の二階にある純喫茶『珈琲西武』に入った。ステンドグラス風照明の真下の席でモーニングセットを注文する。

運ばれてきたコーヒーを一口飲んでから横の椅子に目を遣ると、前の客が残していったと覚《おぼ》しき新聞があった。七月三十一日付の古新聞だった。

一面は当然の如《ごと》くロッキード事件だ。情報はすでに古い。それでもトーストを頬張りながら読む。

［日本共産党が『自由と民主主義の宣言』を採択］という記事が目に入った。公安ではマスコミに出る前から把握していた内容だ。

時代の流れを考えれば妥当なところだと思う。高度経済成長を通り過ぎた今の日本人には、ソ連のような共産主義国家の在り方など受け入れられるはずもない。あさま山荘事件を経た後ではなおさらだ。一部の過激派を除き、革命の夢など誰も見ない。共産党も生き延びるために必死なのだ。

公安もこれからどうなっていくのだろう――

ゆっくりと時間をかけてコーヒーを飲み終えた砂田は、九時十分前に分室へと入った。

「早かったな。もっとゆっくりしてくりゃいいのに」

逢沢が涼しい顔で言った。

彼はすでにロッキード本社をはじめとする関連施設の電話番号を調べ上げていた。それくらいの基礎資料はさすがに公安でも用意しているし、容易に入手できる。

「ところでおまえ、英語の方もなかなかいけるんだってな」

「先輩方ほどじゃないですよ」

謙遜しつつ相手を持ち上げると、逢沢はにやにやしながら言った。

「じゃあ、その英語力を見せてもらうとするか。時差を考えると、アメリカじゃまだ仕事中のはずだ」

机上の電話機を差し出してくる。

砂田にかけろと言っているのだ。いきなり新人には荷の重い仕事を押し付けられた。

ここで泣き言を言うわけにはいかない。肝を据えて受話器を取り上げ、国際電信電話株式会社に電話する。交換台経由で、ロッキード本社の人事課につないでもらった。

やがて年配の女性らしい担当者が応答した。英語で実在の人材マネジメント企業社員を名乗り、元社員ヘンリー・ワイズの退職理由や現住所について問い合わせる。

〈ワイズのスペルはW・I・S・Eで間違いありませんか〉

「はい、間違いありません」

〈年齢は五十一歳、退職時期は昨年の八月。退職時の役職は国際第二営業部第四課のサブ・マネージャー〉

「その通りです」

昨日渡された資料を再確認してから答える。

〈申しわけありませんが、それらしい人物が当社に在籍した形跡はありません〉

「えっ？」

　自分達の通話をヘッドホンで聴いている逢沢と顔を見合わせる。

「そんなはずは……」

〈もしかしたら支社か営業所とお間違えになっているのでは〉

「そうかもしれません」

〈少々お待ち下さい〉

　五分近く待たされた後、再び担当の女性が出た。

〈お待たせしました。調べてみましたが、やはり該当する人物は見当たりませんでした〉

「本当ですか」

〈ええ。御社は人材のマネジメントや仲介をしておられるのでしたわよね？〉

「はい」

〈失礼ですけど、ヘンリー・ワイズと名乗る御社の顧客は経歴を詐称しておられるのでは？　再就職を少しでも有利にしようと、当社のような企業を経歴欄に付け加える人は決して少なくありませんからね〉

「そうかもしれません……ありがとうございました」

　呆然《ぼうぜん》として電話を切る。

　念のためロッキード社の主な支社や営業所、関連企業等にも電話してみる。

　結果はいずこも同じであった。

「どうなってやがんだ」

頭からヘッドホンをむしり取って逢沢が叫ぶ。

「CIAがよこした情報じゃなかったのか。それが初手からデタラメだなんて。一体俺達にどうしろって言うんだ」

「待って下さい、逢沢さん」

砂田は考え込みながら言う。

「いくらなんでも、調べればすぐに分かるようなデタラメをCIAがこっちに投げてくるなんて、そんなことあり得ますか」

「少なくとも、この世界ではない話じゃない。それだけ日本はナメられてるってことだよ、アメリカさんに」

「考えられる可能性は三つです。一つは、ロッキード社が嘘をついている可能性」

「さっきのおばちゃんはそんな感じじゃなかったぞ」

「記録がすでに廃棄されていて、人事課では確認できないのかもしれません」

「まあいい。それで二つめは」

「CIAが本当に知らなかった可能性」

「三つめは」

「CIAがデタラメと知りながらウチに投げてきた可能性です。いずれの場合も、その理由はヘンリー・ワイズ——この男が実在するとして、ですが——彼の抱えている秘密に関わっていると推測されます」

逢沢はまじまじと砂田を見つめ、次いで大きなため息をついた。

「覚悟はしてたが、思ってた以上に厄介なネタらしいな、こいつは」おもむろに立ち上がり、ドアの方へと向かう。「班長に知らせてくる」

その背中を見つめながら考えた。

ヘンリー・ワイズとは何者なのか。

なぜわざわざロッキード事件の渦中にある日本に入国し、且《か》つ行方をくらませたのか。

アメリカは、自分達に何をやらせたいのか。

分からない。だが、一つだけはっきりと身に染みて分かったことがある。

そうした疑問が猥雑《わいざつ》に混じり合い、奇怪な様相を呈している——それが「公安」の日常であり、「外事」の顔だということだ。

3

各々業務に飛び回っていた馬越班の全捜査員が招集され、午前十一時、分室で急遽《きゆうきよ》ミーティングが行なわれた。さすがに阿久津管理官は顔を見せていない。

「つまり、この資料に書かれているヘンリー・ワイズの情報はまるっきり役に立たんというわけだ」

班長の馬越はいまいましげに英語で記された書類を放り出し、

「課長からCIAに問い合わせてもらった。するとどうだ、向こうさんは『資料に間違いはない、オーダーは続行』と来たもんだ」

仮にCIAの言うことが正しいとすれば、やはりロッキード社が〈ヘンリー・ワイズ〉なる人物の存在を隠蔽しようとしているということになる。どう考えても普通ではない。

「これはもう単なる人捜しではあり得ない。ワイズは何かとんでもないネタを握ってる。それもロッキード絡みの大ネタだ。CIAが何を考えてるか知らんが、ウチとしてはとことんまでやる」

馬越は俄然《がぜん》やる気になったようだ。

馬越班の面々も、昨日より格段に鋭い顔つきで自分達の指揮官を注視している。

「資料にある情報が使えないとなった今、オペレーションの方針はゼロから練り直しということになる」

「退職時期や部署名まで判明しているわけですから、ワイズが社員だったかどうか、現地で調べればすぐに分かるんじゃないでしょうか」

今回も真っ先に発言したのは笹倉だった。のっぺりとして目立たない、典型的な〈公安顔〉をした男だ。

「それができたら苦労はないよ」ベテランの柿本が応じる。「捜査員を派遣するわけにもいかんし、内調（内閣調査室）に頼むこともできん。そんなことをすりゃあ、ただでさえロッキードで大騒ぎしている霞が関や永田町からどんなバケモノが飛び出してくるか知れたもんじゃない」

捜査員達が黙り込む。

現総理の三木武夫は二月、フォード大統領にアメリカ側の資料提供を求める親書を独断で発送したほか、三月には密使平沢和重をキッシンジャー国務長官と会談させてやはりアメリカの資料提供を促している。これに対し「ロッキード事件を政争の具にするものである」として自民党の椎名悦三郎副総裁と田中派が反発、いわゆる「三木おろし」が始まった。一旦は終息したかに見えたこの動きが、七月の田中角栄逮捕により再び活発化していた。

迂闊《うかつ》な動きをしてそんな状況に巻き込まれでもしたら、公安どころか警察全体が面倒なことになるのは目に見えている。

「そもそもがだ、それくらいは百も承知だからこそ、CIAも外注に出したんだろ。裏に何があるにせよ、つまるところ国内でワイズを確保するしかないってわけだ」

それもまた首肯できる意見であった。

「入管の記録では、ヘンリー・ワイズは確かに日本に入国しています」

矢島だった。全員が驚いて視線を向ける。偽名ではなかったのか。

「いつだ」

馬越の問いに、矢島は即答した。

「七月二十六日です」

「角栄逮捕の前日だな」

髭《ひげ》の伸びてきた顎をさすりながら馬越が呻《うめ》く。

その日付に意味はあるのか。砂田には見当もつかない。

「また年齢等の記録もＣＩＡの資料にあった通りです」

いよいよわけが分からない。

「まあいい。こうなったらウチはいつもの手法でやらせてもらうまでだ」

班長はテーブルに置かれたワイズの写真を指で叩き、

「名前と面が割れてるんだ。やりようはいくらでもある。ただし元ロッキードの社員だなんて一言も口にするんじゃないぞ。ネタ元が知ってたら、初めて聞くような間抜け面でも見せてやれ。それと検察には勘づかれんよう注意しろ。奴《やつ》ら、ロッキードと名がつきゃ全部てめえらの縄張りみたいに思ってやがるからな。ウチが動いてることに気づいたらどんな横槍《よこやり》を入れてくるか分からんぞ」

全員が無言で頷《うなず》いた。

馬越の言う「いつもの手法」。基本的に外事の捜査員はＳ《エス》と呼ばれる捜査協力者を〈獲得〉し、彼らを〈運営〉しつつ情報を得る。しかし馬越班の場合は、捜査一課の伝統的な事件捜査の手法や、捜査二課の知能犯捜査の手法をも臨機応変に採り入れている点に特徴があった。

「柿本さんはな、元捜二（捜査二課）なんだよ」

夜の銀座通りを歩きながら、逢沢はそう教えてくれた。

「だから頭の切れる詐欺師や仕手集団の絡む経済事案に強い。班長の懐刀、参謀役と言ったところだ」

「へええ……」

柿本の冴《さ》えない風貌を思い出し、砂田は意外の感に打たれた。

「矢島は班長が捜一（捜査一課）から引っ張ったんだ。足で稼ぐタイプだな」

それはなんとなく察しがついた。『太陽にほえろ！』など、テレビ局がゴールデンタイムに競って放映している刑事ドラマに必ず一人はいそうな、いかにも刑事といった面構えだ。そういう強面《こわもて》の刑事は実際の捜査一課や所轄署にも結構いる。

「それで、おまえさんの特技はなんだい」

「え、自分ですか」

いきなり話を振られて困惑した。

「さあ、公安を希望したのは確かですけど、特技なんて、別に……」

「なんでハム（公安部）を希望したんだい」

すかさず突っ込まれた。

公安部を経験することは警察官の出世コースの一つとされている。希望が通れば儲《もう》けものくらいに考えていたのだが、さすがにそのまま口にするのはためらわれた。

「まあいいさ」

欠けた前歯の間にショートピースを挟んだまま、逢沢は狐のようにきゅっと笑った。何事にも冷笑的でありながらどこか人懐こい、この男特有の笑いであった。

「逢沢さんは」

思い切って訊いてみると、逢沢はあっさりと答えてくれた。

「俺か、俺はね、これなんだよ」

逢沢は片手で酒を呷《あお》る仕草をしてみせた。

「なんですか、それ」

「すぐに分かるよ」

やがて目的の店に着いた。通りに面したビルの二階に入っている『青い枝』という会員制のクラブだ。

「よう」

「あ、これは加藤《かとう》さん、お久しぶりで」

「あいつ、来てる?」

「はい、先ほどからお待ちになっておられます」

店のボーイは逢沢の顔を見るなり愛想笑いを浮かべて言った。この店では〈加藤〉と呼ばれているらしい。

「どうぞ、こちらへ」

ボーイに従って歩きながら、逢沢は英語で砂田に囁《ささや》いた。

「俺はね、銀座や六本木では外国人専門のトップ屋ってことになってんだ。実際に加藤の名で英字新聞の囲み記事も書いてる」

「ほんとですか」

「ああ。もっとも最近じゃルポライターって言うようになったけどね」

ボーイは逢沢と砂田を半個室のようになったブースへと案内した。

「どうぞ、ごゆっくり」

中では三十代半ばと思われる白人が上機嫌で水割りのグラスを傾けている。

「よう、ランディ」

「遅いぞ、加藤」

二人は互いに英語で呼びかけながら親しげに抱擁する。

ランディと呼ばれた男の左右にはホステスがついていたが、男の目配せで別のテーブルへと去った。

逢沢は白人の向かいに腰を下ろし、

「こいつは俺の後輩で宮田《みやた》、こっちはフェルドマン投資信託のランディ・フェルドマンだ」

「よろしく、宮田」

「こちらこそ」

フェルドマンの差し出してきた大きな手を握り返し、砂田は逢沢の隣に座る。〈宮田〉という偽名を勝手に付けられた。忘れないようにしなければ。

「ランディはなかなかのやり手でな、アメリカ人ビジネスマンのコミュニティでは結構な顔だ。それだけじゃないぞ、あっちの方もとんでもないやり手なんだ」

逢沢がおだてると、フェルドマンはいかにも好色そうな笑みを浮かべ、

「日本のレディ達を待たせるのは失礼だ。仕事の話を先に片づけよう」

「そうだな」

逢沢はヘンリー・ワイズの写真を取り出してフェルドマンに渡す。

「こいつは？」

怪訝そうなフェルドマンに、

「ヘンリー・ワイズというビジネスマンだ。日本にいるらしい」

「君のことだ。金になるんだろうな？」

「もちろん」

「詳しく話してくれ」

フェルドマンはすぐに食いついてきた。いつも二人でこういう密談を交わしているのだろう。

「某大企業のコンサルタント会社から仕事を請け負ったという情報がある。どうやら秘密裏に日本での提携先を捜しているらしい。今はそこまでしか言えない」

「なぜだ」

「情報を嗅ぎつけた奴が他にもいる。それでなんとか先に契約しようと競合する各社がこいつを捜してるってわけだ。ワイズは警戒して身を隠しちまった」

「分かった。こいつを見つければいいわけだな。それで俺の取り分は」

「いつもの通りさ」

「もう少しなんとかならないか。実はこの店の払いが溜《た》まっててね」

「分かった。無事契約にこぎつけたときはマージンに色をつけてもらえるよう交渉してみる」

フェルドマンは破顔してグラスを掲げた。

「我々のビジネスに乾杯だ」

「俺達の友情にも」

逢沢が笑みを浮かべてグラスを合わせる。砂田も慌ててそれにならった。

それから女の子達をテーブルに集めて一時間ばかり飲んでから、逢沢と砂田はフェルドマンを残して店を出た。

「つまり、あのフェルドマンという男が逢沢さんのSというわけですね」

歩きながら話しかけると、逢沢は新しいショートピースをくわえながらまたも狐のように笑った。

「Sというほど緊密な間柄じゃないが、まあそんなもんだ」

Sを獲得、運営するには「基礎調査」「接触」等の複雑な段階を経てから警察庁警備局警備企画課に登録しなければならない。逢沢はそんな面倒を避けたのだ。馬越班だからこそ黙認されている〈手法〉なのだろう。

「ああいう緩い関係の相手が他に何人もいる。そいつらと飲み歩くのが俺の仕事ってわけ」

ともなげに言っているが、そこまでの信用を得るには相当な時間と労力がかかっているに違いない。それに経費も。

「だが、実を言うとそろそろ潮時じゃないかって気がしてるんだ」

「潮時？」

「ＣＩＡやＫＧＢが俺の正体を把握していないはずはない。今はまだ放置してくれてるが、痛い目を見る前にそろそろ別の顔を用意しとかないとな」

「はあ」

砂田には間抜けな相槌《あいづち》しか打てなかった。外事としての皮膚感覚がまだまだ逢沢のようには身についていないせいだと密《ひそ》かに恥じる。

己の未熟を歯がゆく思う一方で、そんな感覚に慣れてしまうのが怖くもあった。名前を変え、身許《みもと》を偽り、自己と他人を欺き続ける。そんな外事に身も心も染まり切ってしまえば、二度と普通の暮らしに戻れないような気がしたからだ。

「それでな、おまえさんには俺の後を継いでもらいたいと思ってるんだ、宮田さんよ」

思わず逢沢を振り向いた。

「俺もいいかげん警察なんかとは縁を切りたいしな」

煙を吐きながら呟《つぶや》く逢沢の横顔からは、感慨めいたものは何も読み取れなかった。『警察と縁を切りたい』。それは逢沢が二言めには口にするお決まりの文句で、到底本心とは思えない。

「おまえ、酒は強いだろう」

「え、まあ、はい」

「それも立派な特技だよ」

「そんなもんでしょうか」

「そうさ。単純なだけに役に立つぞ、その特技は。俺はもうだいぶ弱くなっちまった。やっぱり潮時なんだろうなあ」

自分が公安、しかも外事に引っ張られた理由はそんな単純なことではないだろうと思ったが、他に思い当たる節もないので黙っていた。

その夜はさらに三軒の店を回って五人の外国人と会い、同様の会話を交わして解散となった。砂田にとっては、新人ルポライター〈宮田〉となって逢沢の手法を間近で学んだ印象深い一夜であった。


八月十六日、田中角栄は東京地検により起訴された。翌日、角栄は二億円もの保釈金を払い目白台の私邸へ戻っている。

そして二十日に佐藤孝行元運輸政務次官、二十一日に橋本登美三郎元運輸大臣が逮捕された。まさに日本中が「ロッキードの夏」のまっただ中にあると言ってよかった。

八月二十二日、砂田は逢沢と赤坂プリンスホテル一階のバー『ナポレオン』で在日米人親睦会の理事と話した。経済誌の取材を装った聞き込みであったが、めぼしい収穫はなかった。落胆をまったく顔に出すことなく理事と別れた二人は、無言で正面出入口に向かった。

ロビーを横切っていたとき、口髭を蓄えた背の低い白人がさりげなく近づいてきた。こちらは接触する前から気づいている。

「ルポライターの加藤さんですね」

英語で話しかけてきた相手に、逢沢が怪訝そうな態度を装って応じる。

「そうですけど？」

「私はガルフオイルの専属調査員でアルバート・カーティスという者です。よろしければ、少しお話しできませんか」

よろしければ、と口にしながら男には有無を言わせぬ気配があった。

ガルフオイル。アメリカの石油メジャーだ。

その調査員がどうして自分達に――

砂田は身を固くして逢沢の反応を待った。

「ガルフオイルの調査員ですか。そいつは凄《すご》い」

逢沢は大仰に目を見開いて、

「さぞかし上物のネタをお持ちなんでしょうな」

「いえ、むしろ加藤さんがお持ちの情報の方に興味がありまして」

丁寧な口調のカーティスに、

「石油メジャーがフリーのルポライターに投資の相談でもなさるおつもりですか」

「まあ、そんなところです。詳しくはどこか別の場所で」

「では、あっちのバーにしましょう」

すかさず逢沢は出てきたばかりの店を指定した。相手の指定する場所へ不用意に同行したりすれば、どんな危険が待ち受けているか分からないからだろう。

「結構です」

二人は肩を並べてバー『ナポレオン』に向かう。砂田も当然逢沢の後ろに従った。

席について注文を済ませてから、逢沢はおもむろに切り出した。

「ところでカーティスさん、あんたが本当にガルフオイルの調査員だという証拠は」

カーティスは懐からカードとメモを取り出し、逢沢へ差し出した。

「どうぞ」

砂田も逢沢の横から視線を走らせる。カードは写真入りの社員証だった。メモの方には電話番号らしい数字がいくつか書き付けてある。

「そのメモはどうぞお持ち下さい。日本支社や本社、それに調査部の番号です。社員証が本物かどうか、確認に必要でしょう」

「またずいぶんと用意がいいですな」

逢沢の皮肉に、カーティスはにこやかに応じる。

「加藤さんは用心深い方だと伺っておりますので」

カーティスは〈加藤〉の正体を知っているのだろうか——

「これはお返ししときましょう」

逢沢は社員証と一緒にメモを押し返し、

「ガルフオイルの番号ならこちらですぐに調べられますから」

偽の番号をつかまされるのを警戒しているのだ。

「そうですか」

カーティスはこだわることなく社員証とメモを懐に戻し、

「早速ですが、あなたはヘンリー・ワイズという男を捜しているそうですね」

前置き抜きでいきなり来た。

砂田は緊張を隠しつつ逢沢とカーティスの会話――いや、攻防か――を見守るしかない。

「それが何か？」

「理由をお聞かせ願えませんか」

「待って下さいよ。初対面のあなたからそんなことを訊かれましてもねえ。こちらとしてはちょっと……」

「加藤さんはとぼけ方も一流だと聞いております」

「参ったな。褒められてんだか、貶《けな》されてんだか分かりませんな」

「どちらかと言うと前者ですよ」

石油メジャーの調査員を名乗る男は、隙のない微笑みを絶やさず逢沢を見据え、

「少なくともヘンリー・ワイズの身許はご承知ということですね」

「否定はしません」

何食わぬ顔で答える逢沢に、砂田は内心の驚きを隠すだけで精一杯だった。

とんでもないハッタリだ——

カーティスは小さく息を吐き、

「これからお話しすることはご内密にお願いします」

「もちろん」

「弊社のある社員が、ワイズと不自然な接触を繰り返していた。私どもとしては、当然背任を疑わざるを得ないケースでした。そこで内部調査を開始した矢先、彼は自宅で自殺してしまいました。一方のワイズは、ロッキードを退職して日本に向かい、そのまま行方をくらませたというわけです」

「背任とは具体的にどんな？」

「次はあなたの番ですよ、加藤さん」

「おっと失礼」

逢沢はおどけたように肩をすくめ、

「実はワイズが何かとんでもないネタの売り込み先を探しているという噂を耳にしましてね、あたしならその売り込み先を紹介できるんじゃないかと思いまして」

「そのマージン目当てでワイズを捜している、と」

「そういうことです」

呆《あき》れるしかなかった。

逢沢はなんの情報も持っていないにもかかわらず、絶妙としか言いようのない間合いで相手の話に合わせている。

「では、一つ提案させて下さい。ワイズの行方についてあなたがなんらかの情報を得た場合、最初に私に連絡して頂きたい。その場合、あなたには当社より充分な謝礼をお支払い致します」

「お断りした場合は」

「ワイズの共犯者としてアメリカと日本の司法当局に告訴します」

「ほう。しかし現状では起訴されない可能性の方が高いと思いますが」

「私もそう思います。しかし、あなたは当面厄介な立場に置かれることになる。それだけで充分な効果があるんじゃないですか」

「ありますよ。叩けば埃《ほこり》の出る身ですから」

逢沢はカーティスに向かって掌《てのひら》を差し出した。

怪訝そうな表情を浮かべた相手に、

「さきほどのメモ、やっぱりお預かりしときましょう。連絡先が必要になりそうですから」

カーティスは満足げに笑い、メモを取り出しながら立ち上がった。

「ビジネス成立というわけですね」

「ええ。お互いうまくやれるといいですな」

逢沢と握手を交わし、カーティスは束《つか》の間《ま》の飲み代にしては多すぎる紙幣を残して去っていった。

その姿が完全に見えなくなってから、逢沢は片手につかんだメモを握り潰した。

「あっ」砂田は驚いて顔を上げる。「いいんですか」

「必要ない。本物だ。奴も、この番号も」

「しかし……」

「大丈夫だよ。番号はもう覚えた」

逢沢はいつもの笑みを浮かべ、

「奴は俺の正体を知らない。それだけは確かだ。ＣＩＡやどっかの機関員ならこんな回りくどいことはしねえよ」

「じゃあ、今の話は」

「本当かもしれないし、嘘かもしれない。だが少なくともガルフオイルがこの件に興味を持ってるってのは確からしいな」

「どうしてアメリカの石油メジャーが」

「そこまでは分からんよ」

そう言いながら逢沢が片手を上げる。

すぐにやってきたウエイターにカーティスの紙幣を渡し、

「勘定だ……あ、領収書お願いします。宛名は『加藤』で」

4

「この上さらにガルフオイルの調査員か」

西新宿の分室で、馬越は眉間に皺《しわ》を寄せて呻いた。

逢沢と砂田の前に、他の捜査員達がそれぞれ〈ヘンリー・ワイズ〉を巡る右翼、経済ゴロ、暴力団関係者等の不審な動きを報告している。

一体何がどうなっているのか。

情報を総合すればするほど、事態の全貌は見えなくなる一方だ。

ガルフオイルもワイズをロッキードの元社員だと認識していることは判明したが、それだけである。

「他にもワイズを追ってる連中がいるってことがはっきりしたんだ。こうなったらとにかくこっちが先にワイズのガラ（身柄）を押さえるしかない」

馬越はしかめっ面で砂田達に命じた――引き続きワイズの確保に全力を挙げよと。

捜査に進展の見られぬまま八月が終わり九月になったが、暑さは依然として続いていた。

東池袋に借りた安アパートで休んでいた砂田は、疲労による倦怠《けんたい》感に輾転《てんてん》した挙句、少し前の雑誌を手に取った。

忙しさにかまけて買ったきり放り出していた雑誌であった。勾留中の角栄のスクープ写真がグラビアを飾っている。望遠レンズが捉《とら》えた、拘置所の中庭で壁際に立つ角栄の盗撮写真。わずかに覗《のぞ》くその横顔からは、〈塀の中の人〉となっていた元総理の胸中など窺《うかが》うべくもなかった。

相変わらず公安、しかも外事の末端にはなんの情報も流れてこない。

マスコミの報道に接するたび、砂田は複雑な感慨を抱くばかりであった。

二億円という保釈金の額は、砂田に想像できるものではない。

壊れかけた扇風機はあるが、冷房のない室内はやたらと蒸した。汗で湿った布団に身を投げ出し、ぼんやりと思い出す。

国会図書館の中にある立法考査局という調査部門の職員を別の事件で聴取したときに聞いた話だ。

自民党の議員は調べ物があると役人に任せることがほとんどなのに、角栄だけは自ら足を運んで熱心に本を調べたり、若手調査員に親しく声をかけて質問したりしていたという。

そんな総理大臣は他にはいない。またこれからも現われることはないだろう。

たとえ汚れた金を受け取っていたとしても、角栄が己の政務に全力で取り組んでいたことだけは信じられる。

しかしそう考えると、砂田はますますやりきれぬ想いに囚《とら》われるのであった。

九月六日、函館空港にソ連軍戦闘機ミグ25が強行着陸した。パイロットのヴィクトル・イヴァーノヴィッチ・ベレンコ中尉は、アメリカへの亡命を希望していた。

ソ連の最新鋭戦闘機となれば素人考えでも最高機密である。日本中が騒然となった。さすがに公安にはマスコミで報道されている以上の情報が集まっており、一時は砂田ら若手が緊急招集されるなど緊張が高まったが、結局遊軍捜査員の出番はないままうやむやに終わった。

機体のみならず、事件そのものがどこの管轄になるのか、警察、自衛隊、法務省、外務省、その他さまざまな省庁間で果てしない議論が続いているらしい。まったくの茶番だ。

何もかもが現場を置き去りにして進んでいく。ただ命じられるままに日常の業務をこなす日々が続いた。

その日も砂田は逢沢に連れられ都内の繁華街を歩き回っていた。

中野四丁目の居酒屋でトップ屋仲間数人と会った二人は、ひとしきり歓談したのち、先に店を出ると中野サンプラザの前を通って駅へと向かった。

三年前にできたばかりの中野サンプラザは、雑然とした中野の景観にそぐわぬモダンな光を放っていた。周囲の舗道も新しく整備されていて、ゴミの転がる路地を歩くよりよほど快適だった。

「加藤ちゃん」

逢沢の偽名を背後から小声で呼びかける者があった。

振り返ると、居酒屋で別れたばかりのルポライターの一人が早足で近寄ってきた。

「どうしたの、梅さん」

梅さん——梅井《うめい》は、ほろ酔い加減であった先ほどとは打って変わった無表情で、逢沢にハイライトの紙箱を差し出した。

「これ、忘れ物」

逢沢が愛飲するのはショートピースで、ハイライトは吸わない。

「あっ、うっかりしてたよ」

自然な素振りで紙箱を受け取った逢沢の耳許《みみもと》で、梅井が囁く。

「この煙草、高くつくぞ」

「大丈夫、本社が払うから」

「ならいいけど。じゃ、また」

「おう」

梅井はせかせかと店の方へと戻っていく。

逢沢は振り返りもせず、歩きながらハイライトをポケットに入れる。砂田も心得ているから何も言わない。

中央線に乗ってから、逢沢はハイライトの紙箱を取り出し、中に入っていた紙片をつまみ上げた。一瞥《いちべつ》してから掌の中に隠すようにして、こちらにも見せてくれた。鉛筆の走り書きが記されている。

［ケーシーオリエンタル　東陽3倉庫］

逢沢の話によると、梅井は以前からロッキードの関連会社――末端ではあるが――に出入りしていたらしい。

この情報に真っ先に反応したのは元捜査二課の柿本であった。捜二時代につちかったコネと手腕を生かし、たちまち『ケーシーオリエンタル』について調べ上げた。

同社は北米企業『ハーフライン・コープ』が香港の代理店と会計事務所を通じて設立した日本法人であるが、肝心の経営実態についてはどうにもはっきりしない。なんらかの非合法な目的のために設立された疑いが濃厚であった。ただ、ハーフライン・コープ社とロッキード社との間には、昭和四十五年から四十六年にかけて取引を行なっていた痕跡がわずかではあるが残されていた。

ケーシーオリエンタル社の倉庫は、江東区東陽三丁目に建つ小さなビルの一階に設けられている。

ヘンリー・ワイズの潜伏先である可能性大――そう判断した馬越班は、ただちに現地へと向かった。

捜査員達が周辺を固める中、若い砂田が不動産会社の営業を装って中の様子を確認する――手筈《てはず》に従い、砂田は単身ビルに入った。右端に薄暗い階段があり、その横の廊下を回り込んだところに『ケーシーオリエンタル』と曇りガラスにペンキで記されたドアがあった。

ノックしようとした砂田は、ドアがわずかに開いていることに気がついた。

瞬時に決断してドアを開ける。

中に立っていた人影が驚いたように振り返った。

小枝のように細い手足。うら寂しい蛍光灯の光を受けて控えめに煌《きら》めく金色の髪。

外国人の少女であった。

さして広くもない、コンクリートが剝《む》き出しになった倉庫という閉ざされた空間に在りながら、その姿は森の中に儚《はかな》く佇《たたず》む精霊のように見えた。

情けないことに、声が咄嗟《とっさ》に出なかった。

淡いオレンジ色のワンピースを着た少女の背後には、乱れた毛布がそのままになった簡易ベッドや、散乱する缶詰の空き缶が見えた。何者かがここに潜伏していたことは明らかだ。

それにしても、この少女は一体——

突然の闖入者《ちんにゅうしゃ》に、少女も声を失っているようだった。

奇妙な沈黙ののち。

「あの……父のお知り合い、ですか」

最初に口を開いたのは相手の方だった。

明瞭な日本語。しかしイントネーションはかなり怪しい。

「ええと……あなたは？」

混乱した素振りで——演技ではないところがまた情けなかった——少女の問いにはあえて答えず、こちらから質問を発する。

「アンナ……アンナ・ワイズ。ヘンリー・ワイズの、娘です」

ワイズの娘だって？

「昨日、父から連絡があって、会いたいから、今日ここに来てくれと……十分、いえ、二十分ほど前に来ました……でも、誰もいませんでした。まさか、こんな場所だなんて……」

アンナは気味が悪そうに倉庫内を見回す。それなりのホテルかアパートだと予想していたのだろう。

「ドアは開いてたんですか」

少女はこくりと頷いた。明らかに怯《おび》えている。どう考えても普通ではない。

「ノックしても返事、なかったので、ノブ、回してみたら、鍵、掛かってなくて……あの、あなた、どなたですか」

再度問われた。答えないわけにはいかない。

「宮田といいます。仕事の関係でお父さんを捜しているんです」

用心して偽名の方を名乗り、普段持ち歩いているルポライターの肩書きが入った名刺を渡した。

それを見てアンナの表情がさらに曇った。やはり思い当たるところがあるに違いない。

「父に、一体、何があったんですか」

「待って下さい、私にも何がなんだか分からなくて……もしよかったら、近くの喫茶店でお話を聞かせて頂けませんか」

「え……」

さすがに躊躇《ちゅうちょ》してこちらを見ている。信用していいものか迷っているのだ。

「不安に思われるのはもっともです。しかし、私だってあなたのことを全然知らない。それに、いつまでもこんな所で話すのはどうも……」

埃と異臭の立ちこめる周囲の様子に顔をしかめてみせると、案の定、アンナも心を決めたらしく、

「分かりました。でも、ちょっと待って下さい」

手にしていた安物のハンドバッグから手帳を取り出し、ボールペンで何か走り書きを始めた。書き終えたページを破り、簡易ベッドの上に置く。

砂田はさりげなく文面に目を走らせた。

［愛する父へ　不在でしたので今日は帰ります。また寮に連絡して下さい。とても心配しています。アンナ］

そう英語で書かれていた。父ヘンリー・ワイズ宛のメッセージだ。

「お待たせしました」

振り返ったアンナは、砂田の後について足早に倉庫を出た。

五、六メートルほど先の電話ボックスで矢島が通話中のふりをしている。その姿を横目で確

認し、心持ちはっきりした声で言う。

「確か駅前に手頃な店があったはずです。そこへ行きましょう」

周辺に潜んでいる同僚達に聞かせているのだ。

アンナは小さな声で「はい」と答えた。

永代《えいたい》通りに面した『純喫茶しゃるだん』は、看板とは裏腹に、カレーやスパゲッティなどの軽食メニューが店内の至る所に貼り付けられた、なんとも垢抜《あかぬ》けない店だった。厨房の奥から、ラジオの音声であろう、森田公一とトップギャランの『青春時代』が小さく流れてくる。

外からよく見える窓際の席に座った砂田は、二人分のコーヒーを注文し、道々即興で考えたストーリーを話し出した。

「ルポライターって仕事はご存じですね？　実は私、ある筋からお父上のワイズ氏がとんでもないネタをつかんでるって話を耳にしまして。詳しいことは分かりませんが、もしかしたら売れる記事になるんじゃないかとピンと来ましてね。ともかくワイズ氏に会ってみようとあちこち捜した挙句、さっきの倉庫に行き着いたってわけです。そこにワイズ氏ではなく、お嬢さんがいようとは、いや、驚きました」

すぐにコーヒーが運ばれてきたが、アンナは手を付けようともしない。

後から店に入ってきた同僚の島崎《しまざき》が素知らぬ顔で少し離れた席に座り、ウエイトレスにレモンスカッシュを注文している。

「父のつかんだネタとは、どういうことでしょう？」

顔を上げたアンナは、まっすぐに砂田を見つめて訊いてきた。

深く澄んだその瞳《ひとみ》の蒼《あお》さに、砂田はなぜか柄にもない動揺を覚えつつ、それを押し隠して応じる。

「さあ、投資絡みという説もありますし、政治絡みだという噂もあります。とにかく滅多にない大ネタってくらいしか……私よりアンナさん、むしろあなたの方が何かご存じなんじゃないですか」

「それは……」

言い淀《よど》んだアンナに畳みかける。

「さっきの状況、親子にしてはちょっと変なんじゃないですか？　よかったら話して頂けませんか。もちろん秘密は守りますし、場合によっては力になれるかもしれない。ルポライターですからマスコミにも伝手《つて》があります。何か厄介なことに巻き込まれてるんなら、こっそり調べることだって可能ですよ」

「厄介なことだなんて、そんな、私……」

蒼い目に不安の小波《さざなみ》が広がった。

もう少しだ——

「私は自分の身許についてお話ししました。次はアンナさんの番ですよ」

「私、オーストリアから来ました。留学生です」

「どちらの学校ですか」

る。

　砂田は少なからず驚いた。あまりに繊細な外見から、高校生ぐらいかと思っていたからである。

「中央大学です」

「父と母、ずっと前に離婚しました。私、十一歳でした。母は私を連れて母国のオーストリアに帰りました。それ以来、父とは会っていません。母は一人で私を育ててくれました。けれど、父と会うことだけは、許してくれませんでした。二年前、私は政府の留学プログラムに応募して、合格しました。それで日本に来たのです。今は飯田橋にある『スワニー女子学生ハウス』という寮に住んでいます」

　そこで彼女は膝の上でハンドバッグを開け、写真入りの学生証と、スワニー女子学生ハウスのパンフレットのような冊子を取り出した。

「ここにあるのが、私の連絡先です」

　パンフレットの裏に大きく印刷された電話番号を指で示す。小枝のように細い指だった。

「ハウスの管理人室にある電話です。どの部屋にも電話はありません。外からの電話は、管理人が取り次いでくれることになっています」

「その番号、メモさせて頂いていいですか」

「どうぞ」

　ハウスの住所と電話番号は一目で覚えたが、素人を装って手帳に書き写す。

「昨日、父から寮に電話がありました。突然でした。人づてに私が留学したと聞き、日本に来たと言ってました。どうしても一目会いたいと。なんだか様子が変だったので、いろいろ、訊いてみたのですが、直接会って話すからと……」

「それであの倉庫に出かけたというわけですね」

「ええ」

ワイズが日本に来たのは、娘に会うためだった——

「しかし、どうしてお父さんは普通のホテルに泊まらずにあんな所で身を隠していたのですか」

「私にも分かりません。父は、電話では本当に、何も、教えてくれませんでした」

「お父さんの仕事は」

「父と母が離婚する前……アメリカにいた頃は、確か飛行機を製造しているメーカーに勤めていたはずです。父の机に、いつも飛行機のカタログが置かれていたこと、覚えています。でも、今も同じ仕事をしているかどうかまでは……」

「そうですか。では仮に仕事関係のトラブルがあったとしてもあなたはご存じないということですね」

「はい」

アンナは身を乗り出すようにして、

「やはり父は、何か、大変な事件、巻き込まれているのでしょうか。もしそうだったら、私、どうすればいいのでしょうか」

「さあ、私にはなんとも……」

「警察に届けるべきでしょうか」

それは困る――外事として。

「いや、この段階では事件性があるとはっきりしているわけではありませんから、警察に行っても無駄でしょう。それに万一、お父さんが本当に厄介なことに巻き込まれていたとしたら、警察に言うとかえってお父さんが危険だ」

「そんな……」

今にも泣き出すかと思われるくらい思い悩んでいる少女を目の前にすると、職業意識を超えた決意が湧き上がってくるのを感じる。

「ともかく、私は差し当たってあの倉庫の持ち主や管理者について調べてみることにしましょう。そのあたりからお父さんとのつながりが判明するかもしれません。何か分かり次第、すぐに連絡します。大丈夫ですよ、お父さんはきっと捜し出してみせます」

「本当ですか」

「ええ。でもその代わり、またお父さんから寮に連絡があれば――」

「分かっています。必ず宮田さんにも連絡します」

少し安堵《あんど》したせいか、アンナは弱々しい微笑みを見せた。窓から差し込む夕陽を受けて、その笑みは一層脆《もろ》く淡いものに感じられた。

店を出てタクシーを拾い、飯田橋のスワニー女子学生ハウスまで同乗した砂田は、彼女が寮の中に入るのを車内から確認し、運転手に「新大久保へ」とだけ告げた。

新大久保駅から山手線に乗り、新宿で降りる。

西新宿の分室に戻ったときには、馬越班の半数はすでに集まっていた。残りの半数は東陽三丁目の倉庫を今も監視しているのだ。

班長の馬越以下、全員が状況を把握していた。喫茶店内で聞き耳を立てていた島崎がすでに報告したということだった。

阿久津管理官も顔を見せている。

砂田が報告し終えるのを待って、水戸《みと》捜査員が立ち上がった。

「入管にはすでに確認済みです。それから中央大学にも。オーストリア人留学生のアンナ・ワイズ二十歳は確かに在籍しています。外資系企業の人事課を装って話を訊いたところ、同人《どうにん》は大変真面目で優秀な学生であるということでした。またスワニー女子学生ハウスは民間の運営による留学生専用のアパートで、三名の管理人が交替で詰めており、外部からの電話は必ず取り次ぐことになっているそうです」

それらの報告を黙って聞いていた馬越が、砂田と同じ考えを口にした。

「現社員か元社員かはともかく、ヘンリー・ワイズはやはりロッキードの関係者で、来日の目的は娘に会うためだったたってことか」

さすがに班長の馬越は慎重に付け加えた。

「目的がそれだけだという保証はない。むしろ娘との再会は本来の目的のついでと考える方が自然だろう」

山浦《やまうら》捜査員が発言する。

「スワニー女子学生ハウスの電話を盗聴すべきでは。そのアンナって娘が砂田に必ず電話してくるとは限りません」

砂田ははっとして山浦を見た。

たとえ捜査に必要であっても、盗聴は言うまでもなく脱法行為である。しかし警備局公安第一課が極秘裏に所管する警察庁現場執行部隊――通称『サクラ』が盗聴を含む非合法活動を行なっていることは、公安関係者にとっては決して口外の許されぬ了解事項であった。

「それは困ります」

阿久津管理官が即座に却下する。

「よほどの確証がある事案でない限り、そうした行為は避けて下さい。第一、苦労して許可を申請しても、上が認めるわけありませんから」

「こっちはＣＩＡに頼まれてやってんですよ。なのに上は知ったこっちゃないってわけですか」

ベテランの山浦が嫌みたらしく言う。公安ではあり得ぬ態度である。馬越班独特の無頼な空気のせいか。

「下手したら管理官の経歴にも傷がつきますもんねえ」

「そういうことです」

若い阿久津が平然と返す。

「それくらいにしとけ、山浦。仮に許可が出るとしても、申請してから何日かかるか知れたもんじゃない」

馬越が苦い顔で部下をなだめ、

「砂田、おまえ、今夜にでもその娘に電話を入れとけ。用件は、そうだな、あの倉庫の実質的な所有者が北米企業だと分かったとか、まあそんなところでいいだろう。目的はあくまで電話が娘に取り次がれることの確認。次に娘との間に極力信頼関係を築いておくこと、だ」

「信頼関係、ですか」

思わず聞き返すと、馬越は呆れたように、

「当たり前だろう。おまえ、娘との間に接触の理由を作ったのは上出来だと思ってたが、狙ってやったんじゃなかったのか」

「いえ、その通りですが……」

上司に指摘され、砂田は今さらながらに自問する。

自分は本当にそこまで考えていたのだろうか。それとも、まさか——

「ワイズはどうして倉庫からバックレたんでしょうか。こっちは気づかれるようなヘタは打ってないはずですが」

柿本だった。確かにこちらが動き出してから時間もほとんど経《た》っていないはずである。

「分からん。それについては、水戸、おまえが当たってみてくれ。まずは柿本の調べた経路を逆に辿ってみるといい」

「分かりました」

即座に水戸が了解を示す。

馬越は一同を見回して指示を下した。

「ケーシーオリエンタルの倉庫の監視は当面続行する。しかし、ワイズが戻ってくることはまずないと考えていい。現状ではワイズが娘に連絡してくるのを待つしかない。娘に会いに現われたところでガラを押さえる。まず任同《にんどう》（任意同行）、文句でも言おうもんなら公妨《こうぼう》（公務執行妨害）だ。娘のコントロールは砂田の担当。しっかり頼むぞ」

「はいっ」

大声で答えながら、砂田は釈然としないものを感じていた。

つまり、あの娘を囮《おとり》に使うということか――

5

分室には全部で六本の電話回線が引かれている。砂田が出かけようとしたとき、その一本に英語で応答する逢沢の声が耳に入ってきた。

「はい、イースタン・カンパニー……ああ、これはカーティスさん、加藤です。よくこの番号が分かりましたね。あなたには確かお教えしてなかったはずですけど」

足を止めて振り返る。受話器を耳に当てた逢沢が、目で〈そのまま待て〉と言っている。

「……ええ、もちろんですよ……そうですね、分かりました……では一時間後に」

受話器を置いた逢沢が立ち上がった。

「カーティスが会いたいと言ってきた。例のガルフオイルの調査員だ。何してる、行くぞ」

「え、自分はアンナの担当に――」

「ヒゲのおっさんよりも若い美人の方がいいか」

からかわれて少しむきになった。何か反論しようとしたが、どうにも言葉が出てこない。

「娘の視察（監視）は他の連中がやってるはずだ。いいから来い」

仕方なく逢沢の後に従った。しかしカーティスが接触してきた目的に興味がなかったと言えば嘘になる。

逢沢が向かった先は、銀座八丁目の資生堂パーラービルだった。三年前に資生堂会館を全面改装してできたビルで、カーティスはその中にある喫茶室『サロン・ド・カフェ』を指定してきたのだという。

早めに着いたにもかかわらず、カーティスはすでに待っていて、こちらに気づくと軽く片手を挙げた。

「いやいや、お待たせしました」

飄々《ひょうひょう》とした調子で逢沢はカーティスの向かいに腰を下ろす。砂田も愛想よく挨拶しながら逢沢の隣に座った。

「イースタンの番号をどこでお聞きになったか、まずはそのあたりから伺いたいですな」

それぞれ注文を済ませると、逢沢はいきなり切り出した。先制攻撃というわけか。

「簡単ですよ。だってあなたは有名じゃないですか、その〈筋〉で」

「よして下さいよ。それじゃまるで犯罪者みたいじゃないですか」

「しかし犯罪者と極めて近い世界にいる人だ。少なくとも日常的に犯罪者と接してる。ああ、日本には防諜《ぼうちょう》法に類する法律はないんでしたね。法自体がなければそれを犯す者も存在しないというわけだ」

「ただの調査員にしてはなかなか面白いこと言いますね」

逢沢はショートピースを取り出して、欠けた前歯の間に押し込んでいる。

カーティスは落ち着いた物腰で続けた。

「あなたは私がＣＩＡだと疑ってる。違いますか」

「モサドって可能性もあるかなあと」

真面目なのかふざけているのか、まるで明日の天気の話でもしているかのように逢沢は答えた。

またしても砂田には口を挟むことなど思いも寄らぬ攻防であった。

「確かに私はユダヤ系ですが、れっきとしたアメリカ人ですよ」

「国籍と所属機関に相関性はないそうじゃないですか。週刊誌の記事によると」

「加藤さん」カーティスの両眼が、それまでとは別種の光を放っていた。「私は本当にガルフオイルの調査員です。だからこそ、とは思えませんか」

「だからこそＣＩＡなんかと違って、真剣にワイズの行方を捜している、と」

「企業体の熱意は怠慢な公務員の忠誠心に優《まさ》るということです」

「分かりませんね。私もまた、あなたの言う怠慢な公務員かもしれない」

「私は一介の調査員で、いわゆる現場の人間です。つまり、あなたと同じということです」

「なるほどねえ」逢沢は前歯の隙間からショートピースを外し、灰皿に置いた。「率直にいきましょう。ワイズの行方は不明のままです。しかし手がかりらしきものは押さえた」

「具体的にお願いします」

砂田は声を上げそうになった。逢沢は捜査情報を――アンナの存在を漏らす気か。

「私が言わなくても、いずれはＣＩＡから伝わると思いますけど」

「彼らこそが怠慢の極みなのです。しかも不誠実極まりない。連中はミスを犯しながら、そのことに気づいてもいない。また仮に気づいたとしても、認めることは決してない。彼らの態度には本社もかねてより大変立腹しています」

「こちらのメリットは」

「私からの友情です」

「そりゃあいい」

「友情の証しとして、我が社から毎年クリスマスカードを贈らせて頂きます。加藤さん個人宛にね。とても美しいカードで、中にはさまざまな機密情報がびっしりと記されているはずです」

「なるほどねえ」逢沢はさっきと同じ言葉を繰り返してから、目をすがめるようにして言った。

「なんだか、あなたのことが好きになってきましたよ」

「私もです、加藤さん」

「分かりました。言える時期が来れば必ずあなたにお伝えしましょう。ただしそれは、怠慢な公務員の出方に左右されてしまう。それだけはご理解下さい」

「結構です」

差し出された手を、逢沢が握り返す。

人間味溢れる笑みと多すぎる紙幣を残し、カーティスは去った。

「なるほどねえ」

やはりそう呟いて、逢沢は灰皿からショートピースを取り上げた。

「どういうことですか、今のは一体――」

新人の身には、徹頭徹尾、混乱するばかりのやり取りであった。

「つまりさ」ショートピースをくわえ直し、逢沢はマッチを擦って火を点《つ》けた。「俺達はＣＩＡの尻拭いをやらされてるってことだよ」

「本気で教えてやるつもりなんですか。あいつに、アンナのことを」

「だから言ったろ、そいつはＣＩＡの出方に左右されるって」

うまそうに煙を吐いて、逢沢は静かに目を閉じた。

「俺としちゃあ、公務員は徹底して怠慢であってほしいところだが、連中、そこまで甘くはないだろうな」

「しかし、どうして我々に……カーティスはこっちが日本の警察官だと承知してるわけでしょう？」

「いいか、よく考えてみろよ。この取引で奴と奴の雇い主に何かリスクやデメリットがあるか？　自分で言ってたろ、企業体の熱意がどうとか。それだけ本気だってことさ、ガルフオイルは」

逢沢の言う通りであった。


九月十五日、三木武夫改造内閣が発足した。

三木総理は本来、年末に迫っていた衆議院任期満了の前に解散総選挙を狙っていたのだが、「三木おろし」を合言葉とする田中派及び反主流派の抵抗により、解散を断念せざるを得なかった。その妥協の産物が内閣改造であり、結果的に反田中色を前面に打ち出した人事となったのである。

その同じ日に、砂田は千疋屋《せんびきや》日本橋本店ビルのフルーツパーラーでアンナと会っていた。電話で不安を訴えるアンナを落ち着かせるため、直接会うのが効果的だと判断したからだ。

もちろん彼女から電話がかかってくるたび上司に報告しているし、飯田橋のスワニー女子学生ハウスは笹倉達によって常時監視されている。

その日のアンナは、水色のカーディガンを羽織っていた。学生らしい安物なのは砂田の目にも明らかだったが、そうした質素な装いが彼女の魅力をかえって際立たせているように感じられた。

「父は、本当に、大丈夫なんでしょうか」

フルーツパフェを前にして、アンナは同じことを繰り返した。

「何かあったら、きっと私の耳に入ってくるはずです。心配しすぎるのも体に毒ですよ」

そんなありきたりの文言しか口にできない自分が腹立たしかった。一つには、情報を相手に伝えすぎるわけにはいかないという事情がある。また一つには、若い女性を慰めるすべなど、警察学校では教えてくれなかったということもある。先輩の逢沢に訊いたら「そんなの、てめえで勉強するもんだ」と嗤《わら》われた。

「宮田さん、正直に、言って下さい。父は、何か危険な仕事、してたんじゃないでしょうか」

「どうしてそんなふうに思うんですか」

コーヒーをブラックで口に運びながら、努めてさりげなく尋ねる。

「宮田さんも見たでしょう、あの倉庫……あんな所に隠れてたなんて、どう考えても普通じゃないです。お願いです、何かご存じなら、どうか隠さないで、教えて下さい」

「隠してなんかいませんよ」

微笑んで見せたつもりが、ぎこちないものになったような気がする。

「この前もお伝えしましたが、私の調べた限りではワイズ氏は最近までロッキード社にお勤めだったようです。アンナさんの記憶していた通りですよ。もっとも、退職した理由まではまだつかめていません。なにしろアメリカでの話ですから、日本で調べるにはどうにも限界がありまして」

あらかじめ許可を得た範囲の情報のみ伝える。情報をまったく出さないでいると逆に疑いを招くからだ。

「そのロッキード社というのが気になります。だって今、日本では——」

「それは……いくらなんでも考えすぎじゃないでしょうか」

「そうとでも考えなければ、父の行動、不自然すぎます」

「分かりました。ワシントン・ポストに友人がいます。厳密には友人の友人ですが。彼に頼んで、ロッキード社退職の経緯とその後の足取りについて詳しく調べてもらうことにしましょう」

アンナが初めてほっとしたような表情を見せた。

「ありがとうございます」

「いえ、ロッキード事件に関係があるとほのめかせば、彼も喜んで飛びついてくるでしょう」

すべてでまかせである。しかし、ここはなんとしてもアンナの不信感を払拭しておかなければならない。

「宮田さんには、感謝、しています」

「やめて下さい、感謝だなんて」

その言葉だけは本心だった。長年音信不通だった父を案じる異国の娘。目の前にいるそんな女性を欺かねばならない自分がたまらなく恥ずかしかった。

「ちょっと外を歩きませんか。今日はいい天気だし、気分転換が必要なようです。私にも、アンナさんにも」

「そうですね」

アンナは微笑んで立ち上がった。

自分の偽りの笑顔とは違う、木漏れ日のような微笑みだと砂田は思った。


千疋屋本店ビルを出て日本橋の方へと並んで歩く。

彼女と東京の街を散策するのは今日が初めてではない。それでも砂田は、平静とは言い難い己を自覚していた。

東陽三丁目の倉庫で最初に出会った日の夜を皮切りに、こちらから何度かスワニー女子学生ハウスに電話した。そのつど外国人の管理人が応対に出て、七号室のアンナ・ワイズに取り次いでくれた。彼女の話は嘘ではなかったのだ。

また彼女の方からも電話をくれることがあった。今日のように調査の進展具合を尋ねる電話がほとんどだったが、それでも砂田は、次第に彼女からの電話を待ち遠しく感じるようになっていった。

公安、しかも外事の自分が、よりにもよってマル対（対象者）に――

まったく以《もっ》て未熟と言うよりない。班長や先輩達に知られたらどんな叱責を食らうことか。新人であるだけに弁解の余地はなかった。

いっそ任務から外してもらえるならまだいいが、これぱかりは自分が担当するしかない。

「本当にいいお天気」

空を見上げてアンナが微笑む。

普段は沈みがちな彼女の瞳が、蒼穹《そうきゅう》を映して明るく広がる。そんな落差が一つ一つ砂田の胸に染み通った。

「アメリカにいた頃、父とよく散歩したのを覚えています。いつもこんなお天気だったわ。近所には大きな犬を何頭も飼っている家があって、最初は怖かったけど、みんな優しい子達で、絶対に吠《ほ》えたりなんかしないの」

小鳥のさえずりにも似た彼女の述懐は、いつの間にか英語になっていた。

「家に帰ると、お母さんがパイを焼いてくれていて、玄関のドアを開ける前から香ばしい匂いがしたわ」

アメリカ映画で見た、典型的な中流家庭。目に浮かぶようだった。

「あの頃の両親はとっても仲がよくて、家族が離れ離れになるなんて、想像したこともなかった……」

アンナの横顔に再び愁《うれ》いと紛《まご》う影が差す。日本橋の上――首都高の下に差しかかったのだ。

砂田は日本橋本来の姿を見たことがない。

小樽《おたる》商科大学を卒業して警視庁に入庁したのが昭和四十五年。オリンピックの前年に一部開通した首都高速道路都心環状線によって日本橋川はすでに蓋《ふた》をされていた。溢れ出んとする東京の汚泥を無理やり押さえつけるかのように。

東京人ではない砂田の目にも、それはどこか歪《いびつ》で不条理な光景に映った。

足を止めずにそのまま進む。

頭上の黒々とした大きな影が、自分達を完全に包み込んだ。


「砂田」

分室で執務中の馬越が突然話しかけてきた。他の全員が出払っていて、二人きりで黙々と書類仕事をこなしていたときだ。

「なんでしょう」

そう応じると、馬越は机から顔を上げずに続けた。

「おまえ、あの娘をどう思う」

「アンナですか」

「そうだ」

「いい娘《こ》ですよ、とても」

忙しげにペンを走らせていた手を止め、馬越が初めて顔を上げた。

「馬鹿、おまえ――」

何か言いかけて絶句する。その顔色がみるみるうちにどす黒く染まる。

怒鳴られると思った。それも特大級の雷だ。

班長は何を訊こうとしていたのか。いずれにしても、迂闊な返事をしてしまった。後悔するが、もう遅い。硬直したまま、上司の言葉を待つ。

だが予期に反して、馬越は何も言わず席を立った。そして部屋の隅に置かれていた小型冷蔵庫を開けた。中から何かを取り出して戻ってくる。

それは、棒が二本付いたソーダ味のアイスキャンデーだった。どのメーカーの商品であってもダブルソーダと呼ばれることが多い。そこらの駄菓子屋や売店で売っているありふれたものだ。

馬越はダブルソーダを袋越しに両手で二つに割ってから開封し、一本を砂田に向かって差し出した。

「ほら」

意図を察しかねて上司を見つめる。

「何をしてる。溶けちまったらどうするんだ」

「はあ」

我ながら間抜けな声を上げて、仕方なくアイスキャンデーを受け取った。

馬越は机の端にもたれかかって、ダブルソーダの片割れにかじりついている。

「これ、班長の私物なんですか」

「当たり前だ。他人の物を勝手に食うほど落ちぶれてねえよ」

そう言ってから、少し首を傾けるようにして、

「いや、この前の泊まりのとき、夜中に腹が減って笹倉の机にあったあんパンを頂いたことがあったっけな」

「あ、あれ、班長だったんですか」

またも間抜けな声を上げたとき、馬越が怒鳴った。

「ほら、言わんこっちゃねえ」

「え……あっ」

溶けたアイスキャンデーが一筋、指に伝い落ちている。

慌ててハンカチを取り出して指を拭い、ダブルソーダの片側を口に運ぶ。

「なあ、砂田」

食べ終わったアイスキャンデーの棒を屑《くず》かごに投げ捨てながら、馬越が厳しくも穏やかな口調で切り出した。

「おまえがあの娘に気があるのはみんなとっくに知ってるよ」

アイスキャンデーの欠片《かけら》を危うく口から取り落としそうになった。

「そんな、自分はあくまで――」

弁解しようとした途端、馬越の言葉が鋭い怒気を含んだ。

「俺達をナメてんのか」

各国の諜報員と渡り合う天下の外事一課五係だ。そのメンバーにしてみれば、自分のような若僧の内面を見透かすことなど容易だろう。

「すみません……」

小学生のようにうなだれてアイスキャンデーを頬張るしかなかった。

馬越はため息をついて、

「おまえ、自分がどうして外事に引っ張られたと思ってるんだ？」

少し考えてみる。

「ぱっとしない外見で、その、目立たないからじゃないでしょうか」

「馬鹿、そんな奴はいくらでもいる」

返す言葉もなかった。

「逢沢はおまえを自分の後継者にと思ってるようだな。後継者と言やあ聞こえはいいが、あいつはおまえを身代わりに残して外事から足を洗うつもりでいやがるんだ。ま、今日まで長いことよくやってくれたからな。後釜を残してくれるだけでも御の字だ」

確かに逢沢はそんなことを言っていた。

「逢沢の魂胆は置いとくとして、ぱっとしない外見てのは当たってるな」

遠慮のない物言いは馬越の専売特許だ。

「ただし、ぱっとしないわりにはずいぶんと理想家だそうじゃないか」

返答せずに黙っていた。否定してもまた叱られるだけなのは目に見えている。

「阿久津さんも言ってたぞ。おまえとは昔から気が合うって。あの人も結構な理想家だからな。おまえを将来的に自分の腹心にしようとでも考えてるのかもしれん」

「では阿久津管理官が自分を？」

公安に配属されたのは阿久津の方が後だが、以前から彼の公安入りが決まっていたということも充分にあり得る。

「そうかもしれんが、確証はない。そもそも俺は、あの人とは相性が合わん」

「えっ」

意外であった。しかもここまでデリケートなことを、班長が不用意に口にしようとは。

「理想家なのは結構だが、キャリアの理想と現場の理想は根本的に違うんだ。まあ、そんなことはどうでもいい。分かりたくなくても、そのうち嫌でも分かるようになる。もっとも、それまでおまえにウチの業務が務まればの話だがな」

そこで馬越は砂田をまっすぐに見据え、

「ぱっとしない理想家。成績は優秀で仕事はできる。実行力も胆力もある。おまえ、田中角栄の屋敷に押し入ろうとした暴漢を体張って阻止したんだってな」

その記録は自分の経歴として残っているはずだ。公安では誰にも話したことはないが、馬越が知っていて当然である。むしろ知らない方がおかしいくらいだ。

「それでいて当世流行《はや》りの繊細な感性って奴がある。今の外事にはちょうどそういう人材がいなかったんだ。そこで試しにこいつを採ってみようという話になった。少なくとも俺はそう聞いてる」

心なしか、馬越は心配そうに、

「その感性という奴が問題だ。俺が古いせいかもしれんが、今の若い連中の考えることはどうにも分からん」

班長は一体何を言おうとしているのだろう——

「いいか砂田、上層部と書いて無責任と読むんだ。上がどう考えようと、現場で情に流されすぎると痛い目に遭うのはこっちなんだ」

「彼女の……アンナのことでしょうか」

かろうじてそれだけ発した。

馬越は頷いて、

「マル対はどこまで行ってもマル対だ。それだけは忘れるな」

何か言おうとしたとき、笹倉と矢島が手拭いで汗を拭きながら入室してきた。

「まったく、毎日毎日、こう暑いとやってらんねえなあ」

冷蔵庫に直行した笹倉が、「あれえ?」と頓狂な声を上げて振り返った。

「班長、ここに入れといた俺のアイスキャンデー、知りませんか?」

6

馬越の言葉を思い出しては寝返りを打つ夜を過ごした砂田は、翌朝見事に寝過ごしてしまった。

自宅アパートで身支度をしていると、茶箪笥《ちゃだんす》の上に置いた電話が鳴り出した。

Yシャツのボタンを朦朧《もうろう》と嵌《は》めながら受話器を取り上げる。

〈宮田さんですか、アンナ・ワイズです〉

一瞬で目が覚めた。

「宮田です、どうしましたか」

落ち着いて問うと、アンナはこれまでにない早口で告げた。

〈たった今、父から連絡、ありました。私と会いたい、これが最後のチャンスだって〉

ついに来た――

片手で鉛筆を取り上げる。

「場所と時間を教えて下さい」

〈午前十一時に早稲田大学、大隈重信像の前、です〉

鉛筆を走らせながら、咄嗟に腕時計を見る。八時十四分。

「分かりました。私もすぐに向かいます」

〈やめて下さい！〉

悲鳴のような声が受話器から迸《ほとばし》った。

〈父は、私一人で来てほしいと、何度も言ってました。知らない人が一緒だと、父はまた……〉

素早く考えを巡らせる。都内主要大学周辺の飲食店とその営業時間は、公安の実地研修の際、頭に叩き込んでいた。

「では、早大南門の真正面に『高田牧舎』というレストランがあります。そこでお待ちしていますから、お父さんが納得してくれたら一緒に来て下さい。きっとお力になれると思いますので」
五、六秒ほど間があって、
〈分かりました。感謝します。それでは〉

「あっ、ちょっと待っ――」

通話は切れた。

砂田はすぐさま分室に電話する。馬越が直接出た。

〈はい、イースタンですが〉

「砂田です。たった今アンナから連絡がありました」

得たばかりの情報を余さず伝える。

〈よりによって大学か……考えやがったな〉

電話の向こうで馬越が呻く。

四年前のあさま山荘事件を契機に、学生運動は急速に勢いを失ったが、それでも各大学にはまだまだ多くのセクトが残っている。公安が張り込むには最も不向きな場所であった。万一学生に正体がばれたら、収拾のつかない騒ぎになってしまう。

〈どっちにしてもウチだけじゃ手が足りない。おまえは今アパートなんだな、東池袋の〉

「はい」

〈こっちは応援を頼んで早稲田に配置する。方法はなんとか考えるから、おまえは飯田橋の女子寮に直行してマル対を追尾しろ〉

「えっ、どうしてですか」

〈マル対には確実に早稲田まで行ってもらわにゃならんからな。今女子寮に張り付いてるのは矢島だけなんだ。とにかく人手が足りない。矢島と組んでマル対が早稲田に入るのを確認しろ。絶対に校内には入るなよ。それだけでいい。後は高田牧舎でワイズを待て。ワイズと娘が別方向に向かうようならこっちで即座に確保する。十一時の約束なら、今から行けば娘が寮を出るのに間に合うだろう。ぐずぐずするな、急げ〉

受話器を置いて上着をつかみ、部屋から飛び出た。

有楽町線で飯田橋まで行き、駅を出て外堀通りを急ぐ。

まだ九時にもなっていない。早稲田で十一時の待ち合わせだからアンナが寮にいる可能性は高いが、かなり早めに出かけていることも考えられる。父を思う彼女の心理を考えれば、むしろその可能性の方が高いように感じられた。その場合は追尾を矢島一人に任せ、自分は高田牧舎に直行すればいい。

東京理科大神楽坂キャンパスを過ぎて右に曲がる。アンナの住まうスワニー女子学生ハウスの正確な住所は、新宿区若宮町だ。若宮公園を抜けるとすぐの位置にある。

砂田は公園の木々の合間に身を隠して寮の方を窺う。そこからなら気づかれることなく出入りする人間をチェックできる。監視チームからの情報だった。矢島も近くにいるはずだ。

ちょうど五分後、スワニー女子学生ハウスから誰かが出てくるのが見えた。

アンナだった。

際どいところだった。彼女はやはり早めに出ることにしたようだ。

そのとき、左方向からアンナに早足で近寄ってくる人影があった。

あれは――

日本人ではない。蒼白い顔色をした長身の白人。丸眼鏡。やつれてはいるが、間違いなくヘンリー・ワイズだった。

接近する父親に気づいて振り向いたアンナが、驚いたように足を止める。

「どうしてここに――」

その言葉と表情から、アンナもまた予期していなかったことが分かった。

「アンナ、アンナ！」

駆け寄ろうとして不意に立ち止まったワイズが、しげしげと娘の顔を見つめている。

九年ぶりの再会だ。感激に浸っているのかと思ったが、どうも様子がおかしい。怪訝そうに首を傾げているようだ。

砂田には彼の横顔もはっきりと見えたが、何が起こっているのか理解できない。

それまで湧き上がる情愛に突き動かされていたようなワイズの表情がにわかに曇り、嫌悪も露《あら》わに英語で言った。

「誰だ、おまえは」

次の瞬間、砂田は若宮公園から飛び出していた。

状況は不明——だが今はとにかくワイズを確保する——

こちらを振り向いたアンナが、やはり英語でワイズに叫んだ。

「逃げて！　あの人は日本の警察よ！」

えっ——？

ワイズはもと来た方へと猛然と駆け出した。

同時にその反対方向から矢島が駆けつけてくる。

なぜなんだ、アンナ——

しかし体は全力でワイズを追っていた。

アンナは身を翻してスワニー女子学生ハウスに駆け戻っている。

「矢島さん、アンナを頼みます！」

それだけ言い残してワイズを追う。状況は不明だが、こうなってはアンナも確保しておく必要がある。

「止まれ、警察だっ」

背後から呼びかける。ワイズは止まる気配も見せない。

若宮八幡神社を過ぎ、二〇メートルほど行ったあたりで距離を詰めた。

襟首に手を伸ばすと、後ろ手で強くはたかれた。

公妨だ——これで逮捕の口実ができた——

飛びついて道路に押し倒す。

「ヘンリー・ワイズだなっ」

白人の男は、片頬をアスファルトに押し付けられた状態で頷いた。


ワイズの身柄は、所轄の牛込署ではなく、警視庁に移送された。

それと同時に、早稲田大学の内外で配置に就いていた馬越班と外事一課各係の面々が引き上げてきた。戸塚署と牛込署の警備課にも応援を要請し、学生に見える若い警察官を中心に苦労して布陣を終えたところだったらしい。その徒労感は容易に想像できる。

休む間もなく、全員がすぐさま本部会議室に集められた。

正面の雛壇《ひなだん》には、公安幹部の面々が並んでいる。阿久津管理官も険しい面持ちで座っていた。

緊急の会議は馬越による状況の概要説明から始まった。

あまりに予想外の事態に、幹部達が一様に顔を見合わせている。

「それでは、個々の詳細について担当者から報告。まず、アンナ・ワイズを追った矢島から」

指名を受け、矢島が立ち上がって報告する。

「スワニー女子学生ハウスの当直管理人スーザン・クリフトンに身分を明かして許可を求め、寮内に入りました。管理人の話では、寮には裏口等はなく、出入りするには必ず管理人室の前を通らねばならないとのことでした。アンナ・ワイズが中に入ってからまだ一分も経っていません。本職はすぐにアンナの居室である一階奥の七号室に直行し、ドアをノックしました。すると中から出てきたのは、年恰好《としかっこう》こそアンナに近いものの、まるで別人の若い外国人女性でした。氏名等を尋ねましたところ、アンナ・ワイズと名乗りました」

室内から驚きの声が上がった。

末席に座った砂田は、そんな声すらも発することができなかった。

「本職は驚いて管理人に質《ただ》しましたが、彼女もまた女の主張を肯定したのです。『この人がアンナ・ワイズに間違いない』と。『では、さっき寮を出入りした女は一体誰なのか』と訊きますと、『十六号室のミシェル・グリーンだ』ということでした。十六号室は管理人室の横の階段を上った二階にある部屋です。すぐに引き返して階段を上り、十六号室に向かいました。ノックしましたが返事がありません。ドアには鍵が掛かっていたので、管理人にマスターキーで開けさせました。室内には誰もおらず、窓は内側から施錠されていました。仮に開いていたとしても、窓のすぐ下には材木が不安定に積まれており、とても飛び降りられる状態ではありませんでした。つまり、寮に戻ったミシェル・グリーンは一旦二階の自室に戻り、私が管理人と一緒に七号室に向かっているわずかな隙に階段を下りて寮を出たものと推測されます。その後の足取りについては不明。以上です」

着席する矢島の顔は、憤怒《ふんぬ》とも恥辱ともつかぬ複雑な色に染まっていた。

「次、山浦。ミシェル・グリーンについて」

「はい」

立ち上がった山浦が手帳を広げ、

「ミシェル・グリーンがスワニー女子学生ハウス十六号室に入居したのは八月四日。我々がCIAからヘンリー・ワイズ確保を依頼された翌日です。入居時の保証人は米国籍の個人貿易商ロバート・コンウェイとなっていますが、同人《どうにん》は八月五日にカナダに向け出国しており、連絡が取れません。肝心のミシェル・グリーンなる人物ですが、入居時に提出された書類には『国籍・アメリカ　留学先・青山学院大学文学部』と記入されています。実際、寮の隣人には青山学院大学の留学生だと話していたそうです。しかし、同大に問い合わせたところ、該当する学生は存在しないとの回答を得ました。これは、スワニー女子学生ハウスに青学《あおがく》の留学生が入居していないことをあらかじめ調べた上での計画的な嘘ということです。それだけでなく、入管に入国の記録は一切なし。ミシェル・グリーンは完全に架空の人物で、その名を名乗っていた女は、一方で我々に対しては『アンナ・ワイズ』と名乗っていたというわけです」

そんな馬鹿な――

砂田はテーブルの下で拳《こぶし》を握り締める。

何度も寮に電話して、彼女に——アンナ・ワイズに取り次いでもらったんだ——

「次、水戸。スワニー女子学生ハウスの管理人について」

「はい」

度の強い眼鏡を掛けた水戸が立ち上がる。

「スワニー女子学生ハウスの管理人は全員が女性で次の三名。エリザベス・ニコルスン。スーザン・クリフトン。金小麗《きんしょうれい》。いずれも留学生のアルバイトで、この三名が交替で管理人室に詰めています。言い換えれば、管理人室にかかってきた電話は必ずこの三名のうちの誰かが取ることになります。全員に任意で同行を求め聴取したところ、案の定、〈特別なアルバイト〉を持ちかけられていたことを自供しました。それぞれの経緯は省きますが、彼女らは『七号室のアンナ・ワイズにかかってきた電話は、すべて十六号室のミシェル・グリーンに取り次ぐように』と命じられていたのです。三人に相互の交渉はなく、全員が同じ密命を受けていたことはまったく知りませんでした。また彼女らに命令と報酬を与えていた人物は、聴取した限り年齢や風貌、さらには性別さえもバラバラであり、別人であったことが判明しました。以上です」

室内は寂《せき》として声もなかった。

最初に口を開いたのは阿久津管理官だった。

「これは組織的なスパイ事案であると断定していいと思います」

そして馬越に向かい、

「アンナ・ワイズ、いや、アンナ・ワイズと名乗っていた女は、我々をペテンにかけたということですね」

「その通りです」

班長が苦々しげに応じる。

「女が寮に出入りするのは監視していましたが、留学生専用の女子寮ということもあって中には入ってもいませんでした。その女はワイズが娘、つまり本物のアンナに電話をかけてくると踏んで、スワニー女子学生ハウスに入り込んだのです。実際にワイズは電話をかけてきた。十年近く前に別れたきりの娘です。声だけで別人と見抜けなかったとしても不思議じゃない。ワイズは娘のふりをした女を、東陽三丁目の倉庫に呼び出した。女は言われた通りに倉庫へ向かったが、どういうわけか、ワイズは逃げた後だった」

そこへやって来たのが俺だったというわけか――

「さらにはウチの砂田が顔を出した。逃げるわけにもいかず、女は咄嗟にアンナの演技を続けた。うまく立ち回れば、警察の情報を取れると考えたのかもしれない。管理人の証言によると、今朝再びワイズから電話があった。本当の待ち合わせ場所がどこだったのかは分かりませんが、女は砂田に連絡して『早稲田の大隈重信像』というデタラメを教えた。我々を攪乱《かくらん》する目的です。スワニー女子学生ハウスが監視されていることくらい充分に承知していたでしょうが、途中で尾行をまく自信があったに違いない。そのため女は早めに寮を出た。しかし、そこで予想外のことが起こった。ワイズが寮の前に姿を現わしたのです。おそらく盗聴を警戒し、最初から寮の前で娘と接触するつもりだったのでしょう。女は動揺したが、即座に最善の道を選択した。すなわち、なんとしても警察の手から逃れること。あの局面で走って逃げたりせず、躊躇なく寮に駆け戻ったのは大した判断力だとしか言いようはありません」

俺はどこまで間抜けだったんだ――

叫び出したい衝動を懸命にこらえる。同時に砂田は思い出していた。

日本橋を二人で歩いた日。秋の日差しを浴びて彼女が微笑む。

――本当にいいお天気。

アメリカでの思い出。父親との散歩。母親が焼くパイの匂い。

何もかもが嘘だったのだ。

「それで、ヘンリー・ワイズとは一体何者なんだね？」

苛立たしげに堀口《ほりぐち》課長補佐が問う。

「分かりません」

正面の幹部達に向かってそう答えてから、馬越は決然と付け加えた。

「これよりヘンリー・ワイズを徹底的に聴取します」

7

ワイズへの聴取は馬越班長自ら行なうという。砂田は進んで補佐兼書記役を志願した。

「おまえは引っ込んでろ」

柿本が呆れたように怒鳴りつける。

だが馬越は、さほど普段と変わらぬ様子で砂田を一瞥し、「まあ、いいだろ」とだけ呟いて取調室へと向かった。砂田は急いでその後に従った。

外事の班長を務めるだけあって馬越の英語はネイティブと言ってもいいレベルにあったが、慎重を期して通訳が一人同席することになった。

「名前は」

「ヘンリー・ワイズ」

「年齢は」

「五十一」

馬越の質問に対し、ワイズは存外素直に答えた。

蒼白い顔に伸びた無精髭が逃亡生活の惨めさを物語っている。しかし丸眼鏡の奥に覗く灰色の双眸《そうぼう》は、茫洋《ぼうよう》としているようで、どこか隙を窺うイタチに似たしたたかさを感じさせた。

そんな相手をどう捉えているのか、馬越はまったく外面に表わさない。ワイズ以上に茫洋とした面持ちで、どこまでも事務的で無愛想な態度を貫いている。

「職業は」

「今は無職だ」

「前の仕事は」

予想された通り、すぐには答えようとしなかった。

「前の仕事は」

無感動な表情で、馬越が同じ質問を繰り返す。

ワイズはやはり答えない。

砂田は固唾《かたず》を呑《の》んで双方を見守る。

「前の仕事は」

三度目に問うたとき、ワイズが応じた。

「会社員」

「勤め先は」

「返答を拒否したい」

それが聞こえなかったかのように、馬越は繰り返す。

「勤め先は」

「言いたくない」

「勤め先は」

ワイズは観念したように目を閉じた。

「ロッキード社」

吐いた——

「所属部署と役職」

「上級執行役員付特別監査室室長代理」

馬越は手許《てもと》のファイルに右手を置いたが、中を見ようともせず人差し指でコツコツと二度叩き、

「ロッキードにそんな部署はない」

ワイズは無言で肩をすくめただけだった。

「退職した理由は」

「待遇に不満があった」

「具体的には」

「報酬が釣り合わないと思った」

「解雇されたんじゃないのか」

「社がそう言っているのか」

返答がまたも途絶えた。今度は馬越が無言となる。

ワイズはため息をついて、

「違う。クビなんかじゃない。もっとも、記録ではどうなっているか知らんがな」

どういう意味だ——？

「日本に来た理由は」

「娘に会うためだ」

「アンナ・ワイズだな」

「そうだ。会わせてほしい。もう九年も会ってないんだ。会いたくてたまらない。分かるだろう？ もし君に娘がいるのなら」

その質問も馬越は無視した。

「ケーシーオリエンタルの倉庫に娘を呼び出しておきながら逃げた理由は」

「周辺が監視されていた。すぐに逃げないと危険だと思った」

監視？ 自分達が倉庫に向かったときには、ワイズはすでに逃亡した後だった。少なくとも五係のことではない。

「誰に監視されてたんだ」

「分からない。でも確かだ」

逃亡者特有の神経質さを示し、ワイズは苛立たしげに言った。

「心当たりは」

返答なし。馬越は気にする素振りもなく質問を変える。

「今朝は自分から呼び出したにもかかわらず、スワニー女子学生ハウスまで行ったな」

「ああ」

「なぜだ」

ワイズは自嘲と自虐の入り混じる笑みを浮かべ、

「娘が私を嫌っていたからだ」

なんだって？

砂田は驚いている自分自身に言い聞かせる――あの女は偽物だった。父親を心から心配していたあの女は。本物が父親を憎んでいたとして、なんの不思議もありはしない。

「離婚したとき、娘は迷わず妻に付いていった。妻はずっと娘に吹き込んでたんだ。私が家族など少しも愛していない冷血漢だとな。私が仕事に打ち込んだのは家族のためだ。忘れたことなど一度もない。なのに娘は、手紙の返事さえ一度もよこさなかった」

「しかし娘は会うと約束してくれたんじゃないのか」

「だから不安だったのだ。娘の気が変わるんじゃないかとね」

上背のあるワイズの体が、急に縮こまって見えた。

「それで寮の前まで行ったというわけか」

「そうだ。だが、娘じゃなかった……ちょうど寮から出てきた女の声が電話と同じだったから、私はてっきり……だが違った！」

そこでワイズは急に昂《たか》ぶり、机を叩いた。

「嵌められたんだ、私は、最初から！」

「嵌められた？　誰に？」

馬越が機を捉えた。

「あんた、何を知ってる？　なぜ追われてる？」

一気に核心に持っていく気だ――

室内がやけに蒸す。ボールペンを握った手がじっとりと汗ばんでいた。

「それは……言えない」

「言ってしまえ。娘さんに会いたくないのか」

ワイズがびくりと顔を上げる。

「会わせてくれるのか」

「あんた次第だ。協力してくれるなら、こっちもできるだけのことをする」

温情を見せているようで、馬越は具体的な言質を一つも与えていない。

〈できるだけのことをする〉ということは、〈できないことはしない〉ということだ。

「分かった……」

落ちたか――

深く深呼吸をしてから、ワイズは覚悟を決めたように口を開いた。

「私は、ロッキード社で特別な案件に関しての……」

突然、ノックもなく取調室のドアが開いた。室内にいた全員が振り返る。

福田《ふくだ》公安部長と日向《ひなた》外事一課長だった。

「聴取をただちに中断する」

公安部長が抑揚のない声で告げた。

何もかもがそれで終わった。


ワイズ一人を取調室に残し、他の全員が廊下に出る。

公安部長は何も言わずにそのまま去った。

「本日はご苦労様でした」

通訳に礼を述べて先に帰した日向一課長は、立ち尽くす馬越と砂田に向き直り、

「アメリカ大使館から内調を通して連絡があった。ただちにワイズの身柄を回収に向かうので、それまで彼に触れてはならんそうだ」

我が耳を疑った。

「どういうことですか。こっちにワイズを押さえるように頼んでおきながら」

「だからその身柄を引き取りに来ると言ってるんだろう。君達はよくやってくれた」

「納得できません。こっちは聴取の真っ最中なんですよ。せめてあと少し――」

食い下がろうとした砂田の肩を、馬越が押さえた。

「おまえは黙ってろ」

そして課長を見つめ、

「部長も納得してるというわけですね、上がＣＩＡとその線で合意したと」

「そういうことだ。すまん」

課長が頭を下げる。

馬越は唇をへの字に結んだまま何も言わない。

通路の向こうから三人の白人が大股で近づいてくるのが見えた。ＣＩＡだ。


専用駐車場でワイズはＣＩＡのセダンに乗せられた。

砂田は馬越とともに、彼を最後まで見送った。

ＣＩＡの三人は、こちらに説明どころか挨拶さえしようとはしなかった。ただ不快そうに、後から付いてくるこちらを一瞥しただけである。

車に乗せられる寸前、ワイズは馬越を振り返って呟いた。

「アーサー・ヤング……」

次の瞬間、ひょろ長いワイズの体軀《たいく》は黒塗りの公用車に押し込められた。

聞き返す暇もなく、急発進した車は瞬く間に砂田の視界から消え去った。

アーサー・ヤング。どこかで聞いた名前であった。

誰であったか尋ねようとして傍らを振り向くと、上司の姿はすでになかった。

「何をしてる。早く来い。仕事はいくらでもあるんだ」

背後から馬越の怒鳴り声がした。

「あっ、はいっ」

砂田は慌てて走り出した。

本物のアンナ・ワイズは任意での聴取に応じていた。

髪はくすんだブラウンで、ブロンドの偽物とはまるで似たところのない容姿であった。

十六号室の住人ミシェル・グリーンとは寮内ですれ違ったことはあるが、親しいどころか話したことさえないと供述した。彼女が自分の名を騙《かた》っていたと知り、驚きを隠せない様子であったという。

また父親の仕事については、なんの情報も持ち合わせておらず、関心さえ抱《いだ》いていなかった。

自らの境遇に関する彼女の証言は、ヘンリー・ワイズの供述を部分的に裏付けるものだった。

ただし、父親が自分に会うために来日していたことはまったく知らず、嫌悪感も露わに「今さら会いたいとは思わない」と言い捨てた。偽物のアンナが父親に思慕の情を示していたのとは対照的に。

たとえ電話線を通した会話だけではあっても——そして偽りではあっても——ワイズは一時的に娘からの愛情に触れることができたわけである。

これは皮肉と言っていいのだろうか。独身の砂田には分かるはずもなかった。

ワイズの魂にとって、その記憶はささやかな慰撫《いぶ》となるかもしれないし、同時により深い絶望の源となるかもしれない。

飯田橋のスワニー女子学生ハウスに赴いた砂田は、封鎖された十六号室に入ってみた。

ここもすでに徹底した捜索が行なわれた後である。夕刻の薄暗い室内に、容赦なくかき回された痕跡が見て取れた。

ミシェル・グリーンと名乗っていた女の指紋は採れたが、他に有力な手がかりとなるような品は何も残されていなかったと聞いている。実際に入ってみても、生活の気配すら感じられなかった。不時の退去をあらかじめ想定していたに違いない。

プロの手際だ。アマチュアではあり得ない。

部屋の真ん中に立って、砂田は生々しく散らかった周囲を見回す。

偽者のアンナの髪が放っていた眩《まぶ》しい光が、一瞬窓辺に煌めいたように思った。

錯覚だ――残照が最後の光を投げかけただけなのだ――

暮れゆく窓の外をちらりと見て、砂田は十六号室を後にした。

西新宿の分室は時を移さず閉鎖された。

砂田はイースタン・カンパニーの名刺を偽のアンナに渡している。そこが公安の分室であることはすでに〈機関員〉に知られているのだ。

警視庁に戻った砂田を最初に出迎えたのは、自席でショートピースを燻《くゆ》らせていた逢沢であった。

「よう、また一段としょぼくれたな」

にやにやと笑いながら言う。

馬越班、いや、外事一課全体が殺気立っているときに、この男だけは普段のペースを崩さない。

一瞬怒りを覚えたが、これが外事のあるべき姿なのかもしれないと考え直した。

無言で席に着いた砂田の目の前に、逢沢は三枚の写真を投げ出した。

いずれも外国人の写真である。

「これは？」

顔を上げると、逢沢はいつものように欠けた歯の隙間から煙を吐き出しながら答えた。

「女子寮の三人の管理人がいるだろ。あいつらに金を渡していた相手、つまり運用していた機関員だが、三人の供述からそれらしいのを特定した」

驚いて写真を手に取った。

「詳しい資料はこっちだ」

逢沢がファイルの束を投げてよこす。

「割り出すのは簡単だったよ。三人とも一課で前からマークしていたKGBのお客さんだ」

〈お客さん〉とは、〈機関員〉などと同じく、外国人諜報組織の工作員を指す公安独特の用語である。

すると――

砂田はその事実を容易に呑み込むことができなかった。

するとアンナは――ミシェル・グリーンは――KGBだったのか。

8

アーサー・ヤング。

自席に積み上げた資料に片端から目を通す。答えはすぐに見つかった。あまりにも呆気《あっけ》なく。

『アーサー・ヤング会計事務所』。ロッキード事件の発端となった誤配事件を引き起こしたロッキード社の監査法人である。

二月五日の毎日新聞夕刊に、［ワシントン5日毎日支局］発の記事が小さく掲載されている。それによると昨年夏、ワシントンにあるアメリカ上院外交委員会多国籍企業小委員会、すなわちチャーチ委員会事務所に小包が届けられた。開梱《かいこん》してみると、ロッキード社の極秘書類が詰まっていた。二月四日にチャーチ委員会はロッキード社の贈賄を裏付ける同社とアーサー・ヤング会計事務所の重要書類を含む四十六ページの報告書を公表したが、それらの書類はほとんどがその小包に入っていたものと見られる。

それだけだった。

誰が、なんのためにそんな物をチャーチ委員会事務所に送りつけたのか、まったく触れられていない。

もちろん現在では、もっと具体的な状況が一般でも報じられているし、公安の資料には砂田が閲覧できる範囲でもより詳細な記述がある。

アーサー・ヤング会計事務所はチャーチ委員会からの文書提出命令に抵抗を試みようとニューヨークの著名な法律事務所ホワイト&ケースに依頼していたが、〈二人の搬送人〉が提出しないはずの文書を〈誤って〉配達してしまった。

昨年九月十五日、ウォール・ストリート・ジャーナルがその不可解な出来事を初めて報じた。書類の入った箱の宛先は『フィンドレー会計事務所』となっていた。フィンドレーとはアーサー・ヤング会計事務所に所属する会計士ウィリアム・フィンドレーのことである。アーサー・ヤングにおいて長年ロッキード社の監査役を担当していたのが彼だった。これが本当に誤配達であったなら、フィンドレーかアーサー・ヤングに転送するのが普通ではないか。なのにチャーチ委員会はなぜ開封してしまったのか。

そうした経緯が、「ロッキード事件謀略説」の生まれる原因の一つとなったことは間違いない。

これだ、と思った。

すべてつながる。ウィリアム・フィンドレーがアーサー・ヤング会計事務所のロッキード担当であったように、ヘンリー・ワイズがロッキード側のアーサー・ヤング担当であったなら。

ワイズは自分の役職をなんと答えた？　「上級執行役員付特別監査室室長代理」だ。いかにも怪しげな肩書きではないか。何をやらされていたか知れたものではない。しかもＣＩＡの資料では「国際第二営業部第四課サブ・マネージャー」となっていた。どちらを信じるべきか。言うまでもない。自分はあのときのワイズを直接見た。世界の裏切りと不条理に対する諦念に肩をすくめた五十男。

興奮のままに立ち上がっていた。

「アーサー・ヤング会計事務所だ！」

机を並べる同僚達に向かい、

「前に言いましたよね、ほら、ワイズが連行される前に言い残した言葉。あれはアーサー・ヤング会計事務所のことだったんだ。ワイズはロッキード事件の端緒になった機密文書誤配事件に関係してたんですよ」

しかし顔を上げようとする者は一人もなかった。

笹倉も、矢島も、山浦も、砂田の声など聞こえぬが如く、黙々とデスクワークに励んでいる。わけが分からない。

「ねえ、どうしたんですか、アーサー・ヤング会計事務所ですよ、ほら、あの――」

狼狽《ろうばい》しながらも懸命に説明しようとする砂田に、

「それくらいみんな知ってるよ」

逢沢だった。

砂田は相棒でもある先輩刑事の机に駆け寄り、

「文書の配達に手を貸したのがワイズだったとすれば、ＣＩＡに確保されたのも――」

「それも分かってる」

書きかけの報告書から顔も上げずに応じる逢沢に、砂田は言葉を失った。

「だったら、どうして……」

「砂田！」

副長格の柿本が鋭くたしなめた。

「その件はもう終わったんだ。いつまでも引きずってないで仕事しろ」

もう終わった？

「納得できません」

憤然と柿本に詰め寄った。

「どういうことですか。柿本さんはこのままでいいと――」

「おまえ、それでも外一かっ」

これまで以上に声を荒らげた柿本が、持っていたノートを机に叩きつけて立ち上がる。

他の者達は振り向きもしない。班長の馬越さえも。

砂田は義憤に駆られて叫んでいた。

「分かりました。だったら――」

そのとき、阿久津の朗《ほが》らかな声がした。

「相変わらず元気がいいですね、砂田君」

今度は全員が振り返った。

柿本は何事もなかったように着席して仕事に戻っている。

「お仕事のお邪魔をしてすみません。いえね、そこを通りかかったらなんだかにぎやかな声がしたもんだから」

にこやかにそう言いながら、阿久津は机の列の合間に踏み入ってきて、

「砂田君、よかったら近いうちにまた付き合ってくれませんか。どうです、久々に餃子《ギョーザ》でビール とか」

「え……」

砂田の返事を待たず、馬越に向かい、

「馬越さん、そんなところで、ここは一つ」

顔を上げた馬越は、阿久津に目礼だけをして、大儀そうに再び机上の書類に視線を落とした。

「じゃ砂田君、こっちから改めて連絡します。楽しみにしてますんで、また」

それだけ言うと、阿久津は飄々とした足取りで離れていった。

その後ろ姿を眺めながら、砂田ははっきりと悟っていた。

自分は今、阿久津管理官に救われたのだと。

振り返ると、ちびた鉛筆を舐《な》めながら書類をチェックしている馬越の大きい頭部が目に入った。

班長は最後まで一言も発しなかった。

十月二十二日、文化大革命を推進した江青《こうせい》ら「四人組」の逮捕が公表され、華国鋒《かこくほう》が中華人民共和国首相の座についた。

それに関連して外務省アジア大洋州局と公安部外事二課では慌ただしい動きが見られた。外事一課にもまんざら関わりのないことではなかったが、五係馬越班の日々の業務にこれと言った変化は特になかった。

しかし砂田は、個人的に中国の動静を興味深く注視していた。

興味深く、と言うと少し違うかもしれない。実際には、安堵にも似た感慨を抱かずにはいられなかったからだ。

中国との国交回復は田中角栄の成し遂げた業績の一つである。その中国が、文革による長い混乱をようやく脱することができたのだ。

所縁の深い中国でのこのニュースを、角栄はどんな思いで受け止めているのだろうか。

いずれにしても、砂田には窺い知るすべもないことではあったが。

十月も終わりになって、阿久津から連絡があった。

「今夜あたりどうです、ほら、この前約束した、餃子にビール」

午後八時、新大塚の中華料理店『明珍飯店』で落ち合った二人は、畳が茶色く変色した奥の座敷に上がり込み、早速ビールを注文して乾杯した。

明珍飯店も大塚署時代に二人でよく入った店だった。この店に来る警察官が他にいなかったのも常連になった理由の一つだ。

「今夜は日本酒の熱燗《あつかん》がよかったかもしれませんね」

コップを一息で干してから阿久津は笑った。その夜は急に冷え込んで、確かに燗酒が恋しく思われた。

「この前はありがとうございました、管理官」

砂田は神妙に頭を下げた。

よして下さいよ――かつての阿久津ならそう笑っていただろう。

だがその夜の阿久津は違っていた。乾杯したときに浮かべていた微笑みさえも消えている。いつもと異なる空気を察して緊張する砂田の目をじっと見つめ、

「クラーラ・エラストヴナ・ルシーノワ。それがアンナ・ワイズになりすましていたKGB機関員の名前です」

驚きのあまり、咄嗟になんと言っていいか分からなかった。

クラーラ・ルシーノワ――

「備局《びきょく》（警備局）の方にこっそり教えてくれる人がいましてね。言うまでもありませんが、今僕が話していることは今夜限りで忘れて下さい」

はいともいいえとも答えられなかった。それが阿久津の厚意であると分かっていても。

阿久津は構わず続けた。

「実際の年齢は本物のアンナ・ワイズと同じだったようです。日本語が堪能で、日本の諸事情に明るかったという事実からすると、対日工作要員として特別に養成されたのでしょうね。詳しい経歴はもちろん不明です。サクラでも把握していなかったそうですから、日本に派遣され

てそう間がないのでしょう。ことによったら、作戦に投入されたのは今回が初めてだったのかもしれない」

サクラ――

〈備局の方〉とは警備局公安第一課か。

「ＣＩＡは当初、ヘンリー・ワイズの重要性を認識していなかった。だから日本の外事に任せてしまった。彼らが事の重大性に気づいたのは、皮肉にもＫＧＢが動いていることを察知したからです。ヘンリー・ワイズが東陽三丁目の倉庫から逃げ出したのは、ＣＩＡではなく、ＫＧＢの監視に気づいたせいでしょう」

「待って下さい」

砂田は身を乗り出して、

「ワイズは例の誤配事件に関係していた。つまり、ロッキードの機密文書がチャーチ委員会に届けられるよう工作した、実行犯でないにしても、なんらかの形で関与していた――そう考えていいわけですよね？」

〈警察庁の石坂浩二〉改め〈公安の石坂浩二〉は、その二つ名に似つかわしい誠実そうな表情を見せ、

「買い被《かぶ》らないで下さいよ。いくら私だってそこまでは知りません。ただ想像するだけです。本当はそんな想像も口にしない方がいいんですけどね。反論だっていっぱいあるわけじゃないですか。チャーチ委員会のあれは誤配なんかではなく、れっきとした法令に基づく証拠の提出

であるとか。でもまあ、仮にそういうことにしておきましょうか。この店を出るまでは」

「ワイズはそもそもロッキード社の人間ですよね。そんな男がわざわざ自分の会社を追い込むような小細工をした。だとすると、背後にいるのはＣＩＡだ。ほら、例のロッキード陰謀説ですよ。田中角栄を嵌めるためにアメリカが仕組んだっていう。なのにＣＩＡが把握していなかったなんて変じゃないですか。百歩譲ってもですよ、ワイズがＣＩＡの捕捉から逃れて日本に入国したとして、少なくとも捜索を日本側に任せるはずがない。矛盾してますよ、最初から」

「その通りですね」

阿久津は落ち着き払った様子で、

「しかし、組織が巨大になればなるほど末端に目が届かなくなる。末端もまた人間であると認識できなくなると言い換えてもいい。そういうものでしょう、社会って。ワイズはあまりに小物だった。しかも出番はとっくに終わってる。もともと彼は事態の全容など知らされてもいなかったはずです。けれど彼は馬鹿ではなかった。自分の細工が国際的な大問題を引き起こしたと知り、怖くなった。勘違いしないで下さいよ、僕は今、自分の想像を話しているだけですから」

そのとき、若い店員が大皿一杯の餃子を運んできた。

「お待たせしました、特大明珍餃子四人前っ」

阿久津は口をつぐみ、店員が去るのを待つ。聞いている者がいないことを確認してから、

「ともかく彼は、ロッキードを退社した。そこで自分の人生を振り返る時間を得たんじゃない

でしょうか。今までほったらかしにしておいた、別れたきりの娘に会いたくなった。それで娘が留学中だという日本にまで会いに行ったが、用心して普通のホテルには泊まらず、身を隠すことにした。昔のコネを使ってね。一方のロッキード社は、後ろ暗いところが山ほどあるからワイズの存在そのものを消すことにした。消すと言っても物騒な意味じゃない。もともとロッキード社は汚れ仕事をすべて押し付けるつもりで彼を雇ってたんでしょう。もしそうだとすれば、在籍した痕跡を消す準備くらいはしてただろうし、一般の社員が彼を知らなくても筋は通る」

阿久津の論理はどこまでも明晰《めいせき》だった。

そしてそれは、砂田自身の推測と限りなく一致していた。

「さてCIAはと言うと、その段階に至ってもなおラングレー（CIA本部）は事態の重要性を認識していなかった。末端の協力者がコントロールから外れた、くらいの報告しか上がってなかったんじゃないかな。そこで日本の警視庁に尻拭いを委託したというところでしょうか」

そのとき、カウンターの向こうから店の老主人が声をかけてきた。

「どうしたい兄ちゃん達、忘れたの、ウチの餃子は熱々で食べるのが一番なんだから」

しばらく来ない間にすっかり皺の増えた主人がこちらを睨《にら》んでいる。

「それともウチの餃子、そんなに味が落ちたってての？」

「すみません、仕事の話に夢中になって」

愛想よく答えた阿久津が割り箸で餃子をつまむ。

「うん、やっぱりおいしいですよ、ここの餃子は」

だが砂田はどうしても食べる気になれず、ごまかすようにビールを口に運ぶことしかできなかった。

大皿の餃子を半分ほど平らげ、阿久津は箸を置いた。

「そろそろ出ましょうか」

「ええ」

砂田もビールが半分ほど残ったコップを置いて立ち上がった。

「兄ちゃん達もトシとったねえ。昔は四人前どころか八人前くらいぺろっと食べてたのにさ」

店を出るとき、老店主が憎まれ口を叩くのが聞こえた。

時刻はまだ八時半を過ぎたばかりである。

「少し冷えますが、池袋まで歩きませんか」

阿久津が誘ってきた。話の続きということか。

「いいですね」

横に並んで春日通りを歩き出す。しばらくどちらも無言であった。

時刻は早いが、十月も末の夜は確かに冷えた。

「ＫＧＢは先にワイズを確保してアメリカの謀略の証拠を握ろうとしたのですね」

自分の方から口火を切った。

「さっきの仮説が当たっていたら、の話ですけどね」

阿久津は慎重に付け加える。

「どっちにしても、公表したりはしなかったでしょう。ソ連にしてみれば対米、対日工作のカードが一枚増える、それだけのことです」

「ワイズの娘のふりをして電話を受けた、その……」

「クラーラ・ルシーノワ」

「クラーラは指示された通り東陽三丁目の倉庫に向かった。他の機関員が先に乗り込まなかったのは、まず説得によってワイズを穏便に懐柔しようとしたからだ。しかし裏の仕事を手掛けてきただけあって、ワイズは予想以上に用心深かった。監視されていることをいち早く察知し、KGBの目を欺いて逃亡した。クラーラが倉庫に入ったときにはすでに誰もいなかった。そこへ後からやってきた間抜けが私だった」

「よくないですよ、そんなふうに思っては」

「いや、間抜けも間抜け、大間抜けです。自分はルポライターだ、君の力になろうなんて……全部お見通しだったわけだ、彼女には」

殺風景な倉庫の中、蛍光灯の光を浴びて怯えたように羽を縮める金色の小鳥。

今でもまざまざと目に浮かぶのがよけいに悔しくてならない。

無垢《むく》とも純粋とも思えた蒼い双眸は、突然現われたルポライターと称する日本人が公安の刑事だと即座に見抜いた。そして一瞬で奸計《かんけい》を巡らせた。この男を利用しようと。

ワイズと同じく、日本警察にも娘のアンナだと思わせておけば、かえって自分の正体を探られることはない。日本警察にワイズの居所を調べさせ、その情報を手に入れる。さらには、重要な局面における攪乱工作も容易となる。

果てしなく苦い自嘲の思いを嚙み締める——彼女にとって、自分はいいように操れるデクノボウでしかなかった。

あのとき、東陽三丁目の倉庫周辺にはKGB、それに外一という二重の監視網が敷かれていたことになる。いくら倉庫に気を取られていたとは言え、馬越班の誰にも気づかれることなく撤収したKGBの技術はさすがと言うほかない。

「砂田君もさっき言ってましたよね、ロッキード陰謀説」

砂田は思わず阿久津の方を振り向いた。

その横顔は、対向車線を流れ去る車列のヘッドライトで白と黒とに瞬いて見えた。

ロッキード事件陰謀説。それは事件発覚の当初から囁かれていたものである。それこそさまざまな立場の人間がさまざまな説を唱えていて、混乱に拍車をかけている。

中国と国交を開いた田中角栄をアメリカが排除しようとしたという説。

田中角栄の政治手法に反感を抱く政治的勢力が仕組んだという説。

三木武夫首相が内閣の延命を図り、検察が田中逮捕に動くよう仕向けたとする説。

対潜哨戒機《しょうかいき》P3C導入を巡る軍用機の問題を、民間の航空会社である全日空の旅客機トライスターの話にすり替えて世間の目を逸《そ》らせるためだったとする説。

特にP3Cに関しては、ロッキード社による政界工作開始の一因ともなった次期対潜哨戒機

（ＰＸＬ）の国産化が白紙撤回された件について、二月九日に当時防衛事務次官だった久保卓也が、ロッキード社の要請によって田中元首相が方針を転換したためと取れる発言をし、大きな問題となった。いわゆる『久保発言』である。だが久保は後に発言が誤りであったとして戒告処分を受け、涙を滲《にじ》ませながら謝罪の記者会見を行なっている。

そうした不可解な事実があまりにも多いため、陰謀説は単なるデマとも憶測とも言い切れぬ信憑性《しんぴょうせい》をまとい続けることとなった。

説によって陰謀の黒幕や目的は異なっているが、その多くは「田中角栄はアメリカに憎まれていた」ことを根拠に挙げている。

「そうか……石油か……」

アルバート・カーティス。ガルフオイルの調査員を名乗って自分と逢沢に接触してきた男。夜の冷気か、あるいは排気ガスに咽《む》せたのか、阿久津は少し咳《せき》をして、

「石油メジャーも、なんとかワイズの身柄を押さえようと焦っていたのかもしれませんね」

だとすると――

「だとすると、やはりロッキード事件は……」

田中角栄はアメリカへの石油依存を脱するため、ソ連やアラブ諸国に接近し、独自のエネルギー調達ルートの開拓を試みていた。アメリカ政府と石油メジャーはなんとしてもそれを阻止しようとしていたというのだ。

「推測ですよ、あくまでも。証拠なんてどこにもありませんから」

駄目押しのように言う阿久津に、砂田はあえて食い下がった。

「管理官が今夜自分を誘ってくれたのは、それを教えてくれるためだったんじゃないんですか」

阿久津は否定も肯定もせず、六ツ又陸橋を渡って豊島区役所の方へと向かった。

「これではっきりしたじゃないですか、阿久津さん」

「何がです？」

意外なまでに冷静な声で阿久津が聞き返してきた。

「だって、ワイズの役目も、ＣＩＡやガルフオイルの動きも、これで全部説明が――」

「つきませんよ、そんなもの」

「えっ」

「ワイズの容疑は一体なんですか。我々はＣＩＡから『ワイズの行方を捜索してくれ』と言われただけだ。確保の理由はこっちの後付けですしね」

「しかし、結果としてワイズは誤配事件に関係していた」

「だからそれが想像だと言ってるんです。アメリカは知りませんが、少なくとも日本側にはヘンリー・ワイズに関する資料どころか、調査記録も残ってないはずですよ。ええ、破棄するようにとの命令がありました。理由なんて知りません。私には訊くことさえ許されてませんから」

「自分達が証人です。ヘンリー・ワイズは実在したんだ」

「そう名乗る白人男性を保護したのは確かです。しかし彼は、CIAによってどこかへ移送された。今後彼が表に出てくることはもちろん、その名が公的な場で言及されることもないでしょう。地上から完全に消えたわけだ、ヘンリー・ワイズという幻は」

どう答えていいかさえ分からない。

阿久津もさすがに気まずい顔で、ただ黙々と足を運んでいる。

池袋駅周辺の喧噪《けんそう》が聞こえてきた。

豊島区役所の前を過ぎたところで、阿久津が再び口を開いた。

「今夜君を誘ったのは、早まったことをしやしないか心配したからですよ」

いつもの温和な口調であった。

「そうです、確かにクラーラ・ルシーノワの名前だけは伝えようと思いました。だって君は、ずいぶん思いつめてるようだったから。馬越さんは何か言ってくれませんでしたか」

その問いに胸を刺される。

馬越班長は確かに言ってくれた——「マル対はどこまで行ってもマル対だ」と。

「このまま君が、外一で不適格の評価を受け、放り出されたりしたらどうするんですか。力を合わせて理想を実現するんじゃなかったんですか」

池袋駅東口に着いた。

阿久津は足を止めて砂田を振り返り、

「僕はね、砂田君、僕はいつか、納得できる答えを正々堂々と要求できるようになりたいと思っています。でも、それは今じゃない。この先のいつかです」

それだけ言うと、阿久津は地下街への階段を駆け下りていった。

その後ろ姿が見えなくなっても、しばらくその場に立ち尽くした。

不意に頭上を巨大な飛行機の機影がかすめたような気がして、砂田は夜空を振り仰いだ。しかしいくら目を凝らしても、そこには星の一つも見えなかった。

9

十一月に入ってすぐの二日に、法務省が灰色高官として、二階堂進元官房長官、佐々木秀世元運輸相、福永一臣自民党航空対策特別委員長、加藤六月元運輸政務次官らの名前を公表した。しかし、いずれも起訴されなかった。

ヘンリー・ワイズ。チャーチ委員会。ホワイト&ケース法律事務所。アーサー・ヤング会計事務所。誤って届けられた段ボール箱。CIA。KGB。そしてクラーラ・ルシーノワ。

漠然と砂田は思う。

ロッキード社から出たという五億円を角栄が受け取ったかどうかは分からない。しかしそのカネ自体が、いやロッキード事件そのものが、アメリカ――ことにキッシンジャー国務長官――が仕掛けた罠《わな》だったのではないか。田中角栄という生意気で目障りな日本人を排除するための。

中国との国交正常化。脱アメリカのエネルギー戦略。対潜哨戒機P3C導入を巡る闇。理由はいくらでもある。日本国内における反田中派勢力の暗躍もあったろう。

そう考えると、砂田は己の頭を殴りつけたくなる。

自分は、もしかしたら角栄の無実を証明できたかもしれなかったのにと。

少なくとも、角栄を嵌めた謀略の証人を一度はこの手で確保したのにと。


「どうしたの、宮田ちゃん」

赤坂のバーで突然声をかけられ、砂田は努めて自然に振り返った。

丸い大きな禿頭《とくとう》に、人懐こいようで狷介《けんかい》さをも窺わせる眼光。トップ屋の竹中労だった。もっとも今は、時流に合わせてルポライターと名乗っている。反骨の士として知られるが、平岡正明、太田竜とともに「新左翼三バカトリオ」と呼ばれることもある。

「一人で飲んでるなんて珍しいね。加藤ちゃんは?」

「引退したんですよ、あの人」

「えっ、加藤ちゃんが?　なんでまた急に?」

「さあ、詳しくは知りませんけど、故郷《クニ》へ帰ったって聞きました。でも、前から考えてたみたいですよ。東京はもう飽きた、田舎でのんびりしたいなんて時々漏らしてましたから」

「へええ、加藤ちゃんがねえ。ちっとも知らなかったな。じゃあ、これからは宮田ちゃんが一匹狼でやるわけか」

「狼ってほどかっこよくないですけど、よろしくお願いします」

嘘ではない。

〈加藤〉こと逢沢は、異動願いが受理されて日野署に移った。本人の希望もあって、送別会は特になかった。ただ砂田と最後に飲んだときには、奥多摩で気楽に釣りをやるんだと語っていた。

例によってにやにやと笑いながら言うその口振りからは、本気とも冗談とも判別はつかなかった。それでも逢沢は、まんまと自分を後釜に残して外事を去ることに成功したのだ。

「ところで竹中さん、その後キネ旬の方とは」

さりげなく話題を変える。

竹中は「キネマ旬報」で日本映画史についての連載を持っていたが、ライターとしてのスタンスや生来の性格もあって、かねてより編集部を批判するような言動を繰り返していた。

「いやあ、相変わらずだね。このままじゃ連載の方もどうなるか知れたもんじゃねえよ……おっと宮田ちゃん、それよりさ」

急に思い出したように、竹中は手にした大きい鞄《かばん》の中から分厚い新刊書籍を取り出した。

「これ、今月出した新刊。絶対に面白いから読んでくれよ」

書名に目を走らせる。『鞍馬天狗のおじさんは　聞書アラカン一代』。どうやら嵐寛寿郎の評伝らしい。

映画に興味はなかったが、大仰な仕草で受け取った。

「お、こいつはありがたいや。なかなか面白そうなご本ですね。謹んで頂戴致します」

十二月五日。第三十四回衆議院議員総選挙が行なわれた。「ロッキード選挙」とも揶揄《やゆ》されたこの選挙で、自民党を離党していた角栄は無所属で新潟三区から立候補した。

その一部始終を中継するテレビ報道を、砂田は外一のフロアで、出先の大衆食堂で、自宅のアパートで、食い入るように見つめた。

〈今、ロッキード問題などという話題を提供し、大変ご心配を頂きましたが、明確に申し上げる。この問題は、私は関係ないっ。いやしくもね、日本の総理大臣たる私やニクソンさんが、民間の航空機を購入するような問題を話し合ったり、関係することがありますか。これはあり得ないのであります〉

選挙期間中からこう演説していた角栄は、一六万八五二二票を獲得し、二位に大差をつけてトップ当選を果たした。

砂田の自室にあるテレビは、カラーではあるが質流れの中古品だ。ときおり色の濁るブラウン管の中の角栄は、地元選挙民の盛大な歓呼に満面の笑みで応じている。

だがその笑顔は、以前とはどこか違っているように見えて仕方がなかった。

1986
東芝COCOM違反

1

おっ、ダブルソーダがあるじゃないか——

野方署近くのコンビニエンスストアに立ち寄った砂田は、アイスクリームの類が並べられた冷凍庫を一瞥し、心の内で呟いた。

「班長、そういうのお好きなんですか」

手にしたカゴにダブルソーダを放り込んだ砂田を見て、部下の眉墨圭子《まゆずみけいこ》が驚いたように言った。

「まあな」

曖昧に答えて、レジに向かう。

ちょっとした思い出なんだ——元班長の馬越さんとの——

長くなるので話さなかった。たとえ話したとしても、新人の若い圭子には面白くもなんともない話だろう。

十年ほど前に出現したコンビニエンスストアは、瞬く間に日本中に広がった。三十代も終わり近い砂田にとっては、つい昨日のことのようであったが、気がついてみるとこの十年で日本中の景観が激変している。古くからの商店に取って代わるように広まったコンビニは、まるで昔から在ったと言わんばかりの佇まいでごく自然に街の中に溶け込んでいた。またそれを当たり前のこととして受け入れている自分がいる。ましてや圭子にとっては、空気よりも自然でことさら言及すべき事象でもないに違いない。

なるほど、駄菓子屋もなくなるわけだ――

昭和五十六年、砂田は公安部外事第一課五係から第一機動隊に転属となった。今からもう五年も前になる。その間に五係の班長だった馬越も小松川署警備課の課長に栄転している。

二年間に及ぶ機動隊勤務ののち警部補に昇進し、外事一課四係の主任を拝命した。すなわち、砂田班の班長となったのである。眉墨圭子はこの春に配属されたばかりの部下であった。

その日砂田は、ちょっとした所用があり、圭子一人を連れて野方署を訪れたのだ。

「ほら」

最寄りの中野駅に向かって歩きながら、ダブルソーダを外袋の上から二つに割って一本を圭子に差し出す。かつて馬越が自分にしてくれたように。

圭子が呆れたように自分を見上げる。

「どうした、早く取ってくれ」

「はい」

逡巡《しゅんじゅん》していた圭子が思い切ったようにアイスキャンデーを取り、口に運ぶ。

「危ない危ない、もう少しで溶けるところだった」

「すみません」

俯《うつむ》く圭子に、

「謝ることはないよ。それにしても暑いな、今日は」

「ええ」

ダブルソーダを一かじりして頭上を見上げた。

八月の太陽は容赦なく地上のすべてを熱している。そのせいか、歩行者の数も目立って少ない。

二人はもう何も言わず、ダブルソーダを舐めながら駅に向かって足を運んだ。


警視庁本部庁舎は、建て替え中の一時的な仮庁舎であった物産館を経て、昭和五十五年に落成した新庁舎となっている。砂田には未《いま》だ馴染めぬ新たな砦《とりで》だ。まだ新しい庁舎内に踏み入るたび、旧庁舎が思い出されてならなかった。

「班長」

公安部外事課のフロアに戻った砂田に、部下の和泉《いずみ》が近寄ってきた。

普段と少しも変わらぬ無表情だが、その顔を一目見ただけで、彼がなんらかの〈特別な〉情報をつかんだらしいことが分かった。

「小会議室は」

「空いてます」

心得ているという口調で和泉が答える。

踵《きびす》を返して小会議室へと向かう。和泉だけでなく、さりげなく立ち上がった青野《あおの》も付いてくる。るのが分かった。和泉とよく似た〈公安顔〉の部下だ。

その一方で、何も聞かなかったような顔で自席に戻る圭子を横目に捉える。外事には花も紅一点も必要ない。外事に配属されただけあって、圭子は極めて優秀だった。誰に教わらずとも外事の不文律を身につけたようだ。

小会議室に入り、砂田は奥の椅子に腰を下ろした。

「それで？」

目の前に青野と並んで立った和泉が、表情をまったく変えることなく報告する。

「お客さんが妙な動きをしています」

この場合、〈お客さん〉とは当然KGBの工作員を意味している。

三か月ばかり前の五月には東京サミットが無事終了し、警備部と公安部、それに外務省他関係省庁が一息ついたところであった。しばらく息を潜めていた共産圏のスパイが再び蠢動《しゅんどう》し始めたということだろうか。

「具体的に言え」

ぼそりと命じる。その言い方が、かつての上司である馬越に似てきたことが自分でも気になっている。

「接触している相手が、東芝の社員なんです。それも東芝本社だけでなく、子会社の東芝機械にも」

「それだけじゃありません」青野が口を挟む。「同じグループと見られる連中が、伊藤忠にも接触しているようなんです」

「伊藤忠？」

「はい」

日本を代表する大商社の一つである伊藤忠なら、当然東芝とも取引はあるだろうし、ＫＧＢに目をつけられていてもおかしくはない。しかし三社同時にというのが不可解である。

「接触のレベルは」

再び和泉が答える。

「初期段階のＢ。東芝も伊藤忠も、自分達が機関員からの接触を受けているなんて意識はまったくないと推測されます」

ならば気のせいだろうとは思わない。和泉も青野も、なるべくして外事になったような男達だ。彼らが自分に報告すべきであると判断した。そこには事態を冷徹に観察する機械的な厳密さしかない。

「いつからだ」

青野が即答する。

「先月の後半からだと思われます。それ以前は確認できません」

「狙いは東芝の技術か」

「おそらくは。しかし東芝の場合、接触の相手が技術担当だけではないんです」

「ターゲットの傾向は」

「それが、営業や総務の人間も含まれていて、どうにも傾向が特定できなくて……」

珍しく和泉の歯切れが悪くなった。

「なるほど、確かに妙だな」

東芝。東芝機械。伊藤忠。この三社に一体どういうつながりがあるのか。

「分かった。おまえ達は引き続き業務に当たってくれ。必要なら何人か回す。報告書がまとまった段階で俺から課長に話してみる」

和泉と青野は一礼して退室した。砂田班の両輪とも称すべき逸材の二人である。また彼ら自身も、そのことを互いに意識し合っているのが後ろ姿からも見て取れた。

小会議室は冷房が効いていたが、砂田は不意に外の暑さを思い出してネクタイを緩めた。

そして視線を見慣れたはずの室内にさまよわせる。新庁舎落成時には新品だった冷暖房機は、煙草のヤニですでに見る影もなく真っ黄色に染まっていた。

三日後、砂田は資料と報告書の束を持って公安部外事一課長の執務室に入った。

一課長の阿久津警視正は、十年前とほとんど変わらぬ端整な顔に真剣な色を浮かべ、砂田の持ち込んだ資料を熟読している。

彼もまた警察庁刑事局刑事企画課の課長補佐などを歴任し、砂田と軌を一にするように外事一課長として警視庁に戻ってきたのだ。

十年前と変わらぬどころか、歳《とし》とともに温和さと円熟味を増し、新たな魅力を身につけていた。未だ独身である自分と違い、結婚生活がうまくいっているせいかもしれない。

長年のつながりから、砂田は特に保秘を要する案件については係長の大山《おおやま》を通り越して課長の阿久津と直接やりとりできる関係にあった。

「これは今までにないパターンですね」

資料から顔を上げた阿久津に、

「でしょう？　モスクワも夏は暑いですから、案外エアコンの買い付けかもしれません。だがそれならＫＧＢが大挙して接待に動く必要もない。なんでしょうね、これは」

「最初に観測されたのは先月でしたね」

「ええ」

「東芝と伊藤忠か……」

そこで阿久津は、こめかみに人差し指と中指を押し当てて目を閉じた。

何か思い当たることでもあるらしい。砂田は忍耐強くじっと相手の発言を待った。

長い付き合いである。阿久津の癖は大概呑み込んでいる。

思い出せないのではない。正確性を欠くためか、あるいは支障でもあるのか、阿久津は発言を躊躇しているのだ。

「ちょっと気になる噂を聞いたような記憶があります」

阿久津は目を開けて話してくれた。相手が自分であるからこそだと砂田は密かに自負している。

「はっきりした関連は分かりませんが、時期的には符合します」

だが、それ以上は何も言わなかった。

「関係があるのかないのか、なんとかこちらで確認してみましょう」

裏を取ってから話すということか。

「この件は砂田班の担当とします。速やかに専属チームを編成して下さい。予算は私の方で手配します」

公安警察の活動費はすべてを中央が握っている。予算の額や内訳については一部の関係者以外には知りようもないシステムだ。砂田とて例外ではない。しかし警備局幹部との間に巧妙にパイプを構築した阿久津は、予算面からも砂田の捜査に肩入れしてくれていた。

阿久津課長の承認を得た砂田は、すぐさま渋谷区神泉町に分室を設置した。カバーとなる社名は『多摩川インフォメーション』。

「東芝の担当は和泉、島《しま》、盛岡《もりおか》。東芝機械は串田《くしだ》、勝野《かつの》、三沢《みさわ》。伊藤忠は青野、中江《なかえ》、伴《ばん》。嶋《しま》木《き》と野村《のむら》は随時各方面のフォローに当たってくれ。眉墨は情報の整理と分析。いいな」

集まった部下全員の分担を決める。

「今回はいつもと違い、何が起こっているのか、まったく見当もつかない。分かっているのは、KGBが何かを仕掛けようとしているということだけだ。こちらの動きに気づかれぬよう、慎重に事態の把握に努めてほしい。以上だ。行け」

部下達が間隔を空けて散っていく。かつて馬越の下で学んだやり方だ。

四十五分後。室内には砂田と圭子だけが残った。

資料を繰る砂田の目の前に、冷たい緑茶と水羊羹《ようかん》の載った盆が差し出された。

怪訝に思って顔を上げる。ここは一般企業ではない。圭子には日頃からお茶汲みの真似事《まねごと》など無用だと告げてあったからだ。

「お礼です」

心なしか、照れたように圭子が言った。

「お礼？」

「ほら、野方で頂いたこの前のアイスキャンデー」

ああ、と頷いて砂田は緑茶のコップを手に取った。

触れ合う氷の音が耳に心地好く、緑茶は喉に沁《し》み入るようにうまかった。

圭子はすでに自席で仕事に集中している。その横顔からはいかなる感情も読み取れない。上出来だ。砂田は満足して残りの緑茶を飲み干した。

砂田班による業務開始から五日後。本格的な調査の結果が集まり出した。

「東芝側でKGB機関員による接触を受けているのは資料1にある四名。部署、役職、業務内容等、一貫性は見られません。一方、接触しているのはヴィクトル・テヴェレヴィッチとワシーリー・デメンコフ。両者ともにこれまで外一全体でマークしてきた機関員です」

分室でのミーティングで、和泉が資料を示しながら報告する。

テーブルの上には、二人のロシア人の写真が広げられている。どちらも砂田だけでなく、全捜査員にとって馴染みの顔であり、名前であった。

次に串田が報告する。砂田より五つ年上のベテランだ。

「東芝機械で接触を受けているのはこの七人です。各人の経歴と写真は資料2を参照して下さい。技術者が四人と過半数を占めますが、営業が二人、総務が一人と、敵の狙いを絞り込むには無理があります。対してKGBはボリス・モイセーエンコとアレクサンドル・ブィチコフの常連組と、ゲンナージー・ラチコ。こいつは新顔で、肩書は三等書記官てことになってます」

ソ連に限らず、各国の大使館や領事館には、情報機関の関係者が多数まぎれ込んでいる。その比率の高さは、一般人の想像をはるかに超える。

砂田はうんざりとした思いでラチコなる〈ルーキー〉の写真を手に取った。

「伊藤忠ですが、接触があったのは三人。いずれも東芝との窓口と言っていい役員です」

さすがに伊藤忠の場合は役職が限られるようだ。しかし、東芝の何を扱っているのかまでは依然として不明である。

「伊藤忠に継続して接触している機関員は一名、それも女です」

「女？　ハニートラップか？」

報告中の青野に和泉が鋭く問う。

「そこまでは未確認だが、とにかくえらい美人なんで、可能性は高いだろうな」

ハニートラップとは工作員が異性の対象者を性的に誘惑して情報を奪取したり、脅迫の材料とする情報機関の手法を言う。要は色仕掛けであり、美人局《つつもたせ》の類だ。元はイギリスの著名な小説に出てくる造語らしいが、今では世界中の法執行機関で実際の用語として定着している。

「へえ、写真はないんですか」

わざとおどけるように言ったのは若い嶋木だ。

「あるよ。ちょっと待て……ああ、これだ」

青野がファイルから数葉の写真を取り出し、テーブルの上に広げる。

いずれも隠し撮りだが、群衆の中に在っても一際浮き立つような女の顔は、この上なく鮮明に写っていた。

それを目にした瞬間、砂田は我知らず立ち上がっていた。

手前にあった一枚をつかみ上げ、凝視する。

この女は――

間違いない。十年前、アンナ・ワイズと名乗っていたＫＧＢの女。

クラーラ・ルシーノワであった。

当時、確かクラーラはアンナ・ワイズと同じ年齢だったと聞いた。

だとすると、今はちょうど三十歳か――

写真の中のクラーラは、もちろんすでに繊細な少女ではない。成熟した大人の女性だ。

いや、当時も充分に大人と言える年齢であったが、砂田の記憶に棲《す》むクラーラはやはり少女の印象が強かった。若く見える体質なのか、それともよほど化粧がうまいのか、撮影されたクラーラは二十代の、しかも前半くらいにしか見えなかった。それでいて、どこかコケティッシュな雰囲気さえも感じさせる。完璧だ。

「どうしたんですか、班長」

写真を手に立ち尽くす上司の姿に不審を抱いたのだろう、和泉が心配そうに声をかけてきた。

「名前はクラーラ・エラストヴナ・ルシーノワ。年齢は三十歳」

かろうじて感情を抑え、極力平静な口調で告げる。

全員が驚いたような声を漏らした。

「知ってるんですか、この女を」

串田がさりげないふうを装いながら訊いてくる。

「五係の新人だった頃に出くわした。痛い目に遭いましたよ」

「相当なやり手ってことですね？」

「ええ」

「変ですなあ。外一謹製のファイルは何度も見てますが、こんな女は載ってなかった」

さすがに串田は鋭いところを衝《つ》いてきた。

「オペレーションそのものがなかったことになってるからですよ。この女の写真や資料は、二段階ほど上の機密ファイルにしまわれてるはずです。よほどのことがない限り、我々には閲覧すらできない」

「ははあ……」

串田はようやく思い当たったらしい。

「班長が五係の頃というと、もしかしたらアレですか、ロッキード絡みの」

外事一課全体を巻き込んだ騒ぎの噂を耳にしたことがあるのだろう。

「まあ、そんなところです」

曖昧に肯定してみせると、部下達はそれ以上訊いてはこなかった。皆外事の〈掟《おきて》〉が身についているのだ。

ただ一人、圭子だけは皆と違う視線を向けていた。はっきりとこちらを見つめていたわけではない。それどころか目を逸らしてさえいる。しかしその視線は、砂田自身も忘れていた過去の想いを見通しているかのように感じられた。

「十年間行方のつかめなかったクラーラが再び日本に現われた。この案件には思っていた以上に大掛かりな裏があると考えた方がいいだろう」

取り繕うように椅子にかけ直し、指示を下す。

「当面は従前の業務を続行。ただし保秘にはこれまで以上に徹底して留意のこと。今後の方針については、課長と相談して決める」

それだけ言って立ち上がろうとしたとき、思わぬ声が飛んできた。

「係長には？」

圭子だった。

「係長には報告しなくていいんですか」

和泉や青野達が叱咤《しった》するように圭子を睨む。どういうわけか、圭子はそれでも怯《ひる》まなかった。

当時関東管区警察局に出向していた大山係長はヘンリー・ワイズを巡る一件について——クラーラと自分とのことについて——何も知らない。

「まず課長に会う。話はそれからだ」

我ながら言いわけがましく、且つなんの説明にもなっていないと思ったが、普段と変わらぬ素振りを装って出口へと向かう。

全員のとまどいと、そして圭子の疑念を背中にはっきりと感じながら。

2

クラーラ・ルシーノワの写真を目にして、阿久津もまた驚愕を露わにした。

「あのときの女か……」

しかし、すぐにその感情を押し隠し、

「一機関員が再び日本で活動を開始した。もしかしたら我々が捕捉していなかっただけで、これまでにも何度か入国していたのかもしれない。いずれにしてもそれだけのことです」

「それだけとは」

思わず聞き返すと、阿久津は執務用のデスクから顔を上げ、

「まさか君は、彼女のことを未だに引きずっているとでも？」

「馬鹿なことは言わんで下さい」

憤然として言った。

「だったらいいじゃありませんか。彼女については私から報告を上げておきます。君達は与えられた業務に専念すればいい」

「いいんですか、本当に」

「何がですか」

「この女を聴取することにでもなったら、何を話すか分かりませんよ。あのときのことについて」

「だから私が報告を上げると言ったのです。仮に君達が彼女を確保するような事態になったとしても、聴取は別の誰かが担当することになるでしょう」

「誰です、それは」

「ですから、別の誰かです」

砂田は目の前に座す上司をまじまじと見た。

一課長として外事に戻ってきた阿久津の言動は、以前とは微妙に異なるものとなっていた。少なくとも、新大塚の中華屋から池袋まで一緒に歩いた十年前とは明らかに違う。

日頃薄々は感じながらも、できれば否定したい変化であった。

こちらの勝手な失望を察知したのか、阿久津はため息をついて、

「こう見えてもね、私にも立場というものがあるんです」

昔は〈僕〉であった阿久津の一人称が、今は〈私〉に変わっている。社会人として当然の変化だが、そんなことを今さらながらに感じさせられた。

「課長のお立場は理解しているつもりです。自分だって、課長にはもっともっと上まで行ってもらいたいと思っています。いや、行ってもらわないと困る。警察の将来のためにです。しかし、現場には情報が必要です。情報がなくてはいくら我々でも戦えない」

「分かりました」

阿久津は肚《はら》を決めたように、

「先日、私が心当たりがあるようなことを言ったのを覚えていますか」

「ええ。ですからここに来たんです」

「それについて確認しました。その結果、ある事実が判明しました。よくない話です」

ほとんど無意識のうちに身構えて続きを待つ。

「昨年の十二月、『和光交易』という中堅商社の元社員が、自らの氏名と連絡先とを記した上でパリのＣＯＣＯＭ《ココム》（対共産圏輸出統制委員会）事務局にある告発状を郵送しました。それによると、東芝機械は伊藤忠を代理店としてＣＯＣＯＭに違反する機械をソ連に輸出しているというのです。その機械はソ連の潜水艦建造に使用されている。明らかな利敵行為であり、東芝機械の親会社である東芝もそのことを把握していると。しかも告発状には、詳細な証拠書類が添付されていたという話もあります」

それだ——

東芝、東芝機械、そして伊藤忠。三社が見事につながっている。

しかし、と思った。

そんな話、聞いたこともないが——

「ＣＯＣＯＭには加盟国の国内における調査権限はありません。そこで議長のラニエリ・タラリゴ氏は通常の手続きに従い、日本の政府代表を呼んで説明を求めました。所轄官庁である通産省は、外務省を通じてこの告発状を受け取ったそうです」

阿久津は口中に残る苦さを噛み締めるような表情で、どこまでも淡々と続ける。

「日本におけるＣＯＣＯＭ関係省庁は外務、通産、大蔵、防衛庁、そして警察庁。この五省庁の連絡会議は毎月第一木曜日に開催されることから『一木会』と呼ばれています。今年一月、この一木会の席上で本件が報告されました。すると警察庁の担当官は『そんなタレコミ情報などいちいち捜査する必要はない』と切り捨てた。通産省では一応、東芝機械と伊藤忠の当事者を呼んで聴取したのですが、両社ともに『そんな事実はない』と否定した。通産省による聴取も単なる形式だけのものであり、それで終わったということです」

「その、通報者への事情聴取は」

阿久津はゆっくりと首を左右に振って、

「行なわれませんでした」

「なんですって」

「通報者への聴取は行なわれなかったのです」

「どうして。告発状には住所氏名が書かれてたんでしょう？」

「知りません。上の判断したことです」

信じられない——

「日本政府はＣＯＣＯＭに『問題はなかった』と回答した。タラリゴ議長もそれを他の加盟国、はっきり言えばアメリカに報告しなかった」

「それが問題化したわけですね」

「その通りです。しかも最悪の形で。通報者——熊谷《くまがい》という元商社マンです——熊谷氏は、決死の思いで通報したにもかかわらず、一向にＣＯＣＯＭからの反応がないことに業を煮やし、在日アメリカ大使館にも通報した。そして先月、つまり今年の七月になって、ＣＩＡが調査を開始した」

確かに〈よくない話〉だ——それも最上級の——

「私が聞いた噂とは、警察庁がＣＯＣＯＭへの対応を誤ったらしいという話でした。それでＣＩＡが介入してきたと。時期的にも符合すると言ったのはそのことです」

「だったら！」

砂田は声を荒らげた。

「だったらどうしてこっちに教えてくれなかったんですか。前に相談したときは知らなかったとしても、その後課長は確認したわけでしょう、噂の中身を。今だって私が突っ込まなければ話してくれなかったかもしれない。背景がとっくに判明しているとも知らず、現場の部下達は延々と――」

「口止めされているんです。この件に関しては」

「誰からです」

阿久津は答えなかった。その沈黙を以《もっ》て回答に代えているのだと砂田は判断した。

「さっきの〈立場〉という奴ですね。いいでしょう。けれど、状況を知らされないままウチが業務を続けていれば、もっとまずいことになったとは思いませんか」

「そこですよ、砂田君」

椅子を軋《きし》ませつつ阿久津はわずかに身を乗り出し、

「いきなりオペレーションの中止を命じられたら、君達はかえって不審を抱いたでしょう」

「それは、確かに」

「現に四係を抑えろという声もありました。しかし、こっちのオペレーションはあくまでＫＧ

Bの動きだ。仮にCOCOM違反が事実だったとして、証人を消しているのなら話は分かる。もっとも、全員消すには数が多すぎますけどね。また問題の機械はすでにソ連へ渡っている上に、アメリカもとっくに察知しているわけだから今後の取引の話でもない。彼らは一体なんのために東芝や伊藤忠に接近したのか」

「口止めの恐喝か……いや、違いますね。それだったらああいう接触はしない。しかもうわべの雰囲気は今も友好的なままだ」

「彼らの真意を探るのはウチとして決して無駄ではない、そう考えたわけです」

砂田は自らの阿久津に対する考えを訂正した。

見かけの温和さと洗練だけではない、この十年で阿久津は警察官僚として最も大事な資質をも身につけた。老獪《ろうかい》さという奴だ。

「だとしても、肝心のCOCOMについて現場が知っているのと知らないのとでは大違いだ」

「だから話したのです。私の判断で」

一際強い語調で阿久津は言った。

「責任は私が取ります。やってくれますね」

信じていいのだろうか、この人を――

「条件があります。業務に必要な条件です」

「言って下さい」

「不正輸出を解明しないことにはこの件は始まらない。上層部は調査しないことに決めたかもしれませんが、ウチがやる以上、触れないわけにはいきません。いいですね？」

「構いません。ウチはあくまで対ソ防諜活動を行なっているだけですから。単なる通常業務です。その過程でどういう事実が判明しようと、それはあくまで副次的なものです」

「課長も心を決めてくれたということですか」

「ただし、秘匿の基本方針は忘れないで下さい」

「もちろんです。こう見えても外事ですから」

阿久津は笑った。〈公安の石坂浩二〉に似つかわしい、爽やかな笑顔だった。

「報告は私に直接お願いします。大山係長にも内密に。大山さんには私からうまく言っておきます」

「お願いします。では」

一礼してドアに向かう。

ノブに手を掛けてから、急に思いついたふりをして振り返った。

「ああ、もう一つ条件を忘れてました」

「なんでしょう」

「万一クラーラ・ルシーノワを確保した場合、聴取はウチに任せて下さい。別の誰かじゃなく、ね」

阿久津の答えを待たずにドアを開けて外に出た。

3

分室に戻った砂田は、再び全捜査員を招集した。

砂田の話を聞いた部下達は、異口同音に低い声で不満を漏らし、後は一様に黙り込んだ。すべて予期した通りの反応だった。刑事部などの捜査員のように大声で喚《わめ》かないのは、外事特有の習性だ。

「必要があれば身内であっても平気で騙す。それが俺達の仕事だろう」

言うまでもないことを砂田はわざと口にした。部下を抑える最低限の空疎な儀礼だ。

「その必要が分からないから、こっちはたまらないんですよ」

意外にも三沢が言い返してきた。普段は誰よりも無口で目立たない男である。

「だったら俺が教えてやる。俺達は知らない方がいいと上の誰かが考えた。それだけのことだ」

「班長はそれで納得してるんですか」

「俺が納得していようといまいと関係ない。そう言ってるんだ」

「関係ないって、そんな――」

「その辺にしとけ、三沢」串田がやんわりと年下の同僚をたしなめる。「俺達は駒だ。それも将棋で言うと一番弱い歩《ふ》だ。けどな、最前線に並べられるのは角でも飛車でもない、歩なんだよ。常に最前線に立つ。俺達の誇りって奴だ。それでもまだ不満だって言うんなら、とびきりの手柄を立てて成金になれ」

さすがに年の功だ。うまいことを言ってくれる。

三沢も今日まで外事を務めてきた男だ。素直に頭を下げた。

「すみませんでした」

「よし、では今後の方針について。上は俺達が知る必要はないと考えてる。その一方でオペレーション自体に変更はない。つまり業務の最中に偶然知ってしまう可能性もあるわけだ。言わば不可抗力だ。これぱっかりはどうしようもないな」

三沢をはじめ、全員がはっとしている。

「班長も人が悪い。最初からそのつもりだったんですね。あーあ、たまに俺がカッコいいこと言うとこれだもんな」

串田のぼやきに、一同が小さく笑った。

砂田は構わず、

「方針の一。東芝、東芝機械、伊藤忠の視察続行。周辺にはKGBもCIAもうじゃうじゃいるはずだ。心してかかれ。次、方針の二。内部告発者である熊谷氏の基調《きちょう》（基礎調査）。告発が真実だとすると、KGBに命を狙われている可能性がある。直接の聴取は避けた方がいいだろう。察庁《さっちょう》（警察庁）に知られたら〈不可抗力〉のチャンスも吹っ飛ぶ」

部下達は全身を神経に変えたような様子で聞いていた。不用意にメモを取る者がいないことに密かな満足を覚える。

「方針の三。告発内容の詳細。東芝はどんな手口で、何をやったのか。こいつが分からんことには話にならない。最後に、方針の四だ」

そこで言葉を切り、部下達の顔を一人一人見渡す。全員が表情を殺した外事の顔を取り戻している。その中で人一倍の真剣さが感じられる分だけ、圭子の顔が浮き上がって見えた。

「方針の四。それはアメリカの逆鱗《げきりん》に触れることが分かっていながら、五省庁がどうして告発を無視したかだ。俺達はそれを明らかにする。不可抗力でな。言うまでもないが、五省庁の中には察庁も含まれる。必要があれば身内をも欺くのが外事だ。遠慮はするな。ただし、こっちの気配を気づかれたら最後だと思え」

部下達が一斉に立ち上がった。


その日の夜、砂田は圭子を連れて四谷署の警備課を訪れた。

「おう、元気そうじゃないか」

快活に迎えてくれたのは、五係馬越班時代の先輩であり、今は四谷署警備課の係長を務めている矢島であった。

「これが元気そうに見えますか」

くたびれた声を出してみせると、矢島は明るく笑い、

「今にもくたばりそうだな、なんて言うわけにもいかんだろう」

「そりゃそうでしょうけどね」

「なんだ、また厄介な事案でも抱えてるのか」

「ええ、まあ」

曖昧に答える。矢島もそれ以上は訊いてこない。こういうとき、公安同士は気が楽だ。

矢島を訪ねたのは以前から決まっていた予定の一つであり、用件自体は早々に片づいた。

「今日は手が放せない用事があってな。お互い一段落したら、どっかで一杯やろう」

帰り際、矢島はそう声をかけてくれた。一旦異動すると互いに交流を避ける傾向にある外事の中で、矢島は数少ない例外であった。彼のそんな性格が、今の砂田にはこの上なく嬉しく、慕《した》わしいものに感じられた。

「いいですね。楽しみにしてます」

四谷署を出た途端、急に一杯飲んでいこうと思い立った。矢島の笑顔に元気づけられたせいかもしれない。

「俺はちょっと飲んでから帰る。おまえも来るか」

圭子に声をかけると、一瞬意外そうな顔をしたが、すぐに「はい」と頷いた。

三丁目交差点から新宿方面に向かって少し歩いたところにある『ケイオス』というバーに向かう。数年ぶりだが、少しも変わらず営業していた。

店に入った途端、真正面から声をかけられた。

「おっ、宮田ちゃんじゃないの」

岡本《おかもと》という初老のルポライターだった。一目で水商売と分かる女を連れている。トップ屋全盛期からの生き残りの一人だ。ちょうど帰るところだったらしい。

「あっ、どうもご無沙汰してます」

瞬時にルポライター〈宮田〉の顔を作り、挨拶する。

「ずいぶん見ないと思ってたけど、商売替えでもしたの？」

「そういうわけじゃないんですけど、恥ずかしながら仕事がめっきり減っちゃいまして」

岡本は「分かる、分かる」と頷いて、

「ボクも近頃はヒマでさあ。毎日この店で飲んでんの。ま、お互い生き残るのが第一よ。ところで、そちらのカワイコちゃんは宮田ちゃんのガールフレンド？」

〈カワイコちゃん〉などという言葉を聞いたのは十年ぶりくらいだろうか。死語もいいところである。

「そんなんじゃありませんよ。香川《かがわ》って後輩なんですけど、最近ではフリーライターって言うみたいですね」

その場で思いつくままに喋《しゃべ》ると、圭子が咄嗟に調子を合わせる。

「フリーライターの香川です。よろしくお願いします」

「ふーん、香川ちゃんか。ボク、岡本。オカモっちゃんでいいよ。センセイなんて言われるの、嫌いだから。最近はウワシンとかで書いてるの。知ってるよね、『噂の眞相』」

名刺を差し出す岡本に、

「すみません、名刺を切らしておりまして」

「いいのいいの、気にしなくて。宮田ちゃんてさ、ホモじゃないくせに女っ気ないでしょ？ モテない男は将来性もないからさ、香川ちゃんもこんな先輩はさっさと見切りつけた方がいいよ。じゃあね」

一方的に喋った岡本は、連れの女に促されるまま上機嫌で帰っていった。

「〈香川〉が私のコードネームですか」

テーブル席に着いた圭子が皮肉めかして言う。

砂田はかつて先輩の〈加藤〉こと逢沢によって、〈宮田〉なる名前を勝手に付けられた話をした。

「じゃあ、私が三代目というわけですね」

薄暗い明かりの下で、圭子が愉快そうに笑う。彼女のそんな顔を見たのは初めてだった。

スコッチウイスキーのバランタインを二人してロックで飲む。
四、五杯も飲んだ頃、圭子が突然訊いてきた。
「さっきの岡本さん、班長に女っ気がないって言ってましたよね。ほんとですか」

「俺の話じゃない。〈宮田〉の話だ」

「でも、実際に班長も独身じゃないですか」

あくまでも軽い口調。しかし砂田は、そこに潜む微妙な詮索の気配を察知した。

心地好く酔いかけていた頭が急速に醒《さ》めていく。

「早めに身を固めた方が出世にもいいって、周りからもよく言われたよ。機動隊の頃はやたらに見合いを勧めてくる上司もいたし」

「なのにどうして結婚しなかったんですか。班長ならいくらでもいい人がいたでしょうに」

「もてなかったんだよ。そこだけは岡本さんの言った通りさ」

これ以上は危険だ――

「よし、そろそろ切り上げるとしようか。さすがに今日は疲れたよ」

砂田は片手を上げてウエイターを呼んだ。

「チェックお願いします。領収書の宛名は『宮田』で」

圭子は不満そうな翳《かげ》を面上から跡形もなく隠し、笑顔で言った。

「ごちそうさまです。とってもおいしかった」

4

「契約の調印は昭和五十六年四月二十四日、場所は伊藤忠商事モスクワ支店。出席者はソ連側から技術機械輸入公団筆頭副総裁をはじめ十名、日本側から東芝機械輸出部長をはじめ十名。計二十名が立ち会っています」

分室に集合した砂田班の捜査員達が報告する。

今、分厚い資料を繰りながら話しているのは和泉だ。

「この契約によりソ連に輸出された機械の正式名称は『九軸同時制御可能な大型船舶推進用プロペラ切削加工機』。分かりやすく言うと、船舶のスクリューを削り出すための大型装置です。金属加工工作機械で同時に三軸以上の制御機能を持つものは戦略物資に該当し、COCOM規制や貿易管理令でソ連などの共産圏へ輸出することが禁止されています。これらをすり抜けて輸出を実行するにはいくつかの手口があります。本件はそのうち、『サイドレター』『第三国経由』それに『ドッキング』と呼ばれる三つの手口を合体させたものでした」

淀みのない話しぶりで和泉が続ける。

「サイドレターとは、輸出品の仕様書を実際の性能より低く記入して規制をすり抜ける一方で、正確な仕様書を裏契約として密かに相手国に渡し性能を保証する。本件では二軸制御の機械として許可を取っています。工作機械はコンピューターを使って入力した数値の加工を自動的に行ないますが、これをNC、つまり数値制御と言います。東芝は規制の緩い第三国であるノルウェーのコングスベルグ・バーペンファブリック社から二軸用のNC装置を輸入して機械に組み込み、ソ連へ輸出する。たとえ途中の税関でチェックが入ったとしても、二五〇トンにも及ぶ機械を組み立てて機能を確認することは事実上不可能です。一方、コングスベルグ社経由で九軸制御用のプログラムをソ連に輸出、バルチック造船所に搬入された機械のNC装置を九軸制御用に書き換え、接続する。これがドッキングの手口です。この打ち合わせのためでしょう、コングスベルグ社の担当者が五十七年に来日していることを確認しました」

和泉の話に耳を傾けつつ、砂田は手許《てもと》の資料をめくる。

そこには今回使われた手法以外にも数々の巧妙な手口が列挙されていた。

「付け加えておきたいのは、こうした事例は東芝に限らず、ソ連貿易を行なっているほとんどの会社で恒常的に行なわれているという実態です。ＫＧＢの出先機関を通したソ連側の働きかけももちろんありますが、あえて違反に手を染めなければ生き残れないという業界の事情もあるようです」

「技術的なことは今イチよく分かんねえけど、その九軸ナントカって機械を使うと一体何が作れるってんだい。いや、潜水艦のスクリューだってのは分かってるけどさ。わざわざ禁止するほどのもんかねえ」

普段と変わらぬ呑気《のんき》そうな様子で串田が尋ねる。

「ＣＩＡの言い分によると、ですが」和泉は心なしか緊張した様子で、「ある日を境に、それまではオンボロ洗濯機のようにうるさかったソ連潜水艦のスクリューが探知不能なほど静音化したと」

「それが東芝の売った機械のせいだって言うのかい」

「ええ」

頷いた和泉に、さすがの串田も目を剝《む》いた。

砂田は資料を閉じて嘆息する。

道理でアメリカが激怒するわけだ――

和泉に代わり、青野が報告を始めた。

「告発者の熊谷一男《かずお》氏は、共産圏専門商社『和光交易』元モスクワ支店長で、問題の仕事を成功させて帰国しました。しかし、会社のためにかなりの危険を冒した熊谷氏に対して、和光交易はあまりに冷たかった。結局それで退社に至ったのですが、自らも当事者である事件の告発には、相当な葛藤があったと思われます。なにしろ自分も罪に問われるわけですから。また退職後にＫＧＢが複数回にわたって接触を繰り返しており、熊谷氏は大変な恐怖を抱いたようです。暗殺の危険を感じた同氏は、当局に申し出た方が安全だと判断した。以上のことをモスクワ時代の友人が聞かされています」

「なのに、察庁や他省庁が門前払いを食らわせた理由は」

砂田が問うと、青野は珍しく吐き捨てるように、

「熊谷なる人物は人格に問題があったため馘首《かくしゅ》された、それを逆恨みしての行動である、そんな人物の言動など調査に値しない——というのが各省庁の一致した言い分です。ちょっと調べれば分かることですが、告発内容は事実だった。つまりはそこが問題だったんでしょう」

青野の父は中小企業の元経営者で、官僚から理不尽ないじめを受けて苦労したと聞いている。普段は冷静で外事の申し子のような青野が、いつになく感情的な側面を見せている理由も理解できた。

「日本は西側陣営に身を置きながら、ソ連相手の商売で稼いでいた。日本の輸出管理体制に問題はないという建前が、現場の商社マンからの内部告発で崩れ去ろうとは、誰も予想すらして

いなかった。後はまあ、役人の面子のために強弁を続けているというところでしょうか」

「分かった。次は伊藤忠について」

砂田は部下に自らの感情を見せず会議を進行させる。

「はい」

担当の伴が発言する。

「この案件は、本来は和光交易が単独で進めていたものでした。ところが、契約書の原案を作成する段階になって、突然『伊藤忠を売手代表にしたい』と東芝機械を通じて申し入れがあったそうなんです」

「ごり押しの介入か。それにしてもいきなりだな。和光交易がよく納得したもんだ」

「それなんですけど、伊藤忠側も必ずしも乗り気じゃなかったみたいなんです。しかも、ソ連側の代表であるアラベルドフ筆頭副総裁も突然の変更に抗議をよこしてきたくらいです。それでもまあ、伊藤忠の線で話はまとまったと」

「どういうことだ」

妙な引っ掛かりを感じて突っ込むと、伴は肩をすくめて答えた。

「裏でいろいろ動いてたらしいんですよ、伊藤忠の元会長が」

その返答は、鈍く重い衝撃となって砂田を打った。

伊藤忠の元会長にして現相談役。

瀬島龍三だ。

もっと早く気づくべきだった——

迂闊であったとしか言いようはない。伊藤忠と聞いた時点で、どうしてその名を思い出さなかったのか。

元帝国陸軍中佐である瀬島龍三は、関東軍作戦参謀として満州で種々の活動を行なった。敗戦と同時にソ連軍の捕虜となり、シベリアで十一年間に及ぶ抑留生活を送る。帰国後、伊藤忠商事に入社した瀬島は、いわゆる賠償ビジネスに深く関わり、瞬く間に頭角を現わした。

その経歴から政財界にも確固たる人脈を持つ彼については、常にさまざまな噂が囁かれていた。

曰《いわ》く、「ソ連との停戦交渉時、日本兵捕虜抑留についてソ連側と密約を交わした」。

曰く、「瀬島はソ連の意を受けた工作員である」。

前者に関しては信憑性に欠け、どこまでも噂の域を出ないが、後者は少し違う。

昭和二十九年のラストボロフ事件や五十七年のレフチェンコ事件においてもその名が取り沙汰されている。ことにアメリカに亡命した元KGB少佐スタニスラフ・レフチェンコによる米下院情報特別委員会秘密聴聞会での証言は、日米両国に大きな衝撃を与えた。

ソ連の週刊誌『ノーボエ・ブレーミャ』東京特派員として来日したレフチェンコは、積極工作部門担当者として政財界やマスコミ関係者を取り込んでいたという。彼は二百人に及ぶ日本人協力者の実名を供述した。

日本警察も警察庁警備局外事課と警視庁公安部外事一課から担当官を派遣し、極秘裏にレフチェンコの事情聴取を行なっていた。三年前のことである。

その結果、警察はレフチェンコが直接運用していた工作員は現職の国会議員やジャーナリストを含む十一名であるとしたが、いずれも公訴時効を迎えていたり物的証拠が得られない等の理由で立件は見送られている。

レフチェンコが直接には接触していなかった日本人工作員の中に、『クラスノフ』なるコードネームを持つ大物財界人がいたという。その実名は現在確認できるいかなる資料にも記載されていない。このクラスノフこそが瀬島龍三ではないかというのが、外事警察の中で今も囁かれる〈噂〉であった。

「まさかとは思ったが、出てきましたねえ、奴が。大物すぎて、私もそこまで頭が回りませんでしたよ」

皆の気持ちを代弁するように串田がとぼけた口調で言う。その表情とは裏腹に、彼の細長い顔には粘り付くような汗が浮いていた。

「どうします、班長」

伴が指示を請う。他の者も一様に砂田を見つめている。

比較的若い捜査員で構成されている砂田班の面々も、外事であるからには瀬島龍三の名とその〈噂〉について耳にしている。また瀬島の圧倒的影響力についても。

黙考の末、砂田は己の決意を口にした。

「やる」

一同の間に無言の緊張が走る。

「伊藤忠、及び瀬島龍三に関する業務は続行。ただし分室以外での本件に関する会話は厳禁とする。いいか、このメンバー以外には絶対に言うんじゃないぞ。外一の誰にもだ」

「課長には報告しないんですか」

鋭く訊いてきたのは圭子であった。

一瞬詰まったが、砂田ははっきりと答えた。

「折を見て俺から話す。心配するな」

5

瀬島龍三が中曾根康弘現総理のブレーンであることは広く知られている。総理就任後間もない時期に戦後初の公式訪問となる中曾根訪韓が実現したのは瀬島の力あってのことと言っても過言ではない。それだけでなく、全斗煥《チヨンドウフアン》大統領の来日や天皇との会見実現にも大きく関与している。

レフチェンコ事件その他のスパイ疑惑で捜査の手が瀬島に及ばなかったのは、背後に中曾根総理が控えていたからだと考える外事の現場捜査員が多いのも以てゆえなしとはしない。

だが、それが正鵠《せいこく》を射ているとは言えないことも砂田はよく知っている。

なぜなら瀬島は総理の陰に隠れているわけではないからである。少なくとも瀬島本人は、自分の方が中曾根を操っていると考えているに違いない。それほどまでに堂々とした態度であり、存在であった。

不快な疲労を抱えて高島平の団地に帰宅した砂田は、熱気の籠もったダイニングキッチンの窓を開け、着替えもせずに椅子に腰を下ろした。

外事一課復帰と同時に入居した四階2ＤＫの部屋である。すでに時代遅れの物件で、エレベーターも付いていない。それでも十年前に住んでいた木造アパートや警視庁の独身寮に比べるとずいぶんましに感じられた。独り暮らしには充分な広さだが、ほとんど寝に帰るだけの味気ない場所だ。

開け放たれた窓から吹き込む夜の風に身を晒《さら》しながら考える。冷蔵庫からビールを出すのも億劫《おっくう》だった。

太平洋戦争の戦後補償として日本はインドネシアや韓国に多額の賠償を行なった。しかしそれは、被補償国の政府が必要な物資やインフラの建設を日本企業に発注し、支払いを日本政府が保証するというものである。商社にとっては、代金を回収し損ねることの決してない極上のビジネスだ。しかも巨額の利権が黙っていてもついて回る。そしてその金の一部、いや、一部と言い切るのがためらわれるほどの莫大《ばくだい》な金が当事国双方の闇に消えた。

戦時中は主任参謀として数々の作戦を立案した男。

シベリアの捕虜収容所では、過酷な環境下で強制労働に使役される部下の日本兵達を横目に、敷地内で優雅に散歩していたという男。

そして今は政財界の重鎮として表社会の栄誉を一身に浴びながら、裏社会にも睨みを利かせ、警察の手の届かないところに安閑としている男。

ふざけやがって――

関東軍の戦費も、被補償国への賠償金も、すべて国民の税金である。

面倒ではあったが、とうとうたまらなくなって立ち上がり、冷蔵庫からビールを出して開栓する。一度座ってから舌打ちして再度立ち上がり、作り付けの小さな食器棚からコップを取り出してビールを注ぐ。

それまでインドネシア政府と接点のなかった伊藤忠をつないだのは瀬島だが、彼にスカルノ政権とのパイプの在処《ありか》を教えたのは参謀本部作戦課時代の先輩である辻政信だ。戦時中は「作戦の神様」とまで言われた人物で、ノモンハン事件の責任者でもある。辻もまたその責任をうまうまと逃れている。

そして、KCIA幹部だった崔英沢《チエヨンテク》に瀬島龍三を引き合わせたのは児玉誉士夫だ。

砂田は飲み干したコップをテーブルに叩きつけて呻く。

上海で児玉機関を組織し、主に海軍物資調達のため活動した。アヘンの密売で得た巨額の資金を日本に持ち込み、A級戦犯に指定されながらも起訴を逃れた右翼の巨頭。

そうだ、ロッキード事件の児玉誉士夫だ。

苦いビールを黙々とコップに注ぐ。この時季にしては夜の風が冷たくなった。そのせいか、一向に酔いが回らない。いや、夜風のせいではないだろう。

昨年二月、竹下登が創政会を結成し田中派を割って出た。それに激昂《げきこう》した田中角栄は脳梗塞で倒れ、事実上影響力を失った。金権政治の報いとは言え、それが闇将軍ともキングメーカーとも呼ばれた人の現在である。ロッキードで狂った歯車は、取り返しのつかない悲劇をもたらした。

その一方で、第二次防衛力整備計画の裏で暗躍していた瀬島は今も政財界に君臨し、勲一等瑞宝章《ずいほうしょう》まで授けられている。

悔しかった。自分が角栄贔屓《びいき》に過ぎることは自覚している。それでも砂田は悔しかった。

頭を振って立ち上がり、冷蔵庫から二本目のビールを引っ張り出しにかかる。

そのとき、茶簞笥の上に置いてあった電話が鳴り出した。東池袋のアパートからそのまま持ってきた数少ない家具だ。

冷蔵庫を閉めて受話器に飛びつく。たとえ意識が朦朧となるほど酔っていたとしても、すぐに電話に出るのが警察官に共通した習慣である。また同時に必ず時刻を確認する。午後八時十一分。

盛岡だった。公衆電話だ。

〈今、東芝の対ソ貿易担当役員を視察してるんですが、例の女、伊藤忠に接触していたクララ・ルシーノワが現われました〉

「どこだ」

〈芝公園のクレッセントです〉

「すぐに行く」

受話器を置いて飛び出した。港区芝公園の高級フレンチ『クレッセント』は、英国風煉瓦《れんが》造りの老舗レストランだ。予約なしで入れる店ではない。かつての先輩による薫陶の賜物《たまもの》で、銀座をはじめ東京中の著名な飲食店は今でもあらかた把握している。もっとも当の先輩――逢沢は、「俺もクレッセントで飯が食える身分になってみたいよ」と嘆いていたが。

団地のドアを施錠しながら、着替えずにいてよかったと思った。


地上五階建ての威容を誇るクレッセントの正面入口から五〇メートルほど離れた場所でタクシーを降りる。そぞろ歩きを装いつつ向かいの舗道を進んでいると、芝公園の木立の合間から、一瞬掌が突き出されるのが見えた。盛岡の手だ。

さりげなく近寄って、そのまま木立の後ろに身を隠す。そこからはクレッセントに出入りする客がはっきりと視認できた。しかも夜なので、よほど注意しない限り通りからは見えない。

「人数は」

囁きよりも微《かす》かな小声で問う。

「三名。マル対の役員二名とK（KGB）の女」

「入店した時刻」

「マル対二名が七時五十二分に先着。八時四分にKの女。少し様子を見てからあそこの電話ボックスまで走りました。その間の出入りはありません」

盛岡の返答に無駄はなかった。砂田は満足し、指示を下す。

「分室に電話して追尾用の車輛《しゃりょう》を用意させろ」

盛岡が無言で電話ボックスへと移動する。その間も砂田はクレッセントの出入口から目を離さない。

ソ連は今回の事件を隠蔽したいと考えているはずだ。だがKGBはこれ見よがしと言っていいほど公然と関係者に接触している。その狙いが一体なんなのか、見当もつかない。

一方の東芝側は、警戒している様子が微塵《みじん》も感じられない。COCOM違反に関して内部告発のあったことは関係省庁からの連絡で知っているにもかかわらず、反省の色などどこにもない。官僚に言われた通り、事件は落着したと思い込んでいるのだろうか。それとも最初から罪の意識などなかったのだろうか。いずれにしても呆れるしかない傲慢さであり、無防備さだ。

そんな彼らにとって、今店内で食事している相手がKGBの機関員であろうとは、想像を絶することに違いない。

あのときは若かったとは言え、この俺が騙されたほどの女だ――民間企業の手に負える相手じゃない――

盛岡が戻ってきた。

「分室には眉墨がいました。カローラでこちらへ急行するとのことです。他は全員視察中で連絡が取れないそうです」

盛岡と一緒になってクレッセントに出入りする客を監視する。盛岡は新たに来店する客、また帰る客の人相風体をそのつどすばやく手帳にメモしている。

砂田が到着してから五十七分後、店の前にハイヤーが停まった。

勘で分かる。砂田は両眼を見開くようにして店の出入口を凝視する。

案の定、店から三人の客が出てきた。顔を赤くした壮年の男二人と、金髪の白人女性。

間違いない——クラーラだ。

写真で見た通りの美貌であった。十年前、最初に会ったときの儚さは、華やかな色香へと変化している。

マネージャーとウエイターに見送られ、三人はハイヤーに乗り込んで去った。

その瞬間、砂田は彼女が——クラーラがこちらを見たように思った。確証はない。気のせいかもしれなかった。冷静を保っているつもりだが、今の自分は、少なくとも普段通りであるとはとても言えない。

追尾用のカローラは間に合わなかった。おそらく都心の渋滞に巻き込まれたのだ。この場所では簡単にタクシーは拾えない。これ以上の追尾はあきらめるしかなかった。ハイヤーのナンバーは記憶した。

盛岡とともにその場で待つ。四分後、徐行してくるセダンのヘッドライトが見えた。圭子だ。

木立から出てカローラに近寄り、すばやく後部座席に乗り込む。後から乗った盛岡がドアを閉めると同時に、圭子がアクセルを踏み込んだ。

「申しわけありません」

圭子はすでに状況を察している。

「気にするな。このまま分室まで戻ってくれ」

「はい」

車中、珍しくためらいがちに盛岡が口を開いた。

「班長」

「どうした」

「写真よりも断然いい女でしたね」

「馬鹿」

「すんません」

盛岡は慌てて謝った。

砂田は憮然《ぶぜん》として胸の内に呟くしかない。

馬鹿——今のはおまえに言ったんじゃない——

バックミラーの中で、圭子の視線が微妙に動いた。

その三日後。警視庁公安部外事一課に、砂田宛ての郵便物が届けられた。

ありふれた事務用の封筒に、達筆な毛筆で「砂田修作殿」と記されている。差出人の名前はなかった。

職員からそれを渡された砂田は、はさみを使って慎重に開封した。

中にはレターパッドが一枚だけ入っていた。

そこに記されていた、たった一行のメッセージ。

ボールペンのぎこちない文字。宛名を書いたのとは明らかに違う人物の手によるものだった。

それを目にした砂田は、思わず呻き声を洩《も》らしそうになった。

［またあなたと、あのフルーツパフェを食べたいわ］

神泉の分室に砂田班の十三人全員が集合し、会議が始まった。

「レストラン『クレッセント』でKGB機関員クラーラ・ルシーノワと接触した東芝役員二名については、その後の行動に目立った変化は見られません。東芝周辺から探ってみたところ、問題の役員二名は、財界のパーティーでポーランド人の女性実業家カタジーナ・シマンスカと知り合ったとのことで、なにしろ相当な美人ですから、鼻の下を伸ばしに伸ばして女の持ちかけてきた事業の話を聞いているようです」

持ち前の砕けた口調で盛岡が報告する。

「Kのスパイが、今度はそんな名前を名乗ってやがるのか」

吐き捨てたのは伴であった。彼の同期であり親友でもあった捜査員は、ソ連の大使館員を視察中轢《ひ》き逃げに遭い死亡した。事故として処理された彼の死が、本当に事故であると思っている者は外事にはいない。

間を置かず串田が発する。

「ハニートラップの仕込みかな」

「今のところその兆候は見られませんが、この先についてはなんとも言えません。と言うのも、シマンスカの事業ってのがポーランドへの機械輸出に関する話で、真っ当に進めば立派なもんですが、例のＣＯＣＯＭ違反、あれと同じビジネスを狙っている可能性があります。もっとも、通産省から内々に指導があったはずですから、この時期に東芝がそんな怪しい話に乗るとも思えません」

「東芝社内では調べてないのか、その女の素性を」

盛岡の報告にじっと耳を澄ませていた砂田が質問を発する。

「ええ、役員の案件なんで、どうも遠慮してるみたいですね。もちろん商談がもっと具体化すれば、当然調べることになるだろうとは思いますが」

どういう神経をしてるんだ、東芝は――

砂田には到底理解できない巨大企業の体質であった。

続けて伊藤忠社員、及び告発者熊谷氏についての報告があった。

彼らの周辺では、いずれもＫＧＢの機関員が跳梁《ちょうりょう》しているらしい。ただし熊谷氏は依然暗殺を怖《おそ》れているようで、極めて用心深く彼らとの接触を避けているという。

部下達の報告を真剣に聞きつつも、ともすれば思い出さずにはいられなかった。

自分宛てに届けられたあの〈手紙〉のことを。

会議の終わりに、砂田は五人の部下に声をかけた。

「和泉、青野、眉墨、嶋木、それに串田さんは残って下さい」

他の七人が退室するのを待って、砂田は例の封筒を取り出し、中のレターパッドを五人に見せた。

「またあなたと、あのフルーツパフェを食べたいわ」

たった一行の奇妙な文言。

「なんですか、これは。暗号のようにも思えますが」

嶋木が当然の質問を投げかけてくる。

「クラーラ・ルシーノワからの手紙だよ」

五人が一斉に顔を上げる。

「若い頃の恥は口にしたくもないが、十年前、俺はアンナ・ワイズと名乗っていたルシーノワと接触を繰り返した。その話は前にしたな？　彼女と一度、日本橋の千疋屋本店に入ったことがある。俺にだけは通じると思ってそんなものを送ってきたんだろう。しかも俺が来るものと決めてやがる。大胆不敵という奴だが、それだけ俺が舐められてるとも言えるな」

「ここまであからさまな罠もないんじゃないですか」

青野が呆れたように漏らす。

「まったくだ」

そう答えるしかない――まったくだ。

「単なる挑発の可能性は。つまり、店に呼び出したつもりも、自分が行くつもりもないってことです」

考え込みながら言う和泉に、

「その可能性はないとは言えない。しかし俺は違うと思う」

どうしてそう思うのか、と聞き返してくる者はいなかった。日夜現場で各国のスパイと直接渡り合う外事捜査員に共通する、皮膚感覚とでも称すべきものへの信頼である。

「もしかして、班長はこの誘いに乗るつもりなんじゃないですか」

圭子だった。その視線には詰問するかのような光があった。

「鋭いな。そのつもりだ」

「どうかしてます。相手はKで、しかも罠だと分かってるんでしょう?」

普段は外事の顔を身につけているはずの圭子が、今はわずかながらも女の顔を見せている。

優秀でもまだ新人か――

内心でため息をついたとき、串田が砂田に代わって答えてくれた。

「考え違いをしなさんな。ここは外事だぞ、眉墨」

それだけで圭子はすべてを察し、瞬時に普段の顔を取り戻した。

「私の考えが足りませんでした。お詫《わ》びします」

砂田は微かに頷いてみせ、

「俺は一旦本部（警視庁）に戻り、二時間後に千疋屋へ直行する。これが俺を誘い出すための罠なら、KGBのアルバイトが千疋屋を監視しているはずだ。俺が店に入るのを確認次第、ルシーノワに連絡が行く手筈になってるんだろう。どっちにしても不確実な、腹の探り合いみたいな罠だ。何日か続けていればなんらかのアタリがあるに違いない」

そして五人の顔を見回し、

「嶋木と眉墨はアベックのふりをして俺より十五分以上先に入店しろ。着替えの時間を考えても充分間に合うだろう。嶋木、おまえは若いわりには私服がどうも年寄り臭い。もっとヤングらしい服を眉墨に見つくろってもらえ」

「はあ、すんません」

嶋木が大仰に頭を掻《か》く。その仕草に先輩の和泉達が軽く笑った。

「残る三人は店外で待機。KGBも駆けつけてくるはずだから見つからんように注意しろ。ルシーノワが店を出たら即追尾だ。ただしKに気づかれたら速やかに離脱。おまえらが拉致されたら取り返しがつかん」

すると和泉が急に不安を覚えたように、

「大丈夫ですか、我々だけで。逮捕容疑はありませんし、十年前の身分詐称もとっくに時効になってますが、場合によってはルシーノワや他の機関員を確保する状況も想定されます。上の合意を取りつけてから動いた方が――」

「構わん」

意図せずしてそっけない返答になった。

「これはウチとルシーノワとの駆け引きだ。あくまで現場判断でやる」

部下達にはそう断言しながら、密かに心の中で訂正する――これは俺とクラーラとの駆け引きだと。

6

午後四時を少し過ぎた頃、砂田は千疋屋日本橋本店ビルのフルーツパーラーに入った。

時間帯のせいか、店内は比較的空《す》いていた。アベックを装った嶋木と眉墨が奥の席に居るのを確認する。

出入口がはっきりと視認できる位置に空席を見つけ、腰を下ろしてコーヒーを注文した。

女性客かアベックばかりの店内で、中年男の一人客はさぞ目立っていることだろう。通常のオペレーションと違い、今の場合は目立ってくれた方が好ましい。

ここに来るのは十年ぶりだ。あの日、アンナ――クラーラと訪れたとき以来である。

内装は当然変わっているはずだが、どこがどう変わったのか、さだかには分からない。はっきりと覚えているのは、クラーラが水色のカーディガンを着ていたこと、店を出てから秋の日差しの中を二人で歩いたことくらいである。

そして何より、彼女がフルーツパフェを注文したこと。

あの女がよく覚えていたものだ――

その事実がなぜか妙に胸をざわめかせる。悔しくてたまらないはずなのに、どこか嬉しくもある。外事の警察官として失格というほかない。

喉を鳴らしてコーヒーを半分ほど一気に飲んだ。己の未熟さが腹立たしい。

この十年、あの女のことなど思い出す暇もなくひたすら仕事に打ち込んできたはずなのに、一体なんだ、このザマは――

腕組みをしてじっと待つ。たとえ今日が空振りに終わったとしても、数日以内に必ずなんらかのリアクションがあるはずだ。根拠のないその確信に揺るぎはなかった。

四時五十分を過ぎた頃。

出入口の方向を見ずして視界の隅に捉えていた砂田の鼓動が急激に高まった。

来た――

水色のカーディガンではもちろんない。サマーウールのパンツスーツ。エルメスのバーキンまで手にしている。外事に配属されなければ、一生縁もなかったであろうファッションの知識だ。

うっすらと笑みを湛《たた》え、彼女はテーブルの向かいに腰を下ろした。

すぐに近寄ってきたウエイトレスにフルーツパフェを注文してから、なんのためらいもなくまっすぐに砂田を見つめる。まるで昨日別れたばかりのように。

錯覚だ。時間は確実に過ぎている。目の前にいる女は、羽化する前の幼生でもなければ開花する前の蕾《つぼみ》でもない。完璧な〈女〉であった。

砂田は思わず苦笑を漏らす――きっと自分は、彼女よりもずっと長い年月を過ごしたように見えることだろう。

その笑みをきっかけと捉えたのか、彼女は紅く光っているような唇を開いた。

「ちっとも変わってないわね、宮田さん」

十年前とは明らかに違う、滑らかな日本語だった。あのたどたどしかった発音の痕跡は欠片《かけら》も残っていない。いや、当時の発音も擬装だった可能性さえある。

彼女はこちらをあえて〈宮田〉と呼んだ。本名などとっくに把握しているはずであるにもかかわらず。

そのことが、かえって砂田に余裕と闘志を与えた。

「そうかい。だいぶ老けたつもりだったが」

「あなたはチャーミングなままよ。今も昔も」

チャーミングと来たか。

「十年前は世話になったな」

「こちらこそ」

「お互い皮肉はやめにしよう」

「皮肉じゃないわ。ワイズの確保に失敗して、私、懲罰の再教育を二年も受けさせられたの。ガツィーナの訓練施設で。辛《つら》いなんてものじゃなかったわ」

知らなかった——しかし、それはそっち側の——

「信じてもらえないかもしれないけど、あのときは本当に愉《たの》しかった。おいしかったわ、ここのフルーツパフェ。だからこのお店を指定したの」

「俺が覚えてなかったらどうするつもりだったんだ」

クラーラは明るく微笑んだ。このときだけは、十年前へと戻ったように。

「分かってた。あなたは絶対に覚えてるって。だって、今も第一線にいる情報員が忘れるわけないじゃない」

この女は自分をおだてているのか、それとも馬鹿にしているのか。容易に判別はつきかねた。

「実を言うとね、あなたが覚えててくれてほっとしているの。いえ、本当は嬉しかったのかもしれない。そうよ。私は今とっても——」

そこへウエイトレスがフルーツパフェを運んできた。

クラーラはすぐさまスプーンを取って生クリームを口に運ぶ。

「おいしい。十年前とおんなじ味だわ。ずっとずっと夢に見てた味」

またあの笑顔だ。

「俺を呼び出した理由は」

本題に入る。いつまでも敵にサーブ権を与えておくわけにはいかない。

「あなたに教えてあげたかったの」

「何を」

「あなたが見当違いをしてるってこと」

見当違い？　なんのことだ？

「瀬島龍三よ」

声を失い、相手の顔をまじまじと見つめる。

身なりのよい外国人女性。今は天真爛漫《てんしんらんまん》な笑顔でフルーツパフェを頬張っている。

アイスクリームやフルーツを上品に平らげているその口から、瀬島龍三の名前を聞くことになろうとは。

「瀬島龍三は『クラスノフ』じゃないと言うのか」

クラーラは何も答えず、真っ赤なチェリーを口に含んだ。

その沈黙さえもが耐え難かった。

「答えろ」

「どっちだろうと、この件には無関係よ」

「瀬島は伊藤忠の相談役だ。関係ないわけないだろう」

「だからそれが見当違いだと言ってるの」

「伊藤忠がか」

「ええ」

耳を疑う。売手代表である伊藤忠は当事者もいいところではないか。

「信じられない」

「信じてくれなくてもいいわ。十年前の私がデートを愉しんでたってことだけ信じてくれれば」

「あれはデートなんかじゃなかった」

「あなたがそう思っているのならそれでもいいわ。でもね、私にとっては大切なデートだったの。私の心の中までは誰にも否定なんてできやしない」

「君は俺を騙していた」

「あなたもね」

クラーラに会ったなら言ってやろうと思っていたことが山ほどあった。なのに一つも出てこない。もはやそれどころではなくなっていた。

役者が違う――

認めたくはなかったが、これが現実だ。嘘と欺瞞《ぎまん》は美しい顔をして、フルーツパフェを食べ終えた。

クラーラは満足そうにスプーンを置き、

「ああ、私にはやっぱり日本がいいわ。よかった、また戻ってこられて。私達には任地を選択する自由なんてないから。ご存じだったかしら、日本での勤務はお給料も待遇もとてもいいから、私達の間では人気が高いの」

知っている。KGB機関員の過酷な実情は。

「奥にいるアベック、あなたの部下でしょう？　女性の方はかわいいけれど、もう少し視線に気をつけるように注意してあげた方がいいわ。なんだか怖い目をしてるもの。それと、私を尾行するつもりで準備してきたと思うけど、私は大使館の車で狸穴《まみあな》（ソ連大使館）に帰るだけだから」

黙るしかなかった。

優雅な微笑みを浮かべてクラーラが立ち上がる。

「またお会いしましょう、砂田警部補さん」

出口へと向かう彼女の背中を見つめながら、砂田は完全に打ちのめされていた。

またしても手玉に取られた——四係班長のこの俺が——

7

クラーラ・ルシーノワとの接触は散々な結果に終わった。

去り際に明言した通り、彼女は店の近くに待機していた公用車に乗り込んでソ連大使館に直行したという。KGBの機関員であることをすでに把握されているので、何も隠す必要はないと開き直っているのだろう。ともかく、和泉らの追尾は完全に無駄となったわけである。

正体を知られて国外に脱出した諜報員が再び派遣されてくることは、前例がないわけではないが、かなり特殊なケースとなる。

クラーラの場合はまさにそれだ。組織内で重要なポジションに就いていることは疑いを容れない。

ガツィーナで再教育を受けたと彼女は言っていた。辛いなんてものじゃなかったとも。『ガツィーナ』とは、地図にも載っていないというソ連のスパイ訓練都市である。きっと血の滲むような努力の末に這い上がってきたのだろう。

そんなことを考えながら分室に入った砂田に、部下達の視線が問いかけてくる。

あの女とどんな話をしたんですか——

あの女の目的はなんだったんですか——

あの女からネタを引き出せましたか——

恥辱の苦痛を押し隠し、あえてぶっきらぼうに説明する。ただし、クラーラとの心理的駆け引きを巡る微妙なニュアンスは省いているが。

「それじゃまるで禅問答じゃないですか」

概要を聞いて、若い嶋木が呆れたように言う。

「伊藤忠からウチの目を逸らすための陽動では」

和泉の意見に、青野が賛同する。

「その線が一番ありそうだな」

「待て待て、それだと逆効果じゃないかねえ。かえって伊藤忠が怪しく思えてくるぞ」

串田はさすがに懐疑的だった。

「じゃあ串田さん、すべてこっちを煙《けむ》に巻くための攪乱だとすればどうです」

新たな仮説を述べる和泉に、

「なんのための攪乱なんだい。相手の目的が読めない以上、仮説の立てようもないんじゃないかなあ」

若手を相手に串田は慎重な意見を述べている。

圭子一人が無言でいるのが、なぜか砂田には特に応えた。

「串田さんの言う通りだ。現状ではどんな仮説も単なる予断でしかない」

部下達の議論を遮るように砂田は言った。千疋屋での失態——いや、醜態か——はなんとしても取り返さねばならない。それが自分の責任であると思った。

「じゃあ、どうするおつもりなんですか」

圭子が初めて口を開いた。

「俺が直接当たってみる」

「当たるって、何にです」

「瀬島龍三にだ」

予想した通り、全員が黙り込んだ。

翌週の木曜、砂田は五反田の都立環境文化センターに向かった。その日、同施設の小ホールでは「シベリア抑留体験者の集い」が開催される。瀬島龍三も出席し、スピーチするという情報は以前から把握していた。

入場には招待状が必要だが、砂田は受付には向かわず、その横にある職員室のドアを開けた。

「ちょっとすみません」

「なんでしょう」

怪訝そうに顔を上げた職員に警察手帳を開いて示し、受付の方にも聞こえる大声で、

「ご苦労様です。警視庁の砂田と申します。内々に警備のお手伝いを命じられまして参りました」

「え、あの、そういう連絡は聞いておりませんが」

「私も急に上から言われましてね。なんでも今日は偉い人達がだいぶ列席されるとか。何かあったら大変だから、おまえ行ってこい、と」

「ああ、そうでしたか」

特に政治的な催しでもないため、防犯意識の薄い都職員は簡単に納得してくれた。本物の身分証の威力でもある。

「じゃあ、控室の方に……」

「いえ、私は場内で警戒に当たります。進行の邪魔にならないようきつく言われておりますので、どうかお気遣いなく」

「分かりました。ではよろしくお願いします」

「はっ、失礼します」

ドアを閉めた砂田は、受付にいる職員に「ご苦労様です」と声をかけ、会場内に入った。目立たぬよう、最後列の左端に座る。三百席程度の小ホールはすでに満席に近かった。ほとんどの席を埋める老いた男達はシベリアからの帰還兵だ。他は彼らの家族だろう。関連団体の支援者もいるはずだ。

クラーラはこの件に瀬島龍三は無関係だと言った。

嘘か本当か、あるいは和泉の言うようにただの攪乱か。

この場合できることは、可能性を一つ一つ潰していくことだけだ。また外事の警察官として、瀬島龍三という人物を確かめておくのは決して無駄にはならない。

瀬島に関する資料はすべて頭の中に入っている。戦没者の慰霊や数々の社会事業を支援しているのは厳然たる事実だ。その功績を称《たた》える声も多い。今日の催しに招かれるのも当然と言えた。

また同時に、砂田には個人的に気にかかっていることがあった。昭和十六年、アメリカの禁輸措置を受けた軍部は石油資源確保のため東南アジアに侵攻し、ついには太平洋戦争の開戦に至った。そして四十六年、当時通産大臣だった田中角栄に、石油を米国に依存するのは危険だと吹き込んだのが瀬島龍三だというのだ。そのことは二人の面談に同席した元秘書官の小長啓一が証言している。

アメリカが角栄を危険視するきっかけとなった石油政策。その発端が他ならぬ瀬島龍三だったとしたら――

やがて来賓のお歴々が登壇し、それぞれの座に着席した。政治家や財界人。通産省の高官もいる。砂田はその中に瀬島龍三を確認した。

誰よりも温和な表情で会場を見渡している。写真や資料から受ける印象とは微妙に異なる、初めて視認する元参謀の姿であった。

マイクを握った司会者が挨拶の言葉に続き、最初の講演者として瀬島龍三を指名した。

湧き起こる拍手の中、立ち上がった瀬島が中央にしつらえられた演壇の前に立ち、マイクに向かって口を開きかける。

そのとき――

「瀬島中佐殿」

大きな声を発し、最前列の席に座っていた老人が立ち上がった。

「無礼は承知しております。この場での発言をお許し下さい」

突然の椿事《ちんじ》に瀬島も驚いたようだったが、それを一つの演出と見たか、余裕の笑顔で応じた。

「なんでしょう」

「自分も中佐殿と同じハバロフスクの収容所におりました」

「ほう、それはお互い苦労を――」

「いいえ」

目許《めもと》を一層綻《ほころ》ばせた瀬島の言葉を、老人は容赦なく遮った。

「自分は中佐殿を同じ抑留者であると思ってはおりません」

瀬島の顔から表情が消える。

「ハバロフスクで自分達は毎日恐ろしい労役に駆り出され、多くの戦友が死にました。しかるに特別待遇の中佐殿は、労役に出る自分らをただ気楽に見送るだけだった。そんな人に、戦友達の死について語って頂きたくはありません」

会場を埋め尽くした人々は、今や一人残らず凍りついている。砂田もまた例外ではなかった。

「ただそれだけをお伝えすべく、自分は今日この場に参りました。あの地獄から生還された抑留者の皆様とご家族を愚弄《ぐろう》するつもりは毛頭ございません。それでは失礼致します、中佐殿」

老人はそのまま後方の出口へと向かった。右足をわずかに引きずっていたが、毅然《きぜん》として力強い足取りだった。

会場のあちこちで、彼の主張に同調したとおぼしい数人の老人がためらいつつも立ち上がり、後を追うように退出していった。

瀬島はそれを無言のまま見送っている。その顔には依然として表情らしきものは浮かんでいない。憎悪も、憤怒も、悔悟もない。

観察には絶好の機会とも言える特異な状況に遭遇しながら、砂田には瀬島龍三という人物の内面が読み取れなかった。

こいつは一体なんなんだ——

黒か白かのレベルではない。そうした価値観を超えた何かだ。砂田はただ混乱した。

「砂田さん」

突然背後から呼びかけられた。振り向くと、砂田の退路を断つような油断のない体勢で二人の男が立っていた。警察官であることは一目で分かった。

一人の顔には見覚えがあった。もう一人はまったく知らない顔だった。左の目許に大きなほくろがある。

見覚えのある男が背後の出口を顎《あご》で示す。外に出ろという意味だ。

立ち上がった砂田を、男達が左右から挟み込む。

小ホールを出てから、知った顔の男が冷静に告げる。

「同行をお願いします」

「任意か」

冗談で言ってみたが、男は何も答えなかった。

「警察官が警察官を拉致か。監察に目をつけられるようなことはしてないはずだが」

ほくろのある方が怒気を浮かべて凄んだ。

「なんであんたがこんな所にいるんだよ」

「山崎豊子の影響でね、シベリア抑留に興味があるんだ」

「ふざけんな」

知った方の顔が、相方を目で制する。その目の動きで思い出した。

「あんた、野方署にいた峯《みね》だな。ずいぶん前にどっかへ異動になったと聞いたが」

男はやはり答えない。もう一人の男もむすりと黙り込んでしまった。

二人は砂田を駐車場へ連行し、そこに駐《と》められていたトヨタ・クラウンの中に押し込んだ。ほくろの男が砂田の横に座る。

運転席に乗り込んだ峯はすぐに発進させた。

「どこへ行く気だ」

峯は答えなかったが、横の男が面倒臭そうに言った。

「あんたもよく知ってる所さ。俺達の勤め先だよ」

大方はそれで見当がついた。

「峯、おまえ、『サクラ』だな」

ハンドルを握った峯は無表情のままだった。しかし横の男が無言のうちにも驚いたような反応を示した。

「やっぱりそうか。道理でずっと見かけなかったはずだ」

サクラに選抜された公安警察官は、警察内部においてもそのことを堅く秘し、警備局公安第一課理事官の指令によってのみ動く。公安委員会さえ彼らの活動を把握できないようになっているのだ。

峯の運転するクラウンは、警視庁新庁舎の駐車場に入った。思った通りだ。砂田は二人の指示に素直に従い、庁舎内の一室に案内された。峯ともう一人の男はすぐにドアを閉めて去る。

そこで、予想もしていなかった人物が待っていた。

「課長……」

応接セットのソファに座っていたのは、上司の阿久津警視正であった。

「馬鹿なことをしてくれましたね、砂田君」

親しさなど微塵も感じられない口調で阿久津は言った。

「私が命じたのはCOCOM違反に絡むKGBの不審な動きを解明することだった。なのによりにもよって瀬島さんに手を出すとは」

「手など出していませんよ。講演を聴きに行っただけです」

「君は外事の人間なんですよ。それだけで充分不適切じゃないですか」

「分かりませんね。瀬島さんが潔白なら、何も問題ないはずでしょう」

「そんなことは関係ありません」

関係ない？

「瀬島さんは総理のブレーンだ。今もさまざまな案件に関わっておられる」

「だとすれば、公安にとってはよけいに気になりますね。万一瀬島さんがスパイだったら
――」

「だからそれはウチが関知することじゃないと言ってるんだ」

ついに阿久津は声を荒らげた。

「仮に瀬島さんがソ連のスパイだとしても、サクラに任せておけばいい。それより君は会場内で眼を光らせていたサクラに見つかった。公安は自分の業務に余所者《よそもの》が首を突っ込んでくることを何よりも嫌う。まがりなりにも公安の一員なら、それくらい百も承知でしょう。今日の件

は、取りも直さず私の失点となるんですよ」

「もしや課長は、サクラと何か関係が――」

「だったら苦労はしませんよ」

その言い方に、警察内部における曖昧模糊《もこ》とした暗闘がなんとなく察せられた。

「サクラはあくまで警備局の管轄です。私レベルでは触《さわ》れるもんじゃありません」

そこで阿久津はわざとらしいため息をつき、

「君はもう少し頭のいい人だと思っていました。だから公安に引っ張ったんです。ゆくゆくは私の右腕になってもらおうと――」

「待って下さい」

思わぬ話に砂田は身を乗り出した。

「馬越さんの話では、私の、その、若い感性が必要とされていたと……」

「そんな甘い理由で、国家にとって大事な仕事を任せられるものですか」

鼻で笑われた。

相手が昔と変わらぬ端整な外見をしているだけに、その態度や表情との落差には、自分でも意外なまでの落胆を覚えていた。

8

警視庁新庁舎を出た砂田は、歩きながら考えた。

瀬島龍三はこの件には関係ない——クラーラはそう言っていた。

それは正しかったのだ。

瀬島の周辺にはサクラが眼を光らせていた。一見大いに関係があるように思えるが、本当にそうだったとしたら、クラーラがそんな見え透いた嘘をわざわざ自分に告げに来る意味がない。

サクラは瀬島を護衛していたのではない。監視していたのだ。

瀬島龍三は大物中の大物だ。政府にとって欠かせない人物だ。スパイの疑いもあるが、それはあくまで噂であって、本当のところは分からない。少なくとも警察には手が出せない。だからサクラは〈監視している〉というメッセージのみを伝えるにとどめていた。

クラーラがなぜそのことを自分に教えたのかという謎は残るが、今は措《お》いておくしかない。

瀬島龍三は無関係だ。サクラも現状を維持したいし、必要以上に刺激したくない。そこへのこのこ自分が現われたのだ。

笑わずにはいられない。十年前の東陽三丁目の倉庫といい、自分はよほど間の悪い巡り合わせにあるらしい。

峯もほくろの男も激怒するはずだ——

砂田の足が止まった。心の中で我が眼の節穴ぶりを罵倒《ばとう》する。
ほくろの男――
踵を返し、出てきたばかりの新庁舎へ取って返す。
間に合えばいいのだが――

刑事部のフロアから順番に覗いていく。自分の勘に間違いがなければ、警務部でも保安部でもない。刑事部だ。

ハンカチで顔の汗を拭い、ちょっとした所用で立ち寄ったかのような素振りでフロアを横断しながら周囲に視線を走らせる。

もう戻っちまったか――

捜査一課から二課へ。焦る心を抑えつつ、少しずつ足を速める。

いた――

ほくろの男が、二課のフロアに。

係長の小野田《おのだ》や数人の捜査員と何事か話している。

捜査二課は、詐欺、選挙違反、贈収賄、背任、脱税などの金融犯罪や知能犯罪を扱う部署である。

さりげなく視線を逸らし、自然な動作を装ってフロアから出る。

階段か、エレベーターか。どちらを使うか分からない。廊下の端で背を丸め、煙草に火を点けるふりをしながら待つ。

ほくろの男がすぐに出てきた。一人だ。早足でエレベーターの方へ向かっている。後ろから接近し、親しげな笑顔とともに左腕を抱え込み、耳許で囁く。

「ちょっと付き合ってくれよ」

「砂田か」

「こっちのネタも提供する。あんたに迷惑はかけない」

「迷惑ならとっくにかけられてんだよ」

「その件に関しては申しわけないと思ってる。だがそれも俺が何も知らされてなかったせいだ」

微かなため息をついて、ほくろの男は存外素直に従った。

「分かった」

男を連れ、空いていた会議室に入り込んでドアを閉める。

「峯と一緒にいたからサクラかと思ったが、あんたの顔、そう、そのほくろだ、そいつは特徴がありすぎる。追尾には最も不向きなタイプだ。公安にいないわけじゃないが、少なくともサクラじゃ考えられない」

「少しは使えるようじゃないか」

開き直ったように言い、男はパイプ椅子の一つに腰を下ろした。

「あんた、新顔だな？　それとも他県からの出向か？　いくら外事が普段庁舎にいないといっても、すれ違うことくらいあるだろう。なのに俺はあんたを知らなかった」

「前は八王子署にいた。こっちには先月からだ」

「名前は」

「五十部《いそべ》だ。いいか砂田、このことは正式に抗議するから――」

「分かってる。もう散々叱られた。処分は覚悟の上で言っている」

威嚇にかかった相手を遮り、

「教えてくれ五十部さん。サクラでもない二課のあんたが、峯と一緒に瀬島を張ってた理由はなんだ」

「その前にそっちのネタを渡せ」

右手の指で大きなほくろをこすりながら、五十部が抜け目なく要求してくる。

「瀬島龍三は東芝のＣＯＣＯＭ違反には関係してない。ＫＧＢがそう連絡してきた」

「ＫＧＢが？」さすがに五十部も目を剝いた。「本当か」

「ああ」

「なんでそんな……あちらさんの狙いは」

「ウチはそれを含めて調べてたんだよ」

「そういうことか」

「こっちは話した。次はあんたの番だ」

五十部はほくろとともに唇の端を吊《つ》り上げて、

「やっぱりおまえは間抜けだな。俺は瀬島を張ってたんじゃない。そもそもあの会は、瀬島の講演会でもなんでもない」

「じゃあ誰を張ってたんだ」

「それくらい自分らで考えろ。俺が話せるのはここまでだ」

「五十部さん！」

「考え違いすんじゃねえよ。ここまで話しただけでも精一杯の厚意なんだ」

面白くもなさそうに立ち上がり、五十部は会議室を出ていった。

神泉の分室に戻った砂田は、急遽招集した全捜査員に事の次第と経緯を告げた。

「つまりこの事案の本質は、公安事案ではなく、捜二の管掌になる経済事案だっちゅうことってすか」

串田が呆れたように言う。

「その可能性が高いというだけです。断定はできない」

それから砂田は、シベリア抑留体験者の集いに列席していた要人の名前を残らず黒板に書き記した。

政治家。財界人。高級官僚。瀬島龍三を除くと全部で九名。現役、OBを問わず、公安なら名前を知っていて当然の人物ばかりであった。

「手がかりはこの中の誰かが持っている。もしくはその人物の周辺にある。それを徹底的に調べ上げろ。壇上ではなく客席にいたのかもしれないが、そこまでは俺も見ていなかった。まずはこの九人だ。責任は俺が取るから心配するな。頼んだぞ」

例によって部下達が間隔を空けて退室していく。

最後に残ったのは圭子であった。時間が来ても席を立たず、何か言いたそうにしている。

「どうした、早く行け」

そう声をかけてみると、圭子は意を決したように、

「班長」

「なんだ」

「もしかして、クラーラ・ルシーノワは捜査をここへ誘導するために班長に接触したのでは」

「それは俺も考えた。しかし、俺がシベリア抑留体験者の会に顔を出すことまでは推測できなかったはずだ」

「でも、きっかけさえあれば、班長ならいずれは事案の本質に辿り着いたのでは」

「あんまり買い被らないでくれ」

「買い被っているのは私ではありません。ルシーノワです」

驚いて圭子を見つめる。

「すみません、変な言い方をしてしまいました」

俯いた圭子は、しかしまたすぐに顔を上げ、

「仮にルシーノワの目的が私の仮説通りだとして、彼女に、いえ、ＫＧＢにとって一体どんな

メリットがあるんでしょうか」

「俺達はそれを調べてるんだ。業務の目的を見失うな。俺達の仕事ではな、懸命にスパイを追っていたつもりが、ある日気づいてみたら追ってたのは自分の尻尾だったたってことがよくあるんだ。自縄自縛って奴だな」

「自縄自縛……」

圭子はなぜか胸を衝かれたような表情を浮かべた。

「そうだ、それがこの世界だ。分かったら、さあ、早く行け」

「はい」

立ち上がって出口に向かいかけた圭子は、足を止めて振り返り、思い詰めた面持ちで言った。

「おっしゃる通りです。自縄自縛に陥っているのかもしれません。私も、ルシーノワも」

どういう意味だ——そう尋ねようとして、やめた。

意味は、分かる。しかし今は何も言うべきではないと判断した。

その判断が〈逃げ〉でしかないこともまた承知している。

こちらの反応を窺うように立ち尽くしていた圭子は、落胆とも軽侮ともつかぬ表情を浮かべ、静かに去った。

情けない、我ながら。

無性に酒が飲みたくなってきた。だが胸襟を開いて飲む相手など、外事の捜査員には望むべくもない。

かつての上司である馬越や、先輩の逢沢がたまらなく懐かしかった。二人にも癖や欠点はあったと思う。しかし、彼らは皆大人であった。それに比べて、この歳になっても自分は今も子供でしかない。

砂田は打ちひしがれた気分で立ち上がった。

六日後、砂田班の捜査員がそれぞれの成果を携えて分室に集合した。

「そもそも本事案で最も不可解な点は、通産省がなぜCOCOMからの警告を無視するかのような態度に出たかということでした」

意気込んで報告したのは青野であった。

彼が担当していたのは、通産省の高級官僚である。

「調べてみればそれも道理で、要は通産省自体の責任問題につながる秘密があったからです」

「それは東芝機械と伊藤忠が出した輸出申請書が虚偽だと見抜けなかったということか」

砂田の問いに、青野はさらに語勢を強め、

「もちろんそうした行政上の責任もあります。でもそれだけじゃありませんでした。防犯部生活経済課の捜査では、どうやら通産省機械情報産業局の職員が東芝機械の接待を受けていたようなんです」

全員が腑《ふ》に落ちたといった表情を見せる。

それは確かに捜二の管轄となるものであった。

「自分の同期に防犯部の男がいて、こっちの借りということでネタをもらいました。共産圏への輸出に際しては、貿易局輸出課への申請前に機械情報産業局でCOCOMの規制に抵触しないかどうかを審査し、『非該当証明』を出す仕組みになっているのですが、東芝機械から押収されたメモによると、機械情報産業局の職員がどうすればこの非該当証明が得られるか、事前に詳細な説明を行なっていたというんです。今回の事例に関して言うと、九軸と五軸の機械をCOCOM規制枠内の二軸と偽って規制を逃れる手口。つまり東芝機械は、通産省からその手口を教わっていたという構図になります」

とんでもない話である。通産省がなんとしてもとぼけ通そうとするわけだ。

「接待の事実について具体的な証拠はあるのか」

自らの興奮を抑えつつ質問を発する。

「はい、自分のネタ元によると昭和五十六年前後に、機械情報産業局の複数の職員が伊豆西海岸で豪華ヨット『フローティングホテル・スカンジナビア』で接待を受けたそうです。しかも、工作機械輸入のため訪日していたソ連の技術者も同席していたということです」

ソ連の技術者――

部下達の顔が一転して強張《こわば》っていくのが分かる。思いもよらなかった不正の構図が浮上してきた。

青野に次いで、和泉が報告する。彼の担当は外務省だ。

「COCOM事務局への通報を受け、タラリゴ議長は日本側に問い合わせを行ないました。これが六十年の年末。関係書類は外交文書として外務省を通じて届けられるわけですから、その時点で、外務省は事態を把握していた。実は、外務省では密かに警視庁に問い合わせていたそうなんです」

なんだって——さすがに部下達の間から声が漏れる——俺達はまた蚊帳の外か——

それらの声に関係なく、和泉はあくまで冷静に、

「これは外務省側から仕入れたネタですが、警視庁でも実はサンズイ（汚職）として立件を検討しているらしいということです」

汚職なら完全に捜二の縄張りだ。ほくろの五十部が動いていたのも筋が通る。

青野と和泉の話を裏づける報告が続いた後、最後に串田が数枚のコピーをテーブルの上に投げ出した。

だいぶかすれて読みにくくなっているが、英文の文書であることは分かった。

「このCOCOM違反、日本側の対応があまりと言えばあんまりなんで、アタマに来たアメリカがCIAに命じて調査を始めた、ということでしたよね。だったら今回、ウチとCIAは利害が一致しているわけだ。かと言って、捜査協力できるほど仲よく連絡を取り合ってもいないし、上を通さず勝手に協力を申し入れたりすることもできない。そこでちょいと非公式に」

「串田さん、まさか——」

驚いて腰を浮かしかけた砂田に、人を食ったような笑みを浮かべて串田は続けた。

「ご心配なく。もう引退して日本で隠居してる元CIAの爺様《じいさま》がおりましてね。なにしろ日本

贔屓だから手土産に豆大福持ってご機嫌伺いに行ったところ、喜んで相談に乗ってくれました。あくまで個人的にです。その結果がこのコピーってわけで」

コピーを取り上げ、貪るように読む。

「ワシントンのKストリートに近い場所にある日本の業界団体『MIPRO』、こいつは製品輸入促進協会の略称ですが、事実上通産省の出先機関で、日本の情報中継地点でもあります。そのコピーの元は、NSA（国家安全保障局）がMIPROのファックス通信を傍受したもんだそうです」

普段は謹厳でしかつめらしい顔をした伴が頓狂とも言える声を上げた。

「そりゃ滅茶苦茶《めちゃくちゃ》ヤバいじゃないですか、串田さん。もしバレたら我々全員――」

「それがそうでもないんだよ」

串田はあくまでとぼけた口調で、

「爺様が言うには、入手にはほとんど苦労しなかったって。アメリカも黙認してくれたんだろうな。それだけ本気で日本に怒ってるってこと」

「しかしですね……」

食い下がる伴に、串田はさらに衝撃的な言葉を発した。

「大丈夫だって。そこに書かれてる内容に気をつけろって日本側に注意してくれたのは、ほかならぬアメリカ当局だそうだから」

9

新宿三丁目のバー『イノセンテ』のカウンターで、砂田は一人グラスを傾けていた。

モルトウイスキーのバルヴェニー。ハーフロックで飲んでいるが、マッカランよりも濃厚な味わいは意外と砂田の嗜好《しこう》に合った。

午後八時を過ぎた頃、カウンターの隣に男が座った。

「よう宮田ちゃん、しばらく」

サマーセーターにスポーティーなチノパン。フリージャーナリストの甘地《あまじ》だ。

「待たせちゃったかな」

「いや、俺もさっき来たばっかりだ。珍しいな、あんたの方から誘ってくれるなんて」

「最近干されてるって聞いたもんでさ。一丁励ましてやろうと思ってね。久々に顔も見たかったし」

「そいつは嬉しいが、別に俺は干されてるわけじゃない。単に仕事が減っただけさ」

甘地は砂田と同じバルヴェニーをオーダーし、

「新人類じゃないと駄目なのかな、最近は。浅田彰とか泉麻人とか、ずいぶん売れてるもんな」

「若いのにはもう敵《かな》わねえよ。こっちはロートルもいいとこだ」

「別にサブカルやニューアカ始めようってわけでもないだろう」

「まあな。あっちは俺なんかにゃもうわけが分からん」

「ロートルったって、宮田ちゃん、四十になったんだっけ」

「まだだよ」

「そうか。でも老けて見えるぞ」

「あんたに比べると誰だって老けて見える」

低い声で甘地は笑った。若々しい活力に満ちた笑いであった。砂田と同年輩だが、昔から女を切らしたことがないという。

スコッチのグラスが出された。二人で乾杯する。

バーテンが離れるのを確認した甘地が、前を向いたまま小声で囁く。

「Kの方だが、モイセーエンコやブィチコフの動きに変化はない。新顔のラチコもだ」

「そうか」

視線を合わせず、グラスを口許に運ぶ。

甘地は情報提供者の一人であった。

「じゃあ後は適当に飲んでくれ。これ以上あんたのにやけた顔を見てたら胸やけしそうだ。俺は十分後に出る。勘定は済ませとくよ」

「まあ待てよ。それだけならわざわざあんたを呼び出したりしない」

グラスを置いた砂田の気を持たせるように、

「Kとは別の筋のネタが入ったもんでね」

「言ってみろ」

「CとNだ」

CIAとNSAか――

驚いて横に座る甘地を見る。

その横顔にはいつものにやけた笑みがなく、代わりに怯えにも似た緊張が窺えた。


神泉の分室に戻った砂田は、自席から電話をかけた。室内には他に誰もいない。

相手はすぐに出た。

「あ、串田さん、こんな時間にすみません……そうですか、よかった、実は昨日伺ったCIAの御隠居、私にもぜひ紹介して頂きたいと思いましてね……ええ、できれば今すぐに……もちろん事情は説明します……では、私は分室で待機しておりますので」

およそ一時間後、串田が分室に顔を出した。

「何かつかんだんですね、班長」

「それをこれから検証しようと思いまして」

砂田は甘地から入手したばかりの情報をかいつまんで説明する。

串田はすぐに全体像の察しがついたようだった。

「分かりました。じゃあ早速」

旧山手通りまで出てタクシーを拾い、元ＣＩＡの老人が住まうという八幡山に向かう。古いしもた屋を改造したような戸建てであった。老人——ジョージ・カークウッドはその家に独りで暮らしているという。

玄関チャイムを鳴らす前に引き戸が開けられ、砂田よりずっと体格のいい老人が顔を出した。タクシーの停《と》まる音でこちらの到着を知ったのだろう。

「よく来てくれた。老人にとって客人は何より嬉しいものだ。たとえ夜中であってもね」

夜の訪問者に対し、さすがに警戒しているようではあったが、串田の話してくれた通りの好々爺《こうこうや》であった。日本での長いキャリアからか、彼の日本語は実に流暢《りゅうちょう》で美しかった。

砂田の話を聞いたカークウッド老は、その場から電話してくれた。サミュエル・パターソンなる人物の自宅へである。

「……ありがとう、感謝するよサム……ああ、また近いうちに」

通話を終えたカークウッド老は、砂田と串田に向かい、

「パターソンは君達との面談を承知してくれた。明日午前九時、帝国ホテル。ただし、あくまで非公式にだ」

「感謝します」

頭を下げる二人に、

「構わんよ。日米の安全保障に役立つならば本望だ。そんなことより……」

顔中の皺を柔らかく丸めて串田に言った。

「先日君が持ってきてくれた豆大福、あれはとても美味だった。芸術品と言ってもいい。よければどこで売っているのか教えてくれんかね」

翌日の午後二時、分室に集合した部下達に向かい、砂田は状況説明を行なった。

「ソ連原子力潜水艦の航行音が明確に静音化したのは、昭和五十四年のヴィクター3型からである。東芝機械による工作機械の納入はこのずっと後だ。ＣＯＣＯＭ違反を行なっているのは日本だけではない。スウェーデン、イタリア、イギリス、西ドイツ。西側の各国が恒常的に行なっている。その一つがフランスのフォレスト社だ。ヴィクター3型の静音化に寄与しているとすれば、同社がバルチック造船所に納入した三台のスクリュー製造用工作機械である公算が大きい。また、潜水艦の静粛性はスクリューの成型技術だけではなく、原子炉やモーター部分に関わる技術も大きく影響する」

串田を除く全員が唖然《あぜん》とした顔で聞いている。

「伊藤忠によって納入された東芝機械の九軸制御工作機械は、もちろん今もソ連原潜の製造に使われているだろう。だが事実はこうだ。東芝の参入以前からソ連原潜は静音化されていた。つまり、東芝の技術によってソ連原潜が静音化されたというわけではないということだ」

最初に質問を発したのは例によって和泉であった。

「そこまで把握していながら、アメリカは日本だけを非難している。ということは、ＣＯＣＯＭ違反を利用したアメリカの謀略であると――」

砂田はゆっくりと首を左右に振り、

「それがそうでもないんだよ」

話すだけでもため息が漏れる。

「以上の情報は、ＮＳＡ東京支局のサミュエル・パターソンが非公式に提供してくれたものだ」

「ＮＳＡが？」

和泉が首を傾げる。他の部下達も。

「そうだ。アメリカ議会には確かに日本の対応を声高に非難する勢力がある。その一方で、安全保障上の観点から日本に正しい対応を取るよう促してきた勢力もある。ＣＩＡやＮＳＡは後者に当たる。将来的なＦＳＸ（次期支援戦闘機導入計画）の日米共同開発を見越しているから当然だ。ところが官民問わず日本の硬直した組織が妙なところで自縄自縛の醜態を晒してしまった。通産省も察庁も道理で動きたがらないわけだ。特に通産省は外務省とは犬猿の仲だからなおさらだ。またそうでもなければ、ＮＳＡのパターソンが俺なんかと会ってくれることもなかったろう」

盛岡が何事か考え込みながら無言で挙手する。

「なんだ、盛岡」

「ＮＳＡの対応自体が罠という可能性は」

「大いにあり得る」

砂田は即答した。

「しかし俺の感触からすると、パターソンは嘘をついているようには思えなかった。まあ待て。諜報関係者がアカデミー賞も真っ青の名優揃いなのは百も承知だ。しかしこの場合、どう考えてもNSAやCIAがぐるになってウチを引っ掛ける理由はない。それにNSAならもっと〈上〉を狙うだろう。パターソン氏はほとほとうんざりしたって感じだった」

「分かりました。そうなると、最後は元に戻って一番肝心な謎だけが残ることになる」

「その通りだ」

俺はつくづく部下に恵まれた——

そう喜ぶ反面、砂田は彼らの鋭さを少々恨めしくも思った。

「それに関しては、ある人物の調査から始めることとする。そうだな、盛岡、おまえと眉墨に任せる」

「はい」

二人が同時に頷いた。

砂田がイノセンテの店内に入ったとき、甘地はすでにカウンター席に着いていた。いつもながらの垢抜けたいでたちで、バーで飲む姿も俳優さながらにどこまでもサマになっている。

「悪い、今夜はこっちが待たせちまったな」

隣に座ると、甘地はグラスを掲げて微笑んだ。

「勝手にやらせてもらってたぞ、あんたのボトル」

「いいさ、好きにやってくれ」

「早すぎる再会に乾杯だ。宮田ちゃん、朝日ジャーナルで連載やるって、凄いな、おい。本当かよ」

「嘘だよ」

そう答えると、甘地はぎょっとしたように言葉を失い、こちらを凝視する。

「……どういうつもりだ」

かすれたような声を漏らした相手に、

「そうでも言わなきゃ、あんたが来てくれないと思ってさ」

「馬鹿言うなよ、俺はいつだって――」

「今度に限ってそうは思えなかったんでね」

「どうして」

「この前あんたのくれたネタ、大当たりだったよ」

「だったらもっと盛大に奢《おご》ってもらいたいもんだな」

「それが当たりすぎだったんだ」

甘地の手にしたグラスの中で、氷が微かな音を立てて崩れた。

「自慢じゃないが、俺は元来運の悪いタチでね、ツキすぎると不安になる。そこであんたの周辺を洗い直した。俺は見た通りの間抜けだが、俺の部下は優秀でな。たちまち〈原稿〉を上げてくれた。見出しはこうだ――『フリージャーナリストのA氏にソ連スパイの疑い』。どうかな？」

　甘地は正面に向き直り、グラスに残った酒を一息に呷る。

「馬鹿馬鹿しい。俺がデスクなら真っ先にボツだな」

「じゃあ見出しを変えよう。『スパイの疑い』じゃなくて『A氏はスパイ』。断定形の方が訴求力も高まるしな」

「冗談はそれくらいにしてくれよ。こっちは宮田ちゃんのお祝いのつもりだったんだぜ」

　ボトルを取ってウイスキーを注いでいる甘地に、

「冗談じゃないんだよ、残念ながら」

「訴訟になるぞ。そんな〈記事〉は」

　グラスを持つ甘地の手が震えている。

「いつからだ、ダブル（二重スパイ）になったのは」

「ダブルなんかじゃない。あんたに渡したネタは本物だった。問題はないはずだ」

「問題は仕入先なんだよ。最近あんたが買った新車、支払いは狸穴にある会社で、中にいるのは全員ロシア産の狸《たぬき》だ。言っただろう、俺の部下は優秀だって。あんたはあのネタをKGBから渡されたんだ。俺に伝えろとな」

「罠でもトリックでもない。ちゃんとした事実だ。どこに問題がある」

　甘地は同じ弁解を繰り返した。

砂田は黙ってそれを聞く。

やがて、ボトルを空けた甘地がぽつりと言った。

「俺はどうなる」

「聴取に応じてもらう。任意だが、断ると何が起きるか責任は持てない」

「あんたらの役に立ちそうなことはほとんどないぞ。なにしろ連中は抜け目がないからな」

「そんなことは知っている。少なくともあんたよりは」

「それからどうなる。それから先は」

「どうもなりはしない」

「え？」

「あんたと俺は今から互いに見知らぬ間柄になる。あんたはこれまで通り生きればいいさ。ただし道で遇《あ》っても声はかけるな。それと、また狸の巣に近寄ったりしたらそのときこそ最後だと思え」

立ち上がりながら短く囁く。

「行こうか。表に車が待っている」

甘地の供述から得られたものは予想通り皆無に等しかった。

ＫＧＢはスパイ工作の物証となるようなものは何も残していなかった。甘地と接触する際も極めて慎重であり、担当者も毎回違っていたという。

その日の朝、砂田は一人分室で報告書を作成していた。阿久津課長に提出するためのものである。

部下達は全員がそれぞれの任務で外に出ている。平穏で静かな朝だった。

資料をまとめながら、ふと思った——阿久津はすでに知っているのではないかと。

そんな考えが無意味であることは、経験的に知っている。

上層部が何を知っていようと関係ない。自分達は日々の業務をこなせばそれでいい。

外事ではそれぞれの担当案件や情報が隠されていることが極めて多い。それだけ各人の裁量に任されている部分が大きいとも言える。またそうでなければ外事は成り立たない。その反面、〈逸脱〉すればただでは済まない。

ＮＳＡとの接触は明らかに逸脱だった。しかしそのことをどう判断するかは阿久津とその上にいる雲上人に委ねるしかない。それが自分の立場である。

最悪の場合は自分が責任を取ればいい——

使い慣れた万年筆を走らせていたとき、デスクの上の電話が鳴った。いつもの習慣で即座に受話器を取り上げている。

〈甘地が動きました。今、代々木公園のイベント広場にいます。誰かを待っている様子です〉

圭子だった。

念のため甘地の視察を続行させていた。根拠の薄い勘でしかなかったが、どうやら当たっていたようだ。

代々木公園なら車ですぐだ。

「そっちへ行く。俺の到着前に甘地が移動したら追尾を続行。連絡は分室の留守電に入れろ」

〈了解しました〉

受話器を置いて立ち上がった。

代々木第二体育館駐車場にカローラを駐め、東側からイベント広場に入る。

もうとっくに移動しているだろうと思ったが、圭子の姿が目に入った。売店の裏に並ぶ自販機の側《そば》に立っていた。

財布を取り出して自販機の一つに向かう。ドリンクを物色しているふりをする砂田に、圭子が視線を合わせず報告する。

「マル対は野外ステージの前。動きはありません」

財布をしまい、売店の外壁に沿ってさりげなく表側に回る。身を隠したまま野外ステージの方を見ると、確かに甘地が不安そうな面持ちで立っていた。

時折周囲を見回している様子からしても、接触相手がまだ姿を現わしていないことは一目瞭然であった。だいぶ待たされているようだ。

妙だ――

すでに情報提供者としての価値は失われているとは言え、甘地をここまで待たせている理由は何か。

もしかしたら――

ある可能性に思い至った砂田は、圭子を振り返って言った。

「すぐに離脱する」

そのまま歩き出そうとしたが、前方に立っている人影を見て足を止めた。

クラーラ・ルシーノワであった。

背後で圭子が息を呑む気配を感じる。彼女がクラーラと正面から対峙《たいじ》するのは初めてだ。

「あなたが現われることまでは期待してなかったけど、いいときに会えたわね」

そういうことか――

甘地にはなんの意味もない。ＫＧＢの目的は、自分達が甘地と接触していることをこちらに見せつけることだったのだ。それも極力不可解な状況下で。だからわざと時間を守らずに甘地を待たせ、外事の目を引きつけるだけ引きつけた。

「のこのこ現われたのがまた俺だったってわけだな」

苦々しい思いでそう言うと、クラーラはおかしそうに笑った。遠い日に耳にした、小鳥のさえずりにも似た笑い声。プッチのブラウスをごく自然に着こなした今の姿は、より色鮮やかに成長した南国の鳥だ。

不可解な状況――それは今回のＫＧＢの動きすべてに共通する要素であり、謎であった。

「黙って離脱してもよかったのに、わざわざ俺の前に出てきたってことは、さしずめ作戦の終了宣言というところか」

　クラーラはそれでなくても大きな眼を一際大きく見開いたかと思うと、次の瞬間、心から満足そうに微笑んだ。

「嬉しいわ、砂田さん。あなたが聡明《そうめい》な人で」

「『思ったよりは馬鹿じゃなかった』、ヤセネヴォ（KGB第一総局）への報告書にそう書いてくれるのか」

「とんでもない。『砂田修作は最高の情報指揮官であり、祖国にとって要注意人物である』と書くわ」

「どっちにしても、君の掌の上で踊らされていたことには違いない」

　クラーラは声もなく笑った。先ほどのものとは違い、十年前は決して見せることのなかった狡猾《こうかつ》そうな笑いだ。

「すべてはまやかしにすぎなかった。俺達が追っていたのは、東京砂漠で揺らめいた蜃気楼《しんきろう》だ」

　東京砂漠か——我ながらえらく古い言葉を使っちまった——

　しかしロシア人であるクラーラは素直に感心したようだった。

「〝Лебедь рвется в облака, Рак пятится назад, а Щука тянет в воду〟」

　あどけなさと妖艶さとが不可思議に同居する唇から、詩篇《しへん》のような言葉が漏れた。ロシア語だ。

　——『白鳥は雲に向かってはばたき、ザリガニは後ずさり、カワカマスは水の方へと引っ張る』。

ロシアの慣用句かことわざだろうか。砂田の語学力ではそこまでは分からなかった。

こちらの困惑を面白がってでもいるのか、クラーラは悪戯《いたずら》っぽい笑みを浮かべて付け加えた。

「あなたにはこの言葉も贈りましょう。〝Любовь не картошка〟」

ふざけるな——そう言おうとしたとき、クラーラは身を翻して足早に歩み去った。

追うことも確保することもできない。彼女には具体的な犯罪容疑など何もないからだ。

ため息をついて砂田は背後を振り返る。

圭子が自分を見つめていた。彼女も当然ロシア語はできる。

「引き上げるぞ」

間の悪い思いでそう告げる。何も言わずに圭子は自分の後に従った。

最後に野外ステージの前に視線をくれると、途方に暮れたような甘地の横顔が見えた。

いつまでも待つがいいさ、二度と来ない白鳥を——

砂田もまた甘地を放置して、圭子とともに駐車場へと引き返した。

10

分室に戻る圭子と別れ、砂田は一人警視庁に向かった。

公安部外事一課の壁際に並んだスチール製の書棚からロシア語に関する書籍や辞書を何冊か抜き取り、自分のデスクの上に積み上げる。

いつものように、外事のフロアは閑散として他に人はほとんどいなかった。デスクライトを点《とも》し、ページを繰りながら細かい文字を追う。

十分後、探していた文言を発見した。

〝Лебедь рвется в облака, Рак пятится назад, а Щука тянет в воду〟——白鳥は雲に向かってはばたき、ザリガニは後ずさり、カワカマスは水の方へと引っ張る。

やはりロシアの格言だった。出典はイヴァン・クルィロフの寓話『白鳥とカワカマスとザリガニ』。

荷車を引くため白鳥とカワカマスとザリガニが集まったが、それぞれが勝手な方向に引っ張ったため、荷車は少しも動かない。転じて、統率の取れていない集団が無駄な動きに時間ばかり空費しているさまを言う。

何もかも推測した通りであった。

ソ連原潜の静音化と、日本を含む各国のCOCOM違反とを、アメリカは早くから察知していた。同時にそれは、KGBの知るところでもあった。

しかしノルウェーなどが迅速に対応策を進めたのに対して日本は——日本の官僚組織と大企業は——言を左右にして責任逃れに終始し、初手から対応を誤った。

このまま日米間に亀裂が入ってくれれば、ソ連にとっては極めて好ましい展開となるはずだった。ところが一向にそうはならない。日本の各省庁の隠蔽体質、迷走ぶりはそこまで甚だしいものだったのだ。

痺《しび》れを切らしたのはアメリカだけでなく、ＫＧＢも同様だった。そこで彼らは一計を案じた。

外部から刺激を与え、無理やりにでも事態を動かす。

それがＫＧＢの目的だったのだ。だからこそわざと不可解な動きをしてみせた。

真っ先に引っ掛かった間抜けがこの俺だった——

本来なら即座に消されていてもおかしくはない告発者をＫＧＢはなぜ放置したのか。そのことの意味をもっと考えるべきであったのだ。

次いで〝Любовь не картошка〟についても調べる。これはことわざか成句のようだ。

『恋はジャガイモにあらず』。日本語に訳すとこうなるが、果たしてその意味は。

厳密には〝Любовь не картошка〟は前半で、後半が続く場合もあるらしい。

〝Любовь не картошка, не выбросишь в окошко〟

『恋はジャガイモにあらず、窓からは捨てられぬ』。叶わぬ恋もそう簡単には忘れられないという意味だった。

——あなたにはこの言葉も贈りましょう。

どういうつもりでクラーラは自分にそんな言葉を残したのか。

十年前から自分に恋をしているとでも？

これで自分をからかったつもりなのだろうか。情報機関員の間で『恋』ほど空疎な言葉はない。空疎で、限りなく無意味だ。

文頭のЛюбовь――『恋』という単語は間違いなく圭子も聞き取っている。

彼女は自分とクラーラとの関係をどう思っただろうか。

普通に考えれば〈関係〉などあるはずもないことはすぐに分かる。

しかし、圭子は――

砂田は頭を抱えるしかない。

分かっていた。分かっていながら、自分は彼女を部下として扱うことしかできなかった。

それ以外に、一体何ができただろう――

「砂田警部補」

背後で声がした。いつの間にか三人の男が自分を取り巻くように立っていた。

「監察の本庄《ほんじょう》だ。一緒に来い」

中の一人が有無を言わさぬ態度で命じた。他の二人は無言でこちらを睨みつけている。

警務部か――

本を閉じて立ち上がる。充分に予想できたことだ。

先に立つ本庄監察官の後に従い、庁舎内を移動する。二人の男達が砂田の左右を固めている。

三人の〈臭い〉は、砂田には馴染みのものだった。全員が警視以上の階級を持つ監察官には公安出身者が多い。この三人は間違いなく元公安だ。

庁舎内にこんな場所があったのか――

これまで足を踏み入れたこともないような通路を抜けて、本庄は砂田を会議室とも取調室ともつかぬ殺風景な小部屋へと案内した。

「座れ」

命じられるまま奥のパイプ椅子に腰を下ろす。本庄もデスクを挟んだ向かいの椅子にかける。残る二人のうち、一人は外に出てドアを閉めた。もう一人は閉ざされたドアの前に立ち、じっとこちらを見つめている。

一般の刑事事件に比して、監察の取り調べは格段に厳しい。黙秘権も存在しないし、弁護人を頼むこともできない。また準抗告等の不服申し立て手段も使えない。何もかもが警察という黒い箱の中で行なわれるのだ。

本庄は手にしていたファイルを開いて、

「なぜ呼ばれたか分かってるな」

「はい」

「言ってみろ」

「東芝の件です」

監察官は顔を上げて砂田を見る。

「外事の人間がそんな曖昧な回答をするのか。わざとはぐらかそうとしていると疑われてもしょうがないぞ」

「COCOM違反の事案です」

「私の忠告が聞こえなかったのか」

その言いように、砂田は己が極めて危険な立場にいることを改めて実感した。

警務、いや、その上にいる連中は間違いなくすべてを把握している。

だが、何もかも覚悟の上でしたことだ――

「四係砂田班はKGBの不審な動きを察知して業務に着手しました。その結果、伊藤忠の納入した東芝機械の製品がCOCOMの定める基準に抵触していたという事実に突き当たりました」

「いいかげんにしろ、砂田」

構わず続ける。

「しかし、それだけではKGBの動きは説明できません。そのことを解明すべく、NSAに接触しました」

本庄はようやく頷いて、

「その行為がどういう意味を持つか理解しているな」

「あくまで非公式な接触です」

「そんなことは関係ない」

にべもなかった。

「すべて自分の判断でやったことです。責任は自分にあります」

「本当にそうかな」

「えっ……」

嫌な予感がした。

「和泉、青野、串田、盛岡、伴、それに眉墨。彼らの聴取はすでに終わっている。供述に目立つような齟齬《そご》はなかったが、追及すればいろいろ出てきそうな感触もあったと聞いている」

「自分が命じたことです。部下に責任はありません」

「子供じゃあるまいし、そんな恰好づけが通るか」

「監察官！」

反射的に立ち上がっていた。

「座れ、馬鹿」

一喝され、我に返っておとなしく座り直す。

本庄はゆっくりとファイルを繰りながら、

「君達は真実に到達した。知ったところでどうしようもない真実にだ。褒められるとでも思ったのか、え、砂田班長」

「思うわけがありません。我々の業務の大半はそんなもんです」

即答すると、本庄は薄い唇に初めて笑みらしきものを浮かべた。

「資料の通り、君は根っからの外事だな」

それまでとは一転して穏やかな口振りだった。

「言いたいことは分かる。しかし、どうにもならないことはあるんだよ。君も私も、警察という組織に奉職する公務員でしかない。分かるな？」

「はい」

「よろしい。君が本当に外事の人間なら、今日までのことはきれいに忘れて明日からまた新たな業務に取り組めるはずだ。その理解で間違っていないな？」

「間違っておりません」

本庄警視はぱたんと音を立ててファイルを閉じた。

「阿久津課長に感謝するんだな」

「どういうことですか」

驚きのあまり、砂田は再び腰を浮かしかけた。

「阿久津君の聴取は君達の前に終わっている。彼は君達よりずっと厳しく追及されたが、すべて自分の立案したオペレーションであると一貫して主張したそうだ」

阿久津課長が――

「さすがに城内《きうち》公安部長は関与していないことが明らかだったが、場合によっては城内さんもまずい立場に置かれるかもしれなかった。ともかくも阿久津課長への聴取に基づき、上が判断を下した。監察の結果、四係の業務内容に問題はなかったというのが結論だ。現段階では予定だが、決定と考えてくれていい。君への聴取は最後の確認だった」

砂田は口にすべき言葉を見出《みいだ》せなかった。

そんな砂田の内心など、ことごとく見透かしたように本庄は続けた。

「まかり間違えば阿久津はおしまいだった。彼がそんなリスクを冒したのは、本当に君をかばうためだったのか。私には分からんよ。ま、いずれにしても彼はこの先、私なんかよりもずっと上に行くだろうし、君が彼に救われたのは間違いない」

ファイルを手に立ち上がり、

「ご苦労だった。帰っていい」

ドアに向かった本庄は、見張りの部下を伴って退室した。

一人残された砂田は、しばらく立ち上がることもできなかった。

外事課のフロアに戻った砂田は、デスクに積み上げてあったロシア語の辞書や書籍をのろのろと片づけた。

東芝。伊藤忠。通産省。

官民一体となった構造的な不正。その責任は曖昧なまま問われない。それは、関東軍作戦参謀からシベリア抑留を経て日本の表舞台に返り咲いた瀬島龍三の経歴と似てはいないか。砂田にはそう思われてならなかった。これが日本の姿なのだと、痛感せずにはいられなかった。

最後の一冊を書棚に戻して振り返る。机の横に阿久津課長が立っていた。外事特有の無表情で。

この人はこんな顔をする人だったろうか――

そんなことを考えながら自席に戻り、椅子に座る。阿久津は疲れたような動作で隣の席に腰を下ろした。

「申しわけありませんでした」

座ったまま、阿久津の方を見ずに頭を下げる。

「私の見通しが甘かった。それだけのことです」

自嘲的に阿久津が答える。そんな口調も、彼には珍しいことだった。

ひとけのないフロアに、自分達の話を聴く者はいない。

俺をかばってくれたそうですね——

その言葉が喉まで出かかった。はっきりと相手に質したかった。自分をかばったのは、上司としての責任感か、それとも冷徹な計算に基づく演技なのか。

どちらであっても、訊いてしまえば二人の間の何かが終わるということだけは分かっている。また、阿久津の返答が真実であるとは限らないということも。

「砂田君」

「はい」

「新大塚の中華屋、あそこ、まだありましたっけ？」

「明珍飯店ですか。さあ、どうでしょうかね。オヤジさん、結構な歳だったし」

「最後に行ってからもう十年だもんなあ」

「そうですねえ」

相槌を打って顔を上げる。

突出した自分を、この人はかばってくれた。おかげで危ういところを救われた。その事実に違いはない。

「近いうちに行ってみましょうか、砂田君。なんだか久々にあそこの餃子が食べたくなった」

「ああ、いいですね」

笑顔で応じながら、砂田はその日が決して来ないことを予感していた。

11

ＫＧＢの不審な動きは前触れもなくやんだ。深山の日没よりも静かな撤収ぶりだった。

美貌のポーランド人女性実業家が突然姿を消したことに、東芝の役員達はしきりと首を捻《ひね》っているという。

カタジーナ・シマンスカことクラーラ・ルシーノワはすでに帰国しているかもしれないし、名前を変えて依然日本国内に潜伏しているかもしれない。

砂田班にとっては、もはやどうでもいいことだった。

和泉も、青野も、そして圭子も、何事もなかったような顔をして日々新たな業務に取り組んでいる。何もかも以前のままだ。

だが――本当にそうだろうか。

自らに問うまでもない。分かっている。クラーラの出現は、自分にある変化をもたらした。その変化は決定的なまでに不可逆だ。

運命とは思わない。諜報の世界にそんな不明瞭で詩的な概念など存在しない。無機的な作戦と幼稚な思惑とが重なった、ただの結果だ。あらゆる状況の結果として、今の現実がある。

それだけだ。

十月二十七日、小佐野賢治が死んだ。二年前の昭和五十九年には児玉誉士夫が亡くなっているから、ロッキードの記憶はいよいよ遠いものとなった。

感慨があると言えばあるし、ないと言えばない。ただ年月の過ぎゆく速さを思うばかりであった。

その一か月後に当たる十一月二十七日、公安警察の秘密部隊『サクラ』が日本共産党国際部長である緒方靖夫宅の電話を盗聴していた事実が発覚した。

事件は社会的に大きな議論を呼び、警察庁警備局長、公安第一課長、同課理事官の他、神奈川県警本部長、同警備部長が辞任等に追い込まれた。

盗聴の実行犯として事情聴取を受けた警察官のうち、ある者は取り調べ中に急死し、ある者は取り調べの直前に自殺した。それ以外にも、何人かの警察官が不審死を遂げた。

瀬島龍三をマークしていたサクラの峯がその後どうなったのか、同じ公安である砂田にも知るすべはなかった。

昭和六十二年三月二十日、『ワシントン・タイムズ』が東芝COCOM違反事件をスクープ記事として掲載した。どうやらアメリカ海軍によるリークらしい。

事件に関する情報の一切は関係政府による公表まで極秘扱いとなっており、機密漏洩《ろうえい》に該当する。日本政府はアメリカに抗議し、東芝機械は「そのような事実はない」と全面的に否定した。この期に及んで日本側がそういう態度を取ったことは、アメリカ側の不信感を煽《あお》るだけでしかなかった。

日本での第一報は朝日新聞の記事だった。これにより、一般の日本人は事件について初めて知ることとなった。

四月二十七日、内部告発者である熊谷氏は通産省貿易局輸出課の呼び出しを受け、形ばかりのものとは言え、初めての聴取を受けた。告発から一年四か月が過ぎていた。

翌る二十八日、通産省は警視庁に告発。それを受けて、警視庁では東芝機械に対し強制捜査を行なった。

そうした一連の動きを、砂田と部下達は冷ややかな目で眺めていた。

大まかな真相は半年以上も前に判明している。すべては茶番であり、猿芝居である。滑稽を通り過ぎて吐き気さえする。しかし外事は顔には出さない。何もかも胸の内に呑み込んで、淡々と目の前の業務をこなす。自分達と同じメンタリティを持ち、上層部の愚劣さをともに嗤い合えるはずのスパイを追う。

「サンナナ案件、業務終了しました」

　圭子が砂田のデスクの上に報告書を置く。

『サンナナ案件』とは圭子のつかんだある情報のコードネームで、この三月七日に防衛庁官房文書課職員の夫人がタス通信のロシア人記者と銀座の松坂屋で買い物をしていたというものである。目撃者の証言は正確であり、機密漏洩が疑われることから、砂田は圭子に業務を一任していた。

　報告書を手に取って素早く目を通す。職員夫人による機密漏洩は阻止。また防衛庁では同職員を降格処分の上、近々に異動させる予定。同職員は問題発覚後、夫人と別居。タス通信記者は取材中の仕事を放棄して昨日帰国した。

　スパイ防止法のない日本では、機関員に外事の能力を知らしめ、警告を与えた上で日本から追い出すしかない。事案処理としては上々の出来である。

「よくやった」

　深い満足感とともに圭子を慰労する。

　心なしか得意げに一礼した圭子は、頭を下げた姿勢で囁いた。

「東芝の捜査、タイミングが見え見えですよね」

　中曾根総理の訪米に合わせて、警視庁が慌てて捜査を開始したことを言っているのだ。

　アメリカで東芝の件についての厳しい質問が出ることは避けられない。レーガン大統領との首脳会談の前に、総理はなんとしても弁解の材料を用意しておく必要がある。

「冷や汗を拭くハンカチを警備局長から総理に差し入れして頂いた方がいいかもしれんな、一ダースくらい」

小声で言うと、圭子は共犯者めいた笑みを浮かべた。

「一ダースで足りますかね」


五月二十七日、警視庁は東芝機械の材料事業部鋳造部長林《はやし》隆三《りゅうぞう》、及び工作事業部工作機械第一技術部専任次長谷村弘明《たにむらひろあき》の二名を逮捕したほか、東芝機械の工作機械担当取締役ら四名、和光交易のソ連担当取締役ら三名を書類送検した。

だが結果的に起訴されたのは、事件当時現場責任者であった林、谷村の二名と、法人としての東芝機械のみであった。

東芝本社と伊藤忠商事が送検に至ることもなく終わった日本流の幕引きは、アメリカ議会をさらに激昂させ、今後両国間の大きなしこりとなることが予想された。

「そもそもですよ、あの事案が表面化した政治的タイミング自体が変じゃないですか」

四谷のケイオスで、カウンターに座った圭子はいつになく饒舌《じょうぜつ》だった。

「アメリカの企業が輸出した機械でソ連のミサイル誘導システムが作られた事例さえあるっていうのに、東芝だけが大きく取り上げられたのはどうしてですか。そりゃ日本の対応があんまりだったってのもあるでしょうけど」

ブラディマリーをちびちびとやりながら、砂田は黙って聞いている。

「つまりですよ、国務省は現実的な輸出管理を目指していたわけでしょう。ペンタゴンにしてみれば国防上とんでもない話ですよね。だけど議会ではペンタゴンが劣勢だった。そんなときに事件化したわけで、陰謀論者のバカバカしいこじつけは論外としても、何かあったと考えるのが普通じゃないですか」

酔っているようで、その洞察は当を得ている。圭子の聡明さには感嘆するばかりだ。しかしアメリカ議会内の対立が背景にあることは、最初から見当がついていた。

「今夜はだいぶ飲みすぎたようだな」

軽くいなしたつもりが、思わぬ反撃を食らった。

「班長もたまには飲みすぎたらどうですか」

「どうして」

「私、班長の本音が聞きたいんです」

「本音？　どんな？」

「クラーラと亡命したいとか」

冗談を言っているのだと思った。圭子が酔っているのは間違いない。しかし彼女の目は真剣だった。まるで機関員を尋問しているかのように。

「共産国はまっぴらだね。それに味噌汁《みそしる》のない生活は考えたくもない」

「言い方が悪かったですね。亡命じゃなくて、駆け落ちだったらどうですか」

「クラーラに味噌汁が作れるとは思えないな」

「作れるとしたらどうです」

「仮定の質問には答えられない」

「質問を変えましょう。班長は味噌汁ではなく、ボルシチの生活に耐えられますか。それがクラーラの手料理であることを前提として」

窮地は突然に訪れる。今がまさにそうだった。

冗談では逃げられない。叱りつけるのは下策である。

「お互いに外事だ。端的に行こう」

「はい」

横を向いて圭子の顔を正面から見据える。

「確信してるんだな」

「はい」

「理由は」

「不要と考えます。失礼ですが、班長は分かりやすすぎます」

「自覚はあるが、そんなにか」

「はい。外事としては珍しいタイプだと思います。けれど……」

「けれど、なんだ」

「けれど、それが班長の……その、武器なのだと思います」

〈武器〉と言う前に、圭子は一瞬言い淀み、別の言葉を探したようだった。

本当はなんと言おうとしたのか。想像はつくが、あえて触れない。

「俺がまだ新人だった頃、上司だった馬越って人に言われたよ、確か、『流行りの繊細な感性が外事にも必要』とかなんとか、そんな感じだったかな。それで上が俺を外事に引っ張ったんだと」

「目に浮かぶようです」

圭子が微かに微笑んだ。

「だが、去年阿久津さんに否定された。瀬島龍三に手を出して怒られたときだ。『そんな甘い理由で外事を任せられるわけないだろう』ってね」

「課長らしいですね」

昔の阿久津を知らない圭子は素直に頷いている。

「確かに俺は分かりやすいかもしれないが、おまえも相当分かりやすいぞ」

「でしょうね。分かるようにふるまったつもりですから」

こともなげに言う。

砂田は今さらながらに舌を巻く――こいつは俺より外事に向いてる。

「どうするつもりですか、これから」

「どうにもならんよ。クラーラはKの機関員だ」

「それでいいんですか」

「いいも悪いもない。それが現実だ」

「だったら、私……」

圭子が再び言い淀んだ。続く言葉をじっと待つ。

グラスの中の氷が溶けてカランという音がした。

言葉はついに発せられなかった。

代わりに、圭子の双眸がじんわりと潤み出した。

「おーっ、宮田ちゃんじゃない。いやあ、しばらく」

振り返ると、ルポライターの岡本が入ってくるところだった。去年と同じく、水商売らしい女を連れているが、前とは別の女だった。

「あ、ご無沙汰してます、岡本さん」

圭子が反射的に挨拶する。

「えーと、キミ、確か香川ちゃんだっけ、嬉しいなあ、またここで会えるなんて」

そこまで言って圭子の様子に気づいた岡本は、連れの女を振り返って、

「アケミ、やっぱり別の店にしよう」

「えーっ？　なんでぇ？」

不満そうな女に構わず、岡本は砂田の耳許に顔を寄せて囁いた。

「その方が話しやすいでしょ、宮田ちゃん」

「そんな、どうかお気遣いなく」

「いいのいいの。それより宮田ちゃん、ダメじゃない、こんなカワイコちゃんを泣かせるなん

てさ」

「いえ、これは」

「またどっかでゆっくり飲もうよ。じゃあね」

それだけを言い残し、岡本は女とともに飄然《ひょうぜん》と出ていった。

細長い枯木のような彼の後ろ姿を見送って、圭子の方に向き直る。

圭子は白いハンカチで慌てて涙を拭っていた。

その仕草を眺めながら、ぼんやりと砂田は思った。

自分はこの女と一緒になるのだろうなと。

1991
崩壊前夜

1

砂田は辛《つら》い肩凝りをこらえつつ膨大な報告書をチェックしていた。

大半はたわいもない案件だが、その中にどんな貴重な情報がまぎれているか分からない。重大スパイ事案の摘発につながる可能性のある微かな兆候を見逃さず、書類の処理を迅速に進めるのはいつもながらに骨が折れた。

平成三年五月。時代は変わった。ベルリンの壁はすでになく、ペレストロイカ、グラスノスチと、東側では予測不可能な状況が続いていた。必然的に外事もそのつど対応策の刷新に迫られる。煩雑な仕事ばかりが増えて、心身ともに疲弊する一方だ。

先月はゴルバチョフがソ連の最高指導者として初めて来日し、海部俊樹首相と会談した。議題は主に北方領土問題や日ソ平和条約締結についてだが、いずれも合意には至らず、成果はなかった。

上の都合で、現場だけがいたずらに振り回される。末端の苦労には西も東も関係ない。望んだはずの出世であったが、心は日に日に沈んでいく。

デスクワークが性に合わないだけではない。鬱屈の真の理由は分かっている。

一つには、己の〈出世〉の経緯がある。

もう一つには——

重要度の高い報告書からきりのいいところまでチェックを終え、午後五時、外事第一課係長である砂田は課長の執務室に向かった。

ノックをしてからドアを開ける。

デスクに向かい執務中だった外事一課課長——阿久津武彦警視長が顔を上げた。

加齢により皺が増え、頬が少々弛《たる》んできているが、それでも二の線は充分に保っている。砂田を本庁警備局へ引っ張り上げてくれた恩人だ。皮肉にもそのことが、砂田に要らぬ屈託を抱《いだ》かせた。

「本日分の報告書です。着手中の案件に関する進展は特になし。念のため課長にご確認頂く必要があると思われるものだけまとめてお持ちしました」

持参したファイルの束をデスクの端に置く。今ではそれが毎日の恒例行事となっている。

「ご苦労さん」

短く答えて、阿久津は再びデスクの上の書類に視線を戻す。それもまた日々のしきたりである。

一礼して、砂田は課長の部屋を後にした。

やりきれない。何もかも。


退庁し、桜田門駅から有楽町線に乗る。三駅目の新富町駅で降りた砂田は、新大橋通り沿いにあるバー『ロンギン』に入った。

立地の割には洒落《しやれ》た店で、ひと月に一、二度は必ず寄っている。それ以上の頻度で通わないのは、現場にいた頃の名残で、生活習慣を特定されないためである。

新宿や銀座の店だと、知った顔に出会う可能性が大きい。フリージャーナリストの〈宮田〉を知る人間には、今はできるだけ会いたくなかった。

いつもの通りカウンターの端に座り、アーリータイムズをロックで飲む。

上司である阿久津とうまくいっていないわけではない。むしろ波風のない良好な関係と言えた。だがそれは、ひとえに自分が萎縮しているせいだと砂田は自覚している。

肚の読めない阿久津をどこかで警戒しつつも、恩人には逆らえない。むしろ率先して忠誠を尽くす。警察官として当然の身の処し方だ。阿久津の方でもそれを察しているようで、だからこそ砂田を一層重用する。閉塞感がさらに募る。

どうしてこうなっちまったんだろう――

一度狂った歯車は、もう二度と噛み合わない。誰のせいであろうと関係ない。

しかし圭子はそうは思っていない。すべてこちらが悪いと信じている。それがあながち間違いでもないあたり、砂田にはよけいに痛い。

四年前、砂田は部下だった眉墨圭子と結婚した。二人の結婚生活はしかし三年しか続かず、一年前に離婚した。

それこそが、この耐え難い鬱屈のもう一つの理由であった。

圭子は俺を愛してくれていた。それだけは間違いない。そして自分もまた。

結婚前、年長の部下だった串田が忠告してくれた。

――班長、こんなこたぁ言いたかないけど、あの子だけはやめといた方がいいですよ。いえ、別に悪い子だとは思ってません。それどころか、頭はいいし、仕事はできるし、近頃珍しいくらいにできた子だ。だけどねえ……

――だけど、なんですか。

そう問い返すと、串田はますます言いにくそうに、

――できすぎるんですよ、仕事が。

――いいじゃないですか、それくらいの方が。

――普通の商売ならそれでいいかもしれませんけど、なにしろ私らの商売はねぇ。

砂田には反論の言葉はなかった。また反論するつもりもなかった。

串田が厚意で言ってくれていることは分かっていたし、何より、圭子の特質については言われるまでもなく承知していた。この結婚が極めて危なげなものであることも。

圭子は結婚を機に退職した。警察官の夫婦は珍しくはないが、さすがに二人揃って外事は無

理だ。圭子も納得した上での退職であったし、少なくともその時点では、家庭に入ることが彼女の望みであったはずだ。

悪い予感は往々にして当たる。いや、必ず現実になると言っていい。

結婚した瞬間から幻滅が始まる。結婚というシステムの原則である。どこかでスイッチが入るのだ。それにより、幻滅は刻々と機械的に進行する。例外はない。人によって多少進行速度の違いがあるだけだ。

それでも夫婦が一緒に暮らすのは、生きるには現実との妥協が不可欠だと、どこかの時点で知るからだ。もちろん妥協を拒む者もいる。圭子がそうであったように。

〈私らの商売〉。

互いに人の裏を探ること。それが習いの外事警察官。そんな二人が夫婦になれば、互いに傷つけ合うことは想像できた。しかし一度火の点いた男と女を押しとどめるのは想像だけでは不可能だ。ましてや理性や常識などは役にも立たない。

分かっていたはずだったのに――

今でも悔やまれる。分かっていたはずだったのに。だからこそ自分達ならその危機を乗り越えられると安易に信じた。

串田以外にも、この結婚を危ぶむ者は大勢いた。しかし、阿久津は数少ない賛成派であった。

――君もいいかげん落ち着くべきだと思っていたんだ。

阿久津は上機嫌でそんなことを述べていた。将来自分の右腕となるべき人間は、社会的にも真っ当であらねばならないとでも言うように。

二十代の半ばで身を固めた阿久津は一男一女をもうけていた。長男は高校生、長女は中学生。夫婦仲は極めて円満と聞いている。何事にもそつのないのが阿久津という人物だ。非の打ち所のない〈円満な家庭〉を維持するため、人知れず相当な努力をしているのだろう。砂田にはそれができなかった。

――結局、あなたは忘れられなかったのね。

離婚話を切り出しながら、圭子はぽつりと呟いた。

それが何を指しているのか、二人の間では言葉に出さずとも明らかだった。

悔恨の苦さを喉の奥へと押し込むように、砂田はグラスに残ったバーボンを干した。

もう一杯注文しようとしたとき、スーツの内ポケットでポケベルが鳴った。

勘定を手早く済ませ、外に出た。一番近い公衆電話の場所は頭に入れてある。

幸い空いていた電話ボックスに飛び込み、テレホンカードを挿入してから警察庁外事第一課の番号をプッシュする。

〈外事一課です〉

部下の和泉警部補がすぐに出た。かつて砂田が四係の班長だった頃、青野とともに班の両輪となって支えてくれた男だ。阿久津が自分を引き上げたのと同様に、砂田は本庁への異動に際して和泉を係長心得として付けてくれるよう希望した。誰か信頼できる者に側にいてほしかったからだ。警察庁警備局が、他省庁のどの部局にも劣らぬ伏魔殿であることなど最初から分かっていた。

「砂田だ、どうした」

〈十九時十七分、新宿区原町二丁目テュルコワーズ社で銃声あり、視察中だった青野班が突入したところ、同社役員のジャン・ジャック・オービニエと高岩光雄《たかいわみつお》が死体で発見されました〉

「マル被（被疑者）は」

〈それが見事に出し抜かれまして。単独犯らしいんですが、完全にプロの仕事ですよ〉

普段は冷静な和泉もさすがに興奮している。

フランス系貿易会社『テュルコワーズ』に共産圏の秘密資金が流入していることを察知した警視庁外事一課は、同社の内偵に四係青野班を投入した。

和泉と同じく最も信頼できる部下であった青野は、今では砂田の後を引き継いで四係の班長を務めている。

「課長には」

〈報告済みです。ご自宅からこちらに向かうとのことです〉

「すぐに行く」

受話器を置き、度数の残り少ないテレホンカードを引き抜いた。

タクシーで合同庁舎に戻る。警備局のフロアはいつになく騒然としていた。

電話中だった和泉は、入ってきた砂田の姿を見つけると、受話器を置いて走り寄ってきた。

「マル被と思われる男が現場から逃走。人着《にんちゃく》（人相着衣）不明、緊配《きんぱい》（緊急配備）中ですがまだ引っ掛かっていません」

「消されたのはオービニエと高岩だけか」

「それがですね」

和泉が周囲を憚《はばか》るように声を低めた。

「生き残りが一人、いたそうです。外傷なし、現在牛込署で保護されています」

「社員か」

「いえ、仕事の打ち合わせか何かで来社中だったようです」

「たまたま巻き込まれたってわけか」

「それが、そうとは思えないんです」和泉はさらに声を低め、「青野の話によると、生き残っていたのはクラーラ・ルシーノワだと」

まじろぎもせずに眼前の部下を見つめる。

白い額にうっすらと汗を浮かべた和泉は、ただ無言で頷いた。

「牛込署へ行ってくる」

「あっ、待って下さい」

身を翻した砂田を和泉が呼び止める。

フロアから出て階段の方へ向かいかけたとき、前方に立ちふさがっている人影に気づいて足を止めた。

阿久津課長であった。

「どこへ行く」

「牛込署です」

詰問するような阿久津の表情に、自ずと言い返す口調になった。

「君が行く必要はない。車載電話で報告を受けた。クラーラ・ルシーノワが現れたんだってな」

「ええ、ですから――」

「いい歳をして、なんだ、そのざまは」

「お言葉ですが、本事案は極めて重大な――」

「そんなことは誰だって分かる！」

阿久津が声を荒らげた。滅多にない彼の様子に、フロアにいた全員が振り返るのが分かった。

「君には君の仕事があると言ってるんだ。それくらいのことが分からずに国家の治安が保てるか」

弁明の余地はなかった。しかも衆目に晒された中での醜態だ。

「申しわけありません」

その場で謝罪する。

阿久津は深い息をつき、

「私は局長と話してくる。君は和泉君と手分けしてテュルコワーズ関連情報の再点検、それに関係各所との調整を頼む」

「はい」

言われるままに自席へと戻る。周囲の視線が全身に刺さった。歯を食いしばって恥辱に耐える。

「係長はこっちをお願いします。残りは自分がまとめますので」

和泉が機敏にファイルの束を差し出してくる。すでに何事もなかったような顔をしていた。単に優秀なだけでなく、つくづく外事に向いている男だ。

気持ちを切り換え、渡されたファイルを繰る。

テュルコワーズ社。代表取締役アンリ・フォートレル。取締役専務ジャン・ジャック・オービニエ。取締役常務高岩光雄。取締役デジレ・ゴーベール。資本金八百万円。一九八五年一月十日設立。所在地、新宿区原町二丁目マンデービル二階。

役員の身上調査の結果もある。目立った犯罪歴こそないが、いずれも外事の要注意リストに記されている海外の灰色企業と過去になんらかの接点を持っていた。

長年外事に携わってきた砂田の目には、グレーと言うよりブラックそのものにしか見えなかった。

テュルコワーズ社はどこかの諜報機関――おそらくはＫＧＢ――のカバーに使われているダミー会社。そう断定して間違いない。

警視庁も同じ見解に至ったからこそ、外一の青野班に視察を命じたのだ。

そのテュルコワーズ社が何者かに襲撃され、役員二名が射殺された。法治国家たる日本において。

事態は極めて深刻だった。砂田は改めて慄然とする。迂闊な動きを見せれば公務員として命取りとなりかねない。阿久津の忠告は圧倒的に正しかった。

テュルコワーズ社で一体何があったのか。

次々とページをめくっていく。しかし考えは一向にまとまらない。

「係長」

和泉の声に振り返る。

「なんだ」

「牛込署に詰めている青野から連絡が入りました」

何か調整の必要でも生じたのだろうか。

「青野が直接聴取したところ、クラーラ・ルシーノワは本人であることを認めたそうです」

そうか――ついに彼女が――

さまざまな感慨が胸をよぎる。

「ですがルシーノワは……」

先ほどとは打って変わって、和泉の面上に隠しようもない困惑が見て取れた。

「どうした。はっきり言え」

不審を覚えて促すと、和泉は思い切ったように言った。

「ルシーノワはこう言っているそうです、『それ以上は砂田修作にしか話さない』と」

2

クラーラ・ルシーノワの身柄は極秘裏に牛込署から警視庁庁舎に移送された。

極秘と言っても、牛込署員は銃撃事件の現場で保護された外国人女性の存在を知っている。彼らには警察庁警備局から厳重な箝口令《かんこうれい》が敷かれた。

総務審議官から出頭を命じられた砂田は、和泉を伴ってただちに指示された会議室に向かった。

ノックして入室する。警察幹部達が険しい表情で待ち構えていた。

長官官房の大森《おおもり》総務審議官。

警務局の関根《せきね》首席監察官と八戸《はちのへ》監察官。

刑事局の多賀《たが》刑事企画課長と北本《きたもと》国際捜査課長。

警備局からは直接の上司である阿久津外事一課長。

「和泉君、君はドアの外で待っていてくれ。会議が済むまで誰も通すな」

「はっ」

阿久津の指示により退出した和泉がドアを閉めると同時に、正面に座した大森総務審議官が切り出した。

「現場で確保したクラーラ・ルシーノワは、君でないと聴取には応じないと言っている。この件について説明してほしい」

直立不動の姿勢で砂田は答える。

「説明できません」

「どういう意味だ」

「本職が説明してほしいくらいだからです」

「分からんと言うのか」

「はい」

警務の関根首席監察官が手許の資料を開きながら、

「先ほど阿久津君から説明を受けた。クラーラ・ルシーノワなる女はソ連のスパイだそうじゃないか。それもかなりの筋金入りだ。そんな女が君を指名している。何かあると考えるのが普通じゃないかな」

「これは本職の監察ですか」

「場合によってはそうなるな。心して答えた方がいいぞ」

「そうですか。しかし、知らないものは答えようがありません」

「君はルシーノワに恋愛感情を抱いていた。眉墨圭子元巡査部長と結婚してもそれは変わらなかった。その結果、離婚に至った。違うかね」

――結局、あなたは忘れられなかったのね。

嫌な汗が全身を伝い落ちる。お歴々の前で、こんな公開処刑に晒されようとは。

「どうした。答えられないのか」

「……否定はしません」

「感情だけではなく、もっと直接的且つ肉体的な接触もあったのではないか」

「あるわけがありません」

「本当か」

「もしそんなことがあったら、お手許の資料にとっくに記されていると思いますよ」

八戸監察官が激昂した。

「なんだ、その言い草は。君は自分の立場が分かっているのか」

「八戸君、彼の性格は資料と寸分の違いもない。阿久津課長が予想した通りの反応じゃないか」

関根が落ち着いた口調で部下をなだめ、

「さすがだな、阿久津課長」

「はい。彼がスパイ行為に荷担していたなら、まったく違うリアクションを取っているはずです」

「根拠が薄弱だ。君は自分の監督責任を逃れようとしているんじゃないのか」

多賀刑事企画課長が追及する。

「もし私の見解に誤認があった場合、上司として当然ながら全責任を負うつもりです。砂田警部は優秀な外事捜査員であり、敵国ないし第三国と内通している可能性は皆無であると考えます」

阿久津はきっぱりと言い切ったが、総務審議官は冷ややかに、

「残念ながら、君一人で責任を負えるような事態ではないんだよ。だから刑事局からも多賀課長や北本課長に来てもらった」

多賀と北本が無言で砂田を睨《ね》めつけた。

会社員が二人も射殺されている。これは重大な刑事事件でもあるのだ。刑事局としても早急に方針を決めておかねばならない。

「状況は理解しております。その上で申し上げますが、クラーラ・ルシーノワはこれまで我々外事を挑発することにより、オペレーションの攪乱を企図する傾向にありました。すべて報告書に書かれている通りです」

「その直接的接点が砂田警部であったということだね」

ファイルを繰る関根に、阿久津が応じる。

「その通りです」

大森が阿久津に鋭く問う。

「つまり、今回もそうだと言うのか」

「そう考えております」

「多賀君、ルシーノワ一人が生き残ったのが偶然でない可能性は」

刑事企画課長が即座に答える。

「現場の状況からすると、その可能性は低いと考えざるを得ません」

そして阿久津と砂田を横目に見ながら、

「警視庁外一の報告を信じるとすれば、ですが」

大森はしばし考え込んでから、

「どうもこれは、要求通り砂田警部に聴取を任せるのが最善のようだな」

「総務審議官、しかしそれでは——」

「まあまあ」

気色ばむ多賀を穏やかに制し、

「諜報に関しては警備局が専門だ。もちろん聴取の一部始終は他の者にも監視させるし、録音と録画も行なう。いいかね、砂田係長」

この俺がクラーラを聴取する——それもあの女のご指名で——

とんでもない蟻地獄《ありじごく》へと引き込まれかけているような感覚だった。

罠か——それとも——

「どうした砂田。やるのか、やらんのか、早く答えろ」

苛立たしげに多賀が促す。

「分かりました。やります」

他に道はなかった。この流れで断れば、かえって疑いを招きかねない。

何より、自らの好奇心を抑えられる自信はない。

「よし。では刑事局や警視庁の担当官と調整を行ない、ただちに聴取に入れ。結果は細大漏らさず報告するように。以上だ」

総務審議官が立ち上がる。

砂田は反射的に阿久津を見た。

二枚目の上司はこちらの視線から意図的に目を逸らすようにして、退出する幹部達の後に続いた。

「何をしてる、砂田。ぼうっとしてないで早く来い」

多賀課長が怒鳴った。


午前零時近く、久々に警視庁の庁舎に入った砂田を、四係青野班の青野が出迎えた。

「ご無沙汰してます、砂田さん」

「挨拶してる暇はない。状況を直接訊きたい」

大まかな報告は受けているが、現場にいた捜査員から詳細を直接確認しておく必要がある。犯行現場を覗いている余裕はなかった。

「こちらへ」

青野は、砂田や和泉達を公安部のフロアにある一室に案内した。警察庁警備局の阿久津課長、刑事局の多賀課長と北本課長、それに警視庁公安部外事一課の福永《ふくなが》課長、刑事部捜査一課の仲《なか》谷《たに》課長も後に続く。

室内では、青野班の伴と盛岡がテュルコワーズ社事務所の見取り図を広げて待機していた。

「始めてくれ」

砂田の指示で、盛岡が図面を指差しながら説明を開始する。

「テュルコワーズ社はマンデービル二階全体を借り切っています。えらい老朽ビルでエレベーターのない四階建て。視察中だったのは自分と伴。ビルの正面入口が自分で、伴は裏口。出入口はこの二か所だけです。昨夜十九時十七分、銃声が聞こえました。すぐに踏み込んで階段を駆け上がり、中央のこの廊下を曲がった瞬間、逃げてきた女とぶつかり、二人とも倒れました。ぶつかった瞬間、奥にいたマル被が発砲し、銃弾は間一髪で外れました。倒れたまま女をかばい、『警察だ、銃を捨てろ』と叫んだところ、マル被は身を翻して北側に逃げました。廊下の奥は暗がりになっていて、突然だったこともあり、人着は確認できませんでした」

「マル被がわざと狙いを外した可能性は」

「あり得ません。自分と女がぶつかったのは本当に偶然で、誰にも予想できないことでした。しかも銃弾は背後の壁にめりこんだ状態で発見されました。詳しい弾道検査の結果はまだですが、その位置からしても女の頭部を狙ったのは明らかです。倒れ方によっては、自分に当たっていたかもしれません」

「分かった。続けてくれ」

「はい。マル被が侵入した手口は簡単で、夕方に堂々とビルへ入り、屋上に上がって夜を待ったものと思われます。一階、三階、四階にはそれぞれ別の会社が入っていますが、いずれも社員以外の出入りはなかったと証言しているからです」

次いで伴が報告する。

「裏口を張っていた自分は、一足遅れて盛岡と合流しました。今の話にあった通りの状況でした。それで女を確保したまま、奥の役員室を覗くと、二人の男が倒れていました。オービニエと高岩でした。女を盛岡に任せ、すぐに北側へ向かいました。小部屋の窓が開いており、窓枠に足を掛けた痕跡が残っていました。マル被はそこから隣のビルとの隙間に飛び降りたものと思われます」

「ビルの入口は視察中だったわけだから、マル被は少なくとも入るときに目撃されてるはずじゃないのか」

「それが……」

盛岡は気まずそうに顔をしかめ、

「その時間帯に視察していたのは新人の二人で、自分達は十九時前に交替したんです。他の階の会社に出入りする人間も大勢いることから、新人二人は何も……」

「弛んでるんじゃないのか、青野」和泉が憤然として、「新人とは言え、外事の基本ができてないじゃないか。どういう教育をしてるんだ」

「すまん。俺の責任だ」

苦い顔で青野が詫びる。

「クラーラはいつ入った」

砂田の問いに盛岡が答えた。

「十八時三十五分。外人女性、しかもあれだけの美貌ですから、さすがに新人も覚えてました。ですが……」

「Kのルシーノワとまでは気づかなかったってわけか」

「はい」

今度は福永外一課長が色をなした。

「KGB機関員のリストに普段から目を通してないからこういうことになるんだ。いくらペレストロイカと言っても、こっちまで気を抜いてどうする」

「福永課長、今は状況の把握が先です……青野君」

阿久津の取りなしで、青野が引き継ぐ。

「テュルコワーズ社では、役員の三人が集まって十九時から何か重要な会議を行なう予定であったようです。このタイミングでそれまで接触のなかったルシーノワが来社したのは、会議に参加するためだったのではないかと推測されます。しかしゴーベールだけはなぜか出社しなかった。また、社長のフォートレルとは現在も連絡が取れない状態が続いています。テュルコワーズ社の実態については、これまでに情報を上げた通りですので、すでに把握しておられることと思います。以上です」

幹部達が互いに無言で目を見交わす。

まず口を開いたのは捜査一課の仲谷課長だった。

「物盗りや怨恨の線を捨てるわけじゃありませんが、やはりこれは公安事案でしょうな」

多賀課長も頷いて、

「私も同意見だが、場合によっては国際捜査課の協力が必要になるかもしれない」

「分かりました」

それまでほとんど発言しなかった北本課長が同意を示す。

次いで多賀は砂田を振り返った。

「頼んだぞ、砂田君」

「はい」

いよいよか——

3

庁舎内にある取調室に、クラーラは悄然《しょうぜん》と座っていた。

大胆不敵な女スパイも、消されかけた上に警察に拘束されては、さすがに意気も消沈するだろう。

もっとも、クラーラは逮捕されたわけではない。あくまで殺人事件の重要参考人であり、任意の聴取である。彼女がソ連大使館への連絡を要求しなかったのは、やはり切迫した事情があるからだ。また近年では異例とも言える深夜の聴取を強行する理由として、事態の早期解決を図るためという名目が用意されている。

三十五歳になったはずだが、砂田の目には、五年前と少しも変わっていないように見えた。服は汚れ、髪は散々に乱れている。それでも彼女は美しかった。

――あなたは分かりやすすぎるのよ。

取調室の天井から、圭子の冷笑が漏れ聞こえたような気がした。

クラーラが顔を上げる。まっすぐに砂田を見た。魅惑的な蒼い双眸に、今は謎めいた光が宿っている。

こちらが口を開く前に、明瞭な日本語で彼女が言った。

「二人きりで話したいわ。遠慮してちょうだい」

砂田ではなく、背後の和泉に、そして壁面の鏡に視線を巡らせ、

「どうせ大勢で見物してるんでしょうけど」

和泉を振り返って命じる。

「隣の部屋に移ってくれ。取調補助者は必要ない。彼女の希望だ」

「しかし、係長」

「同じことだ。隣からはすべて見えるし、話も聞こえる。録画していることも承知の上で言っ

てるんだ、そうだろう？」

「ええ」

クラーラはにっこりと笑った。

「分かりません。ならばこっちにいたって違いはないはずじゃないですか」

「よく分からんが、彼女にはあるらしい」

そして壁面のマジックミラーを見遣り、

「それに隣から文句を言ってこないところをみると、上も認めてくれてるようだぞ」

不満そうな面持ちで一礼し、和泉は退室した。

「さて、と」

砂田はクラーラに向き直る。初手からずいぶんと疲れた気分だ。

「これで二人きりだ。見物人は大勢いるのに、和泉を追い払った理由を知りたいね」

「それが理由よ」

「え？」

「せめて舞台の上だけは二人きりでいたいの」

「二人芝居ってわけか。なるほどな」

軽い口調で応じるが、内心は気が気でない。隣室で監視されているからこそ、疑惑を招きかねない会話もまだできる。しかしそれとても保証の限りではないし、後で叱責を受ける可能性も大きい。

「ではクラーラ・エラストヴナ・ルシーノワさん。その名前で間違いはないですね」

「はい」

「人が二人も殺されてる。緊急を要する事案なので形式的な質問は略させてもらいます。いいですね」

録画を意識してはっきりと口に出して言う。

クラーラもそれは理解しているようで、

「構いません。お願いします」

「あなたはテュルコワーズ社とどういう関係ですか」

「調査を命じられました」

「どういうことです？　前後の事情が分かりません。具体的にお願いします」

「PGU、つまりKGB第一総局からの命令よ」

いきなり来た。

思わず鏡の方を見る。

しかし鏡面にはみっともなく狼狽した己の間抜け面があるばかりで、なんの変化も示さなかった。

「命を狙われたのよ。忠誠を尽くせるような局面じゃないわ。それに日本警察には私の資料が山ほど蓄積されてるんでしょう。そのくらいはこっちでも把握している。シラを切り通せるとは最初から思ってないの」

「いいだろう。じゃあこっちも本音で行かせてもらう」

「どうぞ」

「命令された調査の内容は」

「それもご存じのはずよ」

「君の口から聞きたいな」

「テュルコワーズ社は事実上、社長と役員だけの会社で、輸出に見せかけ生活必需品等の物資を購入して祖国へ送っていた。我が国は物資が不足して人民は大変苦しい生活を強いられている。みっともないけど、それが実情。そんなこと、今さら言うまでもないわよね」

その通りだ。しかしKGBの機関員がそんな身も蓋もないことを供述しようとは、いくら殺されかけたとは言え、驚き以外の何物でもない。

鏡の向こうにいる幹部達もあんぐりと口を開けていることだろう。

「続けてくれ」

「そのテュルコワーズ社の資金が不正に流用されている疑いがある。それを察知した私は調査を命じられた。だけどその時点で、社長のフォートレルは新潟への出張を理由に姿を消していた。そこで直接テュルコワーズ社に乗り込むことにしたの。三人の役員を聴取し、関係資料を押さえるためにね。そのことはもちろん三人には秘密よ。彼らには定期的な監査だと伝えてあった。KGBの関連組織、特に末端ではよくあるの。それも知ってるわね？　時間は午後七時。念のために三十分ほど早めに行った。案の定というか、役員のうち、ゴーベールは約束の七時を過ぎても現われなかった」

今のところ判明している事実との齟齬はない――今のところは。

「オービニエと高岩の二人は真っ青になってあちこちに電話していたわ。ゴーベールの行方を捜すためよ。役員室には電話が二台しかなかった。私も同志に指示を出すため電話がある別室に移動したの。そこで受話器を取り上げたとき、役員室の方から銃声が聞こえた。受話器をそっと戻して、ドアの隙間から様子を見ると、マカロフを持った男が役員室から出てきて他の部屋を調べ始めた。知らない男よ。そいつが廊下の奥へ向かった隙に急いで逃げ出したの。そしたら、誰かと思い切りぶつかった。あれ、あなたの部下だった人でしょう？　後で気づいたわ。お礼を言っといてね。おかげで命拾いしたって」

「七時にテュルコワーズ社で君が役員達を聴取する――その情報が漏れていて、殺し屋が役員の揃う時間を狙ってやって来たってことか」

「私はそう思ってる」

「役員室にいた二人を射殺したが、ゴーベールと君がいなかったため、実行犯は他の部屋を捜し回った。そして君を見つけ、躊躇なく発砲した」

「そういうこと」

クラーラが自嘲と疲労感の入り混じる吐息を漏らす。

長年祖国に尽くした挙句がこれだ。無理もない。

「君の仲間について教えてくれ」

「ＫＧＢ日本駐在部は大使館の参事官をチーフとして四つのセクションに分かれてる。政治情報部から十二人、科学技術情報部から十二人、対外課報部から四人、それに非合法活動支援担当が二、三人。全部で三十人前後がＫＧＢの将校。他にＧＲＵ（ソ連軍参謀本部情報総局）が約二十人てとこかしら」

「それくらいは把握している。この期に及んではぐらかすと不利になるだけだぞ」

「この状況で不利も有利もないわ」

「じゃあこれまでの失礼を丁重にお詫びして、ソ連大使館までお送りしようか」

クラーラの余裕が消えていく。まるで潮が引いていくように。

「私達が怖いのは日本警察なんかじゃない。ＫＧＢが最も怖れるのはＫＧＢよ。普段顔を合わせる同僚の目ほど恐ろしいものはない。何を密告されるか知れたものじゃないから。真実はどうでもいいの。密告されたらそこでおしまい。たとえ友人であっても、家族であっても、誰も弁護はしてくれない。そんなことをしたら今度は自分が疑われるだけだから。私は日本警察に捕まった。その事実だけで充分よ。私はすでに裏切り者も同然なの」

こっちはそれも知ってるよ——

疑心暗鬼のあまり、ことに近年のＫＧＢが本末転倒としか言いようのない状態に陥っていることは、公安部が収集した情報からも分析できた。極度に腐敗した官僚体制のなれの果てだ。

「君の所属は」

「私は四つのセクションのいずれにも所属しない。強いて言えば、非合法活動支援担当に近い。

特命で動く遊軍の指揮官」

「要するにイレギュラーだな」

「そう」

「部下は」

「いない。任務に応じて担当者を集め、命令を下す。それだけ」

「ずいぶんと偉いんだな」

「それ、皮肉？」

「いや、本気で言った。これまでの活動パターンからしても納得がいくからさ」

「私だって命令を受ける立場に違いはない。私より上位の将校はいくらでもいるわ」

「その中の誰なんだ、今回の命令を下したのは」

「分からない」

「とぼけるな。同じ話を繰り返す気か」

「違うの。本当に分からないのよ、第一総局の誰が立案した作戦なのか。私はそれが知りたいだけ」

そうか——そういうことだったのか——

隣室の幹部達にもはっきり聞こえるように、ゆっくりと言う。

「君は俺達を利用するつもりなんだな。君がＫＧＢに復帰するのはすでに不可能だ。それどころか帰国すれば君はもう陽《ひ》の当たる世界には出られない。しかし、一つだけ手があった。真の裏切り者を見つけ出して証拠とともに告発することだ」

クラーラの双眸に狡猾な光が宿る。

「利用だなんてとんでもない。協力したいと言ってるの」

「俺を指名した理由はそれか。たとえ監視されていようとも、二人の方がやりやすいと。そして俺は君の思惑通りに――」

「やりやすかったのは確かよ。だって、たとえ取り調べであっても、日本の警察官の中で私が話したいと思うのはあなただけだから」

「やめろ。俺が疑われるように仕向けたいのか。KGBほどじゃないにせよ、日本警察の監察も甘くない。それとも、これが君の仕掛けた罠なのか」

クラーラは目を丸く見開いて唇に手を当てた。

「まあ、なんてこと」

そして鏡の方に向かい、

「いいわ、はっきりと言ってあげる。砂田が優秀なのはあなた達が今ご覧になった通りよ。そして、日本警察の中で私が信用できるのは砂田だけ。だから砂田を担当につけること。それが私の条件よ」

条件だと――この女は自分の立場を理解していないのか――

砂田はもう声もない。

「取り調べに砂田を指名したのはそのことをあなた達に手っ取り早く伝えるためよ。どう、お分かりになった?」

「いいかげんにしろ」

慄然とする思いで怒鳴りつける。

「君は自分の言っていることが分かっているのか」

「ええ、分かっているわ。私は西側への亡命を希望しない。アメリカに亡命してもCIAやFBIに軟禁されて連日聴取されるだけ。待遇を少しでもよくするためには何か取引材料を渡すしかないんだけど、それを持ち出されたら困るのはあなた達じゃないかしら。なにしろ私は日本での仕事が多かったから」

鏡の向こうの警察幹部達が息を吞む音が聞こえたような気がした。

クラーラは間違いなく日本政財界の薄暗い秘密を握っている。それは東芝COCOM違反の一件でも明らかだ。

彼女は本気だ。そして何より、必死なのだ。

したたかな女スパイが、生き残りを懸け、頭脳を振り絞って考えた捨て身の一手。日本の硬直した体制下では、上層部と直接交渉しようとしてもまず不可能だ。仮に実現したとしても恐ろしく時間がかかる。複数の警察幹部を最短で集め、自分の話を聞かせるにはどうすればいいか。

それが『砂田修作の指名』の理由であったのだ。

「考えている時間はないわ。解決への最短の道は社長のフォートレルと役員のゴーベールを見つけ出すこと。私はそのために必要な情報を持っている」

一息で言い切った。まさに舞台の上の名女優だ。

砂田は静かに息を吐き、

「やっぱり俺を利用したんだな」

「こうは考えられないかしら。私はあなたに実績を挙げるチャンスをあげた。同時に私は、あなたに助けてほしいと思ってる」

「それがロシア人の考え方なのか」

不意にドアが開いた。

「砂田、ちょっと」阿久津課長だった。「ルシーノワさんはそこでしばらくお待ち下さい」

クラーラを残し、砂田は阿久津に従って取調室を出た。あえて後ろは見なかった。


隣室では、警察庁の多賀、北本、警視庁の福永、仲谷が深刻な表情で額を寄せ合っていた。青野と和泉は蒼白《そうはく》になって録画機材を確認している。

砂田を連れて入ってきた阿久津がドアを閉めると同時に、全員が振り返った。

最初に口を開いたのは多賀刑事企画課長であった。

「ご苦労だった、砂田君」

「いえ……」

砂田は曖昧に頷いた。他にどう答えていいか見当もつかない。

「この件に関してクラーラ・ルシーノワはあくまで被害者であり、任意の参考人でしかない。聴取が終われば身柄を押さえ続けることはできないが、解放した途端、ソ連かアメリカ、あるいはその両方が彼女の拉致に動くだろう。我々としてはどちらにも渡すわけにはいかん」

まさに八方塞がりだ。今さらながらにクラーラの老獪さに舌を巻く。

「いずれにしても、我々だけで判断を下せる問題ではない。ここは一旦——」

仲谷捜査一課長が考え込みながら、

「しかし多賀さん、あのロシア女の言う通り、解決には今すぐにでも手を打たないことには」

「仲谷君、君はKGBの女の要求に従えと言うのか」

声を荒らげた多賀に、

「いえ、私はあくまで刑事捜査の観点から申しただけです」

「外事の現場としてはどうなんだ」

多賀から話を振られた福永は、「そうですなあ」と曲者《くせもの》らしく顎をさすり、

「こいつは下手を打てば外交問題になりかねない事案ですから、ウチとしては正直言って——」

ノックの音がしてドアが開き、見覚えのある顔が入ってきた。

「失礼します」

刑事企画課の係長であった。上司である多賀の耳許で何事か囁いている。

「……分かった」

一同を振り返った多賀は、苦渋に満ちた顔で告げた。

「状況が変わりました。テュルコワーズ社社長のアンリ・フォートレルが、先ほど死体で発見されたそうです」

4

翌朝、警察庁で秘密裏に会議が行なわれた。大森総務審議官、警備局担当の垣見《かきみ》審議官、吉野《よしの》警備局長ら主だった幹部が出席している。警視庁の前田《まえだ》公安部長らも顔を見せていた。当事者としか言いようのない立場に置かれてしまった砂田も、阿久津課長に伴われて末席に着いた。

警視庁公安部外事一課の福永課長が状況を簡潔に説明する。

アンリ・フォートレルの死体は、石神井《しやくじい》池の岸辺近くに浮かんでいるのを帰宅途中の会社員によって発見された。通報時刻は前日の午後十一時二十六分。石神井署によると、遺棄された時間帯は午後八時から十一時の間。死後約二十四時間。頸部《けいぶ》の索条痕から絞殺と思われるとのことであった。現場の状況からすると、犯人には死体を隠匿する意図はなかったらしい。

会議は終始大森総務審議官がリードした。本来は警備局長の方が年次は上なのだが、警備局、刑事局にまたがるデリケートな案件であるため、長官官房が調整に入る形で総務審議官に情報が集約されることとなったのである。

深刻な議論の末、何を思ったか、大森は突然砂田に発言を促した。

「砂田係長、君の意見は」

即座に立ち上がって考えを述べる。

「一刻も早くデジレ・ゴーベールを確保することが解決への近道なのは明らかです。そのためにはクラーラ・ルシーノワの協力が不可欠であると考えます」

落ち着いた声で大森が問う。

「君はKGBの女と取り引きしろと言うのか」

「取り引きではありません。協力です」

「これが罠でないとどうして言い切れる」

「証拠はありません。ですが昨夜の聴取の模様をご覧頂ければ――」

「録画テープなら観《み》たよ。なかなか興味深いものだったのは確かだ」

「これは一刻を争う非常事態であり、且つ、ルシーノワを効率的に動かすには他に手はないと考えます。それに、彼女が日本政財界の秘密をいくつも握っているのは疑いようのない事実です。彼女の提案を拒否すれば、それらを公表されるおそれがあります」

「資料によると君とその機関員とはなにやら因縁浅からぬ関係にあるようだが、よもや本当に――」

「自分は外事の世界で生きてきた警察官です。今のご質問に関しても、昨夜の一部始終を見ておられた方々なら信用して頂けるのではないかと愚考します」

総務審議官が刑事局の多賀課長や北本課長らの方を見る。

彼らは一様に蒼い顔で頷いた。

大森は深い息を吐き、全員を見渡した。

「他に意見のある者は」

「はい」

真っ先に挙手したのは阿久津であった。

「阿久津課長」

大森の指名を受け、阿久津が起立する。

「クララ・ルシーノワは奸智《かんち》に長《た》けた筋金入りの機関員です。彼女の言をそのまま受け入れるのは常識的に考えても無謀であるとしか言いようはありません。警備局の理念からも、そのようなリスクは避けるべきと考えます」

砂田は愕然とした。ここに来て阿久津が反対しようとは。

なぜだ——

阿久津の言い分はまったくの正論だ。しかし、それを今この場で表明する意味は。

「課長」自らを抑え切れず発言していた。「常識に囚われていては外事の業務は回せない。それくらい、課長だってよくご存じのはずじゃないですか。クラーラは確かに一筋縄でいく相手じゃない。それだけにこっちが踏み込まねば絶対に協力なんてしやしません。敵が罠を仕掛けていたのならそれを逆手に取って有利なカードを手に入れる。それこそが外事の基本でしょう。なのにどうして――」

「砂田！」

吉野警備局長が叱責する。

「阿久津君の発言は警察庁の一員たる精神と立場をよくわきまえたものだと私は思う。君はいつまで現場の気分を引きずっているんだ」

警備局長の言葉はさらに真っ当なものだった。反論の余地はまったくない。

「は、申しわけありません」

不本意な思いを胸に隠して謝罪する。

阿久津は視線を逸らして上座の方を向いている。その横顔から、発言だけでは窺いようもない別の意図が透けて見えた。

直感する――アリバイだ。

〈自分は反対した〉。その事実を公《おおやけ》の場で明らかにしておく。失敗したときのために。

警察官僚として完璧な処世術だ。

正論であるがゆえに、上層部がどういう判断を下そうと、そして結果がどうなろうと、誰からも非難されることはない。

しかし、今は事案の解決を第一に考えるときじゃないのか――

膨れ上がる憤懣《ふんまん》を懸命に抑えつける。今この場でそれを口にすれば、自分は破滅だ。それだけは分かっている。

しばし考え込んだ末、顔を上げた総務審議官は穏やかな口調で指示を下した。

「新宿区牛込テュルコワーズ社での射殺事案は各部署が連携を取りつつ捜査を進めること。マスコミにはあくまで〈押し込みによる強盗殺人事件〉として発表する。その一方で、KGBのクラーラ・ルシーノワにはゴーベール捜索に協力させる。担当は砂田係長。もちろん女の監視役を兼ねてだ。極めて異例ではあるが、防諜という職務の特殊性を考慮すればやむを得ない。言うまでもないが、本オペレーションは極秘である。クラーラ・ルシーノワの協力が漏洩すれば彼女に危険が及ぶばかりか、日本政府にとって極めて厄介な事態となりかねない」

総務審議官がファイルを閉じて立ち上がる。

会議は終わった。


警視庁庁舎に向かう公用車の中で、後部座席の砂田は運転する青野に声をかけた。

「すまんな、貧乏くじを引かせちまって」

「気にしないで下さい。もともとウチがやってた事案ですから」

砂田はサポートの実働部隊として外事一課四係青野班を指名したのだ。

「下手したらおまえらにもとばっちりが行くかもしれん」

青野はどこか楽しげに、

「それは他の事案でも同じですよ。そんなことよりまた砂田さんと働けると思うと、なんだか昔みたいな気がして。なあ、和泉」

「そりゃそうだが……状況を少し甘く考えてるんじゃないのか。おまえらしくもない」

助手席に座った和泉は、苛立ちを隠せない様子であった。

確かに彼の言う通り、楽観できる状況ではまったくないが、昔に比べて青野と和泉の性格の差がはっきり出てきているように砂田は思った。

自分が四係の班長だった頃から、和泉に官僚的な素質があったのは確かである。

警察庁に引っ張ったのが裏目に出たのか。だとしてもそれがいいことなのか悪いことなのか。今はまだどちらとも言いかねた。

警視庁庁舎に到着した砂田達は、総務部留置管理課員に命じて女性用の留置場からクラーラを取調室に連行させた。クラーラは被疑者ではないが、警護の必要から昨夜は留置場で保護したのである。

通常の手続きとしてはあり得ない、まさに異例中の異例だが、外事において〈異例〉とは〈通例〉の一種にすぎない。また警備上の問題だけでなく、保秘の観点からも、彼女を極力外に出すわけにはいかなかった。民間のホテルなど問題外であり、検討の結果、留置場に宿泊させるという決定が下されたのだ。

本人も特に異議は唱えなかった。それだけ身の危険を感じているのだろう。

「君の提案が受け入れられた。今日から俺が君の相棒だ」

パイプ椅子に座ったクラーラに向かい、砂田は言った。

「だが言っておく。逃げようとしたり、俺を嵌めようとしたりすれば、こいつらが即座に君を拘束し、その場でソ連大使館に連絡する」

背後に控える青野と和泉を顎で示し、

「狸穴からすぐに大使館員がすっ飛んでくるだろう。君はソ連大使館に連行され、そのままご帰国というわけだ。後はどうなるか、君の方がよく知っているだろう」

「それで脅しているつもり？」

呆れたように彼女は言った。

「今の状況で逃げたりしても、私にメリットは何もない。昨夜も言ったじゃない」

「そうだったな」

「安心して。私も必死なのよ。あなたの手柄にもなるように行動するわ」

「そう願いたいね」

青野が用意した紙袋を差し出す。

それを受け取ったクラーラは、中を一目見て突き返した。

「なに、この趣味の悪い服は。こんなの着てたら目立ってしょうがないわ」

「君の好きなブランド品よりは目立たないと思うがな。それに下着は他人には見えない」

クラーラは不承不承に頷いた。

「こんな服を着るなんて、なんだかもうソ連に戻った気分」

再び紙袋を受け取って顔を上げる。

「ここで着替えろって言うの」

「まさか」

砂田は苦い顔で和泉と青野に目配せする。

二人はクラーラを左右から挟み込むようにして立ち上がらせた。

「さあ、行こうか」


青野班の分室『オフィス・ゴタンダ』は東五反田のマンション内にあった。地下に専用の駐車場がある大型物件で、人目を避けて出入りするには好都合だ。

青野の運転する車で駐車場に入り、エレベーターで分室のある五階まで上がる。砂田も中に入るのは初めてだった。

本来は3LDKのファミリー向けマンションだが、借り手がなく事務所用に改装したものだという。もちろんエアコン完備である。

砂田が新人だった頃、所属していた馬越班に女性の捜査員はいなかった。だが青野班には女性が四人もいる。三十代が二人、二十代が二人。

「世の中は変わってるんだなあ」

明るくモダンな事務所内部を見回している砂田に、青野は苦笑をこらえ切れないようだった。

「もう九〇年代ですからね。そりゃあ七〇年代とは違いますよ」

青野班の女性捜査員達が、クラーラを脱衣所と洗面所が一体となった広い浴室スペースへ案内する。全員で中へ入り、鍵を掛ける。

五十分後、浴室から出てきたクラーラの金髪は黒く染められていた。フランネルのシャツにゆったりとしたカーディガン。少し若者ふうの装いであったが、クラーラが実年齢よりも若く見えるため、かえってしっくりと似合っていた。メイクもナチュラルに変えられている。

「どう?」

留置場での態度とは打って変わって、クラーラもまんざらではないようだった。

「まあまあだな」

なにげなくそう答え、砂田は既視感とも異なる微妙な動揺を覚えた。

その正体はすぐに分かった——圭子だ。


——どう?

新宿三越で婦人服売場の試着室から出てきた圭子に、砂田は答えた。

——まあまあかな。

——そう。

圭子はどこか不服そうだった。

——やっぱり、別のにしようかな。

——それでいいじゃないか。悪くないよ。選んでたらきりがない。

——じゃあ、これにするわ。

試着室のカーテンが再び閉じられる。

その日は結婚一周年の記念日で、砂田は圭子に好きな服を買ってやると約束したのだ。嘘でも「最高だ」と答えるべきだった。後でそう悔やんだものだ。

仕事柄、服飾に関する知識はあっても、似合っているかどうかまでは自信がない。自分にそんなセンスがあるとは思えないのだ。それにどう答えようとも、圭子は瞬時に嘘を見抜く。彼女の能力を評価すればこその対応だと考えていた。

間違いだった。

嘘が分かっているからこそ、圭子は自分に嘘を期待していたのだ。

圭子の選んだ服は、砂田の給料に見合ったものだった。

支払いを済ませ、予約したレストランに向かう。

高くもなく安くもなく、そこそこのフレンチ・レストラン。それでも圭子は満足していた。

——おいしいわ、とっても。

珍しく機嫌がいい。砂田はほっと胸を撫《な》で下ろす。

——ソースが濃厚で、ほら、私が作るのって、なんだか薄味ばっかりじゃない？　だからたまにこういうのをいただくと新鮮で……ねえ、あなたはどう？

——まあまあかな。

当たり障りのない無難な答え。自分ではそう思っていた。自分では。

圭子の表情が再び曇った。

——どうかしたか。

何も言わなくなった妻に問いかけると、

——なんでもないわ。胸やけかな。

にっこりと微笑んでそう答えた。

それが単なる欺瞞でしかないことは、砂田にも圭子にも分かっている。

二人はともに外事であるから。

人の心を見抜くプロであるから。

なのに。

砂田は自分の心に無関心だった。それは取りも直さず、妻の心にも関心を払っていないということでもあったのだ。

砂田の関心は、常に仕事にしかなかった。

外事一課の仕事は、主にソ連に対する防諜活動である。つまり——対ＫＧＢ。

砂田はＫＧＢを追っていた。いつ、いかなるときも。あらゆる意味で。

昼も、夜も。警察でも、家庭でも。デスクでも、ベッドでも。

デザートとコーヒーが運ばれてきた。二人して言葉少なにそれを平らげ、結婚記念日のディナーが終わった。

レストランを出て駅に向かって歩き出したとき、圭子がぽつりと口にした。

——今夜はロシア料理にすればよかったかな。

5

クラーラの供述に基づき、デジレ・ゴーベールの立ち回り先には青野班を中心に、五係から応援に駆り出された捜査員も協力して徹底した監視態勢を敷いた。

しかしクラーラの供述がどこまで信頼できるものなのか、砂田にも確信はなかった。彼女が手の内をすべて明かしたとは到底思えない。ゴーベールの立ち回り先には、KGBのカバーも当然含まれるはずだからだ。命を狙われたという事実があるにせよ、自組織の前線基地を残らず日本警察に漏らせば、クラーラが本国で復権を果たすという道は完全に閉ざされる。警察に保護されたという一事だけを以《もっ》てしても、KGBの過酷な尋問に晒されるのは避けられない。一生投獄されるか、流刑もしくは死刑ということも充分にあり得る。

クラーラが自らの安全を担保するための策を用意していないはずがない。少なくとも、真に重要なKGBの拠点は巧妙に秘匿するような供述を行なったと考えるのが妥当である。

それを前提に全員が動いている。並行して、砂田はクラーラとともにゴーベールが潜伏している可能性の高い場所を回った。

「日本警察はいつからテュルコワーズ社に目をつけてたの」

青野の運転するカローラの後部座席で、唐突にクラーラは隣に座った砂田に訊いてきた。

青野と助手席の和泉が緊張するのが分かった。

「さあてねえ。俺はもう現場じゃないからな」

わざとらしくとぼける砂田を横目に見て、クラーラはなにげない口調で続けた。

「そう。私達、協力関係にあるんじゃなかったの？」

「だったら情報を聞き出そうとするような真似はやめてくれよ」

「あら、そんなつもりなんてないわ。だって、一昨年あたりからなんだかＫＧＢ《ウチ》はおかしかったから。私が言うのも変な感じだけど、こんな時代だし。日本側でも把握してたはずよ」

さらりと発せられたその言葉に、青野と和泉が一層あからさまに硬直する。

ペレストロイカ以後、バルト三国では反ソ運動が激化している。二年前グルジアではソ連軍が反ソ独立運動を鎮圧した『トビリシ事件』が起こっていた。今年の一月十三日には、リトアニアでソ連軍の侵攻により十四人の市民が死亡した。『血の日曜日』事件である。

〈こんな時代〉。その通りだが、いくらグラスノスチとは言え、クラーラの発言は大胆すぎた。

協力関係と言いながら、勝負を仕掛けているのだ、自分に対して——

千疋屋での手痛い記憶が甦《よみがえ》る。

手痛い？　確かにそうだ。しかし今となっては、あの記憶はもう別の衣を纏《まと》っている。切なくてほろ苦い、淡く薄れた色の衣だ。

「いいだろう、受けて立ってやる」

「係長！」

振り返った和泉に構わず、

「異変は察知していた。ＫＧＢの動きはどう見てもおかしかったからな。そうだ、君の言う通りだ」

「その分析はどこまで進んでるの」

「なに？」

「あなた方は状況をどう理解しているの」

気がつけば、クラーラはじっとこちらの顔を覗き込んでいた。

その視線が、魔法のようにこちらの唇から秘密の言葉を引き出そうとする。

「それは……」

抵抗するのがやっとであった。

「君の行動は細大漏らさず報告せよ——と命令されてる。そういう発言は疑惑を招くだけだと思うがね」

「今は協力関係にあるって言ったでしょう？　日本語でなんて言ったかしら……そう、『一蓮《いちれん》托生《たくしょう》』」

「『攪乱工作』って言葉もあるぞ」

ふっと笑ったクラーラがシートに背中を預ける。

「事態を打開するには、情報を共有し、状況を理解する必要がある。そう思ったから言ってみたの。でもやっぱり危険ね、お互いに。やめましょう」

運転していた青野が口を挟んだ。

「そろそろ着きます」

最初の目的地は上板橋二丁目にある『上板交易』の倉庫。同社はＫＧＢのカバーの一つで、クラーラも商用を装って何度か出入りしたことがあるという。大まかな内情は調査済みで、今回の事案にはほぼ無関係であることも判明している。クラーラの供述もそれを裏付けるものだった。社屋から離れた雑居ビルの一階にある同社の倉庫は半年前から使われていないが、賃貸契約は未だ解除しておらず、誰かを匿《かくま》うには絶好の場所だった。

気づかれぬよう青野は倉庫から少し離れた場所にカローラを停めた。先行した青野の部下数名がすでに万全の態勢で倉庫を監視下に置いている。彼らの報告では、普段は無人のはずの倉庫内部に人の気配があるという。

車から降りたクラーラが倉庫へと向かう。内部にいる人物を特定し、できる限りの情報を引き出すためである。この役は他の者に替えることはできない。彼女が警察に保護された事実を相手が知っていた場合は、「被害者であり、犯罪容疑はないためすぐに釈放された」と答えることになっている。

青野と和泉は車内に積載した音響機材のスイッチを入れる。彼女の洋服には最新型の小型マイクが仕掛けられているのだ。それはただ会話を盗聴し、録音するためだけではない。クラーラが何か小細工をしないか、チェックするためのものでもある。発見されることを怖れて録画装置までは持たせていないので完璧とは言えないが、ないよりはましだ。

万一クラーラが逃亡を図った場合は、青野班の捜査員がすかさず確保する手筈となっている。

倉庫のドアは開いているようだった。内部に消えるクラーラの姿に、砂田はかつて東陽三丁目のケーシーオリエンタル倉庫で彼女と初めて会ったときのことを思い出した。

こんなときに――

倉庫というロケーションのせいであろうか。それとも当時と変わらぬクラーラの後ろ姿のせいであろうか。

いずれにしても、そんなことを考えてしまう自分自身がいまいましくてならない。

――私も仕事してたほうがよかった？

――え？

――そしたら、私もあなたの役に立つかなと思って。

クラーラではない。圭子だ。それも結婚間もない頃の。

――分かってるはずだろう。どうしてまた今になって。

どうしてまた今になって。その問いに、記憶の中の圭子は答えなかった。

――変なこと言うなよ。それでなくても疲れてるんだから。

自分の言葉に苛立ちが滲んでいたことを悔恨とともに自覚する。

――ごめんなさい。

俯いた圭子に、

――辞めるって言い出したのは君の方だろ。確かに俺も賛成したよ。それでなくても外事は危険な仕事だ。いつどこでどんな目に遭うか知れたもんじゃない。君にそんな危ない思いをさせられるものか。

──私を心配してくれてるの？

──当たり前だろう。

──嬉しい。

嬉しい。あのとき圭子はそう言った。だがそれは、彼女の本心だったのか。そして自分もまた、本心から圭子にそう言ったのか。

不意に悟った。自分は今、クラーラを心配している。

彼女の身に何かが起こることを恐れている。

落ち着け。心配して当然だ。彼女は武器を持っていない。万一のことがあれば、それはそのまま自分の責任となる。警察官としての人生がすべて終わってしまうのだ。

〈誰かいるの〉

車内のスピーカーからクラーラの声が流れ出した。

砂田は青野達とともに集中して耳を澄ます。

〈あれ、もしかしてクラーラさん？〉

応じたのはしゃがれた老人の声だった。

〈まあ、高木《たかぎ》さん。お久しぶり〉

〈誰かと思いましたよ。髪、染めたんですね〉

〈ええ、ちょっと気分を変えようと思って。ここで何をやってらっしゃるの〉

〈社長から片づけと掃除を言いつかりましてね。定年後のアルバイトですよ。こんな仕事でも使ってもらえるだけ大助かりだ〉

〈そうだったの〉

　どうやら元社員のようだ。しかも機関員ではなく一般人らしい。

〈クラーラさんはどうしてこんなところに〉

〈以前御社にお渡しした商品サンプルがこちらに保管されてると聞いてきたんです。どうも旧商品だったみたいで、すぐに調べてこいって言われまして〉

〈ああ、それならとっくに本社の方に戻しましたよ。ここは半年前から使ってなくて。とんだ無駄足でしたね〉

〈えっ、そうなの？　本社の人に聞いてきたんだけど、そんなこと言ってなかったわ〉

〈誰に聞いたんです？〉

〈さあ、知らない顔だったわ。最近入った人かもしれない〉

〈じゃあバイトの誰かかなあ。すみませんねえ、お手間かけちゃって〉

〈いいえ、こちらこそお邪魔してすみません〉

　倉庫から出てくるクラーラの姿を確認し、青野が録音機材のスイッチを止めた。

　どうやら空振りであったようだ。

　無意識のうちに安堵の吐息を漏らしていたことに気づき、慌てて指示を下す。

「上板交易は当分視察続行。クラーラの来訪に反応する奴がいたら要注意だ」

「了解。五係から何人か回させます」

和泉が即座に反応する。

「時間が惜しい。次に行くぞ」

クラーラが車に戻ると同時に、あえてそっけなく告げた。


その日だけでなく、次の日も〈空振り〉が続いた。

ゴーベールの行方は杳《よう》として知れない。

砂田は焦った。元来が異例のオペレーションだ。一刻も早く結果を出さないことには、上層部が方針を変更するおそれが大いにあった。

何か他に手はないか——考えるんだ、他に何か——

三日目の夕刻、疲れ切った一同はクラーラを東五反田の分室オフィス・ゴタンダに送り届けた。

人目を避けて彼女を護衛しながら宿泊させるのは一般のホテルでは不可能だし、かといって警察施設に泊めるわけにもいかない。そこでオフィス・ゴタンダの間取りが３ＬＤＫのファミリータイプであったことを幸い、二部屋に簡易ベッドを搬入して、一部屋をクラーラの個室、もう一部屋を護衛兼監視役の青野班女性捜査員達の待機室としたのである。窮余の策ではあったが、考え得る中では最善とも言えた。他の部屋には常に数名の外事課員が詰めているから、クラーラの護衛と監視には申し分ない。もちろん、重要な捜査資料はクラーラに見られないよう金庫にしまって充分に注意を払っている。

クラーラと女性捜査員が浴室に入るのを確認し、砂田は青野に小声で話しかけた。

「押収したテュルコワーズ社の財務資料はこっちにあるな？」

「はい。しかし全部かどうかは分かりませんよ。殺されたフォートレルかゴーベールがすでに処分した可能性があります。残されていたものも分析が難航してまして……テュルコワーズの資金は海外に流れてますから、ウチだけではどうしても……」

「コピーをくれ。直近の三か月分でいい」

頷いた青野は、リビングの隅にある金庫を開け、一束の資料をつかみ出した。効率的な捜査のため押収した資料はすぐにコピーを作成する決まりになっているのだ。

差し出されたコピーを受け取り、分室を出た。

警視庁に赴いた砂田は、捜査二課のフロアを見渡した。

その男が在籍していることは知っている。一度所轄へ異動になったが、課長補佐として戻ってきたのだ。

いた――

その男は、デスクに向かってペンを走らせていた。報告書でも書いているのだろう。

近寄って声をかける。

「ご無沙汰してます、五十部《いそべ》課長補佐」

その男――捜査二課の五十部は小さな目を見開いて振り返った。左の目許の大きなほくろは以前のままだ。

「砂田……いや、砂田係長」

「ちょっといいですか」

「いいけど、なんだ？」

「ここじゃなんですから、会議室の方へ」

声を潜めて促すと、五十部は黙って立ち上がった。

二人で空いている会議室に移動する。

「懐かしいな、砂田さんよ。前にもあんたと二人でここに入ったな。いや、別の部屋だったか。まあ、どっちでもいいか」

「早速ですが五十部さん、ちょっとこれを見てもらえませんか」

鞄からコピーの束を出して五十部に渡す。

「へえ、こいつは……」

捜査二課の課長補佐だけあって、五十部は数枚めくっただけでそれがどんなものであるか察しがついたようだった。

「詳しいことは言えませんが、そもそも外事は共産圏の資金からその会社に目をつけたわけで――」

「ははあ、あれだな、外国人が射殺された牛込の事案だな。確か社長も殺されてる」

「ええ、あれです」

「で、こいつを俺にどうしろってんだ」

「事案の解決には資金の詳細な解明が必要だと思ったんですが、ウチだけじゃどうにも手が足りない。餅は餅屋って言うじゃないですか」

階級は同じ警部だが、砂田はあくまで下手に出る。金のことなら捜査二課が専門だ。

「外事の方の事情は知らんが、ありゃあ相当ヤバい案件じゃねえのか」

「だから極秘でお願いしてるわけですよ。ご存じの通り、警察は横の連携が難しい。特に外事は秘密主義だ」

「こっちのメリットは」

「ありません」

「ふざけるな」

「今回はウチの借りということでお願いします。なんだったら、妙な資金を流してるゼネコンを二、三教えます。海外の納入業者筋の情報なんですけどね。全部五十部さんと捜二の手柄にしてもらって構いません」

束の間考え込んでいた五十部は、指でほくろを撫でながら用心深そうに言った。

「分かった。だけど変なゴタゴタにだけは巻き込んでくれるなよ。いいか」

「恩に着ます」

コピーを五十部に託して会議室を出る。

やれるだけのことはやっておかねば——

ほっとした思いでエレベーターホールの方へ向かっていた砂田は、前方の廊下を足早に横切ったパンツスーツの女を目にして足を止めた。

驚愕のあまり声が出ない。

一瞬ではあったが、女の横顔はまぎれもなく圭子のものだった。

我に返って駆け出した。

女の後を追って廊下を曲がる。エレベーターホールだ。

ちょうど一基のエレベーターのドアが閉まったところであった。

遅かった──

周囲を見回す。誰もいない。やはりこのエレベーターに乗ったのだ。

噴き出た汗を掌で拭い、改めて下降ボタンを押す。

どうして圭子が警視庁に──

落ち着いて考える。見間違いではなかったか。他人の空似という奴だ。

すぐにその可能性を否定する。まがりなりにも自分は警察官として二十年以上勤めてきた。

しかもかつて部下であり、妻だった女だ。見間違いなどでは決してない。

圭子の服装は女性警察官としてごく標準的なものだった。他業種の人間が刑事部のフロアを単身闊歩《かっぽ》しているとは考えにくい。

もしかして、自分の知らない間に復職していたのか。

だったらなぜ自分に知らせてくれなかったのか。

上昇してきたエレベーターはそのまま上層階へと向かっている。階数の表示を眺めながら黙考する。

もし復職していたのなら、いずれ自分と出くわすことは充分に想定できたはずだ。しかし圭子はそのこと自体を重要視していない。つまり自分はどうでもいいのだ。

また復職した経緯は。他の職ではなく、あえて警察に戻ってきた理由は。誰かの引きがあったのか。

今ならまだ間に合うかもしれない、このフロアにいる者全員に聞いて回れば――

さすがにそこまではためらわれた。別れた女房について警視庁内で身も世もなく尋ね回る警察庁の係長。考えただけでもぞっとする。これほどの醜態はないだろう。

エレベーターのドアが開いた。表示ランプはいつの間にか下降へと変わっている。

重すぎる疑念を抱えたまま、砂田はエレベーターに乗り込んだ。

6

四方を工場に囲まれた豊洲《とよす》の賃貸マンションに帰宅した砂田は、六畳間の布団の側に置かれた電話機を前に考え込んだ。

圭子の住所と電話番号は知っている。沼袋のマンションだ。別れた直後、事務的な打ち合わせの必要から互いの連絡先を教え合った。

結婚当初は、久我山の新築マンションに入居した。そこで光に満ちた新生活がスタートする——人並みにそんな夢を思い描いた。夢は醒めるから夢である。人よりも脆く儚く、夢は瞬く間に破れた。人を疑うことしか知らない外事の警察官同士——厳密には警察官と元警察官だが——素朴に寄り添って暮らせると思う方がどうかしている。気がつけば、セキュリティだけはしっかりしている１ＬＤＫのマンションで、砂田は独り暮らしの日々に逆戻りしていた。もっとも、久我山でもすれ違いが多く、二人で過ごした時間は決して長くはなかったが。

思い切って受話器を取り上げ、圭子の番号をプッシュする。

〈おかけになった番号は現在使用されておりません〉

自動音声が流れてきた。番号を変えたか、転居したのだ。

圭子の親族に電話してみようかと思ったが、やめた。離婚以来、先方とは没交渉になっている。どう切り出せばいいか、考えるのも苦痛であった。

このまま無為に座り込んでいても仕方がない。立ち上がろうとしたとき、不意に電話が鳴り出した。反射的に受話器をつかみ上げる。

「はい、砂田です」

〈青野です〉

「どうした」

〈クラーラが係長と話したいそうです〉

「分かった。代われ」

〈それが、電話ではなく、できれば直接話したいと……〉

「どういうことだ」

〈分かりません。何か今後の方針に関係あることのようです〉

「分かった。すぐに行く」

心のどこかでほっとしていた。

仕事に専念している限り、圭子のことは後回しにせざるを得ない——そう自らに言いわけできる。


翌日の午前十一時。大森総務審議官の執務室に集まった警察幹部に対し、砂田はクラーラの〈提案〉を告げた。

沈思する者、冷笑する者、あるいは激昂する者。幹部達の反応はさまざまだった。阿久津は表情を完全に消している。

「つまり、ルシーノワを囮にゴーベールを罠に掛けて誘い出す。ルシーノワ自身がそう言い出したということだな?」

「はい」

吉野警備局長の確認に、砂田ははっきりと答えた。

「このまま時間が経過すればゴーベールが逃亡、もしくは殺害される可能性は高くなる一方です。オペレーションの抜本的な見直しが必要だという点については自分も同意見であります」

「それこそがルシーノワの罠であり、目的である可能性は」

「ないとは言えませんが、少なくとも現状を鑑みる限り、ルシーノワがこちらに罠を仕掛ける理由が見つかりません」

「現状とは具体的に何を指しているのか」

「ソ連の現状、KGBの現状。さらには何より本事案の現状です。解決が遅れれば遅れるほどルシーノワの立場は悪化する一方であり、そもそも協力態勢を申し出た彼女の当初の意図が達成される望みは薄くなります。本人もそのことを強く懸念しています」

幹部達は黙り込んだ。

早期解決という一点においては、全員の意思が一致している。

「現場としてのリスクは」

大森総務審議官が警視庁の前田公安部長に向かって尋ねた。

「大いにある、としか申しようはありません」

慎重に前田は答える。

それはそうだろう。「リスクがない」などと安易に返答できる局面ではない。それでなくても外事の極秘オペレーションに、危険の伴わぬものはほとんどない。

皆が頷いている中、前田は決然と続けた。

「ですが、やってみる価値もまた大いにあると考えます。外事、諜報の世界の要諦は常に敵の狙いを逆手に取ること。それにより想定以上の結果が得られれば成功、すなわち勝利です。このオペレーションでは、思わぬ付加的情報を得られる可能性が大きい。それは先々日本の防諜作戦において重要な意味を持つこととなるでしょう」

剛胆な発言である。さすがに外事の全体を指揮する公安部長だ。

大森がまっすぐに砂田を見つめ、

「現段階ですでにルシーノワの生命は常に危険な状態にある。実行するとなると囮役のルシーノワは今以上の危険に晒されることになる。彼女に万一の事があっても、本件は当然公にはできない。砂田係長、君はそれでも実行すべきと考えるのか」

砂田は躊躇した。今ここでそれを述べるということは、すなわち責任を負わされるということである。

いや、それだけではない。

――私を心配してくれてるの？

クラーラの声なのか。それとも圭子の声なのか。まるで判然としなかった。

――ねえ、私が心配じゃなかったの？　ねえ、答えて。

心配に決まってるさ――だけど、君の方から――

自分は一体、誰に答えているのだろう。

「どうなんだ、砂田」

吉野警備局長の叱咤が聞こえた。

覚悟を決めて立ち上がる。

「やらせて下さい」

吉野と大森が顔を寄せ合い、他の誰にも聴き取れないほどの小声で何事か相談している。

そして最終的に大森が断を下した。今回の件は総務審議官マターとされているためである。

オペレーションは認可された。


東五反田の分室で、砂田、和泉、それに青野班の面々が注視する中、クラーラは特別に用意した携帯電話を使って電話をかけた。この四月にNTTから発売されたばかりの小型携帯電話mova《ムーバ》である。

発信先は『六星《ろくせい》インフォメーション』。

気配を悟られないよう、全員クラーラから適度に距離を取っている。緊張をはらんだ皆の視線を浴びながら、クラーラは相手の応答を待った。

「クラーラ・ルシーノワです。塩崎《しおざき》さんをお願いします」

秘書が出たらしい。クラーラは日本語で伝えた。通話はもちろん別の機器で録音している。

ややあってから、今度はロシア語で話し出した。

「お久しぶりね……ええ、無事よ。ありがとう……警察の事情聴取は型通りのものだったわ……」

この場にいる者は全員がロシア語を理解できる。

「分からないの、なぜ襲撃されたのか……このままじゃ誰も信用できないし……それで身を隠してるんだけど……そう、だからどうしてもゴーベールと連絡を取る必要があるの……メッセージは『テュルコワーズ社の裏帳簿を持っている』……ええ、それだけ。返事はこの携帯に。番号は分かるわね……心配しなくていいわ、必ず振り込むから。まだそれくらいの資金はあるの……ありがとう」

クラーラが通話を終えた途端、一同の間からため息が漏れ聞こえた。

「とりあえず〈オーダー〉は受けてもらえたわ」

さすがにクラーラもほっとしたように告げた。

『六星インフォメーション』とは、紀尾井町にある会社である。その実態は、一台の電話機が置かれているだけの〈伝言屋〉——いわゆるメッセンジャーで、顧客は主に諜報機関の関係者であると言われている。この会社のユニークな点は、一切のイデオロギーを問わず、東西両陣営の諜報員から仕事を受ける点にある。

システムは単純だ。依頼人からメッセージを預かると、必ず相手に伝えてくれる。相手が見つからないときは、〈近い筋〉に情報を流して相手が問い合わせてくるのを待つ。ただしその場合は、依頼人にとって好ましからざる人物や組織にまで情報が伝わるリスクがある。それでも諜報の世界には、そんなリスクを承知の上で依頼してくる客がいる。特殊な〈仕事〉であるからこそ、不測のトラブルからのっぴきならない窮地に追い込まれ、緊急手段として利用する諜報員が絶えることはないのだろう。

公安部でも外事を中心に以前から目をつけていたのだが、どうしても明確な証拠をつかむことができず、これまで摘発できずにいた。

厳密に言うと摘発できなかった理由はそれだけではない。六星インフォメーションは日本の政界からも仕事を受けていたと覚しき痕跡があり、無用なトラブルとなることを警察幹部が恐れたという経緯もある。

結野《ゆいの》という名の女性秘書以外に社員を抱えず、六星インフォメーションをただ一人で維持している社長の『塩崎』は、ロマンスグレーの老紳士だが、その前歴は不明である。一説によれば大陸浪人であったともいうし、また別の説によれば瀬島龍三と同じシベリア抑留者――しかもソ連軍に協力を約束して引き揚げてきた『誓約引揚者』であったともいう。

どちらかと言うと後者の信憑性が高いと外事では見ている。六星インフォメーションは確かに東西両陣営の仕事を受けてはいるものの、数からするとソ連側の利用者が圧倒的に多かったからである。その上、警察上層部が及び腰であるのも瀬島龍三に近い存在だからではないかと憶測する向きもあった。もっとも、確認できる引揚者リストに塩崎の名は記載されていない。偽名である可能性も考えられた。

たとえ不成功に終わったとしても報酬はマカオの銀行口座に振り込むことが、六星インフォメーションに発注する際の必要条件である。

今クラーラは、この塩崎にゴーベールへのメッセージを預けた。

ゴーベールがクラーラと同じく、状況が分からずに身を隠しているのなら、六星インフォメーションに探りの電話を入れてくる可能性は大いにある。

餌は『テュルコワーズ社の裏帳簿』。もちろんそんなものは押収されていない。ゴーベールの興味を惹《ひ》きつける文言となることが期待された。

だがそれは、あまりに大きなリスクを伴っている。クラーラの抹殺を命じられている人物、あるいは組織が、メッセージの存在を嗅ぎつけ、逆に罠を仕掛けてくるかもしれないからだ。

「私の安全は保証してくれるんでしょうね」

念を押してくるクラーラに、

「それが大前提のオペレーションだ。第一、立案者は君じゃないか」

「そうだけど、警察官はいつ裏切るか知れたものじゃないわ」

「日本警察はモスクワ民警とは違うんだ」

「あら、本当にそうかしら」

場にそぐわぬ皮肉な笑みを浮かべる。汚い金を受け取る警察官が日本でも決して少なくはないことを熟知しているのだ。

「ともかく、これでもう我々は退《ひ》けなくなりました。後はゴーベールが引っ掛かってくれるのを待つだけです」

和泉が冷静な口調で言った。

全員がクラーラの手にした携帯電話を見る。

その携帯が鳴るとき。それはゴーベールが食いついたときなのだ。

明日か。それとも明後日か。

身を焦がすような神経戦の始まりである。電話が鳴るまで、こちらの神経が保《も》つだろうか。

不意に、鳴った。

一同がびくりとして顔を上げる。

クラーラの携帯ではない。ドアのチャイムだ。

青野班の富永《とみなが》が玄関ドアに向かい、ドアスコープから外を覗く。

「阿久津課長です」

振り返って小声で告げる富永に、砂田は青野、和泉と顔を見合わせる。警察庁の課長が現場の最前線である分室を訪れるような事例など聞いたこともない。異常事態と言ってもいい。

だが、警察幹部をまさか追い返すわけにもいかない。

砂田は富永に向かって頷いた。目で応じた富永が解錠してドアを開ける。

無言で阿久津が入ってくる。

その背後から現われた人物に、砂田は唖然とした。

圭子であった。

困惑と不審とが静寂の波紋となって室内に広がっていく。

和泉と青野が互いに目を見交わしている。伴や盛岡らも。

クラーラさえも驚きの表情を隠せずにいた。

彼らは皆、圭子が砂田の元妻であり、現在は一般人であることを知っているからだ。

新人の中には知らない者もいるかもしれないが、青野達の様子からただならぬ気配を察知して黙っている。

「課長、これはどういうことですか」

己の感情を努めて抑制し、砂田は阿久津に問うた。

何についての質問か、阿久津は問い返すこともせず、

「彼女は警視庁公安部公安総務課主任の眉墨圭子警部補だ。前田公安部長の指示により、警視庁、警察庁と現場との調整役を務めてもらうことになった」

「眉墨です。よろしくお願いします」

圭子はごく自然に挨拶した。

捜査員達は目礼を返したが、和泉や青野達にとってはそうはいかない。もちろん砂田も。

「待って下さい」

詰め寄る砂田に、阿久津は重ねて、

「外事の最前線に調整役を配置するのは確かに異例である。しかし本オペレーション自体がそもそも極めて異例である上に、情報の扱いにも慎重を要するものだ。その点を考慮して上層部が特別に決定した。調整役に公総《こうそう》（公安総務課）の人間を充てることは適材適所であると言えるし、彼女の能力については諸君もよく知っていることと思う」

「そんなことを訊いているわけではありません」

のうのうと言う阿久津に腹が立った。

「個人的な話でも聞きたいのか」

「ああ、聞きたいですね」

「捜査には関係ない」

「そうは思えません」

しばし無言で睨み合う。

「……そうだろうな」

それまで強圧的な態度を取っていた阿久津が、意外にもため息を吐いて呟いた。

一方の圭子は、まるで他人事でもあるかのような外貌を保っている。

「この中には君と眉墨主任とのいきさつについて知らない者もいると思う。全員に知られることになるが、それでもいいか」

「構いません。知られる恥よりも、知らないことによる不信感の方が現場にとっては大きな障害となるでしょう。それでは万一の事態が起こった場合、現場指揮官として対処できません」

「分かった」

頷いた阿久津は、一同に向かい、

「彼女は砂田係長の元部下であり、元配偶者である。離婚後、彼女は警視庁に復職した。再就職について元夫に報告する義務はない。公安という部署の性格上、この人事は内密になされた。砂田係長が驚くのも無理からぬことと思う。またそういう因縁のある人物を現場に配置することに不安を覚える向きもあろうと承知している。しかしこれはすべて上層部の決定したことであり、私の立場としては従うよりない。以上だ」

以上だと——それだけじゃないだろう——

阿久津の説明は、何も説明していないに等しかった。

「〝Где черт не сладит, туда бабу пошлет〟」

全員が振り返る。

クラーラだった。

——『悪魔は手に負えない所には女を送る』。

またロシアのことわざらしい。意味は知らないが、言葉の通りとしか思えない。

「私は別に構わない。我が国の官僚はもっと意味不明で矛盾した命令を下す。それに比べると充分に受け入れられるものだわ」

一同を煙《けむ》に巻くように、今度は日本語で言った。

ソ連の官僚組織と比べられてもな——

命令を受け入れると言いながら、その実、あからさまに嘲笑している。

だがその発言で、場に圭子を受け入れる流れができた。

「よろしくお願い申します、ルシーノワさん」

機を逃す圭子ではない。すかさずクラーラに頭を下げる。

「クラーロチカ（クラーラの愛称）で結構よ」

「いえ、私は現場ではありませんので、協力者と親密になる必要はないと考えます」

隠し切れない圭子の挑発的な視線を、クラーラは余裕で受け止める。

「この近くのビジネスホテルに部屋を取りました。私は当面そこに詰めておりますので、状況に変化がありましたらポケベルに連絡をお願いします。番号はここに書いておきました」

圭子はテーブルの上に紙片を置き、

「青野班で共有して下さい。ただし必要最小限で。漏洩には充分に気をつけるようお願いします……阿久津課長」

「そういうことだ。大変だとは思うが、オペレーションの成功に向けて頑張ってほしい」

圭子に促され、阿久津はいかにも型通りの激励を残して分室を出ていった。圭子もその後に続く。

心なしか、砂田には阿久津の視線に一同に対する同情や後ろめたさに類するものが含まれているように感じられた。

閉ざされたドアを見つめ、残された全員が言葉を失っている。

「変じゃないですかね」

ややあってから、最初に口を開いたのは和泉であった。

「何がだ。変なことだらけでどれを言っているのか分からん」

投げやりな気分で応じた砂田に、

「奥さん、いえ眉墨主任の態度です」

「おい、和泉……」

青野が制止しかけたのは、それが元夫婦の間の微妙な問題に触れると思ったからだろう。

「違うんだ青野、俺は今、何か違和感のようなものを感じた」

「違和感だと？　それなら俺だって一から十まで――」

「そうじゃない。眉墨主任の阿久津課長に対する態度だ。なんだか階級が逆転しているように感じた。たとえ元のご主人である砂田係長に対する感情的しこりがあったとしてもだ」

「言われてみれば……」

青野が腑に落ちたように呟く。

「それは俺も感じました」「自分もです」

以前の圭子を知る盛岡と伴も口々に発した。

和泉の指摘は確かに鋭い。警察組織において階級は絶対だ。

阿久津は警視長であり、圭子は警部補にすぎない。復職してすぐに警部補というのも通常では考えられないが、なんにせよ、警視長よりはるか下の階級であることに変わりはない。

にもかかわらず、それが覆《くつがえ》っていたような印象を受けた。

どういうことだ――

圭子の出現にはさまざまな謎がある。第一、復職の経緯がよく分からない。いきなり公安総務課の主任とは、誰かの引きがなければまず不可能だ。

しかし圭子と阿久津の関係は、それらの謎すら霞《かす》ませるものだった。阿久津は確かに女性に優しいが、女性に甘いわけでは決してない。

「どうやら日本の警察も我が国と同じようね」

クラーラだけは何かを理解したようだ。

「つまり二重構造よ。何も不思議ではないわ」

「官僚機構のことを言っているのか」

砂田の問いに、クラーラは微笑みを浮かべる。

「ええ」

KGBの、そしてソビエト政府の内部には、常に複雑な力学が働いているという。そのため、往々にして外国人には理解し難い政治的現象が発生する。

「言いたいことは分かる。しかし日本の警察における上下関係とは――」

言いかけて、やめた。

それくらい、クラーラは先刻承知のはずだ。ロシア人と日本人との間には、どうにも超え難い文化と考え方の違いが厳然として存在する。そのあまりの違いに、諜報戦でやり合う双方が互いに驚くこともしばしばだった。ことに日本での活動歴が長いクラーラは、そうした経験を何度もしているに違いない。日本警察の内情と精神構造について、理解はできないまでも、把握していて当然と言えた。

案の定、クラーラの笑みには興味津々といった色がある。これも当然ながら、日本警察についての興味ではない。

舌打ちして振り返ると、全員が自分を注視していた。元妻の唐突且つ不自然な介入。興味の在処は共通している。

初手からこの上ない恥辱であった。それも重大なオペレーションの最中にだ。

上層部は自分にこんな茶番を演じさせるために圭子を送り込んできたのか。

「係長」

青野が圭子の残した紙片を差し出してくる。

「番号は全員メモしました。係長にお預けします」

救われた思いで、紙片を受け取った。

「ああ、すまない」

いかにも情けない風情を醸しているであろう自分を一瞥し、クラーラは浴室に向かった。

「お先に失礼させて頂くわね」

女性捜査員二名が慌てて一緒に入る。洗面所内で何か小細工をしないか監視するためだ。

クラーラ。そして圭子。

途轍もなく重い荷物を背負わされた気分であった。

7

瞬く間に五日が過ぎた。

ゴーベールからの連絡を待って待機するだけの毎日は苦痛以外の何物でもなかった。広めの3LDKとは言え、外事の捜査員が常時詰めていると息苦しさが募るばかりだ。それでなくても、並外れた精神力、特に忍耐力が要求されるオペレーションである。

ことに伴の精神状態が気にかかった。親友をKGBに謀殺された彼が、KGBの女と常時顔を突き合わせている状況にいつまで耐えられることか。

一方で頻繁に顔を出すかと思われた調整役の圭子は、ほとんど分室に現われなかった。ビジネスホテルで待機しているのだろうが、姿が見えない分、その心底はいよいよ以て分からない。過去の圭子を知っている者も知らない者も、内心ではあれこれ勘ぐっていることだろう。

クララまでも、圭子のことをあれきり話題にもしないのは不気味としか言いようがなかった。

それでなくても砂田には他にも気がかりなことが山ほどあった。とりわけ懸念されるのは上層部の変心と真意である。

一刻も早く結果を出さねば、警察幹部がいつオペレーションの中止を言い出すか知れたものではない。さらには、圭子を秘密裏に復職させて公安の要職に就け、現場へと送り込んできた真の理由だ。

ソファで仮眠を取りながら、焦燥にうなされる毎日だった。

ゴーベールは本当に引っ掛かるのか。引っ掛かったとしても、狙い通り確保することができるのか。

刻々と神経をすり減らす消耗の日々が続いている。

——もう耐えられない、こんな毎日。

興奮した口調では決してない。冷静に、そして淡々と圭子は言った。

離婚を切り出される少し前だ。

——そう言うなよ。今度休みが取れたら一緒に旅行にでも行こう。

我ながら陳腐な文言だった。その場を取り繕うだけの口先の約束。決して実行されることはない。これではかえって自分には誠意がないと告白しているに等しい。まがりなりにも外事の人間だ。そんな心理は知悉《ちしつ》しているはずなのに、妻に対してだけは適用も応用もできない。

——仕事が忙しいのは分かっているわ。私だってあなたと一緒に働いてたんだもの。でも、心がないのは耐えられない。

——どういう意味だ。

——せめて心は残していってほしいの。この家に。あたし達の家に。

——それくらい分かってる。俺だってやってるつもりだ。

分かっていなかった。やってもいなかった。今になってようやく分かる。

——そうは思えないけど。

圭子はどこまでも冷静だった。対して自分は、圭子の言い分を理不尽に感じ、我を忘れた。

仕事を辞めるべきは自分の方だったのかもしれない。圭子はそれほどまでに外事の資質に恵まれていた。

だから誰かが彼女に目をつけた。

誰だ、それは――

――そんなこと、あなたに言う必要はないわ。

記憶ではない、幻影の圭子が冷酷に告げる。

なぜだ、教えてくれ、圭子――

――私のことは私が決める。あなたはあなたの好きにすればいいでしょう。

待てよ、圭子――

突然の音に飛び起きた。ソファの前のサイドテーブルに置いたポケベルだ。

毛布をはね除《の》け、ポケベルをつかんで表示に目を走らせる。

これは――

起き上がった砂田は、同じくサイドテーブルの上に置かれた電話の受話器を取り上げ、表示された番号を押す。汗に濡《ぬ》れたシャツの首筋が不快だった。

〈はい、捜二五十部《いそべ》〉

「砂田です」

〈おう、早かったな〉

連絡してきたのは捜査二課の五十部だ。

「なんでしょう」

まだ寝惚《ねぼ》けているのか、そんな間抜けなことしか言えなかった。

〈この前預かった財務資料な、調べてみたら面白いことが分かったよ〉

急速に覚醒するのが自分でも分かった。

「どんなことです」

〈今本庁なんだ。電話じゃまずい。出られるか〉

「それは、ちょっと」

獲物が網に掛かるのを待ち受けている最中である。分室を離れるわけにはいかない。

〈こっちから行ってもいいぞ〉

「では、五反田駅前の『ネイチャー』って喫茶店で」

〈分かった。三十分で行く〉

通話を切って立ち上がる。和泉と青野がこっちを見ていた。

「二十五分後に出かける。三十分以内には戻るつもりだ」


きっかり三十分後に指定した店に入り、奥まった席に陣取った。

その二分後に五十部が入ってきた。

近寄ってきたウエイターに、二人同時に「ホット」と注文する。

「……で、なんなんです、面白いことって」

こちらから切り出すと、五十部は皮肉めいた口調で、

「頼み事をしときながら挨拶も抜きか」

「業務の真っ最中なんですよ」

それだけで通じた。贈収賄などの知能犯を扱う捜査二課では、証拠保全等のため一分一秒を争う捜査が少なくない。

特にこだわる様子もなく、五十部は持参のくたびれた鞄から書類の束を取り出した。

「この前預かった資料だ。ちゃんと返したぞ」

「確かに」

コピーくらいは取っているだろうが、構わずに受け取る。

「それと、これ」

五十部は数枚の紙片を差し出して、

「面白いことってのはそいつの方だ。全部書いといた」

急いで目を通す。英語とロシア語、それに細かい数字が入り乱れている。何か専門用語らしきものまで。

「テュルコワーズって会社は貿易のフリをして生活物資をソ連に送ってるって話だったが、財務資料をちょいと見ただけでもあからさまに収支が合わねえ。それに会社の規模からすると取引先が多すぎる。俺達から見りゃその意味は大概一つだ」

「ダミーですか」

数字の列に目を走らせながら言う。

「そうだ。あちこちに商品を送っているように見せかけて、本命を隠してやがる。ソ連の指示通りの送り先ならこんなしち面倒臭いことをやる必要はない。つまり、本国の金で商品を仕入れ、それをこっそり別のところへ送ってるってわけだ」

「密輸、ですね」

「面白いってのは実はここからなんだ」

続きを待ったが、五十部はすぐには言わなかった。

資料から視線を上げると、焦《じ》らすように笑っている。

こっちはいつゴーベールからの連絡があるか分からない。すぐにでも分室に引き返したいところなのだ。

「頼みますよ、五十部さん」

「取引先は外国だ。国内ならともかく、さすがにウチも外国まではそう簡単に調べられない。そこでだ。実は俺の中学の先輩で村一番の秀才って言われてた人がいるんだが、この人が今、大蔵省の国際金融局にいるんだ。海外の金融機関ともそれなりに連絡を取り合ってる。国際金融調査の連携態勢を構築中だとかなんとかって言ってよ」

「その人に調べてもらったってわけですね」

「待て待て、この人は俺のとっておきのパイプだ。ここぞというときでもない限りお願いなんてできるだけしたくねえ。この件はウチの〈起こり〉でもなんでもねえし、どうしたもんか、散々迷ったよ」

「分かりました。先にこっちのネタを言います。海外へ不正送金を行なっており、外事が以前から目をつけていたにもかかわらず、諸事情から手つかずのままになっている会社があります」

用意していた三つの会社名を口にした。

五十部は小粒のどんぐりのような目を剥いて、

「マジか。結構な大企業ばっかりじゃねえか。それが本当ならウチにとっちゃあ盆と正月がいっぺんに来たようなネタだぜ。課長に言ったら心臓発作か脳卒中でイッちまいそうだ」

「納得してもらえましたか」

「よし、分かった。国際金融局を通して調べてもらった結果、テュルコワーズ社のブツは香港経由で最終的にオデッサの『ソバーカ』って会社に流れてる。ここがどういう会社かまでは俺達には分からねえ。むしろあんた達の方が得意だろう。具体的な数字だけはその紙に書いてある通りだ」

オデッサだって――

呆然としている砂田を急《せ》かすように、

「どうした、急いでるんじゃなかったのか」

我に返ってそそくさと立ち上がる。

「ありがとうございました。それでは」

そのまま店を出ようとした砂田を、五十部が鋭い声で呼び止めた。

「おい、待て」

「なんでしょうか」

警戒しつつ振り向くと、五十部は黙って伝票を差し出した。

聞こえないように舌打ちし、砂田は伝票を受け取ってレジに向かう。

財布を取り出し、現金で二杯分のコーヒー代を支払った。

〈外事が目をつけていたにもかかわらず、諸事情から手つかずだった〉。

自分は確かに五十部に伝えた。この場合の〈諸事情〉とは当然警察上層部の意向である。

それは事実上のアンタッチャブルということだ。そうと知ったら五十部は地団駄踏むか、激怒するか。

もしかしたら、捜二なら金脈を辿って権力の壁を突破できるかもしれない。田中角栄を逮捕した東京地検特捜部のように。

いずれにしても約束は果たした。自分としては捜二の健闘を祈るばかりだ。


分室に戻る。外に出ていたのは移動時間を合わせても二十分弱だ。幸いにも異状はなかった。ゴーベールからの連絡がなかったということだから、幸いと言うより不幸と言った方がいいかもしれない。

厳密には一つだけ変化があった。外出したときにはいなかった圭子が室内にいた。調整役と称しつつ、実質的にオペレーションを監視する目的で現場に配置されたのだ。いない方が不自然と言っていい。

「最重要オペレーションの最中に現場を離れた理由を報告して下さい」

早速詰問してきた。

「君、いや、眉墨主任もさっきまでいなかったじゃないですか」

「ごまかさないで下さい。私はシフトに従い、時間通りホテルからここに直行しました」

「そうですか。自分はイレギュラーな接触の必要から時間を限定して離脱しました。その間の指揮は青野班長に任せました」

「接触の相手は」

「保秘の必要からお答えできません。いずれ上司である阿久津課長に報告しますので、そちらからお聞きになられてはいかがですか」

部屋の隅から失笑が聞こえた。優雅なポーズでソファに座っていたクラーラだった。

圭子が無言でクラーラを睨むが、強者《つわもの》の女スパイは平然とティーカップの紅茶を口に運んでいる。

圭子の存在は、分室内に異様な緊張をもたらしていた。特にクラーラとの間に。

「青野、和泉、それに伴。ちょっと来てくれ」

小声で三人を呼び集め、浴室に移動する。ドアを閉める寸前、クラーラと圭子が同時に視線を向けてきたが、気にしている場合ではない。

ドアに鍵を掛け、彼らに五十部の話を手短に伝える。三人ともその意味をすぐに理解した。

砂田は伴に五十部の作成した資料を渡し、

「この『ソバーカ』という会社について大至急調べてくれ。何人か付けてやりたいところだが、現状ではおまえに任せるしかない。いいか、誰にも知られるな。すべて極秘裏にやるんだ」

伴が緊張した表情で資料を受け取ったとき。

ドアの外から携帯電話の着信音が聞こえてきた。

同時にドアが激しく叩かれる。

「着信来ましたっ」

盛岡だった。言われる前にドアを押し開け、四人ともリビングに飛び出している。

鳴り続ける携帯電話を手にしたクラーラがこちらを見る。

大きく頷いてみせると、クラーラは応答ボタンを押して電話に出た。

「はい」

砂田はクラーラの頰に触れるほど耳を近づける。硬貨の落ちる音がした。公衆電話だ。

音量は最大に設定してあるので相手の声は明瞭に聞き取れた。

〈六星インフォメーションの伝言を聞いた〉

ロシア語だった。混乱と焦燥が感じ取れる。

〈一人か〉

「当たり前よ」

砂田はもちろん、捜査陣は全員が息を殺している。

〈どこにいる〉

「言えるわけないでしょう」

切迫した態度でありながら、呆れたような口調でクラーラは応じる。完璧な演技だ。

「少なくとも携帯電話の通じる場所とだけ教えてあげる」

〈テュルコワーズの裏帳簿を持ってるんだってな〉

「ええ」

〈内容は〉

「電話では言えないわ」

〈殺されたオービニエのものか〉

「さあ、そこまでは分からないけど、裏帳簿をつけてたのがオービニエだとしたらそうでしょうね」

〈俺を捜してるんだろう〉

「テュルコワーズの役員だけじゃなく、私まで狙われた理由を知りたいの」

〈そうだろうな〉

「知ってるのね」

〈ああ、だからあの日、出社せずに身を隠した〉

「早く教えて」

〈なんで俺があんたを信用できるんだ。罠じゃないのか〉

鋭い――

「そっちこそあたしを嵌めるつもりじゃないの」

〈聞け。表の帳簿なら俺も持ってる。コピーだがな〉

青野班が押収した資料と同じ物だ。

〈それだけじゃ足りない。俺達が助かるには証拠がいる。あんたの持ってる裏帳簿だ。両方を突き合わせれば、ルビャンカ（ＫＧＢ本部）も納得してくれる〉

「じゃあすぐにどこかで会って――」

〈待て〉

「このままじゃ二人とも――」

〈待てと言ってるだろう！〉

電話の向こうでゴーベールが怒鳴った。

クラーラは口をつぐむ。

〈……ダメだ、考えがまとまらない。また連絡する〉

通話は切られた。

深い吐息が室内のあちこちから聞こえる。

携帯をテーブルに置き、クラーラが皆に告げた。

「切れたわ。話の内容は――」

「それは俺から説明する」

砂田が通話の内容を詳細に再現する。

「とりあえず引っ掛かったってわけですね」

額の汗をタオルで拭いながら青野が言う。

「だが逃げられた。奴も相当参ってるようだ」

手帳にメモを書き付けている圭子を横目に見ながら、砂田は一同に指示を下した。

「次に食いついてきたときが勝負だ。青野」

「はい」

「テュルコワーズの裏帳簿を用意しろ。形態が不明だから、コピーの束の方が言い抜けが利きそうだ。それらしく見えれば内容はどうでもいい。そこらの外資系企業の帳簿を参考にしてでっち上げろ」

「分かりました」

「次回の連絡でゴーベールはおそらくルシーノワと会う場所と時間を指定してくるはずだ。五係、場合によっては一課全体に協力を要請する。眉墨主任」

「なんでしょうか」

ペンを止めて顔を上げた圭子に、

「〈調整〉よろしくお願いします」

「はい」

皮肉を正確に理解したらしい。心持ち苦々しげに頷いた。やはり頭のいい女だ。

その他にも各員に細かく指示を与える。青野班全員が一斉に動き出す。

伴の姿はすでに室内から消えていた。

上層部の指示により警視庁公安部外事一課三係、五係との合同態勢が組まれた。クラーラがゴーベールと接触し、情報を取得するのを待って確保する。

相手がどんな場所で、どんな接触を要求してくるのか予測できないため、クラーラの衣服に盗聴器を仕掛けることとする。接触時に身体検査をされる可能性もあることから彼女の危険は増大するが、本人が同意した。並行して対象者を広く緩やかに包囲する人海戦術でフォローする。尾行用の人員や車輛は充分に手配した。

階数は異なるが、『オフィス・ゴタンダ』の入っているマンションの空室を警視庁で二部屋借り上げ、応援部隊の詰所とした。青野班の捜査員は、すし詰め状態になっていた分室がこれで少しは涼しくなると喜んだ。

こうして急遽対応策を整えたにもかかわらず、その後三日もの間、肝心のゴーベールからの連絡はなかった。

もしこのまま連絡が途絶えたら――

さすがに砂田も焦り始めた頃、再びクラーラの携帯が鳴った。午後十一時三分だった。

「はい」

応答したクラーラに、ゴーベールの声は告げた。

〈明日の午後五時、帝国劇場前で待て。一人でだ。帳簿を忘れるな。携帯電話もだ〉

それだけで一方的に切れた。

全員が黙り込む。

捜査員のデスク上にある電話の一つを取り上げ、圭子がどこかへ連絡している。阿久津か、あるいはその上の誰かに報告しているのだろう。

なまじ周囲が沈黙しているだけに、声を潜めているはずの圭子の通話は部屋中に響いた。

そんな声など聞こえぬ如く、クラーラがぽつりと呟いた。

「いよいよね」

8

翌日の午後四時、すべての配備が完了していることを再確認したのち、砂田はクラーラと捜査車輛の黒いカローラに乗り込んでマンションの地下駐車場を出た。指定された帝国劇場の近くまでクラーラを移送するためである。例によって運転するのは青野。助手席には和泉。現場ではこの車が指揮車輛となる。

ゴーベールが携帯電話の所持を指示してきたということは、電話でクラーラをどこかに誘導する手口が予想される。地下や建造物内に入ると携帯電話はつながらない可能性が高い。従ってゴーベールの接触は地上、しかも屋外であると推測された。

その日は朝からどんよりとした鬱陶しい天気で、のしかかる厚い雲が、気分を一層重苦しいものにしていた。

マンションを出てしばらくしてから、クラーラが唐突に発した。

「〝Старая любовь не ржавеет〟」

――『古い愛は錆《さ》びない』。

例によってロシアの成句らしいが、今それを口にする意味は分からなかった。

クラーラは続けて言った。

「〝Сердцу не прикажешь〟」

――『心には命令できない』。

「なんのつもりだ」

不審に感じて日本語で質す。

「〝С милым рай и вшалаше〟」

――『好きな人となら掘っ建て小屋も天国』。

「時間がないわ。駆け引きは抜きで率直に答えてほしいの」

「だからどういうことなんだ」

「言った通りよ」

啞然とするしかなかった。

彼女の言葉の通りだとすると、どう考えてもその意味するところは――

相手は真剣な眼差しでじっとこちらを見つめている。

もしかして本気なのか——だがどうして今になって——

「日本もソ連もだめ。アメリカもよ。ヨーロッパがいいわ。伝手があるの。心配しないで。もちろんこの作戦が終わってからの話よ」

「一体なんの冗談だ。青野と和泉も聞いてるんだぞ。こいつらだってロシア語は分かる」

二人が前を向いたまま凍りついているのが分かる。そしてじっと聞き耳を立てているのも。息さえ止めているかもしれない。

「だから言ってるの」

クラーラの態度は冷静そのものだった。考え抜いた末の発言であることを窺わせる。

「最初は二人きりになる機会を待っていた。でもそんな機会なんてないうちにとうとう……私、思ったの。聞いている人がいた方がかえっていいんじゃないかって。あなたのためにも、私のためにも」

「『チェーカー（ロシアの諜報関係者）は死ぬまでチェーカーだ』。それが君達の信念だと聞いている」

「その通りよ。でも今なら……」

「今ならどうだって言うんだ」

「〝Не дорог час временем, а дорог улучкой〟」

——『時で大事なのは時間ではなく機会』。

「それこそが時間稼ぎのごまかしに聞こえるがね。駆け引きは抜きじゃなかったのか」

「前にもこの車の中であなたに尋ねたわよね、日本はＫＧＢの動きをどう分析してるかって」

それがどう関係していると言うんだ――

心臓が重い何かに圧迫されているようだった。耳鳴りと頭痛が同時に襲いかかってくる。

――あなたは決められない人よ。

クラーラではない。圭子だ。

――仕事のことじゃないわ。それ以外のこと。あなたには決して決められない。そうよ、決して。

「やめろ」

考えがどうしてもまとまらない。

「君はこれまで散々俺達を翻弄してきた。攪乱は君の常套《じょうとう》手段だ。信じられると思うのか」

「〝Кого люблю, того и бью〟」

――『ぶちたくなるのは好きな人』。

「いいかげんにしろ」

最後まで俺をからかう気か――

「係長、作戦の直前です。これ以上は」

和泉が強い口調で諫言《かんげん》する。

言われなくても分かっている――

だが、〈直感〉があった。〈予感〉と言った方が正しいかもしれない。なんとか思考と感情をまとめ、クラーラに返答しておかねばという理屈を超えた感覚。そしてそれを妨げるどうしようもない焦りと怒り。

何か答えなくては――クラーラに、今――

「着きました」

運転している青野が事務的に言った。

予定された地点。外堀通り、有楽橋交差点だった。

時間切れだ。

路肩に停められたカローラから、クラーラが何事もなかったかのような顔で降りる。

このまま彼女は、有楽町駅のガード下を潜《くぐ》り抜け、徒歩で帝国劇場へ向かうことになっている。

――答えずに済んでほっとした？

圭子の声か、クラーラの声か。もしかしたら自分の声かもしれない。

青野が再び車を発進させ、外堀通りを北上する。

「こんなときに何を言い出すかと思えば……」

苦々しげに和泉が吐き捨てた。

「やはりあの女は信用できません」

「そうかな。俺にはなんだか本音を語っているように感じられた」

ハンドルを握った青野が反論する。

「正気か、青野」

「ああ」

「だったら、なんでわざわざロシア語のことわざなんか使うんだ。最も効率的に伝えるのが諜報員の基本じゃないか。なのにあんな分かりにくい言い方で……攪乱だよ、あの女得意の」

「だからこそ、かえって信じられるような気がしないか」

「あえてことわざに託したってことか。照れとか、女心とか」

「まあ、そんなところかな」

和泉は呆れたように青野の横顔を見つめる。

「おまえ、班長になってから頭がどうかしたんじゃないのか。あの女がそんなタマか」

「ルシーノワを従来のパターンに当て嵌めて考えることの危険性は、おまえだってよく知ってるだろう」

「俺達のその認識を逆用するのがこの世界だ。違うか」

「じゃあ逆に訊くが、この局面で彼女が俺達を攪乱しなければならない理由はなんだ」

「だから信用できないと言ってるんだ。土壇場であの女がどう動くか知れたもんじゃないぞ。いずれにしても機関員としては考えられない行為だった」

「その点についてはは同意するよ。しかし――」

「二人とも、その辺にしておけ」

口論になりかかった二人を後部座席からたしなめる。

「考えるだけ無駄だ。彼女の真意など誰にも分からない。今はそんなことよりゴーベールだ」

もっともらしいことを口にしながら、砂田は極めて居心地の悪い思いを味わっていた。

そもそもこれは自分とクラーラのごく個人的な問題なのだ。偉そうに部下を説教できる立場ではない。

いや、果たしてそうだろうか。青野と和泉の見解はそれぞれ大いに首肯できる。どちらも間違ってはいないとさえ思う。だが仮に和泉の意見の方が正鵠を射ていたとしたら、クラーラの思いつめたような突然の告白は、入念に考え抜かれた演技である可能性が高い。つまりそれは、〈個人的な問題〉などではあり得ない。すべてがなんらかの工作の一部を形成しているはずである。

一方で青野の言う通り、この局面でそんな小技を仕掛けてくる必然性がどうしても考えつかない。

そんなことよりゴーベールだ――部下達に言ったばかりの文言で、自分自身の空転する思考を頭の中から追い払う。

無意味な葛藤に囚われてミスを犯したら、それこそクラーラの攪乱に嵌まったのと同じことになってしまう。

考えるだけ無駄だ――彼女の真意など――

千代田区丸の内三丁目、帝国劇場の周辺では、四係と五係の捜査員が多数配置についている。呉服橋交差点を左折した青野は、永代通りを西に向かい、再び左折して丸の内ビルヂングの近くに指揮車輛を駐めた。帝国劇場からは離れていてクラーラは視認できないが、ゴーベールに発見されるリスクを考えればやむを得ない。

〈マルキュー、所定位置に到着〉

〈マルゴーらしき人物は見当たらず〉

午後四時五十五分。指揮車輛に現場からの無線通信が入ってきた。マルキューはクラーラに、マルゴーはゴーベールに付けられたコードネームだ。

クラーラは打ち合わせ通り大きめのバッグを持って帝国劇場の前に立ち、人待ち顔を装って左右に目を配っていることだろう。もっとも、人を待っているのは演技でもなんでもないのだが。

カローラの車内で、砂田は和泉、青野とともに息を詰めてじっと待ち続ける。一分が十分にも二十分にも感じられる。

「携帯電話の所持をあえて指示したのは実はこちらを引っ掛けるための策で、本当の狙いは地下なんじゃないでしょうか」

青野が言う。額にうっすらと汗が浮いていた。

「たとえば携帯電話で東京駅まで誘導し、地下街に誘い込んでそこで接触するとか」

「それは充分にあり得るな」

和泉も頷いて、

「東京駅の地下街に潜り込まれると厄介だぞ」

それでなくても駅が最も混雑する時間帯である。加えて、六月二十日には東北新幹線の乗り入れが開始されたばかりだ。ゴーベールはそこを狙ってこの場所を指定してきたとも考えられる。

砂田は通信機を睨みながら二人に言った。

「東京駅の近辺には三係から特別に人を出してもらってる。連中もそこら辺は心得てるよ。地下へ入る前に確保してくれるだろう」

午後五時。

〈マルゴー、未だ現われず〉

午後五時五分。

〈マルゴーの姿なし。マルキューは所定位置動かず〉

和泉も青野も、今はもう一言も喋らない。ひたすらに捜査員からの無線連絡に耳を澄ませている。冷房の止まった車内には、息苦しいまでの不快な蒸し暑さが籠もっていた。

午後五時十分。

ゴーベールはまだ来ない。

砂田は急に喉の渇きを覚えた。

作戦は失敗か――しかし、まだ――

〈不審車輛がマルキューの前で停車。ブルーのスカイライン〉

興奮した声が無線機から飛び出した。

〈助手席のドアが開かれました。運転者が乗れと言っているようです。マルキューは車内を覗き込んでいます〉

砂田はマイクをつかみ上げ、

「運転者の顔は視認できるか」

〈マルキュー乗車します〉

「運転者の顔はっ」

大声で繰り返す。

青野が指揮車輛を急発進させる。

〈……マルゴー確認。運転者はマルゴーです！〉

和泉と顔を見合わせる。

ゴーベールは車で来た。携帯電話はやはり攪乱であった。

〈スカイラインは日比谷通りを南下していきます〉

帝国劇場の周辺には車での接触を予期して捜査車輛を数台待機させてあった。

〈こちらソト三号車、追尾開始〉

〈ソト二号車、追尾開始〉

青野がハンドルを切り、日比谷通りへと向かう。

突然、車内のスピーカーがロシア語を発した。男の声。クラーラの服に仕込んであった盗聴器だ。声の主はゴーベールか。

〈裏帳簿は持ってきたか〉

〈ここに入っているわ〉

手にしたバッグを示したのだろう。

〈よこせ〉

〈だめよ、デジレ〉

クラーラがゴーベールのファーストネームを口にした。盗聴器を通してこちらに接触の相手を知らせるためだ。

〈あんたの持っている帳簿のコピーは。それを見せてもらわないと〉

〈ここにはない〉

〈なんですって〉

〈心配するな。肝心の情報は頭に入ってる〉

〈あんたの頭に？　急に心配になってきたわ〉

ゴーベールを挑発している。情報の中身を喋らせるつもりだ。

〈本当の取引先はオデッサ・ネットワークさ〉

『オデッサ・ネットワーク』。その言葉がゴーベールの口から出た。クラーラが聞き返さないところからしても、彼女がその意味を熟知しているのが分かった。

〈オデッサとつながっているのは誰なの。最も私腹を肥やしていた裏切り者は〉

危険だ――性急すぎる――

〈裏帳簿を見てないのか〉

砂田の危惧した通り、ゴーベールはそこを衝いてきた。

〈見たわ〉

クラーラは平然と答える。

〈だけど分析までしてる余裕はなかった。つまり、これを調べれば分かるってことね〉

〈そうだ。もう時間がない。八月は目の前に迫っている。連中はそれまでに全部の証拠を消すつもりなのさ〉

〈八月？　八月に何があるって言うの？〉

左折して日比谷通りに入り、青野がアクセルを踏み込む。

〈日本支局は知らなくて当然か〉

ゴーベールが鼻で笑うように言った。

クラーラと同じ問いを砂田は心に発する。

八月に一体何があるって言うんだ――

〈マル対（対象車）は西新橋交差点を右折、外堀通りを西へ向かっています〉

指揮車輛には逐次追尾車輛からの報告が入ってくる。そして、クラーラの盗聴器からの音声も。

〈俺はビジネスでオデッサと接触してる。それで……から聞いた。偶然だがな〉

ノイズで一部が聴き取れなかった。

「おい、今なんて言ったんだ」

思わず前の二人に訊いていた。

「聴き取れませんでした」「私もです」

和泉と青野が同時に答える。

悔しさに奥歯を噛み締める。今のノイズは酷《ひど》かった。録音を再生しても聴き取りは不可能だろう。もし人名か組織名だったとすれば、事件解明の有力な手がかりとなったであろうに。

まあいい――確保した後でゴーベールに直接訊けば――

〈マル対、虎ノ門交差点を右折。桜田通りを北上中〉

「舐めやがって」

追尾車輌からの報告に青野が呟く。

そのまま行けば、ゴーベールの運転するスカイラインは桜田門に突き当たる。そのすぐ手前は、警視庁だ。しかもそこに至るまでには、左右に警察庁や東京高裁などの入る合同庁舎が建ち並ぶ。

「ゴーベールめ、自首でもするつもりか」

「青野、急げ」

「分かってるよ」

和泉が青野を急かす。こちらはまだ追いついてもいない。

〈……ですって？　すると命令したのはS局の……〉

〈……の通りだ、奴らは焦って……〉

受信状態がどんどん悪くなっている。肝心の部分がどうしても聴き取れない。S局とはKGB第一総局S局のことだろう。

〈……実を言うと、本当に八月なのか、俺もそこまでは知らな……でも連中は必ず……〉

必ず？　必ず何をしようとしているのか？

砂田は身を乗り出して盗聴音声に耳を澄ます。

〈それまでに証拠を消そうとしたわけね〉

不意にクラーラの声が明瞭に聞こえた。

いいぞ、その調子で頼む――

そこへ報告が入った。

〈ソト二号車より指揮車へ。マル対は桜田門交差点を右折〉

愕然とした。

「まさか皇居に突っ込もうとしてるんじゃないだろうな」

たとえそんなことを目論《もくろ》んでいたとしても到底不可能だろうが、もうしそうであった場合、突入を阻止したところで、皇居前でそこまでの騒ぎを起こしては秘匿を以て第一とする外事、いや公安全体の存在意義が木っ端微塵になってしまう。

〈こちらソト二号車、マル対は日比谷交差点を左折する模様〉

予感は外れた。ゴーベールは祝田橋を渡らなかった。だが日比谷通りを進んでいる限り油断はできない。

「追尾の確認か」

大きくハンドルを切りながら青野が言った。

日比谷公園の周囲を大まかに一周する形でゴーベールはもと来た道に戻ったのだ。尾行の有無をチェックする場合の典型的な手法である。

追尾されていることをすでに察知しているに違いない。皇居や官庁街から遠ざかってくれるのはありがたいが、しかし一体どこへ向かっているのか。

〈どこへ行く気なの〉

〈驚くなよ――〉

〈待って〉

突如激しいノイズが鼓膜を打った。スピーカーが完全に沈黙する。

「あの女、盗聴器を壊しやがった！」和泉が激昂する。「最初からそのつもりだったんですよ、ルシーノワは！」

そうとしか思えなかった。

〈ソト二号車より指揮車、マル対は帝国劇場角を右折〉

秘匿追尾はすでに無効である。砂田はマイクを取り上げて指示を下した。

「こちら指揮車輛。全車、ただちにマル対の確保に移行。マル被は武器を携行している可能性あり。充分に注意されたし」

指揮車輛は白山祝田通りの手前で引き返し、再び日比谷通りに向かった。内幸町交差点を左折して日比谷通りを直進し、帝国劇場の角で右折する。

「あれだ」

前方を走るカローラを指差し、和泉が叫んだ。追尾車輛だ。砂田もすでに目視している。

「なんだか変だぞ」

青野が蒼白になって呟いた。

猛追しているはずの追尾車輛が有楽町駅のガード下あたりで二台ともスピードを落としていた。

まさか——

最悪の想像に胸が圧迫される。

反対車線からやってくるのは、急行してきた三台目の追尾車輛だ。

「おい、まさか見失ったんじゃないだろうな」

和泉がその想像を口にした。

〈ソト二号車より指揮車へ、マル対をロスト！〉

〈こちらソト三号車、マル対見当たりません！〉

「バカ野郎！」

立て続けに入ってきた悲鳴のような報告に、砂田はマイクに向かって叱咤していた。

「走行中の車が消えるわけがあるか！　逃げ込むのに恰好の場所があるだろう！　おまえらのすぐ横だ！　そこしかない！」

青野と和泉が同時に「えっ」と視線を左前方に向ける。

帝国劇場から一ブロック挟んだ先。有楽町駅のすぐ西側には、今年の四月にすべての業務を終えた旧都庁が佇立《ちょりつ》していた。

第一本庁舎、西一号庁舎、西二号庁舎、そして西三号庁舎。いずれも窓に明かりはなく、ただ静かに解体の時を待っている。

ＪＲのガードに隣接する部分は、西側庁舎の駐車場だ。進入口は封鎖されているはずだが、前方の追尾車輌はそのまま突入していく。やはり進入口が開いていたのだ。

「急げ、青野」

「はいっ」

旧都庁前に到達した指揮車輌が駐車場内へと入り込む。殺到してきた他の追尾車輌も後に続く。

閑散とした広い駐車場の片隅にスカイラインが停まっていた。

その側で停車した追尾車輌から次々に飛び出してきた捜査員がスカイラインの内部を覗き込む。

同じく急停止した指揮車輌から駆け下りた砂田に、捜査員が叫んだ。

「誰も乗っていませんっ」

「係長、あそこです」

和泉の指差す方を見ると、通用口らしいドアが夕刻の微かな風に揺れていた。業務はすでに新都庁に移って無人の建造物となっているが、完全に放置されていることはあり得ない。管理者や警備員もいるはずである。敵は管理担当者の目を盗んであらかじめ駐車場や非常口を開けておいたのだ。無理に鍵を破壊した痕跡はない。音のしないよう、巧妙に解錠したものと思われる。

何もかも最初から計画されていた――

砂田を先頭に開いていた通用口から内部へと踏み込む。

照明も点いておらず静まり返った旧都庁内は、死んだ巨鯨の体内を思わせた。ゴーベールとクラーラがどちらへ向かったのか、見当もつかない。

「緊急配備。旧都庁西側庁舎全体を包囲。絶対に外へ出すな」

振り返って叫んだ。数人の捜査員が駆け去っていく。

「和泉は眉墨主任に連絡。至急応援を要請しろ。旧庁舎の管理責任者にも眉墨から連絡させろ」

「はいっ」

「あの、係長」

青野が一層蒼ざめた顔で声を発した。

「なんだ」

「京葉線の東京駅は、確かここのほぼ真下にできたはずです。もしかしたら、すでに地下でつながっているのかも」

全員が絶句する。

京葉線東京駅は去年の三月に開業したばかりだ。もともとは成田空港に直行する成田新幹線の起点駅として予定されていたのだが、用地の買収が進まず、昭和四十九年に着工された工事は昭和五十八年に凍結されている。JRがまだ国鉄であった時代である。その予定地に建設されたのが京葉線東京駅なのだ。確証はないが、工事用のトンネルが旧都庁の地下とつながっている可能性は充分にある。そうしたトンネルは、埋め戻す手間と費用を省く意味もあり、後々地下道や補修点検用の通路とするために残しておくことが多いと聞いた。

やはり地下を使うつもりなのか――

「工事の全容を調べている時間はない。青野、おまえは何人か連れて京葉線東京駅に急行し、東京駅につながる地下道を押さえろ」

「はいっ」

「二人を残して後は俺と来い。手分けして内部の捜索に当たる。残った二人は警戒しつつこの場で待機。応援を待って状況を伝えろ」

「はっ」

事態は一刻を争う。何を企図しているのかは分からないが、クラーラは途轍もなく危険な橋を渡っている。一つ間違えばゴーベールに殺されてしまう危険も依然として存在するのだ。

非常口の内側は三メートルほど先で左右に分岐していた。そこでまず二手に分かれ、それぞれ先へと進んだ。

かつてはモダニズム建築の粋と称えられた建物も、今は落日の中に往時の幻影を偲《しの》ばせるのみである。

すでに廃屋特有の湿気さえ感じられる内部を往《ゆ》く。廊下のそこかしこに、廃棄すらされなかった古い事務机や椅子などが積み上げられていた。いずれもうっすらと埃《ほこり》を被って、過ぎ去った年月の寂寥《せきりよう》が空間の全体を包んでいる。

砂田もここに足を運んだことは何度もあるが、内部の様子までは正確に覚えていない。半ば以上は当てずっぽうだ。

対して、さほど価値のない一般情報でも、さも重要な機密であるかのように機関員が競って上役に報告するのがKGBの官僚主義だ。都庁の内部をクラーラやゴーベールが把握していたとしても不思議はない。

旧庁舎とは言え、少し前までは東京都の行政を担ってきた城である。限られた人数で捜索するにはあまりに広すぎる。しかも、西側敷地内には複数の庁舎が林立しているのだ。

おまえは俺を裏切ったのか――

黄昏《たそがれ》の旧都庁は刻々と光を失っていく。汗まみれになって夏の廃墟を進んでいると、嘲笑にも似た女の声が天井部に反響する。

――裏切った？　あなたにそんなことを言う権利があるの？

――分からない。しかし俺は。

――言いわけなら聞きたくないわ。もっとも、あなたは言いわけする必要があるなんて思ってないでしょうけど。

――そうかもしれない。

――ほら、やっぱり。

――どうしてこんなことをする。どこまで俺を苦しめる。

――私も生きていかなければならないの。それくらいは分かるわよね、あなたでも。

――教えてくれ。おまえはクラーラなのか、それとも圭子なのか。

――あなたが決めて。

――ふざけるな。

――そうよね、あなたには決して決められない。決してね。

「ちょっとあんたら、そこで何をやってるんですか」

右手の通路から紺色のキャップに同じく紺色の制服を着た四人の男達が駆けつけてきた。どうやら警備担当者らしい。全員が初老以上の年配だった。公務員の再就職組だろう。

砂田は立ち止まって身分証を示し、

「警察です。旧庁舎内部に逃げ込んだ二人組を追っています」

「えっ」

四人は驚いたようだった。今まで何も気づかなかったらしい。

「そんな、鍵は全部閉まってるはずですが」

五係からの応援組である捜査員が怒鳴りつける。

「開いてたぞ。駐車場も非常口もだ」

その剣幕に、警備員達は一様に黙り込んだ。

無理もない。無人となった巨大な廃墟に入り込む者など、帰る家のない浮浪者くらいしか想定していなかったはずだ。警備員達の日々の勤務は緊張とはほど遠いものだったろう。

「私ら、ちゃんと規則通りの点検はやってますし……」

くどくどと弁解しかけた警備員を遮り、砂田は早口で言った。

「それより、庁舎内の案内をお願いします。東京駅に通じているようなトンネルや地下道はありませんか」

リーダーらしい老人が答える。

「さあ、点検用の通路なら何本かあるみたいですが、どこに通じているかまでは、私らも聞いてませんので……」

絶望を感じつつも、さらに詳しく尋ねようとしたとき。

遠くで音がした。庁舎の中、谺《こだま》のような反響となって廃墟全体に伝わってくる。

銃声だ。

捜査員達とともに砂田は反射的に走り出していた。

もはや案内は不要だった。音のした方角に向かってひたすら走る。

階上ではない。地階でもない。一階だ。

およそ二分後。息を切らせて通路を駆け抜けてきた砂田達は、がらんとした一室で、血を流して倒れている人影を発見した。

ゴーベールだった。駆け寄って調べる。すでに死亡していた。

「これは……」

砂田は呻いた。

ゴーベールの胸にある傷は銃創ではなく、明らかに鋭利な刃物による刺し傷だった。

死因は射殺ではない。刺殺だ。

では、さっきの銃声は——

クラーラの姿はどこにもなかった。


現場である旧都庁に駆けつけた警視庁と丸の内署の捜査員達により、二時間後にはかなりの程度まで状況が判明した。それらの多くは、砂田の立場を一層悪化させるものであった。

ゴーベールの死体が発見された部屋には、ゴーベールとクラーラ、それに砂田をはじめとする捜査関係者のものを除き、三人分の新しい足跡が残されていた。

つまりその部屋にはゴーベールとクラーラの他に、三名の人間がいたことになる。残念ながら部屋の外の廊下はすでに大勢の関係者によって踏み荒らされた状態であったため、部屋にいた者達がどちらの方向に逃走したかまでは判別できなかった。

また出入口のドア脇に新しい弾痕があり、そこから銃弾が発見された。９×18㎜マカロフ弾で、砂田達が耳にした銃声は一回であったことから、少なくともクラーラ・ルシーノワは被弾していないと推測された。

ではクラーラはどこに消えたのか。

当初は京葉線東京駅に通じる地下道があるのではないかと危惧されたが、実際には人が通れるような状態のものはなかった。その代わり、ガス、電気、水道などの保守点検用に使われていた通路が数多く発見された。旧都庁建設時に敷設されたものから、その後増設されたものまで、無数の通路が入り乱れていて、すぐには全体を把握できるものではない。管理会社や東京都の担当者に問い合わせても明確な回答は得られなかった。

それらの通路の中には、旧都庁の敷地内だけでなく、外部のマンホールに通じているものまであった。その一つを使ってクラーラや被疑者グループは外部へと脱出した可能性が考えられた。だが旧都庁の周囲は警察官によって包囲されていたはずである。

そこへ丸の内署から動員された刑事課の捜査員が、口ごもりながら驚くべき報告をもたらした。

〈現場に到着した直後、旧都庁の側に駐まっていたセダンに外国人一人を含む三人の男性が乗り込むのを見かけ、職質（職務質問）をかけようとしたが、ソ連の大使館ナンバーであることに気づいてやめた。車輛はすぐに有楽町駅のガードを抜けて走り去った〉

それを聞いた捜査幹部は、口々にその捜査員を怒鳴りつけた。なぜもっと早く報告しなかったのかと。

すると彼は、開き直ったような態度で言いわけした――「自分は刑事部で、そもそもこれが公安事案だなんて一言も聞いてませんでしたから」と。

長年にわたる公安部と刑事部との根深い確執が、最悪のタイミングで表出したのだ。

砂田は丸の内署の捜査員を責める気にはなれなかった。たとえ公安に対する感情的なこだわりがなかったとしても、大使館ナンバーの車に手を出したりしたら重大な責任問題となる。決して許されぬタブーである。

また警備担当者達が普段詰所として使用している一室から、警備員用のキャップと制服が一揃い紛失していることが判明した。突発した事件に全員が出払って、詰所は一時的に無人となっていたのだ。旧庁舎内では事情を知らされぬまま動員された警察官や都職員などの関係者が多数出入りしていた。廃墟はすでに夜の中に在る。暗がりの中、キャップを目深に被った警備員が現場を離れたとしても、気に留める者はいなかったであろう。

砂田は確信する――その警備員こそがクラーラだったのだ。

そもそも、公安部外事課以外の捜査員にはクラーラの顔どころか存在さえも知らされていない。

そうした事情を熟知しているクラーラは、大胆にもすべてを即興で利用し、見事に現場から逃亡した――

「砂田係長」

現場の指揮に忙殺されていた砂田は、背後から呼びかけられて振り返った。圭子だった。十分ほど前に臨場したのは知っていた。

「現在までに判明している状況の説明をお願いします」

周囲に構わず、詰問するような口調で言う。

砂田は立ったまま手短に自分の推理を述べた。

「……では、やはりルシーノワは最初からKと共謀していたということですね」

「違うな」

「根拠は」

「銃声と弾痕だ」

自らの考えをまとめながら答える。

「Kがゴーベールを操っていたことは間違いないと思う。奴らの狙いはゴーベールを囮にしてルシーノワをも始末することにあった。不意を衝いてまずゴーベールをナイフで刺殺した。音を立てないに越したことはないからだ。続けてルシーノワも刺殺するつもりだったのだろうが、薄々それを予期していた彼女は瞬発的に逃げ出した。Kの機関員は慌てて発砲したが、弾丸は当たらなかった。後を追おうとしたが、我々の駆けつけてくる足音が聞こえたため離脱を余儀なくされた――そう考えると辻褄《つじつま》は合う」

「辻褄は合う、ただし証拠はない。そういうことですか」

「そうだ」

圭子の皮肉に、苦い思いを噛み殺して応じる。

「阿久津課長には私から伝えます。砂田係長は今夜中に報告書をまとめて下さい。すべてあなたの主観にすぎないこと、またその主観には、ルシーノワに対する個人的な感情が含まれる可能性の存在を排除できないことを正確に記すようお願いします」

「待て圭子」

かっと頭に血が上った。

「それこそ俺に対する個人的感情じゃないのか」

歩み去ろうとしていた圭子が振り返る。

「そんなものを持ち出して、私になんのメリットがあるとおっしゃるのですか」

わずかな照明の中に、圭子の顔が白く浮かんだ。

完全に外事の顔だった。冷徹ではなく、どこまでも〈無〉に近い。長年外事の飯を食っている自分が未だ到達できぬ顔。

「あてつけだとでも言いたいのでしょうけど、自惚《うぬぼ》れないで下さいね」

咄嗟に言い返す言葉が見つからぬほどの羞恥であった。

「以後本事案の処理はすべて私が引き継ぐよう命令されています。砂田係長、ご苦労様でした」

「おい、それは一体――」

「私はいかなる事案においても、捜査指揮官が感情に目を曇らされて方針を誤り、国益を損なうことがあってはならないと考えています」

それだけを言い残し、圭子は去った。

砂田の周囲に立っていた青野や和泉は、どう言っていいのか分からず——あるいは要らぬ関わりを避けようと——視線を逸らして離れていった。

他の者達も、あまりにも状況にそぐわぬ異様な空気を察したのか、遠巻きにした状態で黙っている。

捜査員達に向かい、必要以上の大声で質す。

「緊配の方はどうなってる」

まだ何も引っ掛かっていません——そんなことを誰かがぼそぼそと口にした。

訊く前から分かっていた。今の自分によい知らせが舞い降りるはずもない。またクラーラが検問に引っ掛かるようなヘマをすることもあり得ない。

そして改めて分かったこと。

自分は思っていた以上の間抜けであり、部下達もすでにそれを知っているということだ。

9

翌日、東五反田の分室『オフィス・ゴタンダ』はひっそりと撤収された。

徹夜で仕上げた報告書を提出した砂田は、警備局の自席で出がらしの緑茶を啜《すす》りながらその日の朝刊を読んだ。各紙とも旧都庁での殺人を外国人浮浪者同士のいさかいによるものとして小さく報じていた。すべて警察発表の引き写しである。

新聞を投げ出し、立ち上がる。当直室で仮眠を取ることにした。夜には会議という名の吊《つる》し上げが待っているが、それまでもうすることはない。

昨夜と同様、周囲にいる者がみんな自分を遠巻きにして眺めているのが感じられた。声をかけてくる者さえいない。

当然だろう。自分はもう終わったも同然の人間なのだ。

処理はすべて自分が引き継ぐ——圭子は確かにそう言った。そう命令されていると。

一体誰の命令なのか。

興味があると言えば大いにあるし、ないと言えばもう欠片もない。

おそらくそれは、圭子を警察に呼び戻した者、あるいは集団の命令だろう。

当直室に向かい、勝手に布団に潜り込む。規則など知ったことではなかった。

糊《のり》の利いた白いシーツに包まれた布団を頭まで引っ被って考える。

自分はまたもクラーラに出し抜かれた。

同時に安堵する。クラーラがとりあえずはＫＧＢの凶手を逃れたことに。


「係長、起きて下さい、係長」

枕元の囁き声で目を覚ました。

側に伴が屈《かが》み込んでいる。

室内はすっかり光を失って、黄昏のようにも明け方のようにも見えた。

「今何時だ」

「六時です」

「そうか」

欠伸《あくび》をしながら起き上がる。疲れはまるで取れていない。

「『ソバーカ』の正体、分かりました。昔の先輩がずいぶん助けてくれましたよ」

伴の同僚がＫＧＢによって殺されたとき、同じ班にいた捜査員の名と現在の所属部署名を、砂田は密かに把握していた。彼らの結束が今でも特別に強固なことも。

「オデッサ・ネットワークの一つに『ヴィウツャー』という組織があります。アンドリー・ドブジェンコって男がボスなんですが、ソバーカはこのヴィウツャーと関係してます」

「テュルコワーズから発送された荷はソバーカを通してヴィウツャーに流れてるってわけだな」

「ええ」

伴は一段と声を潜め、

「ソバーカのオーナーは単なる名義人で、実質的にはピョートル・ヤロシェンコの会社と言って間違いありません」

ヤロシェンコか――

KGB対外諜報部は諸外国と往き来できる一種の特権階級である。そのため腐敗した多くの高官は、オデッサやクリミアを拠点とする犯罪組織を通じて麻薬や生活物資等の密輸を行ない、私腹を肥やしている。諜報関係者の間では常識とも言える事実であった。

そのうちオデッサのマフィアと海運業者の密輸ネットワークを『オデッサ・ネットワーク』と呼ぶ。

会議までにはまだ時間があった。

「伴」

しわくちゃのシャツのまま立ち上がってドアに向かいながら言った。

「飯を食いに行こう。付き合え」

合同庁舎地下にある食堂で、カツ丼を二人分注文し、伴と差し向かいで食べる。

「うまいな」

そう呟くと、衣だけがやたらと厚いカツを口に運んでいた伴が、呆れたように顔を上げた。

「ほんとですか」

「うん。うまいよこれ。前にも頼んだことはあるはずだが、こんなにうまかったっけかなあ」

「腹が減ってるからじゃないですか」

「そうかもしれん」

振り返れば、昨日の昼からほとんど飲まず食わずであった。緊張と、その後の急激な展開で、空腹など覚えている余裕さえなかった。

「しかし、それをさっ引《び》いたとしてもうまいよ、こいつは」

「そうですかねえ」

同意しかねるといった様子で湯呑みに白湯《さゆ》のような茶を注いだ伴が、ふと真面目な顔で訊いてきた。

「係長、眉墨主任と一緒に暮らしてたとき、手料理とか食べることありました？」

いきなり変なことを訊くものだと思ったが、

「そうだなあ、俺は帰る時間が遅かったから、毎日というわけじゃないが、仮にも夫婦だったんだ、そりゃあ何度も食ったことはあるよ」

「そのとき、今みたいに『うまい』って言ってやりましたか」

胸を衝かれた。

言ったはずだ――言わなかったはずがない、しかし――

いくら記憶を探ってみても、圭子の手料理の味を思い出すことはできなかった。

妻となった女が夫のために作ってくれた料理なのだ。

なのに俺は——

無言で箸を置いてしまった自分の挙動に、伴はすべてを察したようだった。

「お茶、飲みますか」

「ああ、もらおうか」

湯呑みを差し出しながら伴に言った。

「そんなところがうまくいかなかった原因か」

「さあ、自分は独りもんですから」

昭和の遺物のようなポットから茶を注ぎながら、伴はしみじみとした口調で言った。

「追及をかわすには恰好の口実だな」

わざと嫌味に言ってやると、伴は、ふふ、と軽く笑った。

「所帯を持とうって考えたことはないのか」

「ないですね。少なくともあいつが死んでからは」

〈あいつ〉というのは殺された同僚のことだろう。

砂田もそれ以上は何も言わなかった。


午後七時三十分。砂田は会議室の末席で審判の時を待った。

大森総務審議官を筆頭に、警察庁、警視庁の関係する幹部が顔を揃えている。全員が砂田の報告書を繰っていた。

警視庁公安部公安総務課からは圭子も出席している。現在は事案の処理を担当しているそうだから当然と言えば当然だ。

やがて、総務審議官が報告書を閉じて言った。

「この報告書には不明瞭な点が多すぎる」

身を固くして次の言葉を待つ。

「今回のオペレーションは、クラーラ・ルシーノワを囮にデジレ・ゴーベールをおびき出すというものだった。しかし、ゴーベールはすでにKGBの手中に落ちていた。KGBはこちらのオペレーションを逆用し、ゴーベールを餌にしてルシーノワを処刑する作戦に打って出た。自分も殺されるとは知らず、予定通り旧都庁内に逃げ込んだゴーベールはそこで刺殺された。だが途中で敵の計画に気づいたルシーノワは寸前で逃げ出した——その理解で合っているかな」

「合っております」

「では訊くが、ルシーノワがこちらに戻らず行方をくらませたのはなぜかね」

報告書には書かなかった——書けなかった——部分だ。

「我々を信用していなかったからだと思います」

嘘だった。

クラーラは日本警察などもちろん最初から信用していなかった。

あのとき彼女が逃亡を決意した真の理由は——この俺だ。

「報告書によると発端はオデッサの『ソバーカ』にあるようだな」

総務審議官が核心部分について触れてきた。

「はっ、ソバーカの実質的オーナーはKGB第一総局S局のピョートル・ヤロシェンコ少将です。彼はオデッサ・ネットワークの犯罪組織と結託し、テュルコワーズ社から不正に輸入した物資を横流ししていました。今回の事案は、ヤロシェンコがすべての証拠を徹底的に隠滅しようとしたことから始まったものと思われます」

「こんな無茶をしてまでヤロシェンコが証拠隠滅を焦った理由は」

「日本国内の関係者が全員死亡し、ルシーノワが逃亡した今となっては、国内だけの捜査で解明につなげるのは困難であると言わざるを得ません。ただ、ゴーベールが口走った言葉の断片から、ヤロシェンコ周辺で八月になんらかの動きがあるものと推測されます。大規模な人事異動か、組織改編か、あるいは粛清か。いずれにしても、原因はそのあたりにあるのではないかと」

「そうか……」

考え込んだ大森総務審議官に、吉野警備局長が目配せした。

大森は頷いて、

「本件の捜査はこれまでとする。ただしゴーベール殺害の実行犯、及び逃亡したルシーノワの捜索は続行。旧都庁での殺人事案はすでにマスコミの報道した通り。もちろんテュルコワーズ社での事案とはなんの関係もない。保秘の徹底は改めて言うまでもないだろう。最後に、旧都庁での殺人を阻止できなかった責任については、追って処分を決定する。それまで各人は従来の職務に専念してほしい。以上だ」

会議は終わった。あまりにも呆気なく。

最初から結論ありきであったのだろう。

阿久津も、圭子も、砂田の方を見ることもなく退出していく。

総務審議官は「追って処分を決定する」と言っていたが、処分されるのはおそらく自分だ。

砂田は椅子に張り付いたようになっている腰を座面から引き剝がし、一番最後に会議室を退出した。

うなだれた恰好で合同庁舎を出て歩き出す。駐車場から出てきたらしいトヨタ・コロナが、すぐ横の車道を走り抜けた。

対向車のハイビームを受け、一瞬、コロナの内部が見えた。

驚きのあまり、砂田は舗道に立ち尽くす。

助手席に座っていた女は圭子だった。

そして運転していたのは、峯――相応に老けていたが、かつて瀬島龍三をマークしていた『サクラ』の男だ。

共産党幹部宅盗聴事件の発覚により、その存在が露見した公安一課の秘密部隊――通称サクラは、この春に警備局警備企画課の管轄下に入り、コードネームも『チヨダ』と改められている。

いくつかの疑問が突然氷解した。

誰が圭子を警察に復帰させたのか。

なぜ圭子が調整役として外一の現場へ強引に配置されたのか。

圭子はチヨダの一員となったのだ――

それですべて説明がつく。圭子を復職させたのは間違いなくチヨダだ。ＫＧＢの女スパイと因縁浅からぬ砂田修作という間抜けの元女房である。しかも外事の資質には大いに恵まれている。いずれ利用する機会があると踏んだのだろう。そしてその機会は意外に早くやってきた。自分がクラーラによってテュルコワーズの事案に否応なく巻き込まれたからだ。だから外事の現場へ割って入るように配置された。圭子が逐一報告を上げていたのは公安総務課の上司にではない。チヨダに直接上げていたのだ。ソ連との外交問題にも発展しかねない事案である。チヨダとしても随時把握しておく必要を感じていたに違いない。

そのことを阿久津は知っていた。知っていながらあえて秘した。阿久津と圭子の立場が逆転しているように感じられたのも合点がいく。しかし自分達には決して阿久津を責められない。なぜなら、上層部の意向には絶対に逆らわないのが警察官の本能だからだ。

上層部の意向。警察官の本能。

そんなものに踊らされた自分達の――自分と圭子の感情は一体なんだ。

合同庁舎前の舗道に立ち尽くし、砂田は自嘲の笑みを浮かべる。

上層部の介入以前に、自分達夫婦はすでに終わっていた。警察を恨む筋合いはどこにもない。警察という生き物は、警察官という飼い葉を喰らいながら生きているから。また何より、自分も圭子も、警察官であると同時に外事の人間であったから。

10

八月十九日、ゴルバチョフ大統領がソ連邦を構成する十五の主権共和国代表と新連邦条約を調印する前日、ヤナーエフ副大統領をはじめとする守旧派がゴルバチョフを軟禁した上で『国家非常事態委員会』と称し、クーデターを起こした。

いわゆる『ソ連八月クーデター』である。

その第一報に接したとき、砂田は立ち上がって叫んでいた。「ゴーベールが言いかけたのはこれだったのか」と。

ロシア共和国大統領エリツィンはいち早く「クーデターは違憲であり、国家非常事態委員会は非合法である」とする声明を発表し、クーデターは無惨な失敗に終わった。

——だって、一昨年あたりからなんだかＫＧＢ《ウチ》はおかしかったから。私が言うのも変な感じだけど、こんな時代だし。日本側でも把握してたはずよ。

——あなた方は状況をどう理解しているの。

——前にもこの車の中であなたに尋ねたわよね、日本はＫＧＢの動きをどう分析してるかって。

クラーラはソビエト共産党が瓦解しつつあることを正確に予測していたのだ。

悔やまれてならない。彼女はそのことを自分に伝えようとしていた。

あのとき、もっと真剣にクラーラと向き合っていれば。

だが、いくら日本支局の中で重要な任務を任されていたとは言え、末端の機関員にすぎないクラーラには共産主義体制の崩壊までは予測できても、クーデター計画までは知り得るはずもない。

クーデターを計画したのはクリュチコフKGB議長である。KGB第一総局のヤロシェンコ少将は、新政権において重要な役職に就くためにも、計画実行前に自らの悪事を一旦清算する必要に迫られたのだ。不正に気づいたクラーラもろとも。

オデッサ・ネットワークを介してヤロシェンコ周辺と接点のあったゴーベールは、八月のクーデター計画を察知していた。だからこそテュルコワーズ社襲撃を回避することができた。

旧都庁に向かう車中で、クラーラはゴーベールからヤロシェンコの名を直接聞いたはずだ。自分達がノイズで聴き取れなかったあの部分を。

彼女はテュルコワーズ社の真の取引相手——ソバーカ社の背後にいた者の名を知った。クーデター計画についても。

クラーラならば、きっとその情報を有効に活用したことだろう。改革派に流したのか、それとも守旧派に売ったのか。そこまでは分からない。もし守旧派に味方していたとすれば、彼女はもう生きてはいまい。

黒幕であったヤロシェンコはと言えば、卑劣にも単身軍用車でソ連国内から逃亡を図ったが、検問に引っ掛かり、ウクライナの国境近くで射殺されたことが確認されている。

ソ連官僚組織の腐敗につけ込み、栄耀栄華《えいようえいが》をほしいままにしてきた男の末路である。因果応報というしかなかった。

日本にも外務省やCIAを通して、途切れることなくさまざまな情報が入ってきた。砂田は警察庁警備局外事一課係長として日々それらの情報に目を通した。

膨大な関係資料を見れば見るほど、KGB、ひいてはソ連がぼろぼろに腐食していたことが分かる。まるで白蟻《しろあり》に食い荒らされた巨木のようだった。

これが自分達の戦ってきた相手か――

虚《むな》しさに近い感慨を抱いて書類を眺める。

そのときチェックしていたのは、重要度、及び確度の最も低いレベルEの資料であった。クーデターに直接荷担していないものの、関与の可能性が疑われるKGB下級職員のリスト。

その中で、一枚の写真がわけもなく砂田の目を惹いた。

三十八歳。暗い鬱屈を湛えたその横顔は、同レベルの地位や職にある機関員の中で、一際深く沈んでいるように見えた。

名前の欄を見る。

ウラジーミル・ウラジーミロヴィッチ・プーチン。

クーデターの翌日に当たる八月二十日に辞表を提出し、受理されているらしい。他に注目すべき点は見当たらない。掃いて捨てるほどいるチェーカーの一人だ。たとえＫＧＢの職を辞したとしても、チェーカーは死ぬまでチェーカーである。ＫＧＢの亡霊は、還るべき祖国を失っても永遠に地上をさまよい続けるのだ。

疲労でかすみかけた目をこすりながら、砂田は半ば義務的にページを繰り続けた。

十二月八日。エリツィンはベロヴェーシの森でベラルーシ、ウクライナの指導者と秘密会合を持った。この『ベロヴェーシ合意』により、二十五日、ソビエト社会主義共和国連邦は崩壊した。

皮肉にも、八月クーデターがソ連の崩壊を加速させる結果となったのである。

外交関係者、公安関係者は連日の超過勤務を余儀なくされた。なにしろ長年の〈敵〉であった東側陣営の大本営が突然消えてなくなったのだ。世界を二分した一方の巨像は、中身のない虚像でしかなかった。

これから世界はどうなっていくのか。政府機関だけでなく、民間でも多くの人が情報収集に追われる日が続いた。

全世界の目が旧ソ連へと注がれる中、砂田は依然として合同庁舎に籠もり、資料の分析に明け暮れた。

多忙を極める日々の中で、喪失感のようなものを不意に感じる。ソビエト連邦という巨大な〈敵〉が本当にいなくなってしまったという寂寥の想いだ。

それは同時に、自分が失ってしまったものすべてへの想いではないか——そうと気づいて砂田は慌てて首を振り、目の前の仕事へと戻る。

他の一切を考えずに集中できる仕事のあることが、今は無性にありがたかった。

何も考えたくはない。圭子のことも。クラーラのことも。

ベロヴェーシ関連の資料に目を通していたとき、砂田はページをめくりかけた手を止めて、ある部分を凝視した。

ベロヴェーシ合意の前後に不審な会合を持っていたチェーカーの名前だけが列記してある。

ヴィターリ・クニャーゼフ、ゴルジェイ・ナシノフスキー、ウラジーミル・プーチン、エヴグラーフ・ニクーリン……

〈ウラジーミル・プーチン〉。どこかで見た名だ。

冷め切った湯呑みの茶をゆっくりと啜りながら考える。徐々に記憶が甦ってきた。八月クーデター関連の資料だ。レベルはE。暗い鬱屈を湛えた目。

写真がないため、同一人物である保証はない。しかし砂田は確信していた——あの男だ。

資料を隅から隅まで熟読したが、ウラジーミル・プーチンなる男がベロヴェーシ合意においてどのような役割を果たしたかまでは記されていない。つまり、なんの役にも立たないというわけだ。

その資料を放り出し、砂田は別の資料に取りかかった。

チェックすべき資料は山ほどある。幸いにも。

年明けの一月七日に公表された人事異動は、さまざまな名目のもとに後回しにされていたテュルコワーズ関連事案における処分の意を含むものだった。

砂田は警視庁公安部公安第四課係長に異動。担当は資料整理。事実上の左遷と言える。

予想の通り、処分されたのは砂田だけであった。すべての責任を押し付けられた恰好である。

和泉と青野班の面々に累が及ばなかったのは不幸中の幸いだった。砂田は独り安堵の息を漏らす。

資料整理なら今までと変わりはない。このまま倉庫に引き籠もるのも悪くはないさ——

そう自らに言い聞かせたが、阿久津の異動先を知って複雑な気分に囚われた。

警備局警備企画課長。同課は警備局の中でも筆頭課と言われている。まぎれもない栄転だ。

——僕はね、砂田君、僕はいつか、納得できる答えを正々堂々と要求できるようになりたいと思っています。でも、それは今じゃない。この先のいつかです。

池袋の東口で阿久津は言った。あれから十五、六年になるだろうか。

あのときの言葉など、阿久津はもう覚えてもいまい。砂田もまた、改めて阿久津に問うつもりさえなかった——自分達の理想を実現するのはいつになるのかと。

順調に出世を重ねる警察官僚に、そんなことを尋ねるのは徒労以外の何物でもない。それどころか、警察内部でますます自分の居場所をなくしてしまいかねなかった。

追い打ちをかけるかのように、圭子の異動が聞こえてきた。

警備企画課係長心得。すなわち阿久津直属の部下である。

阿久津は自分ではなく圭子を選んだ。いや、もしかしたら圭子が阿久津を選んだのかもしれない。

圭子がチヨダであることを阿久津は間違いなく知っている。チヨダとの接点を維持することは、警察組織での出世にとって確実にプラスとなる。

もはやどうでもいいことだった。

独り暮らしのマンションから警視庁に通い、資料室に籠もって一日を過ごす。

埃臭い昔の資料を片づけていると、時折耳許で囁くような声がする。

——Старая любовь не ржавеет（古い愛は錆びない）。

そんなとき、砂田はいつも資料を置いて耳を澄ます。

——Сердцу не прикажешь（心には命令できない）。

今なら分かる。クラーラは真実を語っていた。

——時間がないわ。駆け引きは抜きで率直に答えてほしいの。

答えるべきだった。あれが自分にとって唯一無二の機会であったのだ。

だが一体なんの機会だ？　答えていれば、クラーラと幸せに暮らせる可能性があったというのか？

ロシアは酷い状況だ。マフィアと結託したオリガルヒ（新興財閥）が台頭し、官僚の腐敗はますます悪化した。

たとえクラーラが生き延びていたとしても、まともに暮らせるような世界ではない。

——Не дорог час временем, а дорог улучкой（時で大事なのは時間ではなく機会）。

その機会は永遠に失われた。

耳をふさいで悔恨に呻く。

左遷などに意味はない。これこそが自分に下された〈処分〉なのだと。

1994

オウムという名の敵

1

その人は往時とさして変わらぬ茫洋とした外見を維持しながらも、決して平坦ではなかったはずの歳月を経た風格のようなものを身につけていた。ある意味それは、警視庁公安部でも部長に次ぐ参事官という役職にふさわしいものであり、また視点を変えれば、必須とも言えるものであった。

「思ったより元気そうだな、砂田」

「班長の方こそよっぽどお元気そうじゃないですか」

馬越参事官は、砂田が公安一課に配属されたとき直接の上司であった人物だ。当時の印象があまりに強いため、今でも会うとつい「班長」と呼んでしまう。

あの頃の自分は、気力と体力だけが取り柄の何も知らない若僧だった。そんな自分を、馬越は見放すことなく指導してくれた。なのに今は、なけなしの取り柄さえも失い、埃まみれの資料室で無為な時間を過ごすばかりの毎日である。

事情を知る馬越が自分を気遣ってくれている。ただそれだけで嬉しかった。

平成六年十二月。公安四課で資料整理を担当していた砂田は、馬越警視正から突然の、しかも極秘裏の呼び出しを受けた。

「まあ、座ってくれ」

不審に思いつつ参事官執務室を訪れた砂田に着席を促し、壮年の頃よりはしゃがれた声で馬越は予想もしていなかったことを尋ねてきた。

「オウム真理教というのを聞いたことはあるか」

「はい」

オウム真理教。強引な勧誘や教団施設周辺の住民トラブルで最近耳にするようになった宗教団体だ。もちろん知っていたが、警察は基本的に宗教団体には手を出さない。厄介事からは目を背けるというのが警察の組織的本能である。

実を言うと、一部の公安関係者がオウム真理教になにやら重大な関心を持っているらしいという話は察知していた。しかしながら単なる資料の整理係でしかない今の砂田には、具体的に誰がどう動いているのか、知るすべなどあるはずもなかったし、一片の関心すらなかった。

「今から俺が話すことはすべて極秘だ。いいな」

かつて馬越班の一員であった自分にそんな念押しをするほど重大な案件なのか――

砂田は改めて姿勢を正す。

「先日、連中の総本部がある山梨の上九一色《かみくいしき》村で異臭騒ぎがあった。科警研（警察庁科学警察研究所）が付近で採取した土壌を分析した結果、サリンの製造過程で発生する物質が検出された」

サリンだって――

一般市民、いや、たとえ警察官であっても、日常生活において耳にすることなどないはずの名称だ。しかし今は日本中の誰もがその恐ろしい毒ガスの名称を知っている。五か月前の六月二十七日に長野県松本市で発生した『松本サリン事件』のためだ。死者八名、重軽傷者六六〇名を出したこの重大事件では、第一通報者である会社員が聴取されているが、真相は未だ明らかになっていない。

そのサリンが検出された――

砂田はようやく馬越が極秘であると念押しした理由を理解した。

「まさか、オウムは……」

馬越はさすがに皺の増えた眉根を寄せて、

「連中は途方もない資金力で教団の武装化を進めているらしい。毒ガスまで自前で製造しているくらいだ。信じられるか。この日本で毒ガスを作ってるんだぞ。正気じゃない。明らかに何かとんでもないことをしでかす気だ。察庁の山川《やまかわ》公安一課長らは早急に対処しなければ取り返しのつかない事態になると危惧している。かく言う俺も同意見だ。しかし、どういうわけか部長の加倉井《かくらい》さんや総務課長の尾ヶ瀬《おがせ》は動こうとしない。山川さんは尾ヶ瀬をすっ飛ばしてその下に極秘捜査を直接指示したそうだ」

「本当ですか」

「ああ。そのとき山川さんはこう言ったらしい、『尾ヶ瀬は公安の人間じゃないから』とな」

「どういう意味ですか」

「知らん」

馬越は言及を避けた。公安総務課は警視庁公安部の筆頭課であり、その課長は公安部内でもナンバースリーの地位に当たる。それほどのポストにある人物が『公安の人間ではない』とはただ事《ごと》ではない。

確かに尾ヶ瀬は入庁以来傍流とも言える道を歩んできた人物で、公安の経験はない。しかも前のポストは警察庁通信総務課理事官である。特に優秀であると評価されていたわけでもない彼がなぜ公安部の要たる公安総務課長に抜擢《ばってき》されたのか、その経緯は不明としか言いようはなかった。

「ともかく三担（公安総務課業務班）の捜査員がオウム内部に擬装入信し、S《エス》の獲得作業を開始したが、未だにこれといった成果は上がっていない。なにしろ予算も人員も最低限だから話にならん。そこで連中はことあるごとに本格調査の必要を尾ヶ瀬に進言したらしいが、奴はオウムが宗教団体であることを理由に動かなかった」

「待って下さい」

慌てて馬越の話を遮った。

「どうしてそんな話を自分に――」

「おまえしかおらんからさ、信用できる人間が」

いかにも苦々しい顔で馬越は答えた。どうやら本気で言っているらしい。

「極秘捜査の段階では俺も表立って人員を割けと命じられる立場にはない。だからおまえに頼んでるんだ。四課長には俺から話を通しておく。しばらく砂田を貸してくれってな」

現在の警察組織の中で、馬越はどちらかというと中立的な立場にある。少なくとも主流派ではない。その意味において、馬越の苦衷は理解できたが――

「納得できませんね。公安は公安でも、自分は外事です。そんな業務なら他にも適任者はいるはずでしょう」

「砂田」

馬越の声が一際重々しさを増した。

「オウムは武器をロシアから仕入れてる。ことによったら、サリンの製造に必要な資材もだ」

息を呑んで目の前の元上司を見つめる。

「いいか砂田、俺はこう睨んでる。こいつは戦後最大の外事事案になるかもしれんとな」

馬越の見立て通りであるならば、確かにその可能性はある。

「俺の元部下でロシア事情に精通しており、現在単独で自由に動ける人間。しかも信頼するに足る元外事の男。おまけに当年とって四十七歳の働き盛りと来た。そんな奴はおまえしかいない」

「しかし班長、いえ参事官――」

「それだけじゃない。自分ではどう思ってるか知らんが、おまえにはどこか公安や外事、それどころか警察自体に対して距離を置いて眺めているようなところがある。ソ連崩壊以後は特にそうだ。違うか」

違っていない。そのことは薄々自分でも感じていた。だがそれは自分のせいではない。自分は誰よりも警察官であろうと努力してきた。少なくとも、田中角栄邸の門前で背筋を伸ばし警備に当たっていた頃は。

その背筋も今はすっかり曲がってしまった。自分を変えたのは警察だ。今の自分は、意気地もなく組織にしがみついている小役人にすぎない。

「そんなおまえだからこそ、この件を任せられるんだ。こいつは俺の勘でしかないが、加倉井さんや尾ヶ瀬の動き一つとって見ても、この件にはいろいろややこしい事情が絡んできそうな気がしてる。最悪の場合、警察は返上のしようもない汚名を背負うことにもなりかねん。もしそうなったとき、下手な恫喝《どうかつ》や目先の損得勘定に取り込まれずに踏ん張れるのはおまえみたいな人間だ」

ロッキードの頃、この人とダブルソーダのアイスを食ったっけ――

唐突にそんなことが思い出された。

昔から人を乗せるのがうまい人だった。だからこそ参事官にまで昇進できたとも言えるのだが、それにしても――

「俺もあと二年で定年だ。間違いなくオウムは俺の最後の仕事になる」

ソファから立ち上がった馬越は、辛《つら》そうに腰を伸ばし、大きな頭を下げた。

「頼む、砂田。俺に力を貸してくれ」

昔と変わらぬようでいても、そんな仕草をまのあたりにすると、この人もまた老いたのだと思う。警察で過ごした長い年月のうちに溜まった澱《おり》を、残りの二年で振り払おうとでも言うのだろうか。

あのとき食べたダブルソーダは、緊張に強張った体に沁み入るほどうまかった——

若き日の思い出に、砂田は逆らうことができなかった。


砂田はまずオウム真理教という団体の調査から着手した。

教祖である麻原彰晃以下、教団幹部のプロフィール把握。教義の概要、組織図、指揮系統を可能な限り確認する。すでに明らかになっている事実もあれば、教団内部に潜入した三担からの情報もある。

調べれば調べるほど〈信じ難い〉事実の連続であった。こうなるまで警察は一体何をしていたのか。面倒を怖れ放置した責任は誰にあるのか。砂田は自分を含め警察の怠慢、無関心、そして不甲斐《ふがい》なさを改めて恥じた。十年一日の如く左翼過激派を追い回している間に、時代はまるで異質なものへと変貌していたのだ。

理解できないのは、知性も学歴もある若者達がかくもたやすくオウムを信じていることだ。

連合赤軍の再来かとも考えたが、やはり釈然としない。根本の部分で両者は決定的に異なっている。そんな気がしてならなかった。

また皮肉なことに、己の全身を流れる血が久々に躍動し始めるのを感じてもいた。

やはり自分は現場がいい――

管理職でもなく、ましてや資料整理係でもなく、事案を追いかけ、事実を解明する現場の一捜査員だ。

忘れかけていた感覚が甦る。馬越から与えられた密命が、擦《す》り切れかけていた己の魂を際どいところで救ってくれたようにさえ思った。

オウムに関する一通りの知識を得た砂田は、教団幹部にして最古参メンバーである早川紀代秀に目をつけた。理由は、その海外渡航歴である。

法務省入国管理局から提供された早川の渡航歴を一読した砂田は、驚愕を通り越して呆れるよりなかった。平成四年から現在まで、異常なまでの頻度でロシアに渡航している。その足跡は、ウラジオストクから旧ソ連のウクライナ、ベラルーシ、アゼルバイジャンなど、ありとあらゆる地域に及んでいた。またそれだけではない。日本とロシアを往復する合間に、インド、タイ、シンガポール、中国、フランス、オーストリアなどに飛んでいる。

すべてが〈ある情報〉を裏付ける。

すなわち――「早川こそオウムによる武器購入の責任者である」。

同時に〈ある仮説〉が浮かび上がる。

すなわち――「ロシアは積極的にオウムに武器を売りつけようとしていた」。

その証拠を固めることさえできれば、警察は強制捜査に踏み切ることができる。

オウムがロシア進出の準備を始めたのは平成三年秋頃。だがサンクトペテルブルクでは支部作りに失敗したらしい。そして最近になって、ロシア連邦構成主体の一つである北オセチア共和国の首都ウラジカフカスに支部を開設しようとしている。ウラジカフカスはモスクワから南東に約千五百キロも離れており、チェチェン紛争におけるロシア軍の拠点でもある。専門家によると武器密売の中心地で、金さえ出せば手に入らない武器はないということだ。

早川がウラジカフカスで暗躍している可能性は限りなく高い。だがそのことを立証するためには、どうしても現地へ行く必要がある。

現状ではロシアへの出張など到底無理だ。

これほどの大事件だというのに――

歯がゆい思いを押し殺して考える。

思い出せ――こんなとき、外事はどういう手を使ってきたか――

やはりだいぶ勘が鈍っていたようだ。

砂田はかつて〈運営〉していた旧ソ連系の人脈を辿ることにした。

一時は大きく勢力を後退させたかのように見えたＫＧＢは、結局死に絶えはしなかった。それどころか名称を変え、いくつもの組織に枝分かれし、ロシアの隅々にまで浸透してかつてより強大な力を蓄えつつある。

チェーカーは死ぬまでチェーカーだ。それが彼らにとっての不変の真理だ。ならば自分は、その真理を追えばいい。具体的には、ある〈筋〉を。

闇資金の流れに通じる筋。馬越班時代に仕込まれた捜二由来の捜査手法である。

把握している電話番号の大半はすでに不通となっていた。それでも、現在も生きている番号の主から、新たな番号をいくつか探り出すことができた。それらの番号を一つ一つ丹念に追う。そしてまた新たな番号を探り出す。

やがて砂田は『露日大学』に辿り着いた。

大学と称しているが、教育機関としての実体はなく、その正体はエリツィン大統領の側近でもあるロシア国家安全保障会議書記のオレグ・ロボフが総裁を務める基金で、平成三年十一月にロシア側によって創設された対日利権の拠点である。この露日大学を通じてロシアは日本企業から五千万ドルもの出資を募ろうとしたらしいのだがうまくいかなかった。そんな頃、教団のロシア担当信者がロシア大使館経済担当公使アレクセイ・ゼレーニンを紹介された。

そこで日本からの出資を求めるロシアと、ロシアへの進出を目論むオウムの利害が一致した。平成四年二月に来日したロボフは、ホテルオークラで麻原彰晃と面会。このときから、オウム真理教のロシアコネクションが確立したのだ。

ゼレーニンか――

真昼の路上に立ち尽くし、砂田は深い感慨に囚われた。

アレクセイ・ゼレーニン。その名はよく知っている。ロシア大使館公使という肩書はセオリー通りのカバーにすぎない。ゼレーニンこそ外事一課がマークするＳＶＲ（ロシア対外情報庁）の機関員であり、砂田は彼の住所まで知っていた。荒川区南千住の高層マンション『アクロシティ』Ｄポート二階。砂田の住居とは比較にもならない高級マンションだ。

馬越参事官が自分を選んだのは間違っていなかった。

ＳＶＲは旧ソ連で対外諜報を担当していた第一総局の後継機関である。砂田にとっては旧知とも仇敵《きゆうてき》とも言える間柄だ。外事の血はいよいよ沸き立った。

しかしゼレーニンはＳＶＲ機関員の中でもガードが固いことでも知られている。それを突き崩さねば、ここから先へは進めない。

外一がこれまでどうしても突破できなかったガードである。自分一人では到底無理だ。

考えた末、砂田は〈ボランティア〉を頼むことにした。砂田の知る限り、こういう状況に最も強い外部の助《すけ》っ人《と》だ。


午後十時、渋谷道玄坂にあるバー『ミロク』にその男は現われた。

「よお、しばらくだったね、宮田ちゃん」

カウンターで飲んでいた砂田は、グラスを置いて立ち上がった。

「ご無沙汰してます、加藤さん」

〈加藤〉こと元外一の逢沢は、昔と同じ、狡猾な狐のような笑みを浮かべて近寄ってきた。

頭髪はすっかり白くなっているが、それでも丁寧に撫でつけられたスタイルは少しも変わっていなかった。

八年前に警察を早期退職した逢沢は、公安時代のカバーであったはずの〈加藤〉という偽名をそのまま筆名としてライター稼業にいそしんでいた。意外なことに扱っているジャンルはかつてのような政治や外交関係ではなく、趣味を活《い》かした釣りである。『月刊釣り人マガジン』を中心に活躍し、全国の釣りファンに親しまれているという。

公安、外事出身者としては極めて稀《まれ》な例と言えるが、現役時代から半ば冗談のように口にしていた「警察とは縁を切る」という文言を、いともたやすく、且つ飄々と実現したところがいかにも逢沢らしい。

「聞いてるよ、おまえさん、香川ちゃんと結婚したのはいいが、その後捨てられたんだってなあ」

〈香川〉とは砂田が圭子に付けた偽名である。そのことを逢沢に教えた記憶はなかったし、そもそも彼は圭子と面識はなかったはずだが、それくらいは当然把握しているということか。警察を離れても、そうした情報は生まれた川に戻るサケの如く逢沢の元に集まるようになっているらしい。

「捨てられたんじゃありませんよ。協議離婚です」

「それを捨てられたって言うんだよ」

「違いますって」

口を尖《とが》らせた砂田に、

「いいからいいから。圭子って子はおまえさんと別れてからえらく出世したそうじゃないか。相当なやり手だったんだな」

「まあ、そうでしょうね」

その点に関してはさすがに肯定するしかなかった。現在圭子は、警備局警備企画課係長という役職に就いている。階級こそ同じ警部だが、公安警察官としては四課で資料整理をしている砂田よりはるか上位にいると言っていい。

「その子にとっちゃあ、別れて大正解だったわけだ」

「もうその辺で勘弁して下さいよ」

逢沢はにやにやと笑いながらジム・ビームをストレートで注文し、

「それで今日はロートル釣りライターの爺様になんの用だい。渓流釣りを始めようって気にでもなったのか」

砂田はオウムと露日大学を巡る特殊事情について手短に説明した。

グラスを傾けながら話を聞いていた逢沢は、表情を完全に殺して言った。

「つまり、俺にボランティアをやれってわけか」

〈ボランティア〉とは、諜報用語で引退した諜報員が一時的に現役復帰すること、もしくは古巣の組織に協力することを指す。

「自分は馬越さんの特命により単独で動いています。外一に協力を求めるわけにはいきません」

「警察を辞めてからもう何年も経ってる。第一、ソ連自体が消えてなくなった。俺が運営していたSも国に帰ったか、引退したかだ。死んだ奴だって大勢いる。生きてたとしても俺の顔さえ覚えてないんじゃないか。ロシア人はアル中が多いからな」

「ソ連という国はなくなってはいません。ロシアと名前を変えただけですよ」

「チェーカーは死ぬまでチェーカーか」

「逢沢さんは確か以前、タス通信のKGB支局員と接触してましたよね」

「ああ、メリニコフか。覚えてるよ。なかなかの奴で、最後まで隙を見せずに帰国しちまった」

「当時メリニコフの上司だったニキーチンはヤセネヴォでロボフとつながっていたという情報があります。日本では裏の取りようがありませんが、確度は高いと思われます」

グラスを置いて振り向いた逢沢に、ゆっくりと告げる。

「ソ連崩壊後、ニキーチンはタス通信を解雇されました」

「それで」

「今は東京にいます」

「本当か」

「ええ。民間の旅行会社に勤めていて、年に四、五回は日本とロシアを往復しています。そこまでは突き止めたんですが……」

逢沢はじっとこちらを見つめている。獲物を見つけた古狐の目で。

「ゼレーニンの周辺を洗うには、その線から攻めるしかないというのが自分の結論です。そのためには――」

「分かった。任せろ。馬越さんには俺も世話になったからな」

「助かります」

「それで、俺の報酬は」

「今夜の飲み代でどうです」

「やっぱやめようかな」

「釣り人マガジンに毎月アンケートはがきを送ります。『加藤さんのコラムは面白い』って」

「ちゃんと定期購読しろよ」

「もちろんです」

逢沢は唇を狐のように大きく吊り上げて笑い、ショートピースをくわえた。

2

「来たぞ」

午後十時十一分。大久保のガード下でショートピースを燻らせていた逢沢は、一〇メートルほど離れたオフィスビルから出てきた人影を見て呟いた。

そして暗がりから出て歩き出す。砂田も急いでその後に続いた。逢沢の身のこなしは昔通りの敏捷《びんしょう》さで、砂田はまるで新人の頃に戻ったような錯覚を覚えた。

「よう、アンドリューシェンカ」

逢沢はアンドレイの愛称で呼びかけた。

怪訝そうに足を止めたアンドレイ・ニキーチンは、相手が逢沢と知って驚きの声を上げた。

「逢沢か。いや、加藤と言った方がいいかな。生きていたのか」

「あんたと同じだ。死ぬ前に引退した。信奉するイデオロギーもなし、かと言って政府に命を捧げるほど馬鹿でもない」

「変わらんな」

「そっちはだいぶ太ったようじゃないか」

「日本の料理はうまいからな」

「そいつは気をつけた方がいいぜ。俺達のトシじゃあ昔のように飲み食いしてるとどうもいけねえ」

「忠告に感謝するよ。医者にもよくそう言われるが、あいにく日本の酒には目がなくてな」

かつての宿敵同士が、世間話でもするかのようにごく自然に語らっている。

「じゃあ、そこらへんの小料理屋で一杯どうだ」

大兵《だいひょう》のニキーチンは、苦さと親しみとが同居するような微笑を浮かべ、

「大変に心惹かれる誘いだが、それだけは遠慮しておこう。君に嗅ぎつけられて帰国を余儀な

くされ、失意のうちに死んでいった部下が何人もいるんだ。共産主義体制が崩壊しようとも、私だけが君と酒を酌み交わすわけにはいかない」

決して上質とは言えないコートを羽織ったニキーチンの丸い背筋が、そのときだけはまっすぐに伸びたようだった。

「そうか、なら仕方ねえな」

あっさりと引いた逢沢に、

「それに、君が私を待っていたのには理由があるはずだ。健康よりもそっちが怖い」

逢沢は愉快そうに笑ってから、

「実を言うとね、俺に目をつけられて帰国しながら、くたばるどころか、かえって出世した奴について知りたくてね」

「そうか、メリニコフだな」

ニキーチンは逢沢と砂田を交互に見つめ、

「確かに奴は私と違って抜け目がなかった。しかし、モスクワにいる男の動向を私が知っているわけはないだろう」

「こっちもそこまでは期待してない。俺の今の仕事は釣りのライターでね。いや、マジで。竿《さお》をこう、気長に構えてアタリがあればめっけものくらいに考えてる」

「悪いが釣り場を変えてくれ」

「分かった。じゃあ『ボリス』か『イシドル』に当たってみることにするよ」

ＪＲ中央線が轟音《ごうおん》を上げて高架線路を走り抜けた。その光でニキーチンの顔色が変わるのがはっきりと分かった。

コードネーム『ボリス』も『イシドル』も旧ソ連の機関員であり、同時に外事への情報提供者でもある。砂田はその二つのコードネームを把握していたが、彼らを運営していたのが逢沢とは知らなかった。

「彼らは私と違って今なお微妙な立場にある。接触するのはやめてほしい」

「言ったろう、本業は釣りのライターだって。今の俺はボランティアでしかない。あんたの頼みは分かるし、聞いてやりたいと思う。昔のよしみだ。皮肉じゃない。あの頃を知る者同士の、なんて言うかな……まあいいや、そんな気分だ」

すまなそうに言いながら背後の砂田を指差して、

「決定権は俺にはない。分かってくれ」

「……『ドミトリー』だ」

ニキーチンは呻くように言った。

「メリニコフにつながる可能性があるとすればその線だ」

「助かったよ。礼を言う」

「逢沢」

「分かってる。『ボリス』と『イシドル』には触らせない。約束する」

頷いたニキーチンは、再び背を丸めて駅の方へと歩き出した。

その背中に向かって逢沢が声をかける。

「会社に大吟醸を送っとくよ。あんた一人で飲《や》ってくれ」

老いたロシア人は振り返らずに片手を挙げ、夜の中に消えた。

『ドミトリー』からメリニコフへ。そしてメリニコフからゼレーニンへ。

点から点へ線を引く。そして次の点を探す。

砂田は逢沢とともに業務を進めた。方位を示す磁石は逢沢のかつての情報提供者達で、地図は〈加藤〉が築き上げたコネクションだ。

それは二人にとって、過去へ過去へと遡る旅のようでさえあった。一緒に組んでいた頃の情熱と高揚感。一線を退いたスパイ達との再会。そして、旧ソ連からロシアへとつながる無数の糸。

そうだ。ＫＧＢは確かに滅んではいない。その赤く黒い糸は、社会の裏側で幾重にも絡み合い、今も多くの人の魂を縛り上げている。

砂田は自らの辿ってきた道を人生の峠から改めて俯瞰《ふかん》する思いだった。曲がりくねったその道の所々には、『クラーラ・ルシーノワ』という名の道標が立っている。

「悪いけど加藤ちゃん、今の俺には力になれることはなんにもない。嘘じゃないよ。ソ連がポシャったとき、俺は完全に見捨てられた。消されなかっただけめっけもんだと思ったよ。あれ以来、〈そっち〉とは関わらないようにしてきたんだ」

銀座七丁目の『銀座ライオン』で、ジョッキを一息で飲み干した丘《おか》が言った。逢沢の〈昔の仕事仲間〉だった男である。今は小さい広告会社に勤務しているという。

砂田はピーナッツをかじりながら心の中で落胆の吐息を漏らしていた。

年月の壁は想像以上に厚かった。メリニコフの先まではなんとか辿ることができたが、そこから現在のロシア公使であるゼレーニンにはどうしても手が届かない。逢沢のコネクションの中では、丘が最後の望みであった。

こうしている間にもオウムは着々とロシアから武器を買い付け、教団の武装化を進めているはずだ。猶予はない。

「俺、今でも読んでるんだよ、加藤ちゃんのコラム。『釣れても釣れなくてもイイ一日』」

「へえ、読んでくれてんの、釣り人マガジン」

砂田と同じく落胆しているはずの逢沢は、そんな色を少しも表に出さず、丘の話に応じている。

「うん、俺も最近始めたんだ、釣り。加藤ちゃんさ、せっかく生き延びたんだから、変な内職なんかしてないでライターに専念しなよ」

「年寄りの冷や水ってわけか」

「まあ、そんなとこ。俺、あのコラム楽しみにしてるんだ。味があって、昔より筆がノってるよ。だいぶ前に流行《はや》ったろ、椎名誠の『あやしい探検隊』。あれみたいで面白いよ」

「そいつは嬉しいこと言ってくれるね」

適当に飲んで丘と別れ、砂田は逢沢と夜の中央通りを新橋駅に向かって歩いた。

「またエサだけ持ってかれちまった」

逢沢がこぼす。飲み代の経費のことだろう。

「参ったな。これで完全にラインブレイクだ」

「なんですか、ラインブレイクって」

「釣り糸が切れちまったってことさ」

釣り雑誌に連載を持っているせいか、逢沢はやたらと釣り用語を使う。

糸が切れた。今の場合、その表現はあまりにも捜査の状況と一致していた。

「そうかと言って、ボウズのままってわけにもいかないしな」

二人ともしばらく無言で足を運ぶ。

ボウズ——手詰まりだ、完全に。

「こうなったら仕方ないか……」

逢沢が呟いた。

「え、なんです?」

聞き返した砂田に、逢沢は決意したように告げた。

「おまえにある人を紹介する。俺が直接その人を知ってるってことは、警察の誰にも報告していない。チヨダさえ把握してないはずだ。今までずっと秘密にしていた。できれば墓まで持っていきたかったがな」

逢沢がそこまで言う人物とは——

「誰なんです」

「塩崎だ」

「塩崎……？」

反射的に繰り返した砂田は、次の瞬間、はっとして顔を上げた。

「『六星インフォメーション』の塩崎ですか」

各国の諜報員が利用する〈伝言屋〉。砂田自身も平成三年、KGBのカバーであったテュルコワーズ社役員殺害事案の際に六星インフォメーションを利用している。だが同社とそのオーナーである塩崎は、当局にとって限りなくアンタッチャブルに近い存在であったはずだ。しかも塩崎は一年前に会社を畳み、引退したと聞いている。

「逢沢さんがどうして塩崎と」

「俺の親父《おやじ》も警察官だったたって話、知ってるか」

「聞いたことはあります」

逢沢の父親は戦時中の満州で警察官として奉職していたという。敗戦後、内地に引き揚げて警視庁に復職し、所轄の副署長で退官した。

「俺も詳しいことは知らない。たぶん満州で親父と組んで何か〈仕事〉をやってたんじゃないかと思う。俺は戦後の生まれだが、ガキの頃、親父に連れられて塩崎と二、三度会ったことがあるんだ。奴が六星インフォメーションを起《た》ち上げるずっと前の話さ。それで連絡用の〈回線〉を渡されてたが、仕事で使ったことはない。そんな羽目になる前に警察なんて辞めちまおうと思ってな。それが今になって……」

「すみません」

ため息をついている逢沢に、砂田はただ頭を下げるよりなかった。

「いいさ。もう大昔の話だ。今はオウムの方が先決だ」

ショートピースを取り出してくわえ、逢沢は口調を一変させた。

「馬越さんの睨んだ通りだと思う。オウムはこの先の日本にとって厄介な敵になるぞ」


南房総の明るい海を望む療養所に、彼はいた。

逢沢について特別室に入ると、車椅子に座った老人が振り返って微笑んだ。

それが塩崎だった。

公安の資料で写真は何度も目にしていた。ロマンスグレーの洒落た老紳士。しかし今は、素人目にも病状のよくないことがはっきりと分かった。

「年月の流れには驚かされるばかりだ、この歳になってもな」

逢沢を見つめる塩崎の目は、成長した息子に対する父親のそれだった。

「あの頃の君は、まだ小学生だったかな。よほど私が怖かったのか、親父さんの足許に隠れるようにしていた。いかにも利発そうな少年でね、それでいてあどけなさも残っていた」

「やめて下さいよ。俺ももうジジイなんで」

さすがに逢沢も照れたように言って、見舞いの花をサイドテーブルの花瓶に生けた。

「何十年もご無沙汰して、今さらお詫びのしようもありませんが」

「気にするな。むしろ私は、君が距離を置いてくれたことに感謝している」

満州でのことを言っているのか。逢沢の父と塩崎とは、何か口外できない仕事に携わっていたという。そしてそれは、ご多分に漏れず戦後日本の闇とやらにつながっているのだろう。

「君が砂田君か」

塩崎の視線がこちらに向けられた。

「はじめまして、砂田です。ご挨拶が遅れて申しわけありません」

「いいんだ、挨拶なんて。君の情報もときどき私の耳に入ってきたよ。〈加藤〉の後輩の〈宮田〉。今は冷や飯を食わされているようだが、警察も見る目がないな……と言うより、相変わらず官僚どもの派閥に支配されているのだろう」

驚いた。自分如き取るに足らない捜査員のことまで把握しているとは、さすがは六星インフオメーションの塩崎だ。全盛期の彼には、外事の動きなど掌中に在るも同然であったに違いない。

「それより話を進めようじゃないか。私に残された時間は少ない。君達は露日大学に流れ込んだ金の流れを追っているそうだね」

いきなり核心に切り込んできた。塩崎は末期癌《がん》だと聞かされていた。本人も自らの余命をはっきりと理解しているのだ。

「ソ連崩壊後、ＫＧＢはＦＳＫ（ロシア連邦防諜庁）やＳＶＲ、ＦＰＳ（ロシア連邦国境庁）などいくつもの組織に分裂したが、その本質は変わっていない。ゼレーニンの周辺には『新品のカーテン』が張り巡らされている。誂《あつら》えたのはＳＶＲ。それだけの理由があるからだ」

塩崎は視線を窓の外に広がる海に向けた。海面で跳ねる陽光に、眩しそうに目をすがめる。

「この世界では、口の堅さが何よりも求められる重要な資質だ。私は単なる〈伝言屋〉に徹してきた。預かったメッセージの内容を他人に漏らすなど考えもつかない。もしそんなことをしていたら、私はもっと早く死んでいた。少なくともこれほど恵まれた場所で死を迎えられはしなかったろう」

もっと気を強く持って下さい——そんな形式的な励ましすら口にはできない。それを許さぬ峻厳《しゅんげん》さが、一見穏やかな塩崎の表情に潜んでいた。

「だが私にも悔いはある。それは逢沢君、君の亡き父上と袂《たもと》を分かったことだ」

逢沢はもう一切の無駄口を叩かず塩崎の話に耳を傾けている。いつも唇に薄笑いを貼り付けたような逢沢の、初めて見る真剣な表情であった。

「実にささいな理由からだった。今となってはね。大げさに言うと、戦後日本に対する考え方の違いだ。そして私達は互いに別の道を往くことを選んだ。同じ諜報の世界でも、君の父上は現場の一警察官として外事の基礎を築き、私は裏のメッセンジャーとなった。君の父上が私の仕事に介入せず放置してくれたことについて、私は恩義を感じている」

砂田は自らの感情を隠し、眼前の老人と逢沢とを交互に見る。

長年外事に奉職しながら、そして新人時代に逢沢の薫陶を受けながら、初めて聞く話ばかりであった。

振り返ってみれば、過去に逢沢が自分の家族や家庭環境について話すことはほとんどなかったと言っていい。彼が警察を早期退職した真の理由が、なんとなく察せられたような気がした。

「こうして死を前にするとね、先に逝った友人のことばかり考えるようになる。逢沢君、君が今になって砂田君と私を訪ねてくれたのは、それだけオウム真理教を脅威と感じているからだろう。公安の敵はすでに共産主義などではない。あれは組織防衛、いや自己防衛を第一とする官僚が唱え続けているだけの虚しいスローガンだ。私にはもうこの世界に対する義理はない。〈業界〉には充分に尽くしたし、六星インフォメーションも整理した。私は喜んで〈業界〉の不文律に背こうと思う」

秘密の厳守を身上とする〈伝言屋〉が、死を前にして自らいましめを捨て去ろうとしているのだ。

握り締めた両手に力が籠もるのを砂田は抑えることができなかった。

「ロシアはオウムに武器を売っている。それは間違いない。だが今の私の力では、ゼレーニンを包む『新品のカーテン』は破れない。君達はオウムとロシアの関係を立証しようと私に……」

そこで塩崎は激しく咳《せ》き込んだ。

駆け寄ろうとした砂田と逢沢を片手で制し、ハンカチで口許《くちもと》を拭って話を続ける。

「会社を整理する直前のことだった。ＦＳＫの奇妙な動きが伝わってきた。彼らは『ヨーシフ』というコードネームのエージェントを捜しているという」

「『ヨーシフ』？」

逢沢が反応した。何か知っているらしい。

「そりゃ変じゃないですか」

塩崎は頷いて、

「そうだ、ヨーシフはソ連崩壊前にＫＧＢが使っていた工作員だ。旧ソ連のスパイ訓練都市であるガツィーナで破壊工作、暗殺技術を叩き込まれた最精鋭。アジア系で見た目は日本人とほとんど見分けがつかないらしい。それが彼に災いしたと言われている。ソ連崩壊時の混乱で彼は本体から切り離され、日本に取り残された。一方で死亡説もある。いずれにせよ、奇妙なのは彼を捜しているのが対外諜報を担当するＳＶＲではなく、ロシア連邦の防諜対策を扱うＦＳＫであることだ。私の知る限り、ＦＳＫとヨーシフの接点はない。当然ＳＶＲは反発する。ゼレーニンを含むＳＶＲの日本支局がな」

「なるほど、突破口になり得るとすれば、そのヨーシフってわけですね」

逢沢の言葉に、しかし塩崎は重苦しい顔を見せた。病のせいもあるだろう。

「残念ながら私の知っていることはそれだけだ」

砂田はすかさず礼を述べる。

「いいえ、助かりました。感謝します」

「もし何か分かったら改めて連絡する。楽しかったよ、逢沢君、砂田君」

そう言って、塩崎は視線を再び海へと向けた。

その後ろ姿に挨拶を伝え、二人は特別室を後にした。

ドアを閉めようと、砂田はもう一度室内を振り返った。

車椅子の老人は、身じろぎもせず海を見つめている。いや、海ではない。過ぎ去った遠い日々を、友と過ごした満州の幻影を見ているのだ。少なくとも砂田にはそう思えた。また疑問をも感じた。

戦前の満州と、戦後の日本と。塩崎老人にとっては果たしてどちらが幻影であったのだろうかと。


南房総から戻った砂田は、新たな手がかりを元に捜査を続けた。

手がかりは『ヨーシフ』。生死すら定かでない、亡霊の如きエージェントを捜し出す。それもFSKより早く。

ヨーシフがロシアとオウムの武器取引につながるという保証はない。それでも他に有力な手がかりがない以上、彼を見つけ出すしか方法はなかった。

外事捜査員としてつちかってきたノウハウとパイプを使い、ヨーシフの発見に全力を投入した。

予期した通り、はかばかしい結果は得られなかった。

年齢も容姿も、また性別すらも不明。日本人と見分けがつかず、日本で活動していたということは、日本語が堪能ということである。これでは容易に捜し出せるものではない。現在活動中であるならばまだ手はあるが、何年も消息が途絶えたままである。

ヨーシフが過去に関わったと思われる事案を辿り、砂田は日本中を駆け回った。

その間にも警視庁に顔を出し、馬越参事官に報告を行なった。逢沢と塩崎の関係についてはぼかしたが、馬越もそれと察してくれたのか、深くは尋ねてこなかった。

「オウムについて、年明け早々にも警視庁で公安関係者の会議が開かれることになった」

馬越は声を潜めて砂田に告げた。

「察庁からの強い要請で、加倉井部長も尾ヶ瀬総務課長もさすがに承服するしかなかったらしい。なんにせよ、これで少しは公安の意識も変わるだろう」

どの程度の変化が期待できるのか不明だが、よい兆候と思える話はそれくらいであった。

他に収穫のないままその年が終わり、平成七年を迎えた。

一月三日、砂田のマンションに電話がかかってきた。逢沢からだった。

〈塩崎が死んだよ。昨日の夜だそうだ。さっき療養所から連絡があった〉

呆然としたまま礼を言って電話を切った。

長くはないと聞いていたが、それにしても――

落胆に流れかけ、我と我が身を叱咤する。

無意識のうちに塩崎をそこまで頼っていたとは、情けないにもほどがある。

自分の始末は自分でつける。ほかならぬ塩崎がその生涯を以《もっ》て示してくれたように。

仕事始めに警視庁へ登庁したその日のうちに、砂田は馬越から呼び出しを受けた。

「年明けに予定されていた対オウムの公安会議だが、一月下旬に延期となった」

この上なく苦々しい顔で馬越は言った。

「出席が予定されていた幹部のスケジュールも一旦全部ばらすことになる。せっかくの調整が水の泡だ」

「事実上の白紙というわけですか」

「そうだ」

砂田も馬越と同じく、腹立たしい思いでその決定を受け入れるしかなかった。

これほどの危機が迫りつつあるというのに、公安はどこまで現実から目を逸らし続けようというのか。

また極めて不明瞭なその理由も、砂田には理解し難いものでしかなかった。

転機は一月十日に訪れた。

ランチの客も一段落した『新宿中村屋』本店二階で逢沢と落ち合った砂田は、一通の封書を渡された。

「釣り人マガジンの編集部気付で届いたんだ」

逢沢の言う通り、宛先は確かにそう書かれている。宛名は「逢沢様」。繊細な水茎《みずくき》で、女性の手によるもののようだった。

裏返して差出人を見る。住所はなく、ただ「結野」とのみ記されていた。

六星インフォメーションで塩崎の秘書を務めていた女性の名前であった。資料によると年齢は四十五から五十。塩崎と同じで素性は把握されておらず、砂田も直接には会ったことがない。六星インフォメーションの残務整理を済ませた後、高円寺のマンションに引き籠もっていると聞いていた。

すでに開封されていた封筒の中身をそっと取り出す。

[神戸市長田《ながた》区　Иосиф]

ありふれた便箋に横書きでたった一行、そう記されていた。

驚いて顔を上げる。

「逢沢さん、こいつは」

「そうだ、おそらくヨーシフの居場所だ」

運ばれてきた中村屋純印度式カリーを口に運びながら、逢沢は言った。

「大したもんだ。死ぬ間際にその情報を秘書に託したんだろう。区名までしか分からなかったようだが、なあに、それだけ分かれば上等だ。後はなんとでもできる」

旺盛な食欲を見せてカリーを頬張り、

「実はもう編集長に言ってきたんだ、神戸の釣り場特集をやりましょうよってね。南蘆屋浜とか、垂水《たるみ》漁港とか、いいスポットがあるんだよ、あっちには。取材費は値切られたが、編集長も乗ってくれた。取材の名目で早速神戸に行こうと思ってる」

「待って下さい」

砂田は熱いカリーポトフをスプーンにすくって冷ましつつ、

「こっちは課長に出張を命じられたところなんですよ。群馬県警であさま山荘当時の捜査資料が新たに発見されたから全部確認してこいって。かなりの量があるらしくて、一日や二日じゃ帰れそうもないみたいなんです。なにしろ本来の仕事ですから、馬越さんもさすがにしょうがないだろうと」

「分かった。じゃあ俺が先乗りして調べておく。せっかくの情報だ。ヨーシフに逃げられでもしたら元も子もないからな。おまえは群馬の用事が片づいてから来ればいい」

「すみません」

「謝ることはない。乗りかかった釣り船って奴だな」

面白くもない冗談を言って、逢沢は名物の印度カリーを平らげた。明るくふるまってはいるが、塩崎の死の重みは自分以上に感じているだろうと砂田は思った。

翌る十一日、逢沢は兵庫県神戸市へ、砂田は群馬県前橋市へと出発した。

それぞれの宿泊先で、毎日定期的に連絡を取り合うなどの手筈は遺漏なく打ち合わせている。

退職したとは言え、逢沢は外事で鳴らしたベテランである。区まで判明していれば、相手に悟られずにその先を絞り込むのは決して不可能ではないはずだ。

群馬県警では資料の整理に想像以上の労力を取られた。自分がこうして手間取っている間にも、逢沢は着々とヨーシフに迫りつつあるに違いない。埃だらけの資料に目を通しながら、砂田は焦燥に駆られるばかりであった。

そして十五日の夜。神戸市役所に近いビジネスホテル『ニューフラワー』に泊まっている逢沢から、前橋の旅館に定時連絡があった。

〈ヨーシフを確認した。やっぱり生きてやがったんだ〉

「本当ですか」

〈ああ、間違いない。確かにどう見ても日本人だ。今となっちゃあ、本人も自分が日本人だと思い込んでるんじゃないかな〉

「概要お願いします」

メモと鉛筆を取り出しながら訊く。

〈神戸市長田区御蔵通《みくらどおり》五丁目、神蔵荘《かみくら》四号室。長身で痩せ型。見た目は三十代半ばくらい。『島原正《しまばらただし》』の偽名を使っている。島原の乱の島原に正しいの正だ。詳細はこっちで話そう〉

「分かりました。こっちは明日の夜には東京に戻ります。明後日の始発でそっちに向かいます」

〈了解した。ニューフラワーで合流しよう。六〇一号室だ〉

「逢沢さん」

〈なんだ〉

「くれぐれも先走らないで下さいよ」

電話の向こうで逢沢は軽く笑った。人を食ったようないつもの笑いだ。

〈心配するな。ここでドジを踏むような俺か〉

十六日の午後八時すぎ、報告のため一旦警視庁に登庁した。それから豊洲の自宅マンションに戻った砂田は、すぐさま翌日の神戸行きの準備に取りかかった。

新神戸まで行く新幹線の始発には午前五時に起きても充分に間に合う。その夜は念のため早めに寝て翌日に備えた。

一月十七日。五時きっかりに起床し、すばやく身支度を済ませる。旅行鞄一つを持ってマンションを出た。

午前六時十分。東京駅に着いた砂田は、改札の前の人だかりを見て困惑した。

どうやら新幹線が止まっているらしいが、ホームには入れた。

地震？――地震だって――どこで――相当大きいらしいわよ――

そんな声が耳に入ってきた。

関西方面への下りホームでは新幹線が停車しているが、どの列車もドアは閉ざされたままであり、一向に動き出す気配がない。

駅員を呼び止めて状況を訊こうにも、皆蒼ざめた顔で走り去るばかりである。

不安そうに囁き交わしていた乗客達の声が、次第に苛立ちを含んだ大きなものとなっていく。

困ったな――

頭上から不意にアナウンスが流れ出した。

〈乗客の皆様に申し上げます。兵庫県南部で地震が発生しました。現在、被害状況の確認を行なっております。まことに申しわけありませんが、詳しい状況が判明するまでしばらくお待ち下さい〉

3

平成七年一月十七日午前五時四十六分、明石海峡を震源として発生した兵庫県南部地震はマグニチュード7・3に及ぶ大規模なもので、のちに阪神淡路大震災と命名されたその被害の全貌が明らかになるにつれ、日本中を未曾有の混乱に陥れた。

関西方面への交通網は随所で寸断されており、砂田はその後一か月以上が経過するまで現地へ入ることすらかなわなかった。それには全国の治安を守るべき警察組織の混乱も大きく与《あずか》っている。資料整理担当の砂田でさえ連日対応に追われ、単身神戸へ赴くことなど許される状況ではなくなってしまったのだ。

地震発生の当日、やむなく警視庁に戻った砂田は、炎上する神戸市街の様子を中継するテレビ画面に呆然と見入るしかなかった。

地獄絵図。そんな言葉が頭をよぎった。この光景を他になんと称すればいいのだろう。

いつまでも衰えることのない永劫《えいごう》の炎。崩れ去ったビル群。断末魔のうねりを晒して死んだ蛇のように横たわる高速道路。

炎の中に、瓦礫《がれき》の下に、一体何人の人がいることか。

刻々と、また断片的に入ってくる情報によれば、広範囲に激しく燃え盛っているのは長田区のあたりであるという。ヨーシフが偽名で入居しているという御蔵通五丁目のアパートは、間違いなくあの業火のまっただ中だ。朝の六時前という地震の発生時刻を考えれば、ヨーシフはアパートで寝ていた可能性が高い。

逢沢が宿泊しているビジネスホテルのある中央区でも、多数のビルが倒壊しているらしい。

逢沢さん――

同僚の警察官達とテレビを見つめながら、そして逢沢の無事を祈りながら、砂田は何もかもが狂おしく渦巻く炎の中に没し去っていくように感じていた。戦後の闇。謎の手がかり。かそけき望み。そうした一切を含む人の営為の何もかもが。

被災地に縁者がいる同僚達は、あちこちに電話をかけて安否を確認しようとしていた。多くは不通のようだったが、ある者は安堵の吐息を漏らし、またある者は受話器を持ったまま嗚咽《おえつ》していた。

そんな同僚達を横目に見ては、逢沢からの連絡をひたすら待った。

一月末に予定されていたオウム真理教対策の警察関係者会議は、当然の如く中止となった。

それだけではない。オウムの公安捜査を主張していた警察庁公安一課の山川課長が、二月一日付で福井県警本部長として異動となった。さらに不可解なことには、公安一課長という要職がその後約一か月もの間、空席のまま放置されたのだ。その理由は誰にも分からない。警察人事の不条理さを象徴する人事と言うほかない。

逢沢からの連絡はついになかった。


砂田がようやく神戸を訪れることができたのは、二月末になってからだった。

真っ先に中央区の神戸市役所近くへと向かった。逢沢の宿泊していたビジネスホテルは倒壊して瓦礫の山と化していた。耐震基準を大きく下回る老朽化したビルだったらしく、人ならぬ何か巨大なものの手で真上から押し潰されたように見えた。あらかじめ兵庫県警から情報を得ていたが、自分の目で確かめることが逢沢に対する礼儀だと思った。

申しわけありません――

瓦礫を前にして手を合わせ、黙禱《もくとう》する。

悔やんでも悔やみ切れない。

自分が〈ボランティア〉などに引っ張り出したばっかりに――

宿泊客や従業員の中には運よく助かった者もいたが、逢沢はその中には含まれてはいなかった。

次いで長田区御蔵通に向かう。古い木造住宅が密集していたそのあたりは、一面の焼け野原と化していた。立入禁止のままになっている場所も多い。写真や映画で何度も見たことのある敗戦直後の焼け跡のようだった。『島原正』の偽名でヨーシフが暮らしていたという御蔵通五丁目の木造アパート『神蔵荘』も完全に焼失している。

灰燼《かいじん》に帰した神戸の街に立ち尽くし、砂田は一切の言葉を発することができなかった。

帰京した砂田は、見たままを馬越に語った。

瞑目《めいもく》するように聞いていた馬越は、デスクの引き出しからイチゴ大福を二個取り出し、黙って一個を砂田に差し出した。砂田がそれを受け取ると、大きな口で残る一個にかじりついた。イチゴ大福を頰張りながら、馬越はぽつりと言った――「捜査は続けろ」と。

三月に入って、元東アジア反日武装戦線『大地の牙』のメンバーであった浴田《えきだ》由紀子がルーマニアに潜伏中であるとの噂が砂田のもとへも流れてきた。公安はすでに逮捕状を取っているとも。

『大地の牙』が引き起こした連続企業爆破事件は、公安に配属されたばかりの砂田が馬越の命令で応援に駆り出された思い出深い事案である。公安独自の手法で成功した唯一の刑事事件でもあったが、刑事部を欺いた上層部の行為は、もともと確執のあった刑事部と公安部との間に決定的な亀裂をもたらし、今日に至る。

あれから二十年の歳月が流れ、オウムというまったく新しい敵が現われた。しかし公安の体質は変わらぬどころか、自己保全的な性格の陰湿さを増している。

感慨に耽る余裕すらなく、砂田はただ二十年の疲労を背負った身でオウムとロシアとの接点を追い続けた。厳密には、接点の立証につながる新たな手がかりを。

だが逢沢とヨーシフの死により、すべては振り出しに戻ってしまった。かつてのように手足として指揮できる部下もいない。今度こそただ一人でやるしかなかった。

神戸とは対照的に、それまでと変わらぬ姿を見せる東京を歩きながら考える。

手がかりをどこに求めるべきか。原点に立ち返れば立ち返るほど、疑問が次々と湧き上がってくる。そもそも、アレクセイ・ゼレーニンとオウムの接触を外一がなぜ見逃してしまったのか。

少なくとも自分が現場捜査員であった頃には考えられないミスである。不可解としか言いようはなかった。

三月二十日、月曜日、午前八時四十分。

いつものように豊洲駅から有楽町線を使い、出勤途中にあった砂田は、突然の車内アナウンスに嫌な予感を感じた。それは有楽町から千代田線、日比谷線への乗り換え不可を知らせるものだった。何があったのかは分からない。警視庁最寄りの桜田門駅で下車したとき、予感は最悪のものに変わった。通常の事故とは空気が決定的に違っている。蒼白になった駅員が制服警官と一緒に走っていくのが見えた。尋常でない〈何か〉が起こったのだ。

庁舎内に入った砂田は、「地下鉄駅構内における爆発物を使用したゲリラ事件発生」により、警戒態勢が発令されていることを知った。

警視庁通信司令部に第一報が入ったのは午前八時二十一分。最初は「異臭がして病人が出た」「車輌にガソリンが撒《ま》かれた模様」という断片的で曖昧な情報であったが、急行した警察官達から刻々と入ってくる報告は、被害の甚大さを伝えるものだった。情報は錯綜《さくそう》し、何が起こったのか、その時点で把握している者はいなかった。

だが砂田はすでに確信していた。「鼻を刺すような強烈な異臭」。そして「意識不明となった大量の被害者」。

サリンだ――オウムがやったのだ――

通勤通学ラッシュの地下鉄内でサリンを撒くという無差別大量殺戮《さつりく》。想像すらできなかった狂気の大犯罪だ。

目眩《めまい》がした。憤怒と自虐の入り混じる悪寒。警察はオウムの危険性を把握しながら、この凶行を阻止できなかった。いや、阻止しようともしなかったのだ。

砂田は馬越のいる公安部参事官室へと走った。

悔恨が全身をさいなむ。魂を焼く。正気を切り刻もうとする。

しかし馬越を含む警察幹部は、いずれも緊急の対策会議で会うことはできなかった。

参事官室の閉ざされたドアを叩き、砂田は絶望に呻いた。

午前九時、警察庁が警備局と刑事局合同の事案対策室を設置。

午前九時四十五分、警視庁の要請により陸上自衛隊の医師ら六人が飯田橋の警察病院に派遣される。

同時刻、亀井静香運輸大臣が緊急対策本部設置。また亀井大臣は全国の交通機関に厳戒態勢を取るよう指示。

午前十一時過ぎ、警視庁捜査一課長が記者会見を行ない、毒物はサリンの可能性が高いことを明らかにした上で、殺人容疑で捜査を開始すると発表した。

正午頃、患者を収容した駿河台日大病院の矢崎誠治救命救急部長は「サリンなど有機リン酸系化合物による中毒の可能性が高い」とする見解を示した。

午後〇時五十分、鈴木俊一東京都知事から防衛庁へ災害出動要請。これにより、陸上自衛隊東部方面隊第一師団は化学防護小隊五名と除染車一台を地下鉄霞ケ関駅へ派遣した。

死者十三名。負傷者六千名以上。

阪神淡路大震災という名の悲劇に打ちのめされたばかりの日本人が、等しく白昼に二度目の悪夢を見た日であった。

地下鉄サリン事件で使用されたサリンの副生成物は、前年の六月二十七日に発生した松本サリン事件の現場から検出されたものと酷似していた。

三月二十二日未明、警視庁を出発した大部隊は、夜明け前に山梨県上九一色村富士ケ嶺《ふじがね》地区に集結した。

午前六時過ぎ、警察はオウム真理教に対し、目黒公証役場事務長拉致監禁容疑で静岡県富士宮市の富士山総本部や東京都内及び山梨県内の教団関連施設への一斉家宅捜索を開始した。

遅すぎた、何もかも――

心にどこか自棄的な感覚を抱きつつも、砂田もまた強制捜査に参加した。

上九一色村教団施設での強制捜査で警察官が着用していた防護服は自衛隊からの借り物で、カナリアの籠を手にした異様な風体は、禍々《まがまが》しくもあり、どこか滑稽でもあった。

公証役場事務長拉致事件の実行犯がオウム信者であるとの証拠を得て逮捕状を取ったのは刑事部の功績である。一方公安部は、砂田にも馬越にも理解し難い動きを続けるばかりだった。

これが組織の動脈硬化というものなのだろうと砂田は思った。あまりにも長い年月、公安は共産党や過激派ゲリラとの戦いのみを成功体験とし、また自らの存在理由としてきた。そのため時代の動きに誰よりも敏感であらねばならぬはずの公安が、時代に対してまったくの無頓着となっていた。そのツケがこの大惨事を招いたのだ。

そうとでも考えなければ、到底理解し得ぬ公安の迷走ぶりであった。

ともあれ砂田は、警察組織の一員として強制捜査からの一週間を不眠不休で働いた。

肝心の麻原彰晃は未だ発見されていない。日本中の目が警察とオウム真理教との戦いに注がれている。そのことを自覚しない警察官はいなかったと言っていい。

その間にもマスコミは、オウムが関係していると見られる数々の重大犯罪を連日のように報道している。

坂本堤弁護士一家失踪事件。信者のリンチ殺害事件。VXガスやホスゲンによる襲撃事件。常軌を逸した凶悪犯罪の数々に、日本全土が文字通り震撼《しんかん》した。

遅すぎたんだ――

砂田は同じ言葉を繰り返す。心の中で。警察官として。自分に対して。自分以外のすべての警察官に対して。

そしてオウムは、名実ともに新たなる〈国家の敵〉となった。


強制捜査の開始から八日後の三月三十日。

午前八時四十分、砂田は早めに登庁した馬越参事官の執務室に赴き、打ち合わせを行なっていた。

通常の登庁時間は砂田も馬越ももう少し遅いが、なんといってもかつてない非常事態である。幹部を含めたすべての警察官が残業や早朝出勤を余儀なくされていた。

とりわけ砂田には、馬越から与えられた特命がある。オウムとロシアとの関係を立証することは、オウムによる犯罪の全貌を明らかにする上でもますます重要度を増している。

オウムの正体が公然のものとなった今、公安部外事課として正式に人員を割き、捜査を広げることができる。そのとき砂田は、これまでに得られた情報をもとに馬越と今後の捜査方針について検討していたのだ。

突然馬越の背後で電話が鳴った。

「ちょっと待て」

そう言って応接用のソファから立ち上がった馬越は、自分のデスクから受話器をつかみ上げた。

「馬越です」

次の瞬間、馬越が示した表情は、砂田がこれまでに見たこともないものだった。

驚愕を通り越した何か。悪夢が実体化して動き出すのをまのあたりにでもしたような。

かと言って、地下鉄サリン事件以上の悪夢など砂田には想像もできない。

一体どうしたというのだろう――

馬越はその厳《いか》めしい顔に似つかわしい大きな口をあんぐりと開いたまま、無言で相手の話を聞いている。

そして大きな音を立てて受話器を置き、まだ夢の中にいるような声で告げた。

「長官が撃たれた」

何を言っているのか理解できなかった。

わけが分からず黙っていると、馬越はかすれ声でもう一度繰り返した。

「國松《くにまつ》長官が撃たれたんだ」

それでもまだ理解できなかった。

國松長官――警察庁の國松長官か――その人が、撃たれた――

破断したような頭の回線がようやくつながり、聞いたことの意味がおぼろげながら浮かび上がった。

「まさか」

口をついて出たのは、情けないほど凡庸な感想であった。

「そんな、まさか」

どこか呆《ほう》けたような馬越の顔が告げている。それが嘘でも冗談でもないと。

「南千住の自宅マンションを出たところを狙撃されたらしい。マル被は現場から逃走。長官は病院に搬送されたが意識不明の重体だ」

自分はまだ夢を見ているのか。自宅の万年床で。警察の寮の煎餅布団で。圭子と同衾《どうきん》するベッドで。過去と幻影とが交錯する。どこにも現実の欠片を見出せない。

警察組織のトップである警察庁長官が狙撃された。

衝撃に思考がようやく追いついたとき、最初に思ったのは一つだった。

「オウムでしょうか」

馬越はすぐには答えなかった。

「やったのはオウムでしょう。このタイミングですよ、他には考えられません」

「どんな捜査であっても予断は禁物だ」

自らに言い聞かせるように語気を強めた馬越は、コートを取って足早にドアへと向かった。

「俺はすぐに南千住署へ行く。できれば現場も見ておきたい。砂田、おまえも来い」

言われる前に、砂田は元上司の背後に付き従っている。

悪夢の中で見る悪夢。目覚めの夢とは違うその夢に、終わりも覚醒もないことを漠然と予感しながら。

1995
長官狙撃

1

日本医科大付属病院のＩＣＵに搬送された長官は、今も意識不明の危篤状態が続いているという。

荒川区南千住六丁目の高層マンション群『アクロシティ』の狙撃現場では、鑑識課、機動捜査隊、捜査一課、捜査四課、さらに公安機動捜査隊、公安一課、公安三課が一見無秩序とも見える捜査を展開していた。

その周辺を取り巻く報道陣と野次馬、そして彼らを押しとどめる警察官達は互いに大声で罵り合っている。

馬越とともに一旦南千住署に顔を出してから現場に入った砂田は、傘を反らして頭上を見上げた。

雨に佇立する巨大なマンション。その下で口々に喚き、悲嘆し、放心する群衆。そこはさながら、バベルの塔の麓であった。

互いの言語が突然通じなくなってしまった太古の人々以上に、砂田はどうしようもなく混乱していた。

アクロシティEポート。まさかとは思った。長官の自宅は、ロシア連邦経済担当公使の肩書を持つSVR機関員アレクセイ・ゼレーニンの住むDポートと同じ敷地の中にあったのだ。

これはただの偶然なのか——

「馬越さん、こっちです」

先に臨場していた神原《かんばら》参事官が振り返って手を挙げた。

公安部にはナンバーツーの参事官が二人いる。キャリアとノンキャリアの二人だ。キャリアの警視長が神原で、ノンキャリアの警視正が馬越であった。

「長官は特Aじゃなかったんですか」

馬越の問いに、神原は広い肩から雨の粒を滴らせながら大声で答えた。

「長官自身がSPの警護を固辞なされたそうです。私も知りませんでした」

警察庁長官と警視総監は、通常『A−1』と呼ばれるレベルの警備対象とされている。しかし地下鉄サリン事件以降、警視庁は言わば戒厳令下にあり、警察庁長官と警視総監の警備レベルは最高ランクの『特A』へと引き上げられていた。最重要警備対象者である特Aに対しては、常時SPが身辺警護に当たることになっている。それを長官自ら拒否したというのだ。

「しかし、それにしたって……南千《なみせん》（南千住署）は一体何をやってたんだ」

馬越が怒りの目で周囲を見回す。

長官の警護に当たっていたのは、警備車輛の中で待機していた二人の警察官のみ。しかも犯行時、実行犯を見てもいない——そうした情報はすでに耳に入っている。

地下鉄サリン事件の直後だというのに、あまりにも杜撰《ずさん》且つ無責任な警備であった。

「責任の追及は後からいくらでもできます。今はそれより……」

何事かを言い淀んで、神原は視線を再び煙雨の彼方《かなた》へと向けた。

今はそれより捜査だ——そう言おうとしたのだろうが、そんな単純な解釈が許されるような状況ではなかった。

犯人はこれほど大胆な犯行計画を実行に移したのである。事前に警備状況についての情報を入手していた可能性さえあるではないか。

もしそうだとしたら、情報の漏洩源は——

砂田は頭を振って捜査員達の中へと分け入った。現場指揮に当たっている寺尾捜査一課長の近くで目を凝らし、耳をそばだて、状況を頭に叩き込む。

狙撃地点はFポート南東植え込みの陰。ターゲットまでの距離はおよそ二〇メートル。目撃情報などから推定される凶器は銃身の長い大口径の拳銃。

普段の習慣とは違う行動を取った標的に対し、動揺することなく冷静に、それほどの距離から三発もの拳銃弾を命中させている。どう考えても相当な訓練と経験を積んだプロの犯行だ。

目撃者によると、狙撃犯は犯行後、自転車に乗ってアクロシティの敷地を抜け、西の方向へと走り去った。年齢は三十歳から四十歳くらい。身長は一七〇から一八〇センチ。痩せ型。黒もしくは黒に近い帽子とロングコートを着用。顔には大きめの白いマスクをしていたという。

「行くぞ、砂田」

馬越に促され、砂田は現場を後にした。

捜査本部が設置された南千住署は、現場からたった五〇〇メートルほどしか離れていなかった。犯行の恐るべき大胆さがいよいよ切実に感じられる。

南千住署には警視庁捜査部門の幹部がほぼ全員集まっていた。異例ではあるが、また当然とも言えた。警察トップへの襲撃を許すという警察史上空前の大失態を演じてしまったのだから。

詰めかけた記者団に対し、事件の概要について説明を行なったのは刑事部の寺尾捜査一課長であった。犯行の性格からしても、刑事部が捜査に当たるのが筋と言える。報道各社も、刑事部担当記者を中心に取材チームを編成し始めたようだった。

十一時十五分。寺尾一課長から記者達に発表があった。

「本事案を要人テロ事件と断定し、公安部が捜査指揮に当たります」

全員が耳を疑った。公安部の砂田さえも。

捜査開始後に捜査主体が変更されるなど、考えられない事態である。

「十一時三十分から記者会見だ！」「場所は！」「署長室だって！」

近くで署員達が叫んでいた。彼らに交じって砂田も署長室へと走った。

第一回記者会見の席上で、神原参事官は記者達に対し事務的な態度で説明を行なった。

長官は依然危篤状態にあること。緊急配備を敷き自転車で逃亡した犯人を捜索中であるが、未だ発見できていないこと。そして――

「事件の早期解決を図り、南千住署に百十名の体制で捜査本部を設置致しました。本部長には加倉井公安部長が就任します。副本部長には私と南千住署の羽登《はねとう》署長、加えて寺尾捜査一課長が就任し、刑事部の応援を得て捜査に当たります」

詰めかけた記者達の間から矢継ぎ早に質問が飛んだ。

「公安が刑事事件を捜査するなんて変じゃないですか」「理解できません、理由をお願いします」「刑事部は納得してるんですか」「オウム真理教との関係は」「これはオウムの犯行と考えていいんでしょうか」

報道関係者で溢れ返る署長室の入口近くに立っていた砂田の横で、記者達が顔をしかめて話す声が聞こえてきた。

「公安は秘密主義の塊だ。この取材は並大抵にはいかないぞ」

異論はない。その通りだと思った。

その場を離れ、通りかかった若い署員を捕まえた砂田は「帳場はどこだ」と尋ねた。

「とりあえず講堂に設置されました」

「そうか、ありがとう」

礼を言って講堂へと向かう。

『帳場』とは特別捜査本部を指す警察独特の符牒《ふちょう》であり、その入口には同じく符牒で『戒名』

と呼ばれる捜査本部の名称が掲げられている。

講堂入口の前に立ち、墨痕も乾き切っていないような戒名を暫《しば》し眺める。

そこには『警察庁長官狙撃事件特別捜査本部』とあった。

〈銃撃〉ではなく、はっきりと〈狙撃〉と記されている。どちらでも違いはないようだが、警察関係者にとっては微妙な差異がある。

確かに自分も事件について初めて聞いたときは咄嗟にオウムを思い浮かべた。同じ予断が、この命名者になかったと言えるだろうか。

不安に似た何かが胸の内に広がっていく。だが砂田は、その何かを表する言葉を持たなかった。


警視庁に戻った砂田は、先に帰庁したはずの馬越を捜した。

馬越参事官は神原参事官の執務室で会議の最中であるとのことだった。

会議が終わるまで廊下で待つ。やがて真っ先に出てきた馬越は、こちらに気づくと何も言わず目で付いてくるよう促した。

憤然と歩む馬越の後に続き移動する。

空いている会議室に入ってドアを叩きつけるようにして閉め、馬越は砂田を振り返った。

「言いたいことは分かってる。神原さんに加倉井部長から電話があったらしい。この事案は公安でやるからとな」

「どういうことですか」

馬越は諦観とも虚無とも見える笑みを漏らし、

「神原さんもそう尋ねたそうだ。すると部長は『総監の決定事項だ』とだけ言って電話を切った」

警視総監の決定——

「刑事部は地下鉄サリン事件の捜査で手一杯だ。とても余裕はない。そこで公安部に回ってきたというのが表向きの建前だ」

建前だと言い切るからには、その裏がある。容易に想像できる裏が。

それでなくても先の地下鉄サリン事件により、テロを未然に防ぐべき警備公安警察の面子は呆気なく潰《つい》え去った。さらに自分達のトップである長官までもが襲撃され、意識不明の状態にある。今ここで捜査の中心的役割を刑事部に奪われたら、公安の存在意義は完全に失われてしまう。

しかし、だからと言って——

「刑事部と公安部では捜査手法が異なります。公安には刑事捜査に必要なノウハウの蓄積がまったくない。これは普通の事案じゃないんですよ。本当に大丈夫なんですか」

「総監がやれと言ってるんだ。やるしかないだろう」

馬越は懸命に己の怒りを抑えているようだった。

「こうなった以上、最善を尽くすしかない。帳場の主任捜査官には矢島を推薦した。それが俺にできる精一杯だ」

「矢島さんを……」

警視庁公安一課の理事官を務める矢島警視は、外事一課五係馬越班時代の先輩であった。

あの人なら――

砂田は精悍《せいかん》で快活だったかつての先輩を思い浮かべる。最後に会ったのは、矢島が四谷署警備課の係長だった頃か。

「だが、俺達にできることは他にもある」

馬越は一際厳しい口調で言った。

「南千の方は矢島に任せて、砂田、おまえはこれまで通りオウムのロシアルートを探れ。ロシア側、日本側の双方で利権に群がった連中がいる。そいつらを特定し立証できれば、オウム捜査は大きく進展する。言わば外事の本分だ。頼んだぞ」

「はい」

我に返って頷いた。

この四月にＦＳＫはＦＳＢ（ロシア連邦保安庁）に改称していたが、しなやかでありながら一切の光を通さぬ『新品のカーテン』は健在だ。

オウムの闇と分かち難く結びついたロシアの闇。今はその闇こそが、懐かしく心地好い安寧の地であるかとさえ思われた。

2

翌日もアクロシティの現場に顔を出した砂田は、そこで忙しげに立ち働く矢島の姿を見出し、遠くから目礼した。

矢島もすぐにこちらに気づいた。側にいた制服警官に何事か指示を残し、大股で歩み寄ってくる。

「しばらくだなあ、砂田」

精力的な態度は昔のままであったが、年齢以上に老けていた。それは自分も同じであると自覚している。警察官であり続けるということは、生命の根源と言えるようなものを急速に失っていくことと同義なのかもしれない。

「おまえの特命については馬越さんから聞いている」

周囲に気を配りながら、矢島は声を潜めて言った。

「重信房子が帰国するんじゃないかって情報があってな、俺は昨日までそっちの方にかかりきりだったんだ。それがいきなり主任捜査官をやれって言われてもさ」

矢島にしては弱気であるように感じられた。歳のせいもあるかもしれないが、長官狙撃という事件の重大性を考えればごく真っ当な反応であるとも言えた。

「オウムに関しちゃ、おまえの方が詳しいだろう」

「まだオウムの犯行と決まったわけじゃありませんよ」

「そうだったな。捜査に予断は禁物だ。肝に銘じとくよ。でもな……」

矢島はただでさえ暗い表情をさらに曇らせ、

「上はオウムに違いないって息巻いてるぞ。南千《なみせん》特捜はオウムの線だけ追ってればいい、他の線は捨てろとまで言ってる」

〈南千特捜〉とは、南千住署に設置された『警察庁長官狙撃事件特別捜査本部』のことである。

「上って、どっちの上ですか」

「俺達の上に決まってるだろ」

そう言って彼は掌で自分の頭を叩いた。つまりは公安ということだ。

「ジ（刑事部）の連中は全体の地取《じどり》をちゃんとやるべきだって反発してる」

「でしょうね。事件捜査ならやっぱり刑事部ですよ」

反射的にそう応じてから、砂田は驚いて聞き返した。

「やってないんですか、そんな基本的なことも」

相手は苦い顔で頷いた。

「オウムの岐部《きべ》に似た男が自転車でここから南東方面に向かったという目撃情報があってな。地取はそっちに集中させろと指示されてる」

言葉を失う。刑事部が反発するのも当然である。

協力者を獲得し運営する。そして行確《こうかく》（行動確認）や視察によって情報を集め、犯罪を未然に抑止する。それが公安部の手法である。また警察内でエリート視されているだけに、上層部の意向や命令を絶対視する気風が厳然として存在する。

対して刑事部では、すでに発生した事件を前提に、敷鑑《しきかん》（人間関係の洗い出し）、地取など役割を細分化しつつ、昔ほどではないにせよ個々の職人的技術を重視する。上層部の捜査方針に嚙みつく年季の入った反骨の捜査員も多い。

「それでなくてもハムとジをまとめるのは大変だってのになあ」

すでに矢島は、公安部と刑事部との板挟みになっているようだった。

悪い兆候だ。公安の人間は、上層部が描いた筋の通りにしか動けるものではない。現場を担当する矢島が、上層部の方針に疑問を持ったとしたら、それは途轍もない葛藤となるだろう。

「しかし、これでロシアルートもおおっぴらに調べられるようになるでしょう。そちらにつながりそうなネタが出てきたらすぐにお知らせします」

砂田は彼を励ますように力を込めて言った。

「分かってる。こっちからも何か出たら連絡する。心配するな。俺はできるだけのことをやるつもりだ。なにしろ全警察官の親分が撃たれたんだ。ここで一つになれないでどうする」

持ち前の豪快さを示してから、矢島はふと思い出したように、

「そうだ、現場の遺留物については聞いてるか」

「昨日実物を見ましたが……」

アクロシティの現場からは、ある奇妙な遺留物が発見されていた。

北朝鮮のものと思われるバッジと、韓国の十ウォン硬貨である。

「神原さんはその情報を警察庁の事務方には上げてないらしい」

「えっ」

「どうやら単なる攪乱と考えてるようなんだ。日朝の関係正常化に反対する勢力の犯行と見せかけるためのな」

長官が狙撃された三十日は、日朝国交正常化を目指す与党訪朝団の帰国予定日でもあった。

「それは確かにあり得ますが、どうでしょうかね。また公安の秘密主義だって言われかねませんよ」

「ああ。現場がややこしくなるばかりだよ」

矢島がため息をつく。やはり相当な重圧を感じているのだ。

「オウムはロシアから武器を買ってたんだってな。そのビジネスに北朝鮮も噛んでたとしたらどうだ」

「自分もそれを考えてました。現時点ではなんの証拠もありませんが、その線も追ってみるつもりです」

離れた場所から、私服警官が呼びかけてきた。

「矢島主任官、ちょっと来て下さい」

「分かった、すぐ行く」

大声で応じた矢島は、「じゃあ、頑張ってな」と言い残し、その場を走り去っていった。

先輩こそ頑張って下さい――砂田がそう答える暇さえ与えずに。

國松長官に撃ち込まれた三発の弾丸は、凄《すさ》まじい威力を発揮して長官の肉体を破壊していた。にもかかわらず、長官は一命を取り留めた。奇跡としか言いようのない生還であった。

その報に胸を撫で下ろしつつ、砂田は与えられた任務を続行した。

棟こそ違うが、國松長官とゼレーニンは同じアクロシティに住んでいた。そんな偶然が果たしてあり得るのだろうか。

常識的にはまずないと言っていい。

ゼレーニンの住むDポート二階の部屋の所有者は渋谷に本社のある消費者金融会社『日徳《にっとく》ファイナンス』。賃貸契約を交わしていた名義人は、ゼレーニンと交友関係にあることが確認されている財界人の岸辺《きしべ》。彼は社団法人全日本原子力エネルギー開発機構の有力委員でもあった。

岸辺は総理府や文部省と関係が深く、迂闊に接触すると不測の事態を招くことが予想される。

砂田は慎重に捜査を進めることにした。

並行してオウム建設省大臣である早川の捜査状況について絶えず警察内の情報を集める。

なんと言ってもロシアとの交渉を担当していた当事者である。狡猾にも早川は地下鉄サリン事件が実行された時期にはロシアに渡航している。自己保身のためのアリバイ作りを兼ねていた可能性も考えられた。

また同様にオウム科学技術省大臣の村井秀夫にも目を配る。サリン製造は村井の指揮下で行なわれたと見られており、オウムによる犯罪の全貌を知り得る最重要容疑者の一人でもあった。

四月二十日。午前零時過ぎ、早川はオウム真理教富士山総本部に踏み込んだ静岡県警によって逮捕された。容疑は住居侵入罪だった。

早川逮捕からわずか三日後の四月二十三日。午後八時三十分過ぎ、砂田は公安部の入っている警視庁庁舎十四階の廊下にいた。そこで幹部との打ち合わせに来ていた矢島をつかまえ、情報交換をしていると、フロアの方から悲鳴とも思える叫び声と怒鳴り声が聞こえた。

何事かと駆けつけたところ、入れ違いに数人の捜査員が二人を押しのけるようにして部屋から飛び出していった。

「どうしたっ」

矢島が質すと、室内に残っていた何人かが蒼ざめた顔で振り返った。

「村井が刺されましたっ」

「なんだと――」

身を翻した矢島がどこかへ走り出していく。

ひっきりなしに電話が鳴り続けるフロアに、砂田は独り立ち尽くし、ぼんやりと想った。

何かが動いたのだ。個人には抗いようもない、大きな黒い手のような〈何か〉が、真実につながる細い糸を力任せに引きちぎったのだと。

その日の午後八時三十五分、山梨県上九一色村の教団施設から帰京した村井は、東京総本部前で被疑者である自称右翼団体構成員によって左腕と右脇腹を刺された。

現場に居合わせたテレビ局のクルーがその瞬間の映像をテレビカメラで撮影している。周辺には当然警備の赤坂署員もいた。衆人環視の下での犯行であった。村井はただちに都立広尾病院に搬送されたが、出血性ショックによる急性循環不全のため、四月二十四日午前二時三十三分に死亡した。

普段村井は南青山の総本部に出入りする際には地下通用口を使用していたが、その夜に限って通用口はなぜか施錠されていた。外階段を引き返して一階出入口に向かおうとした状況で刺されたのである。

実行犯の男は、当初右翼団体の構成員であると称し、犯行の動機を「義憤に駆られて殺《や》ろうと思った。幹部なら誰でもよかった」と供述していた。しかしその団体が事実上休眠状態にあることを指摘されると、広域暴力団傘下の暴力団組員であり、若頭に命じられて犯行に及んだと供述を変えた。

こうしたことから、マスコミは「オウム自身による口封じ」「闇勢力の関与」といった憶測を一斉に書き立てた。

実行犯は在日韓国人だが元々は朝鮮籍で、昭和四十三年に韓国籍へ変更していた。中途で転校しているものの、東京朝鮮第四初中級学校で思想教育を受けている。二十代前半には朝鮮総連足立区支部で政治活動をしていたらしい。右翼を標榜《ひょうぼう》してはいるが、その政治信条は不可解の一語に尽きる。

ささくれだった魚の骨でも丸呑みしたような引っ掛かりを感じた。

この線は追うべきだ――

砂田はまず男の基礎調査から開始した。もちろんオウム捜査を担当する他の部署には気取られないよう注意している。

男は世田谷区上祖師谷《かみそしがや》の貸家で朝鮮学校時代からの友人である鈴木という人物と共同生活を送っており、住民票までこの家に移していた。

最初にこの家を借りた鈴木は所有者であるコリアン・クラブ経営者の女性の知人であったが、女性は同居人の存在を把握しておらず、会ったこともないと供述した。おそらくは鈴木が入居後に連れてきたのではないかと推測された。

思案ののち、砂田は警視庁外事第二課第六係に電話を入れた。

「頼みがある。照会事項だ。それも内々に。できるか」

外事二課六係は主に北朝鮮のスパイについて調査、情報収集を行なう部署である。

〈分かりました。少しお待ち下さい〉

係長の和泉警部は、何も詮索せず引き受けてくれた。そういうところは以前と少しも変わっていない。

公衆電話のボックス内でしばらく待つ。

〈お待たせしました。鈴木にはルイがあります。後見人が朝鮮総連の幹部でした〉

『ルイ』とは諜報機関との接点を意味する公安関係の隠語で、「係累」「親類」の累もしくは類に由来するらしいが、必ずしも血縁を指すとは限らない。

「やはりそうか……」

〈もっとも、現職じゃありませんがね。それより砂田さん……〉

電話の向こうで和泉が声を潜めるのが分かった。

「なんだ」

〈クラブ経営の女……そっちの方がウチにとっては重大です〉

「どういうことだ」

〈辛光洙《シンガンス》の愛人だった女の妹です〉

声も出せずに呻いていた。

『背乗《はいの》り』。外国人工作員が拉致した日本人になりすまし、日本国内で非合法活動を行なうことを公安ではそう呼んでいる。昭和六十年にソウルで韓国当局に逮捕された辛光洙こそ、この背乗りによって日本人拉致を実行したまぎれもない北朝鮮工作員の一人であった。

アクロシティの現場に落ちていた北朝鮮のバッジと韓国のウォン硬貨。あれは単なる攪乱ではなかったのかもしれない。もしそうだとすると、神原参事官はとんでもない誤りを犯していることになる。

だがそのことを面と向かって参事官に言える捜査員など公安部にはいない。この自分を含めて。

受話器を戻してボックスを出た砂田は、悄然と、また決然と歩き出した。

やるしかない――

オウム。ロシア。北朝鮮。この三つの点を結ぶ線をつなげたその先に、真実がある。

國松長官の狙撃も、村井の暗殺も、その線上に位置している。

確証は何もない。だが北朝鮮の関与を示す状況証拠があまりにも多すぎる。単なる偶然として見過ごすわけにはいかなかった。

やるしかない――

ゆっくりと歩きながら、砂田はもう一度同じ言葉を独りごちた。

3

新橋の居酒屋『棋八郎』に入って周囲を見回していると、「宮田ちゃん、こっちこっち」と声がした。

混雑した店内の一隅から、春川《はるかわ》と小村《こむら》が手を振っていた。

テーブルの合間を縫うようにして近づき、二人の向かいに腰を下ろす。

「春川さん、先日はありがとうございました」

注文もそこそこに、年長の春川に礼を述べる。春川も小村もベテランのライターであり、ことに春川は、〈加藤〉こと逢沢の葬儀に尽力してくれたのだった。彼は逢沢が加藤という別名を使っていたことを、単なるペンネームだと理解して疑ってもいなかった。

「いやあ、加藤ちゃん、ほんとに残念だったなあ。せっかく釣りライターとして認められたところだったのに、よりによって阪神大震災の日に神戸で取材中とは、ツイてないにもほどがあるよ」

日本酒の徳利を傾けながら春川がしみじみという。

「宮田ちゃんも寂しいだろう。昔はよく加藤ちゃんとつるんでたもんな」

「ええ……」

春川も小村も、砂田が逢沢と組んでいた頃を知っている。彼らのような古参のライターやジャーナリストは業界でもめっきり減ってしまった。

「そうだ、二人とも聞いた？　ウワシンで書いてた岡本さん、去年亡くなったんだって」

小村の話に、砂田も春川も「えっ」と驚き、

「いやあ、俺、全然知らなかった。宮田ちゃんは」

「初耳です。ウワシンの岡留《おかどめ》さんと合わなくなって切られたって話はだいぶ前に聞きましたけど」

「岡本さん、すっかり仕事がなくなっちゃって、雄琴《おごと》にある知人の店で雑用とかやってたんだって。何日も顔を出さないから、店の関係者がアパートに様子を見に行ったら……親類とかの連絡先も分からなくて、店の人と自治体の方で火葬にしたって」

「そうかあ、オカモっちゃんがねえ……」

春川は感慨深そうに煤《すす》けた天井を仰いだ。

「加藤ちゃんといいオカモっちゃんといい、昔の仲間がいなくなるってのはたまらないねえ」

砂田も小村も頷きながら杯を口に運ぶ。

「宮田ちゃんは賢明だよ。まだ若いうちにこんな稼業から足を洗ってさ」

「いえ、それがやっぱり……取材中に亡くなった加藤さんを思うと、居ても立ってもいられなくなって」

嘘ではなかった。決して嘘では。

「それで業界復帰ってわけか。いやあ、重畳重畳《ちょうじょうちょうじょう》。トップ屋、ルポライター、ジャーナリスト、呼び名は変われど俺達の雑草魂は不変てわけだ」

「さすが春川さん、いいこと言いますねえ。伊達にトシはとってない」

「馬鹿野郎、トシはよけいだ」

小村の軽口に春川がむくれてみせ、三人は和やかに酒を酌み交わした。

春川が手洗いに立った隙に、小村がさりげなく囁いた。

「北とロシアをつなぐ線なら何本か把握している」

小村はかつて砂田が逢沢から継承したSであった。

「もっともソ連崩壊のどさくさでだいぶ断ち切れちまったが、俺の知ってる限り、一本だけ残ってる。ただし、それもほとんど切れかけと言っていい状態だ」

「結構です。教えて下さい」

そう言うと、小村は足許に置いてあったショルダーバッグから文芸誌『鳩《はと》よ！』を取り出し、

「この雑誌、なかなかいいよ。宮田ちゃんもたまには現代詩を読んだらどう」

「勉強させて頂きます」

札の入った封筒と交換に雑誌を受け取り、すばやく自分の鞄にしまう。

やがて席へ戻ってきた春川を交え歓談を続ける。

三十分後、二人と別れて山手線に乗り込んだ砂田は、車内で『鳩よ！』を開いた。中に一枚の紙片が挟まれている。

そこには走り書きのような文字でこう記されていた。

［民衆日報　盧仁植《ノインシク》　S］

民衆日報は足立区に本社を置く北朝鮮系の新聞社である。しかし盧という人物は在籍していなかった。一年ほど前に解雇されていたのだ。解雇の理由は「業務怠慢」。要するにだらしない性格で遅刻や欠勤が多かったためで、背後に特別な事情はないらしい。

小村の言った通り、盧は本国からもほとんど見捨てられた状態にあったようだ。何かの必要が生じて非合法活動を手伝わせていたのだろうが、役に立たないので放置しているといったところか。

砂田はさほどの苦労もなく盧の所在を突き止めた。鶯谷《うぐいすだに》の風俗店に勤める彼は、東長崎のアパート『黎明《れいめい》ハウス』で在日朝鮮人の仲間数人と暮らしていた。老朽物件の六畳間を二、三

人でシェアしているから家賃も安く済む。大家も北朝鮮系の人物だから大概のことには目をつぶってくれるし話も早い。何より最大のメリットは、日本で生き抜くために必要な情報交換を同胞間で頻繁に行なえるという点にあった。そこでやり取りされる情報の大半はそれこそ生活感にまみれたものだろうが、中には極めてセンシティブな筋がまぎれ込んでいることも想像に難くない。

黎明ハウスの全居住者に関する基調データを和泉から入手した砂田は、そこに筋の先端を見出した。村井刺殺の実行犯を世田谷の貸家に引き入れた『鈴木』。その従兄弟《いとこ》に当たる許《ホ》という男が盧の隣室に居住していたのである。

この筋は果たしてどこにつながっているのか――

砂田は盧への接触を試みることにした。

仕事帰りを狙って接近する。入念にチェックした。監視者はいない。

あらゆるものに倦《う》み果てたような様子で歩いている盧に、すれ違いざま囁きかける。

「小村から紹介された。話がしたい」

そして掌に隠し持っていた小村のメモをすばやく見せる。

盧は一瞬驚いたような表情を見せたが、すぐに小さく頷いてちょうど目の前にあった牛丼屋に入った。

店内に他の客はいなかった。カウンターに並んで座ると、盧は牛丼の大盛りと卵、それに味噌汁を注文した。砂田はビールとコップ二つを頼む。

注文の品はすぐに来た。盧《ノ》の前に置かれたコップにビールを注いでやると、彼は一息で飲み干した。

「許《ホ》を知ってるな。あんたの隣に住んでる男だ」

自分のコップにビールを注ぎながら、店員にも聞き取れない小声で尋ねる。

盧は割り箸に手を伸ばし、動揺した様子もなく答えた。

「知ってるけど……あいつはあんたらの商売と関係があるような奴じゃないよ」

下請けの工作員でもないということか。

牛丼を勢いよく頬張っている男の横顔は、嘘をついているようには見えなかった。

軽い失望を覚えつつビールを口に運んでいると、盧は空のコップをこちらに押し出しながら言った。

「三号庁舎の指令を受けているのは、一階に住んでた高《コ》って奴だ」

『三号庁舎』とは、朝鮮労働党統一戦線部をはじめとする党情報機関の総称である。

黙ってビールを注いでやる。

「何が知りたい」

「全部だ。高について知ってること」

「金を取れるほど知ってることはない」

「良心的だな」

「ガセネタを売ると後が怖いだけだ」

「心配するな。もう二度と接触する気はない」

「あんたらに関わりのありそうなネタが一つだけある」

味噌汁をじっくりと味わうように啜って、盧はそれきり口を閉ざした。

痺れを切らして先を促す。

「続きは」

「あんたが信用できるって保証は」

砂田はカウンターの下から封筒を渡した。

受け取った盧は、封筒の厚みだけで金額が判別できたらしい。納得した様子でポケットに突っ込み、

「立派な保証書だ」

「それで」

「重要度は保証しないぞ。まったくの無関係かもしれないし」

「構わない」

「地下鉄サリン事件の翌日だったかな。俺が夜中に高の部屋でテレビを見ていたときだった。零時ちょうどに高に電話がかかってきた。俺はぎょっとして高と顔を見合わせた。電話は三回鳴って切れた。きっかり四分後、もう一度かかってきた。深夜零時の電話は『特務連絡網』である可能性が高い。だからすぐに出てはいけない。三回鳴って切れたなら、四分間待つ。それでもう一度かかってきたら即応答する決まりになっている。そのときも高は規則通り二回目の

電話にはすぐに出た。俺はもう任務からは外れていたが、立場としてはまだ仲間には違いない。だから黙って高《コ》が話しているのを聞いていた。高はもう真っ青になっていて、『まさか』とか『本当にやるのか』とか繰り返していた。そうだな、『まさか』ってのを三回は言ってたな。『FSK』ってのも聞こえた。それで電話を切ったあと、俺に向かってこう言った。『俺は今すぐに姿を消す。おまえとももう会うことはないだろう』って。『帰国するのか』って聞いたら、『あるいはな』とだけ答えた。俺は『分かった。元気でな』と言って、自分の部屋に戻って寝た。こんなときにあれこれ詮索したら、こっちの命が危ないからな。次の日の朝には、高はもういなくなってたよ。しみったれた家具や荷物はそのまんまほったらかしてさ。それも大家がすぐに処分しちまって、高なんて奴がそこに住んでた痕跡すらもうどこにも残ってない」

ビールを注ぐ手が震えているのが自分でも分かった。

「他には。他には何か言ってなかったか」

「言っただろ、それだけだって」

「頼む、どんなことでもいい、思い出してくれ」

「そう言われてもな」

「相手の声は聞こえなかったか」

「聞こえなかった。高が話してる声だけだ」

ビールの残りを飲み干した盧《ノ》は、何かを思い出したらしく、「ああ、そうだ」と続けた。

「うん、確か高は『万景峰号《マンギョンボン》』とか『ヨーシフ』とか言ってたな。万景峰号はともかく、ヨーシフってなんのことか分からなかったんで気になったんだ。他にも何か言ってたかもしれないが、思い出せるのはそれで全部だ」

ヨーシフだと――まさか、あの――

脳が、心臓が、凍りついたように動きを止める。

高が繰り返していたという言葉を、砂田もまた胸の内で繰り返す――『まさか』。

盧がそのまま席を立って去る。

店員が隣の食器を片づけに来た。気がつくと何人かの客が近くの席に座っている。

砂田は二人分の代金を払い、牛丼屋を後にした。

ヨーシフ。逢沢が神戸まで出向いて捜し当てた旧ＫＧＢの工作員。

生きていた、生きていたのだ――

なんということだ。ヨーシフは死んではいなかった。

あの日、住居であった神戸市長田区のアパートから外出していたのか。それとも、燃え盛る炎をかいくぐって逃げ延びたのか。詳細など知るすべもないが、ＫＧＢ工作員ヨーシフは、阪神大震災のもたらした地獄の中から亡霊の如く甦った。

まさに旧ソ連の亡霊だ。

さまざまなピースがこんな形でつながろうとは。

厳密に言うと、まだつながってはいない。断ち切れた線の合間ごとに、いくつかの妖星が蜃気楼のように漂っているだけだ。

砂田は今こそ理解していた。妖気めいた霧を払い、すべての点を証拠という線でつなぐ。ヨーシフこそがその最大の目印なのだと。

「至急会いたい。この事案は明らかに外二の管轄に引っ掛かってる」

砂田はすぐさま和泉と連絡を取った。今後の捜査には外二の協力が不可欠となってくる。

〈高《コ》がそこまで重要度の高い機関員だとは把握していませんでした。外二の一員としてお恥ずかしい限りです〉

電話の向こうで、和泉も驚いているようだった。

「恥じることはない。北朝鮮とロシアだ。この線は外一と外二にまたがってる。馬越さんの睨んだ通り、戦後最大の外事事案だ」

〈分かりました。どこで会いましょうか〉

「本部はまずい。この段階で俺達の動きを知られると、どこから撃たれるか分からんからな。それこそ國松長官のように」

〈変な冗談はやめて下さいよ〉

「あながち冗談じゃないかもしれないぞ。加倉井さんや尾ヶ瀬さんの動き一つ取ってみても、警察内部はどうにもおかしい。万が一にも、南千特捜で頑張ってる矢島さんの足を引っ張るような結果になったら本末転倒だ」

〈おっしゃる通りだと思います〉

聡明な和泉は、即座に状況を再認識してくれた。

「明日の午前九時、神田の『エース』はどうだ」

エースは神田駅からも近い老舗の喫茶店で、平日は朝の七時から営業している。

〈エースですね。了解しました〉

商店街の外れにある公衆電話の受話器を戻し、残り度数の少なくなったテレホンカードをくたびれたスーツの胸ポケットにしまう。

唐突に強い疲労感を覚えた。ヨーシフの衝撃がそれだけ大きかったのだ。

すべては明日だ——和泉と外二が動いてくれれば、捜査もだいぶ楽になる——

強いて心を奮い立たせ、砂田は東長崎駅へ向かって歩き出した。


翌日、午前九時十五分。

砂田は先に注文したモーニングセットのトーストをかじりながら和泉を待った。

遅い——

外事の人間は何があろうと絶対に時間を厳守する。それどころか、指定された時間の三十分前には到着して周辺をチェックするのが習性になっている。ことに和泉は、機械の如く誰よりも厳密に動く男だ。その和泉が約束の時間に遅れるとは。

何かあったな——

嫌な予感がする。そうした悪い予感に限って、外れることは滅多にない。それどころか、想像したよりはるかに悪い事態であることが多いのを、砂田は経験的に知っている。

「お待たせしました」

入店してきた客が砂田に向かって声をかける。和泉ではなかった。

「どうして……」

どうしておまえが。たったそれだけの言葉さえ出てこない。

職業上の経験則は、どうやら今回も正しかったらしい。

目の前に立っているのは、警備局警備企画課係長——圭子だった。

「和泉係長は来ません。代わりに私が伺います」

向かいに座った圭子が、近寄ってきたウエイトレスにコーヒーを注文する。

「どういうことだ」

「説明しろとでも？」

圭子が嘲笑《あざわら》うように聞き返す。

階級は同じ警部でも、圭子はチヨダだ。資料の整理係でしかない自分とは組織における重要度が違う。そしてその差は、警察では絶対だ。

だが——自分にも意地がある。

「説明がなければこっちにも言うことはない」

「あなたには報告の義務があります」

「あるよ。でもそれはおまえに対してのものじゃない」

「それはどうかしら。あなたも公安なら分かっているはずでしょう」

「分かっているさ。だから言わない」

圭子は呆れたようなため息をつき、

「相変わらずね。だからあなたは――」

「捨てられた。警察にも、おまえにも」

「そんな話をしに来たんじゃないわ」

「このままじゃ、そんな話でもするしかない」

コーヒーが運ばれてきた。圭子の前に置かれたカップからは、淹《い》れたての湯気が立ち上っている。

「和泉係長はあなたより賢明だった。それだけのことよ」

やはり和泉が裏切ったのか――

「裏切ったとか、そういうふうな発想は考え違いというものよ」

まるでこちらの思考を読まれているかのように先回りされてしまった。

「彼は状況を正しく分析し、取るべき行動を取った」

「強者につくという行動をな。その結果、奴の出世は一段と早まるというわけだ」

和泉の上昇志向は知っていた。だが、よりによってこんな局面で――

「説明はしたわ。次はあなたの番よ」

「和泉から聞いてるんなら、もう必要ないだろう」

「分かりました。では、高《コ》の調査についてはこちらが引き継ぎます。ヨーシフについてはこの場で忘れて下さい」

眼前の圭子を凝視する。別れた元妻の顔を。

「なぜだ。ヨーシフこそがすべてをつなぐ鍵なんだぞ」

「根拠が曖昧です。そんなことに労力を割く余裕はないわ」

「俺が単独でやってることだ」

「どれだけ非常識なことを言っているのか分かってるの。公安は命令通りに動けばいい。情報を集約し判断するのは上層部であって、個々の捜査員が勝手に動くなどあってはならない。それくらい――」

「悪いが俺は馬越さんの命令で動いてるんだ」

「あの人には上も手を焼いているわ。こうしている間にも、馬越参事官にはなんらかの〈連絡〉が届いていることでしょう」

なんだって――

「では、これで」

圭子はハンドバッグから千円札を取り出し、テーブルの上に置いて立ち上がった。

「待て」

そのまま立ち去ろうとした圭子を呼び止める。

「高の件は分かる。外二の管轄でもあるしな。だがヨーシフを忘れろとはどういうことだ。奴に触るとまずい理由でもあるのか」

こちらを憐《あわ》れむような視線を投げかけ、何も言わずに圭子は去った。

自分と彼女は、かつて夫婦であったはずだ。だがそれも、儚い夢であったようにさえ思えてくる。束の間の甘い夢であり、長すぎる苦い夢だ。

呆然として圭子の座っていた椅子を見つめる。彼女はコーヒーに手をつけもしなかった。

――トーストくらい食べていったら？　コーヒーもすぐに淹れるわ。

ぼんやりと、そしてはっきりと思い出す。結婚してどれくらい経った頃だろう。慌ただしく家を出ようとした自分に、圭子が台所から声をかけてきた。いつもならそのまま出かけるのだが、そのときはダイニングに引き返してトーストを食べ、コーヒーを飲んだ。

うまかった。香りがよくてほろ苦く、とてもうまいコーヒーだった。

あのとき自分は、圭子に「うまい」と伝えただろうか。「こんなうまいコーヒーは初めてだ」と。

何もかもが遅すぎた。妻に対する気遣いの欠如に気づくのも。壊れつつあった夫婦関係への対処も。

いや、遅すぎたのではない。自分は何もしてこなかった。何も見てはいなかった。

その結果がこれだ。妻のことではない。己のことだ。みじめな己のありさまだ。

自分との破局が今の圭子に影響しているなどと言えば、激怒するか、あるいは冷たく嗤うかのどちらかだろう。

だが今は——

圭子の残していった千円札と伝票をつかんで立ち上がる。

一刻も早く手を打たねば。

圭子は、チヨダは、ヨーシフをどう処理しようとしているのか。馬越参事官にどんな圧力をかけようとしているのか。

今度こそ、遅れてはならない。見過ごしてはならない。あらゆる兆候を。あらゆる危機を。

桜田通りを見下ろす警視庁本部庁舎十四階の執務室で、馬越参事官は砂田の報告を黙って聞いていた。

「圧力か」

しばしの沈黙ののち、馬越がいかにも重そうな口を開いた。

「そうかもしれん。おまえの話を聞いて合点がいったこともあるし、よけいに分からなくなったこともある。派閥など俺の知ったことじゃない。しかし、これで俺達が動きにくくなったことも確かだ」

「はい」

砂田としては、ただ頷いているよりない。

馬越は粛然と姿勢を正すようにして告げた。

「今から判明している限りの事実関係を話す。おまえの頭の中にだけ入れておけ」

何についての〈事実関係〉なのか、見当もつかなかった。

「地下鉄サリンの三日後、つまり三月二十三日のことだ。滋賀県警がオウム信者の車から一枚の光ディスクを押収した。中身は約四千人分のオウム機関誌購読者の名前。つまり在家信者のリストだ。これは俺も知らなかったことだが、察庁が滋賀県警からリストを受け取ったのが二十四日。その分析に当たったのは備局《びきょく》の備企《びき》（警備企画課）だった」

備局の備企。悪い予感が蛞蝓《なめくじ》のように足許から這い上がってくる。

「その結果、リストに現役警察官の名前が複数含まれていることが判明した。中でも小松《こまつ》という巡査長は、本富士署に所属する警察官、それも警備課の公安だった」

蛞蝓の感触が一瞬にして毒蛇の牙へと変わった。

「備局はオウム信者であると疑われる警察官の所属する県警に対し、調査を指示した。特に小松巡査長に関しては備企の理事官から直接尾ヶ瀬に連絡が行った」

「待って下さい」

聞き返さずにはいられなかった。

「これは警務部の人事が所管すべき問題でしょう。なのにどうして公安総務課長に――」

途中で〈ある事〉に気づき、砂田はそれ以上何も発することができなくなってしまった。

分かっている、と言わんばかりの顔で頷いた馬越が先を続ける。

「尾ヶ瀬が備企から通報を受けた二十五日は土曜日だった。だが週明けの二十七日になっても尾ヶ瀬は何もしなかった。そこで備企の理事官はウチの神原参事官に連絡した。実を言うと、俺もついさっき神原さんから聞かされたばかりなんだ。まあそれは措《お》くとして、神原さんは内々で警務部の犬坂《いぬざか》人事一課長に伝えた」

警視庁内部にオウムの在家信者がいるという情報は、最後まで正式な人事ルートではなく、非公式な形で伝達されたということだ。

砂田はいよいよ己の直感が正鵠を射ていたのを感じ、またそれを恐怖した。

「ともあれ、人一《じんいち》(人事一課)が小松オウム情報を把握したのは二十七日。その同じ日に、神原さんは念のため加倉井部長と面談し、『尾ヶ瀬には犬坂に連絡するようすでに命じてある』との回答を得たと言うんだ。にもかかわらず、二十九日になっても尾ヶ瀬からの連絡はない。犬坂は尾ヶ瀬に電話し、『明日の三十日、午前中に自分の部屋へ来い』と命じたそうだ」

そこで馬越は一旦言葉を切って目を閉じた。

三月三十日――まさにその日の午前八時三十一分、國松長官は狙撃された。

尾ヶ瀬と犬坂の面談予定など粉微塵に吹っ飛んだことは想像に難くない。

砂田もまた沈黙する。〈ある事〉に思いを馳《は》せて。

組織上、備企の理事官は一人ということになっているが、実は二人いる。警察関係者の多くが知っている公然の秘密である。組織図に存在しないもう一人の理事官――『裏』と呼ばれるこの理事官こそ、チヨダを統括する司令塔なのである。

正規のルートではなく、あえて非公式な迂回《うかい》ルートを使って公安総務課長に連絡した備企の理事官。間違いなく彼はチヨダの裏理事官であったに違いない。

「本当の問題はここからだ」

馬越が充血した目を見開く。

想像すらできない——これ以上どんな問題があるというのか。

「三十一日、小松の視察を開始した人一の監察は、小松が本富士署にいないことを知った。それどころか、地下鉄サリンの応援のため二十一日から築地署に行っているという。信じられるか。オウム信者の公安警察官が、地下鉄サリンの現場で捜査をやってたんだぞ」

蛇の毒が全身に回っていくのを感じる。自分の体だけではない。警察組織を構成する細胞の一つ一つに浸透し、際限なく汚染していく。

「犬坂はすぐに本富士署の署長に電話し、小松を築地の現場から戻させた。だがもう手遅れだ。この事実は消しようがない。必然的にこの件は警察のトップシークレットになってしまった。それも長官が狙撃されたという重大事案の真っ最中にだ。神原さんでさえ、今まで俺にも隠していた。なぜ今になってと疑問を抱いたが、それはどうやら、砂田、おまえの動きに関係していたようだな」

「チヨダは……小松という警察官の存在を、どう言ったらいいのか……そう、なかったことにでもしたかったんでしょうか」

そうとしか考えられない。またそう考えれば納得がいく。圭子というチヨダが接触してきた理由が。

「分からん」

馬越はその太い猪首《いくび》を左右に振って、

「本当に分からんことだらけだ。地下鉄サリン、長官狙撃と警察の存亡に関わる大事件が起こっているというのに、警察はまるで事件を解決したくないようにも思える」

同感です――そう言いかけて、寸前で口をつぐむ。

言葉にするとあまりに軽く、事態の本質から遠ざかるような気がしたからだ。

「砂田警部、改めて頼みたい」

厳めしくも険しい馬越の表情に打たれ、反射的に背筋を伸ばす。

「おまえはどこまでもヨーシフを追ってくれ。チヨダが釘《くぎ》を刺してきたということは、そこに何かがあるということだ。責任は俺が持つ。やってくれるか」

「はい、なんとかやってみます」

我ながら意気の上がらぬ返答であったが、馬越は満足そうに破顔して、

「責任を持つと言っても、俺ができるのはおまえが警察から放り出されんようにかばうくらいだ。昇進や昇給は保証できん」

「充分です」

「もっとも、俺自身が警察から追放されるような事態だってあり得るかもしれんがな」

「そうなったら、我々で何か商売でも始めましょうか」

「武士の商法という奴か。すぐに破産というオチまで見えるようだな」

二人して笑った。久々の笑いであったが、それはかつてのようなものではなく、どこか自虐

的な虚無を含んだ笑いであった。

五月十五日、教団諜報省長官で特別指名手配されていた井上嘉浩が公務執行妨害の容疑で現行犯逮捕される。

翌十六日、山梨県西八代郡上九一色村の教団施設に潜伏していた教祖麻原彰晃が地下鉄サリン事件の主犯として逮捕される。

世間では麻原逮捕を事件の大きな節目として捉えているようだった。

だが、事件捜査はむしろこれからが本番だ。さまざまな謎は依然として残されている。長官狙撃事件にしても、オウムの犯行であるとまだ決まったわけではない。村井の暗殺を許してしまったのはかえすがえすも痛恨の出来事だった。

警察内部の動きはやはり不透明な部分が多すぎるが、今やオウム捜査は警察最大の使命となっている。事態の変化に応じて、砂田の目的も変化した。

今はともかくヨーシフを追うことだ――

ロシアと北朝鮮。そしてヨーシフ。これらをつなぐ線を解明しなければ、オウムという虚妄の背後に在る真実を暴くことはできないだろう。またなんとしてもそれをやり遂げねば、亡くなった逢沢にあの世で合わす顔がない。砂田はそう思い定めた。

麻原の逮捕からおよそ一か月後の六月十五日、一時は生死の境をさまよった國松長官が公務に復帰した。

大勢のＳＰに警護されながら笑顔で登庁する長官の様子を資料課のテレビで観た砂田は、警視庁を出て南千住署へと赴いた。

当初は講堂に設けられた南千特捜の本部も、事件の長期化に従い、署の屋上に特設されたプレハブに移動していた。

屋上へ上がると、ちょうど捜査本部から顔見知りの公安捜査員が出てくるところだった。丁寧に挨拶し、矢島の居場所を尋ねる。

相手が答える前に、矢島の声が聞こえてきた。

「――だから俺がなんとかするって言ってるだろうっ」

振り返った砂田は、苦笑する相手に目礼し、声のした方へと向かう。プレハブとは言え、れっきとした捜査本部である。設備も相応に揃っているし、造りもしっかりしたものだ。フロアを見渡すと、数人の捜査員が矢島を取り囲んでいるのが目に入った。公安ならばあり得ない光景だ。

「納得できません。主任官もしょせん公安じゃないですか。上にだけいい顔してるようじゃ捜査も何もあったもんじゃない」

顔を真っ赤にして抗議しているのは刑事部の捜査員達だろう。

「貴様、言っていいことと悪いことがあるぞ」

それに対し傲然と反論しているのは公安部の連中だ。こちらの顔ぶれは見知った者が多かった。

「そもそも捜査の主体は公安と決まったんだ。貴様も警察官なら黙って従え」

「黙ってられないから言ってるんだ。あんたらのやり方は一体なんだ。捜査のイロハも知らないシロウトじゃないか」

「貴様！」

つかみ合いになりかけた双方を矢島が強引に引き離す。

「いいかげんにしろっ」

文字通りの板挟みになっている矢島の顔色は、土気色を通り越してさながら土塊《つちくれ》と化した木《ミ》乃伊《イラ》のようだった。

割って入るべきか、砂田は迷った。

捜査方針を巡って刑事部と公安部が対立しているのは一目瞭然だが、あの矢島でさえ抑えられないとは、想像以上の深刻さであった。

かつての――自分が馬越班の新人だった頃の阿久津のように、絶妙な助け船が出せればいいのだが、仮にも公安部の人間が口を出せば、かえって刑事部の捜査員達を刺激することになりかねない。

躊躇している間に、矢島の方がこちらに気づいた。

「客が来ている。この件は後でゆっくり話し合おう」

部下達にそう言い残して歩き出した矢島に、誰かが聞こえよがしに言った――逃げんで下さいよ、主任官殿。

そんな侮蔑を背中に受けて、矢島はまっすぐにこちらへと歩いてくる。

「外で話そう」

すれ違いざまに呟き、そのまま出口へと向かう。いつもの豪快さは微塵も残っていなかった。

砂田は無言で後に従う。背後を振り返ると、フロアにいる全員がこちらを冷たい目で睨んでいた。


南千住署に近い『喫茶千々松』に入った矢島は、アイスコーヒーを二人前注文してから冷たいおしぼりで顔を拭った。

「大丈夫ですか、矢島さん」

砂田の問いに、矢島はしばらく答えなかった。そんなところも、砂田の知る矢島像からはかけ離れたものだった。

「『タテガキも知らないクセに』」

疲弊し切った様子で、唐突に矢島が漏らした。

「え、なんですって？」

「ジの連中がそう言ってるそうだ、『ハムはヨコガキばかりでタテガキを知らないからこうなるんだ』ってな」

タテガキとは正式な司法警察員面前調書、いわゆる供述調書のことで、刑事達は日頃から刑事訴訟法に基づいたその作成手続きに習熟している。対して、ヨコガキとは公安捜査員が集めた情報を上司に上げる報告書を意味する。

南千特捜の刑事達は、公安捜査員を「まともな調書の書き方さえ知らない素人」であると罵倒しているのだ。

「もっとも、俺が直接言われたわけじゃないがな」

顔の脂で黒ずんだおしぼりを投げ出し、矢島は虚無的に嗤った。

言葉もない砂田に対し、彼は無理に作ったような笑顔を向けて、

「恥ずかしいところを見せちまったな」

「いえ……」

「いつもあんな調子でな。もう参ってる」

矢島がそんな弱音を吐くのは、砂田の知る限り初めてだった。

「ジが頑固なだけなら、ここまで苦労はしない。ハムの俺にも、連中の方が正しいと思えるからどうしようもない」

彼の苦衷は察するにあまりある。捜一出身でありながら早い段階で公安畑に移った矢島には、捜査経験が決定的に不足している。管理職として、刑事部の刑事達から舐められるという屈辱に耐えながら現場を回していかねばならないのだ。

それだけではない。公安は狙撃犯の特徴に似た外見を持つオウム防衛庁長官の岐部哲也を曖昧な目撃情報のみで立件しようとし、検察に拒否されていた。

「分かりました」

砂田にはそんな凡庸な相槌しか打てなかった。

「分かってねえよ」

にわかに怒りを滲ませた矢島に、ストローの袋を破こうとしていた砂田は驚いて顔を上げた。

「えっ？」

「南千にはな、岐部をはっきり見たというふうにマル目（目撃者）の調書を書き換えろって言われた奴だっているんだ。上は何がなんでもオウムがやったってことにしたいらしい」

組織が硬直化すると、下の者は上司に気に入られるような報告しか上げなくなる。公安においてその傾向が特に顕著であることは否定できない事実であった。それでも、報告書の改竄《かいざん》を強制されるとは一線を越えている。

「なあ砂田、上は本気で解決する気があるのか？　長官が殺《や》られかけたんだぞ？」

死人のような目付きでこちらを覗き込んでくる。

その視線が耐えられず、砂田はストローをグラスに突っ込んでアイスコーヒーを口に含んだ。

「すまん、俺としたことが……」

我に返ったように、矢島は自分のグラスを手に取った。

「そっちには何か進展があったようだな。それでこっちに来たんだろう？」

「ええ、まだ全貌は皆目といったところですが……」

北朝鮮情報機関とＦＳＢ、そしてヨーシフ――それらについて打ち明けたが、チヨダの奇怪な動きについては伝えなかった。迂闊に話すと、それでなくても懊悩《おうのう》している矢島をどんなトラブルに巻き込むことになるか、予測すらできなかったからだ。

「やはりロシアと北朝鮮か……」

矢島はなんとなく腑に落ちるといった様子で、

「現場の遺留品、覚えてるか。韓国の硬貨と北朝鮮のバッジだ」

「もちろんです」

「砂田、おまえはどこまでもその線を追ってくれ。俺は南千を抑えるだけで手一杯だ。おまえが確証をつかんでくれれば、こっちだって少しはまともな捜査ができるようになるかもしれん」

矢島の顔には、悲壮としか言いようのない切迫感が浮かんでいる。

「やってみます」

力強く頷いてみせる。そんな小芝居じみた仕草を見せねばならぬほどの危機感を覚えていた。早くしなければ矢島はもう保《も》たない――

砂田は再び神戸へと赴いた。

〈神戸市長田区御蔵通五丁目、神蔵荘四号室。長身で痩せ型。見た目は三十代半ばくらい。『島原正』の偽名を使っている〉

逢沢が命と引き換えに伝えてくれた最後の情報だ。

今は存在しない御蔵通五丁目の安アパートに『島原正』と名乗る男が住んでいた。その男がヨーシフだ。

仕事は。交友関係は。年齢は。知っている者はどこかにいないか。

あの大災害から生き残った被災者を訪ねて歩く。簡単にいくとは思っていなかったが、予想以上に困難な仕事となった。なにしろ未だ行方不明者は数知れず、近親者と連絡の取れない被災者も少なくない。

市内の仮設住宅を片端から訪ねて回り、関係する各自治体の仮庁舎や分室に日参する。十日あまりを神戸で過ごしたが、収穫は皆無であった。

「五丁目の神蔵荘なら知ってるよ」

その老人と出会ったのは、神戸に来て十三日目のことだった。御蔵通五丁目に住んでいた老人がいると聞き、西区の仮設住宅を訪れたのだ。

老人の名は富山《とみやま》と言い、同地で雑貨屋を営んでいたという。

「近所のもんは震災でほとんど死んでもうた……中には生きとるもんもおるかもしれへんけど、今頃どこでどうしとるやら……わしの嫁はんは幸せやったわ、わしより六つも年上の姉さん女房でなあ、一昨年《おととし》ぽっくりと死によった。あんな地獄を見んで済んだんやから幸せや。意地汚い婆《ばあ》さんやったけど、前世でどんな徳を積んどったやら。けど、一足先に地獄に落ちとるだけやったら笑うわなあ」

繰り言のように老人は続けた。「笑う」と言いながら、放心したようなその顔は、少しも笑っていなかった。

「震災の朝、わしは水笠《みずかさ》通りの方に新しゅうでけた居酒屋で寝とったんや。夜通し飲みすぎてもてな。それで助かった。えらい揺れやったわ。慌てて家に戻ろうとしたんやけど、あたり一面、火の海ちゅうやっちゃ。近づくこともでけんかった」

「それで、神蔵荘のことなんですが……」

気を遣いつつ、いつ終わるとも知れぬ老人の話を遮るように尋ねると、

「ああ、そやったな。神蔵荘て、わしの店の真ん前に建っとったボロアパートや」

「すると、出入りする人の様子なんかも」

「そらもう一日中丸見えやがな」

動悸《どうき》が高まる。

「もしかして、住民の方をご存じでしたか」

「まあ、知っとるかな」

恬淡《てんたん》と老人は答えた。

「神蔵荘て、わしが婆さんと一緒になった頃にでけたアパートでな、ほんまにボロやってん。大家のよっちゃん、こいつも震災で死んでもうたけど、このよっちゃんかて、金さえあったらはよ解体したいてよう言うとったわ。そやからあの頃はもう三人しか住んでへんかった。よう覚えとるで」

「では、『島原正』という人については。神蔵荘の住民だった男です」

期待しすぎるな――自らをたしなめつつも訊いてみる。

「島原正？　そうか、そんな名前やったんか」

得心したように頷いている富山老人に、

「どういうことです」

「三人の店子《たなこ》のうち、二人はわしの店でよう買い物してくれとってん。山本《やまもと》ちゅうおっさんとタエ子ちゅうおばはんや。もう一人の若い男は中に入りもせんかった。そやから、そいつが島原ゆう名前やと今初めて知ったちゅうわけや」

なるほど――

「その若い男について他に何か知っていることはありませんか。ちょっとしたことでもいいんです。例えば、どんな仕事をしていたかとか」

「そうやなあ……」

老人は遠くを眺めるように背伸びをし、

「無愛想で、なんや影の薄い男やったわ。挨拶一つしよらへん。近所付き合いもなかったし。なにしろウチで買い物してくれんかったさかい、わしも興味なかったから仕事も何も全然知らんわ」

「来客はどうです？　もしくは決まった時間に出かける習慣があったとか」

「客かい。少なくとも、わしは見たことないなあ」

「外出の時間帯は」

「さあなあ。特に決まってへんかったんちゃうかなあ」

なんとか手がかりを得ようと質問の切り口を探していたとき、なにげない口調で老人が言った。

「外出言うたら、あいつ、よう電話かけに出とったで」

「電話？」

「表の通りに公衆電話があってな。わしも店の前に置いとってんけど、あいつはわしの店のは使わんくせに、わざわざ表通りまで電話しに行っとったんや。わしも何回か見かけたで。そこの電話ボックスがふさがっとるときだけ、わしの店のを使《つこ》とったみたいや。そうや、わしが聞いてへんか、いちいち確かめたりしとったなあ。こっちは人の電話なんかに興味ないさかい、知らんふりして背中向けとったわ。テレビ観たり、新聞読んだりしてな」

「電話の内容は？　どういうことを話していたか、覚えていませんか」

勢い込んで訊く。

「そんなもん、覚えとるかいな」

「話し方に特徴は。どこかの方言があったとか」

「方言なんか知らへんけど、あいつ、時々韓国語使とったで。聞かれたら困る話なんやな思たのを覚えとる」

韓国語を――

「ひょっとしたら朝鮮語やったかもしれん。ほとんど同じようなもんやけど、ちょっとだけ違うんやろ、韓国語と朝鮮語て。その違いまでは分からんけど、死んだわしの連れ合い、韓国人やってん。それでわしもちょっとはでけるんや、韓国語。そんなこと、あの男は知らんかったやろなあ。そや、思い出した。『万景峰《マンギョンボン》』とか『チェビムヨク』とか言うてんのも聞いたわ」

「チェビムヨク？」

「日本語で言うたら、『ツバメ貿易』かなあ。字で書いたらこうや」

富山老人は手近にあった分譲マンションのチラシを手に取ってあたりを見回す。すばやくボールペンを渡すと、チラシの余白部分に「제비무역」と書いてくれた。

「これ、頂いてよろしいですか」

「ああ、ええで。こんなチラシ、なんぼでもあるさかい。まったく、仮設住宅におる人間にマンション売りつけようやて、つくづく世の中はえげつないもんやなあ」

被災者の境遇に対する慨嘆とも取れる笑みを漏らし、老人は自らの左腕全体に残る凄惨な火傷《やけど》の跡をむずがゆそうに眺めた。

その夜、砂田は独り御蔵地区に赴いた。明日は帰京の予定である。その前に、震災の爪痕を、逢沢の没した地を、もう一度だけ見ておきたいと思ったのだ。

ちぎれ雲が風に流れる暗い夜だった。かつて古い木造住宅が密集していた土地は、今は見渡す限り闇に沈んで、ただの無と化している。

人々の営みの声とはほど遠い、ひたすらに虚ろな風の音が、耳に軋《きし》んで悪寒が募る。

ここまで来たかいは充分にあった。

『万景峰』。そして『チェビムヨク』。

ヨーシフにつながる重大な手がかりである。旧ソ連の工作員は、やはり北朝鮮となんらかの形で関わっていたのだ。

風が冷たさを増した。そろそろ引き上げようとしたとき、一際強い風が吹き、それまで隠れていた月が顔を覗かせた。

一面の闇に月光が降り注ぎ、空漠とした更地と、一部に依然として残る焼け跡を浮かび上がらせる。

その中に、砂田は見た。

月の光を映してなびく金色の髪を。

焼け焦げた廃材の陰だ。

反射的に走り出していた。

黄金色の光は積み上げられた廃材の合間を縫うようにして逃れ去ろうとする。

まさか――あれは――

心臓が痛い。月の銀と地の金《きん》とに刺し貫かれたように。

待て――待ってくれ――

懸命に追う。呼びかけようとしても声が出ない。

こぼれ散る金の光は、砂田を嘲笑うかのように闇を流れ遠のいていく。

風が吹き、月は再び雲に隠れた。

立ち止まり、荒い息をつきながら周囲を見回す。

金色は漆黒に溶け崩れてすでになかった。

幻か――いや違う――

滴り落ちる汗を拭うことさえできず、砂田は被災地の闇の中に立ち尽くす。

闇に隠れて立っていた金髪の持ち主。

クラーラだった。

4

あれは夢であったのか。

帰りの新幹線の車中で、脂汗を浮かべて考えた。何度も、何度も、記憶を反芻《はんすう》するように。

夢ではない。クラーラは生きていた。

そのことを自分は喜んでいるのだろうか。あるいは怖れているのだろうか。

ただそれだけが分からなかった。

確固とした事実は、夜の神戸に旧ソ連の機関員がいたということである。しかも阪神淡路大震災の被災地に。

ヨーシフと無関係であるとは考えられない。また彼女がいずれかの情報機関と無関係であるとも想定できない。

なんらかの目的があって彼女はあそこにいた。自分と同じく、ヨーシフの手がかりを探していたのか。もしくは、ヨーシフを追う自分に何か警告でも与えようとしたのか。

風が吹いて雲が流れさえしなければ、自分は彼女が潜んでいることに気づかなかっただろう。だが、隠れていると見せかけてタイミングを計り、あえて身を晒すつもりであった可能性も考慮に入れる必要がある。

新幹線の振動に身を任せ、砂田は静かに目を閉じる。

月明かりの中に立つクラーラの影。どこまでも毅然として立っていた。

その姿はまた幻影のように朦朧として、砂田を際限のない混乱に突き落とすのだった。


帰京した砂田は、一旦自宅に戻ってから、休む間もなく警視庁庁舎へと赴いた。

公安部のフロアに目当ての男はいた。

「顔を貸せ」

振り向いた相手——外事二課の和泉係長は何も言わず立ち上がった。

和泉を伴い、カフェレストラン『ほっと』のある十七階に向かう。ランチタイムにはまだ間があったが、すでに多くの職員が利用している。

やむなく同じ階にある武道場に入った。幸い誰も使用していなかった。

奥へと進み、おもむろに振り返る。

「おまえはチヨダか」

「違います」

前置きは抜きで問うと、和泉は即座に否定した。

「しかし圭子に報告した」

「当然でしょう」

臆する様子もなく、かつての部下が自分を直視する。

「そんなに出世がしたいのか。チヨダに擦り寄ってまで」

「そういう発想だから、あなたは弾《はじ》かれたんですよ」

もはや己を抑えられなかった。和泉の胸倉をつかみ、力任せに引き寄せる。

「おまえはそれでも警察官か。こんなときに——」

「こんなときだからこそです。スタンドプレイではなく、チームプレイが公安の鉄則でしょう」

「俺は馬越さんの特命で動いてる。おまえも知っているはずだ」

「私はもっと上からの指令に従っているだけです」

「その上が間違っていたとしたら」

「関係ありません」

胸を衝かれて相手を見つめる。

こいつは本当に和泉なのか――

彼は憐れみに近い笑みさえ浮かべている。

「馬越参事官はよほど信頼できる上司だったようですね。しかし、私にとってあなたはそうではなかった。それだけのことです」

相手の体を突き放し、

「否定はしない。間抜けな上司のせいでおまえも危うく出世コースから外れるところだった。だがな、この事案だけは別だ。長官狙撃を迷宮入りさせたりしたら、警察全体の致命傷になりかねない。そうなったら出世もへったくれもないぞ」

和泉の無表情が崩れ、わずかに狼狽の色が覗いた。

「俺も外事の人間だ。おまえの判断に文句をつける気はない。だが一つだけ教えてくれ」

ポケットからマンションのチラシを取り出し、富山老人の書いてくれたハングルを見せる。

「『チェビムヨク』。あるいは『ツバメ貿易』。何か知っていることはないか」

ハングルに視線を走らせた和泉は、一瞬躊躇した後、意を定めたように答えた。

「偵察局（朝鮮人民軍総参謀部偵察局）特殊処のカバーです」

やはりそうか――

さらに詳しく訊こうとしたとき、背後から声がした。

「やあ、こんな所にいたのか」

同時に振り返る。ドアの側に阿久津が立っていた。

今は警察庁長官官房会計課長のはずだ。会計課長は総務課長や人事課長と並ぶ長官官房の主要課長であり、警備企画課長以上の重みを誇る役職である。それは取りも直さず、阿久津が警察官僚として出世レースの有力候補であることを意味している。

その阿久津がどうして——

「所用でこっちに顔を出したら、砂田君が来てるって聞いてね。捜してたんだ」

ゆっくりと近寄ってきた阿久津は、和泉に向かい、険しい表情で告げた。

「君は職務に戻りたまえ」

よけいなことを言うなと咎《とが》めるような口調であったが、タイミングとしては助け船を出したような恰好でもあった。

一礼した和泉は、足早に武道場から出ていった。

「さて、と」

阿久津が大儀そうにこちらへと向き直る。

さすがに老けてはいるが、それでも砂田とは比較にならぬほど若々しい。年をとって円熟味を増した二枚目俳優のようだった。

「相変わらず馬鹿なことをしているな、砂田」

いきなり呼び捨てになった。うわべの親しさも消えている。

「馬鹿なことではありません。捜査です」

阿久津の額に癇筋《かんすじ》が浮き上がった。

「それに、会計課長が本件について──」

「私は忠告をしてやってるんだぞ、貴様のためになっ」

ついに怒鳴りつけてきた。

「まったく、女房に愛想を尽かされるわけだ。いまだに警察にいられるのが不思議なくらいだ。少しは眉墨君を見習いたまえ。彼女は察するということができる。それに比べて、なんだ貴様は」

心を抉《えぐ》られるような侮辱であった。それでも黙って耐えるよりない。

若い頃には見られなかった阿久津の傲慢さだった。当時は温厚な笑顔の下にその本性を隠していたのか。それとも、キャリアとして警察で過ごした年月が彼を変貌させたのか。

「眉墨君は本当に優秀だよ。女らしく細やかに気がつくだけじゃなくて、変に出しゃばったりしないからな」

阿久津が言葉を重ねる。「女らしく」という部分に微かな引っ掛かりを覚えた。砂田の記憶する限り、これまで阿久津がそういう言い方をしたことはなかったはずだ。

「いいか、これ以上全体の和を乱すようなことがあったら、今度こそ警察から放り出してやるからそう思え」

「申しわけありませんでした」

深々と頭を下げてみせる。

ふん、と分かりやすく鼻を鳴らして阿久津は去った。

低頭した姿勢のまま、目だけを上げてその後ろ姿を眺める。

――これをなんとかしようと思ったら、少しずつでも僕らが力をつけていくしかない。またそうしなければ、近い将来、警察は取り返しのつかない道を歩むことになる。

そう言ったのはどこの誰だと罵《ののし》ってやりたい。あんたの言った通り、警察は取り返しのつかない道に踏み込んだぞと。

その衝動を抑えることができたのは、理性でも分別でもない、ただ厭《いと》わしいだけの諦念ゆえだった。

阿久津の出現は予想外だったが、収穫はあった。

会計課長さえも、警察内部の異常な動きを知りつつ黙認しているか、もしくはそれに荷担しているということだ。

その足で馬越参事官の執務室へ直行した。

在室していた馬越に、神戸行きの成果と、たった今体験したことについて報告する。

「クラーラがどの機関に属しているのか、現時点では知る由もありませんが、いずれにしてもヨーシフが長官狙撃に関わっていることは間違いありません。いや……」

まだ言うべきではない、ただの推論だ、しかし――

「自分はヨーシフこそが実行犯ではないかと考えます。『長身で痩せ型、三十代半ばくらい』。ヨーシフを確認した逢沢さんは最後の電話で確かにそう言っていました。アクロシティの現場から逃走した男の特徴と一致します。犯人は大型拳銃による狙撃を成功させられるほどの訓練を受けた真のプロです。オウム信者がいくら射撃訓練を積んでいたとしても、そこまでのレベルに到達できるものではありません。しかしヨーシフならば」

たまらず口にしてしまった。阿久津の下劣な恫喝が腹に据えかねたせいかもしれない。

「実はさっきまで矢島が来てたんだ」

黙って聞いていた馬越が唐突に口を開いた。

「矢島さんが？」

「だいぶ参ってるようだったな。散々文句を言われたよ。ビデオテープの件だ」

「なんですか、それは」

「國松長官の自宅前には、平成五年の十月から監視カメラが設置されていた。『画像警戒伝送システム』とかいう代物で、センサーが不審者を感知するとＮＴＴ回線を通じて南千に連絡が行き、手動で録画することもできるそうだ。南千の警備課が設置した」

そんな情報は聞いていない。まったくの初耳であった。

「南千特捜がその存在を知ったのが五月下旬。調べてみると、長官が撃たれる二十日前、三月十日の夜にシステムが作動していたことが分かった。そのときは署員が急行したが不審者は発見できなかったという」

「待って下さい、五月下旬ということは……事件発生は三月ですから、二か月も放置されてたってことですか」

「そうだ」

「当該時刻の録画は」

「されていない。それどころか、レコーダーに入っていたはずのテープも廃棄されたとかで消えていた」

あまりに荒唐無稽《こうとうむけい》でありすぎて、お伽噺《とぎばなし》でも聞かされているような気がしてきた。

「警備課の言い分はこうだ。『カメラを設置した後、担当者が異動になったので録画機能について知っている者はいなかった』」

「テープを廃棄したのは」

「『テープが機械に巻き込まれてもう使えないと思ったから』だとさ」

そんな子供の言いわけにもならない戯言《たわごと》が通るものなのか。

「矢島が三月分のNTT回線使用料を確認したところ、他の月の二倍に跳ね上がっていたことが判明した。三月にはそれだけカメラが何度も不審者を検知してたってことだ」

「現場付近の防犯カメラは残らず調べられたと聞いています。なのに最優先でチェックされるべき警察のカメラが……とても信じられません」

「俺もだよ」

馬越は嗤った。だがそれは何に対しての嗤いであったろうか。

「警察は何か隠してるんじゃないか――矢島はそれを訊きに来たんだ。だが誓って言うが、俺も知らなかった。近頃は現場で警察内部の陰謀論まで噂されてるらしいが、矢島もすっかりノイローゼ気味だ」

「ノイローゼで済めばいいでしょう。しかしこの件は」

馬越がデスクに肘をついて大きな顔を突き出してくる。

「おまえの話を聞いて合点がいった。そうか。会計課長まで出てきたか。チヨダとその周辺——いや、もっと上の方か——そいつらは何か知っている。知っていて隠そうとしている。どうやら俺達はかなりヤバい橋を渡っているようだぞ。一歩間違えたら真っ逆さまだ。俺もおまえも」

「そのようですね」

「どうする、退《ひ》くか」

「言うまでもないでしょう」

「俺はいい。来年には退官だ。しかしおまえは」

「そのときはそのときということで。外事以外、他になんの特技もありませんので、自分から辞めるつもりはありませんが」

馬越はデスクの引き出しを開け、涼やかな葛饅頭《くずまんじゅう》を取り出した。

「食え」

砂田はツバメ貿易について調査を開始した。

外二の応援は望むべくもない。それどころか、妨害される可能性の方が大きい。最悪の場合、拘束される危険すらある。

だとしてもやるしかない。逢沢が、富山老人が、せっかく与えてくれた手がかりなのだ。

表向きはプラスチック製品の輸出入を営むツバメ貿易は、江東区亀戸《かめいど》の雑居ビル二階に事務所を構えていた。京葉道路と旧千葉街道に挟まれた地域である。

その斜《はす》向かいにある単身者用のワンルームマンションを借り、出入りする者を監視する。三階にあるその部屋のベランダからは、外廊下に面したツバメ貿易のドアがかろうじて視認できた。

ツバメ貿易の代表は通名を山田政一《やまだせいいち》、本名崔巳文《チエサムン》。国籍は韓国。社員は五名から十名だが、入れ替わりが激しく、全容は不明である。

和泉の教えてくれた通り、朝鮮人民軍総参謀部偵察局のカバーであることに疑いの余地はない。外二なら彼らのデータをかなりの程度把握しているだろうが、外一でもっぱらロシアの機関員を相手にしてきた砂田には専門外であるとしか言いようはない。

日中の監視拠点をワンルームの部屋に置いたまま、砂田は対象を崔一人に絞ることにした。

午後八時二十六分、ツバメ貿易を出た崔は、いつものように亀戸駅の方へと歩き出した。新小岩に住んでいる崔は、通勤に総武本線を使っている。

砂田はすぐにマンションを出た。追尾はしない。単身での定期的な追尾は発見してくれと頼んでいるようなものである。しかも相手は北朝鮮情報機関の一員だ。

タクシーを使って崔の自宅周辺に先回りし、事務所同様に監視するのが精一杯であった。

崔とは正反対の方向に向かい旧千葉街道に出た砂田は、例によってタクシーを拾おうと左右を見た。

そのときに気づいた――尾行されている。

自分が監視していることなど、とっくに察知されていたのだ。

両手をコートのポケットに突っ込み、車道に沿って歩き出す。

尾行者は依然としてついてくる。若い男だ。

なにげない素振りで五〇メートルほど歩く。その間に何台ものタクシーをやり過ごしてから、道路へ飛び出すようにして来合わせたタクシーを止め、急いで乗り込む。

「新宿まで」

「危ないですよ、お客さん」

迷惑そうに言いながら車を出す運転手に構わず、車内から後方を振り返る。

尾行者が悔しそうにこちらを睨んでいる。

その顔を見て、砂田は愕然とした。

アジア人ではなかった。白人であった。

ありふれたジャケットを着ていたが、肩から襟にかけてのラインがあからさまに古く、どうにも野暮ったいのがほんの一瞬で見て取れた。ＣＩＡなどアメリカの機関員ならもっと自然で垢抜けた恰好をしている。明らかにロシア人だ。

ＦＳＢか、それともＳＶＲか。そこまでは分からない。しかし、ツバメ貿易の監視を始めた途端、ロシアの尾行がついた。

間違いない。ロシアと北朝鮮はつながっている。

今になって冷たい汗が噴き出してきた。動き方を誤れば、自分など簡単に消されてしまう。

ハンカチを取り出して汗を拭っていると、タクシーの運転手が気怠《けだる》げに訊いてきた。

「エアコン、入れましょうか。今夜は冷えると思ったんですけど」


タクシーを三回も乗り換えて帰宅した砂田は、束ねた新聞紙の合間に隠してあるノートを取り出して、これまでの捜査方針を点検する。

自らの手による記入事項を追っていた視線が、ある文言で止まった——『日徳ファイナンス』。

アレクセイ・ゼレーニンの居住するアクロシティDポート二階の部屋を所有する消費者金融の会社である。

これだ——

翌日、亀戸のワンルームマンションを解約した砂田は、ツバメ貿易の監視業務から一切の手を引いた。尾行がついた以上、ツバメ貿易に近づくのは危険であった。

代わりに持てるノウハウを駆使して日徳ファイナンス関係者を洗い直す。北朝鮮、ことにツバメ貿易との接点を持ち得る人物をチェックしていく。

やがて対象者が何人かに絞られた。交友関係を中心に彼らの身辺をさらに洗う。

その結果、『黄金松《こがねまつ》地所』なる会社に出入りする大畑《おおはた》という人物が浮上した。ツバメ貿易代表の崔《チェ》とも親交がある。

黄金松地所の登記簿を調べると、監査役として岸辺の名前が記されていた。ゼレーニンがアクロシティの二階に部屋を借りる際の名義人となった人物である。

砂田は行動確認の対象を大畑に絞ることにした。

大畑の住所は世田谷区代田の比較的小ぎれいなマンションであった。三十八歳。独身。一応は日徳ファイナンスの社員だが、黄金松地所の他にも、暴力団のフロント企業に出入りしている。明らかに堅気ではないが、さりとてクロと言えるほどでもない。せいぜいがグレーの不良社員だ。北朝鮮の機関員である鈴木や高《コ》らとのつながりは今のところ見出せない。

その間に年が変わり、平成八年になった。

単独での監視にはどうしても限界が生じる。大畑はそのわずかな隙を衝いて日徳ファイナンスを辞め、マンションも引き払っていた。

驚いてマンションの管理人室を訪ねた。

「転居先？　さあ、聞いてませんねえ」

午前中だけのパートタイムだという管理人の中年女性は、砂田を胡散臭《うさんくさ》そうに眺めながら答えた。

「なにしろ突然だったもんですから。退去の通告は一か月前までってのが普通なんですけど、違約金はちゃんと払ってくれたしねえ。無愛想で、あんまり話もしませんでしたよ。そうそう、荷物は全部残してって、金は出すからそっちで勝手に処分してくれって。迷惑な話ですよ、まったく……え、その荷物ですか？　そんなの、すぐに捨てましたよ、全部。まあ、ろくに家具もなくて布団とゴミだけでしたけどね」

大畑に身寄りがないことはすでに判明している。次に砂田は、大畑が時折通っていたスナックを訪ねた。路地裏に入口のある、うらぶれた店だった。

「大畑さん？　ああ、いつも一人で飲んでたね」

おそらくは六十過ぎのマスターが開店の準備をしながら応対してくれた。

行確開始後に大畑がその店に行くときはいつも一人であった。店内が狭いことは分かっていたので、砂田は中へ入らないようにしていたのだ。

「特に親しい人とかはいませんでしたか。常連のお客さんとか」

「いや、むしろ常連とは話さないようにしてたみたいだなあ。どの店にもいるんですよ、ああいう一人で飲むのが好きってお客さん」

礼を言って引き上げようとしたとき、テーブルを拭いていたマスターが「ああ、そうだ」と顔を上げた。

「いっとき、友達を連れてきてたことがありましたね。いや、友達って感じじゃなかったな。仕事仲間ってふうでもなかったし、なんだろうな、二人とも暗い顔でぼそぼそと……ま、いいや、三、四回くらいでしたかね、いつもおんなじ人でした」

「それはいつ頃の話ですか」

「え？　いつだったかなあ……」

しばし考え込んでから、マスターは明快に答えた。

「そうだ、去年の二月か三月頃です。ええ、そうです、阪神大震災のちょい後だったから」

「その男の特徴を覚えてますか。どんな些細《ささい》なことでも構いませんから」

「さあ、そこまでは……あんまり目立たない人だったから。気配がないっていうか、目立たないのが特徴っていうか……」

「でも、暗い顔をしてたのは覚えてるんでしょう？」

「いや、ちょっと待ってよ」

マスターは腕組みをして懸命に思い出そうとしている。

「暗い顔してたのは大畑さんだけだったな。連れの方は暗くも明るくもなくて、なんか表情がないって感じでした」

「体型はどうです？　年齢は？」

「歳は大畑さんとおんなじくらいだったけど、痩せてて、大畑さんより背が高かったかな」

大畑は三十八歳で、身長は一七〇センチ以上はあった。

砂田は直感した──ヨーシフだ。

「ワタナべさんのこと？」

突然しゃがれ声がして、砂田は開けっ放しになっていた入口の方を振り返った。

買い物帰りらしく、スーパーのレジ袋を提げた夫人が入ってきた。マスターと二人で店を切り盛りしている老女だ。

「ご存じなんですか」

勢い込んで訊くと、酒のせいだろう、塩辛いガラガラ声で答えてくれた。

「あたしがグラスを下げに行ったとき、大畑さんが連れの男に言ってるのが聞こえたの、『なあ、ワタナベ』って。大畑さんが誰かと来るのは珍しかったから、よく覚えてんのよ、あたし」

〈ワタナベ〉——それがヨーシフの今の名か。

いや、今も同じであるとは限らないが、少なくとも犯行直前まではそう名乗っていたのだ。

警視庁庁舎に戻った砂田は、馬越に報告すべくエレベーターに乗り込んだ。他に人はいない。ドアが閉じる寸前、男が隙間をこじ開けるようにして滑り込んできた。

「青野……」

驚いて声を上げる。

愛知県警の警備課を経て、今は警視庁公安部総務課の係長心得を務めているはずだ。

「話があります。付き合って下さい」

二階のボタンを押しながら、こちらの質問を遮るように青野は早口で言った。

尋常な様子ではない。砂田は無言で頷いた。

すぐに開いたドアから、青野が先に立って降りる。向かった先は警察参考室だった。

見学コースに含まれていて、警視庁創設以来のさまざまな資料が展示されている。

ちょうど見学に来ていた小学生の一団が女性職員の案内で中に入るところであった。青野と砂田もその後に続いて入室する。

「妙な噂を聞きました」

立ち騒ぐ子供達の列を眺めながら、青野が囁くように言う。

「いや、妙と言うよりとんでもない話です。公安にオウム信者がいたって話、ご存じですよね」

「ああ、小松って巡査長だろ。だいぶ前に聞いた。酷い話だが、人事がとっくに処分したはずだ」

「それが、まだ処分してないとしたらどうです」

「どういうことだ」

「巡査長のままだってことです」

「だからどういうことなんだ、それは」

「公安一課が小松を軟禁して聴取してるそうです」

「軟禁？」

意味が分からない。

「オウムの井上嘉浩が、長官狙撃の実行犯が小松だと示唆するような供述をしたらしいんです。それで捜査員が小松と一緒に都内のビジネスホテルに泊まり込んで、ずっと聴取を続けてるとか」

「まさか」

相手の顔を凝然として見る。

いかに秘匿を第二の天性とする公安であっても、常軌を逸したあり得ない暴挙である。

「証拠でも出たのか」

「出てたら南千特捜でやってますよ」

「いつからだ」

「今年の四月からのようです」

現在は九月三十日。もう半年近くも軟禁していることになる。

目の前を行き交う子供達の歓声が、急速に遠のいていくようだった。

「任意なのか。本当に小松は聴取に同意してるのか」

「分かりません」

同じ警察官とは言え、証拠もなしに行動の自由を長期間束縛することは法的に問題があるだけでなく、人権にも抵触してくる。

「自供は」

「とにかく一切が曖昧で、撃ったような気がするとかしないとか、そんなことの繰り返しらしいです」

「なんだそれは。まるでシロウトじゃないか」

あまりのことに声を荒らげてしまった。

案内役の女性職員が不審そうにこちらを見る。

「完全秘匿の案件ですから、内部でも知らない人がほとんどです。南千どころか、察庁にも報告してません」

察庁に報告してないだと――

児童が笑っている。男の子も。女の子も。ゆっくりと、大きく口を開けて、声を立てずに嘲笑している。

「砂田さんは馬越参事官の特命で動いてると聞きました」

「そうだ」

「このまま放置すれば警察は取り返しのつかないことに……」

「それで俺に話したのか」

「はい。信用できる人は他にいません」

嬉しいことを言ってくれる――

「みんな知らないふりをしてますから……でも砂田さんなら……」

「できるだけのことはする。だがその話が事実なら、決定したのは雲の上である可能性が高い。そうなると俺なんかにはもう……」

「構いません」

それまで強張った表情を見せていた青野が、ほっと息をつくように俯いた。

一人で抱えるにはあまりに重すぎる秘密である。彼にとっては、誰かに伝えるだけでよかったのだろう。

児童達が入ってきたときと同じく列を作って退室していく。

後には墓場のような静寂が残された。大久保利通暗殺時の凶器をはじめとする展示品は、警察の栄光よりも暗黒を示しているようにさえ思われる。

俯いたままでいる青野の肩を叩き、砂田は無言で歩き出した。

馬越参事官の執務室へと向かいながら考える。

こんなことが果たしてあり得るだろうか。南千特捜が懸命になって狙撃犯を追っているというさなかに、公安がマル被を軟禁しているなど。しかもマル被は現職の警察官だ。

まず第一に、裏を取らねばならない。このすべてが夢ではなく、現実だということの裏付けを。

それこそ悪夢にうなされているような思いで馬越参事官の執務室をノックする。

執務中だった馬越は、ペンを置いて砂田の話にじっと耳を傾けていたが、聞き終えるや否や、椅子を蹴倒すような勢いで立ち上がった。

「神原さんのところへ行ってくる。おまえはここで待て」

足音荒く部屋を出ていった。

ソファに座ったまま、砂田はじっと参事官の帰りを待ち続けた。

青野はおそらく、総務での仕事を通してその噂を察知したのだろう。馬越には青野の名は伏せたが、危険を冒して自分に話してくれた彼の立場も懸念される。

一時間あまりが過ぎた頃、ようやく馬越が戻ってきた。出ていったときの勢いとは対照的に、憔悴《しょうすい》し切ったような、それでいてどこか呆けたような表情だった。

「さっきの話は本当だ。神原さんが認めた」

「神原参事官は知っていて黙っていたということですか」

「そうだ」

覚悟はしていた。しかし、理性と常識がどこかでその覚悟を嗤っていた。そんな馬鹿なことがあるはずはないと。

理性と常識。結局、その二つは警察にはなかった。

馬越は崩れ落ちるようにソファに腰を落とし、

「俺も外されてたんだ、〈御前会議〉からな」

「御前会議？」

「これは総監がお決めになったことだそうだ」

総監が――

雲上人の合議だろうとは予想していた。しかし、その頂点に立つ人の決定であったとは。

「最上級の箝口令が敷かれている。俺もおまえも例外ではない。誰かは知らんが、おまえの情報源にも念を押しておけ」

気力を振り絞って、問うた。

「すると、チヨダは」

「分からん。しかし連中ならどこから情報を得ていてもおかしくはない。それどころか隠蔽を放置してるんだ。警視庁の思惑とは無関係にな」

圭子――本当にいいのか、おまえはそれで――

「小松の聴取は公安一課が担当している。南千特捜からも一課の係長が密かに参加しているそうだ」

ソファにもたれて天井を仰いだ馬越は、心を固めたように言った。

「俺が外されていたのは、おまえに独自捜査を命じていることを嫌う連中がいるせいだ。危険分子だとでも思ってやがるんだろう。今に始まったことじゃない。はっきりと警告されたこともあったしな」

圭子の言っていた〈連絡〉、すなわち圧力とはそれか。

「つまりだ、俺達もまた口を閉ざして傍観するしかないってこった」

憤然として半身を乗り出す。

「早合点するな」

天井を仰いだまま馬越が続ける。

「どのみち小松なんて野郎は俺達には関係ない。砂田、おまえは知らん顔してヨーシフを追ってりゃいい。それが当たりなら俺達の勝ちだ」

違います、とは言えなかった。この捜査にはもう勝ちも負けもないのだとは。

めた。

もはやチヨダの圧力やロシアによる監視など気にしている場合ではない。砂田はそう肚を決めた。

かつて親友をKGBに殺された件の顔が脳裏をよぎる。業務中に〈失踪〉したり〈事故〉に遭ったりする者は、公安では決して珍しくない。

構うものか――もとより自分には失うものなど何もないのだ。

十月二十四日。本来の職場である四課のデスクで、砂田はこれまでの捜査資料を再点検し、報告書を作成した。一人きりの残業である。静謐《せいひつ》そのものといった深夜のフロアは、錯綜する考えをまとめるには最適だった。

犯行に使用されたのはコルト社製パイソン型の長銃身拳銃。弾丸は殺傷力を高めた357マグナムのホローポイント弾で、未確認だがかなり特殊なタイプであるらしい。たとえ現職の警察官であっても、二〇・九二メートルも離れた距離から移動中の標的に四発中三発も命中させられるものかどうか。しかも大口径の拳銃で。どう考えても無理だ。

軟禁されている小松巡査長が射撃に関して特に優れていたという記録はどこを探しても残っていない。

実行犯はやはりヨーシフだ――

ペンを置き、大きく伸びをしてシチズンの腕時計を見る。午前一時二十分。日付はすでに変わって二十五日になっている。

自販機で飲み物でも買うか――

立ち上がって廊下に出る。ゆっくりと肩を回しながら歩き、自販機に硬貨を投入する。コーヒーも甘い物も飲み飽きた。グレープフルーツジュースを選んでボタンを押す。

ゴトリと落下してきた缶を取り出していると、背後から時ならぬ足音が聞こえてきた。驚いて振り返る。階段の方だ。

急いで様子を見に行くと、大勢の男達が血相を変えて階段を駆け上がっていくところだった。警察官ではない。記者クラブに属するマスコミ各社の記者達だ。宿直勤務で九階の記者クラブに詰めていたのだろう。

「おい、一体何事だ」

缶ジュースを手にしたまま大声で質す。答える者はなかったが、誰かが叫ぶ声が聞こえた

――

「加倉井さんはまだ部長室だ！　急げ！」

なんのことか分からない。記者達の後を追って階段を上る。

エレベーターも待てなかったのか、記者達は十四階まで一気に駆け上がり、公安部の部長室へ殺到した。

「共同の配信記事は本当ですか！」「事実なんですか、部長！」「あの告発文は本当だったんですね！」「もう共同が配信してるんですよ！」

告発文？　なんのことだ？

どうやら共同通信が何かのスクープ記事を配信したらしい。今ならまだ朝刊に間に合うと、記者クラブの男達がたまたま居残っていた加倉井部長のもとへ押しかけたのだ。

殺気立った記者達の背後に立って、懸命に耳を澄ます。

怒声と言った方がふさわしい質疑の声にかき消され、加倉井部長の応答は聞こえない。またドア周辺をふさぐ記者達の背中に隠されて、外からは部長の姿どころか室内の様子さえも見えなかった。

周囲を見回すと、困惑したような、あるいは放心したような、曖昧な表情を浮かべた警察官達が何人も立っていた。

彼らに事の詳細を聞こうとしたとき、決定的な質問が耳に入った。

「『公安部は國松長官狙撃の容疑者である警察官を拘束、長期間にわたって聴取を続けている』、それで間違いありませんね？」

不意打ちと呼ぶには重すぎる衝撃に、砂田は背後を振り返った。

公安部長室の入口はあまりに遠く、夢魔の手で握り潰されたかのように歪《ゆが》んで見えた。

5

國松警察庁長官狙撃の犯人は警

視庁警察官（オーム信者）。

既に某施設に長期間監禁して取り調べた結果、犯行を自供している。

しかし、警視庁と警察庁最高幹部の命令により捜査は凍結され、隠蔽されている。警察官は犯罪を捜査し、真実を糾明すべきもの。


それが、十月十四日に警視庁記者クラブ加盟のマスコミ全社に匿名で郵送されてきた〈告発文〉の全文であった。ワープロ打ちで、『オウム』を『オーム』と記している部分や、改行箇所等も原文のママであるという。

だがその告発を、毎日新聞と共同通信を除くほとんどのマスコミは相手にしなかった。荒唐無稽としか言いようのない内容に、よくあるイタズラだと思い込んだらしい。

マスコミの無反応ぶりに業を煮やしたのか、十日後の二十四日、二通目の告発文が前回と同じマスコミ各社をはじめ、東京地検検事、警察幹部、一般警察官ら宛てに郵送されてきた。

最初に反応した毎日と共同の動きを知り、各社も雪崩《なだれ》を打って追随した。

一回目の告発文は封書であったが、二回目は葉書であった。同じワープロで、前回の数倍もの文章がびっしりと印字されている。そこには、警察関係者しか知り得ない情報がいくつも盛り込まれていた。明らかな内部告発である。

［心あるマスコミと警察庁、警視庁、検察庁の幹部の皆様の勇気と正義が最後の拠り所です。匿名をお許しください］

最後の二行にはそう記されていた。

最初の告発文を手に取材を進めていた毎日と共同に対し、加倉井部長は当初「そんな事実は絶対にない」と頑《かたく》なに言い張っていたという。しかし二回目の告発文を突きつけられ、ついに言い逃れさえできなくなったのだ。

警視庁の威信は地に墜ちて、二度と拭えぬ汚泥にまみれた。

事の次第を知った砂田は、馬越と二人、感情を持たぬ案山子《かかし》のように立ち尽くすよりなかった。

二十五日の各紙朝刊では、唯一特オチした読売新聞を除き、一面でこの件が報じられている。

その日、登庁してきたすべての警察官は、憤怒と恥辱で一様に虚脱状態を呈していた。大半の公安部員もまた例外ではなかった。

虚脱や放心ならまだいい方だ。意味不明の罵声を上げながら机や壁を蹴り飛ばしている者もいれば、床にうずくまって嗚咽している者もいる。

当然だろう。

自分達が人生を捧げた「警察」とはこんな場所であったのか。「現実」はここまで腐ったものであったのか。誰しもが気づいてはいても、決して口にしなかった事実を、最悪且つ決定的な形で突きつけられたのだ。

「今頃、矢島は……」

呻くように馬越が漏らした。

警視庁でもこのありさまである。長官狙撃の捜査を担当していた南千特捜では、捜査員達の怒りが公安側の主任官である矢島に向けられているに違いない。その非難と追及の苛烈さは想像するだに寒気がする。

なにしろ彼らは、すでに容疑者が拘束され、自供までしているという事実を知らされず、連日身を粉にして捜査に従事してきたのだ。それも公安の理不尽な命令に従って。

警察組織が自分達を欺いていたと知った彼らは、心底から激怒するだろう。そして公安を死ぬまで恨み続けるだろう。

自分なら耐えられない、きっと――矢島さん――

「上は告発者の追及はしないと公表するつもりらしい」

馬越は嫌悪と自虐の入り混じる苦い面持ちで言った。

「もちろん大嘘もいいところだ。俺の把握している範囲でも、すでに差出人の特定に動いている。『裏切り者は誰だ』ってな」

裏切り者？　それは誰に対する裏切りなのか。

警察が全力を挙げて捜索すべきは狙撃犯であって、内部告発者ではないはずだ。この期に及んで唾棄すべき本末転倒ぶりと言えた。

だが、砂田もさすがに内部告発者の正体についての興味を抑えることはできなかった。

第二の告発文の中で、差出人はこうも述べている――「組織を守るためとして、この事件を迷宮入りさせ法の裁きを受けさせなくするため被疑者の口を封じようとする有資格者の動きは恐ろしくこれを見逃すことは著しく正義に反すると思います」

有資格者。キャリアのことだ。するとこの文章を綴《つづ》った人間はノンキャリアか。

読めば読むほど、小松の軟禁と聴取を知ってしまった現場捜査員の誰かが、義憤に駆られて内部告発に走ったとしか思えない。

「なあ砂田、おまえはどう思う」

馬越の唐突な質問に、砂田は力なく顔を上げた。

「何をですか」

我ながら間抜けな声で聞き返す。

「告発者の正体さ」

それは現場の――と言いかけて、後の言葉を呑み込んだ。

自分を見つめる馬越の、熱を帯びたような異様な光に気づいたからだ。

もしかして、馬越さんは――

この告発の裏に、何かきな臭い、不穏な気配を嗅ぎ取っているのだろうか。

「参事官……」

しかし馬越は砂田に質問の暇を与えず、自らの執務室から退室していった。

報道各社は一斉に後追い報道に走り、公安による隠蔽疑惑の徹底追及態勢に入った。

全国に暴露されてしまった今、小松の存在を秘匿する意味はない。報道から二日後の十月二十七日、警察は開き直ったように神田川で大々的な捜索を開始した。小松の供述に基づき、大勢のダイバーや浚渫《しゆんせつ》船を動員して川をさらい、凶器の拳銃を探し始めたのである。

しかし小松の供述は青野の情報通り、極めて曖昧で不正確なものであったらしく、拳銃は一向に発見されなかった。

そもそも、事件の発生した当日に小松はどこにいたのか。勤務中の警察官なのだから特定は容易であると思われたが、アリバイの有無さえもはっきりしなかった。オウム信者である警察官の存在が最初に発覚したとき、非公式なルートによらず、正式なルートで情報を上げてさえいれば、その時点で小松の行動確認が行なわれていたはずである。結果として事件当日の小松のアリバイ確認は不可能となった。

しかも、軟禁中に寝起きをともにして聴取に当たった公安の担当官が、あろうことか小松を現場近辺の散歩に連れ出していたことも判明した。刑事部の捜査員ならそのような行為は絶対に行なわない。たとえ被疑者が現場の様子を供述しても、犯行当日に見たものなのか、拘束後に見たものなのか、判別できないからである。これで小松供述の証拠としての価値はほぼ消滅したと言っていい。

またそうした一部始終を、マスコミはこぞって批判的に報道した。

十月二十九日、加倉井公安部長が左遷された。その人事は、辞任を頑なに拒否し続ける警視総監の身代わりであると囁かれた。

世間の騒ぎを横目に見ながら、砂田は独りヨーシフの捜索に取り組んだ。

小松はオウムに洗脳され、続けて公安に操られた不運な羊だ。主体性を完全に喪失している。狙撃の実行犯は強い意志と高い能力を持った冷静なプロだ。決して小松のような人間ではない。

十一月一日、終電で最寄りの有楽町線豊洲駅に降り立った砂田は、自宅マンションに帰宅しようと豊洲運河の方へ向かった。いつものように途中で左折し、まっすぐに歩道を進む。

連日の捜査に疲労が蓄積し、肩が異様に重かった。歩きながら首を軽く回していると、左側面の路地から突然強力なハイビームが浴びせられた。

そのまぶしさに思わず足を止めて目を覆う。同時に急発進した車が突っ込んできた。

咄嗟に身を翻して逃げようとしたが間に合わない。

殺《や》られる——

すぐ後ろで何かが激突したような甲高い轟音がした。タイヤが軋み、金属が砕ける衝撃。振り返ると、後方の車道を走ってきた別の車が、襲撃者の車に横から体当たりする形で停止していた。

襲ってきたアウディ・A4を間一髪で食い止めたトヨタ・カローラワゴンは、一旦バックしてからエンジンを切らずに停止する。そのドアが開き、中から目出し帽で顔を隠した三人の男が飛び出してきた。

反射的に逃げようとしたが、男達の動きは素早かった。砂田の体をつかみ、カローラワゴンの車内へと引きずり込もうとする。

「やめろ！　誰か！」

大声を上げて必死にあがき、抵抗する。

そのとき車内で声がした。

「早く乗って！　砂田！」

驚いて凝視する。暗がりの中に金色の髪が見えた。

「クラーラか！」

全身の力が抜けた瞬間、砂田は車内へと押し込まれていた。

すぐに発進したカローラワゴンが、全速で現場から離脱する。

A４が反対方向へ逃走するのを確認し、男達が覆面を脱ぐ。運転手を含め、全員が白人だった。

すると、こいつらは――

荒い息をつきながら車内を見回す。

車窓を流れゆく街灯の光を受けて、隣に座るクラーラが艶然と微笑んだ。

車内が薄暗いためはっきりとは分からないが、五年ぶりに見るクラーラは、幾分ふくよかさを増し、若い頃とは別種の色香を身につけたようだった。

清楚でも優美でもなく、匂い立つ妖艶。

その香気に咽せるばかりで、咄嗟に言葉が出てこない。

いや、香気のせいだけではあるまい。胸に込み上げてくる感情の塊は、そう簡単に解きほぐせるものではなかった。

「襲ってきたのは偵察局の下請けよ」

北朝鮮か——

こちらの状態を見透かしたのか、クラーラが口火を切った。一段と磨きのかかった日本語で。心蕩《とろ》かすような甘い声で。だがその内容は、甘さにはほど遠い。

「君は……SVRか」

やっとの思いでそう問うと、クラーラはおかしそうに笑った。

「FSBよ」

その答えに混乱する。ロシアの情報機関が、なぜ朝鮮人民軍総参謀部の邪魔をするのか。なぜ日本人の警察官を助けるのか。

「どうして……」

砂田はそれだけしか発することができなかった。危ういところで死を免れたという恐怖が、今頃になって全身を震わせていた。

「私達が最も怖れていたのは、ヨーシフを操っているのがSVRの一部過激派じゃないかってことだったの」

またもこちらの疑問を察したように、クラーラが先回りして答えてくれた。

他の男達は一言も喋らない。運転手も含め、まっすぐに前方を見つめている。

「ソ連崩壊の混乱でヨーシフは祖国のコントロールから切り離された。KGBもその後継組織も、みんなそれどころじゃなかったから。それくらいは把握してるわね？　九三年当時、SVRの一部勢力は北朝鮮と組んでビジネスを展開していた。オウムはその得意先の一つでしかない。武器を欲しがる顧客は世界中にいるものね。その頃よ、ヨーシフが活動を再開したらしいって情報が入ってきたのは。クライアントは不明。そしてオウムが暴走を始めた。オウムとの関係を知られたら国際的な非難は免れないわ。SVRも北朝鮮も慌てて撤収にかかった。あらゆる証拠を隠滅してね」

「ヨーシフが國松長官を狙撃した理由はそれか」

「誤解しないで。彼が実行犯だとは明言してないわ」

クラーラは慎重に付け加える。

「誰かに國松狙撃の実行を命じた者達はオウムの捜査を攪乱しようとしたのか、それとも他に理由があったのか、そこまでは私達にも分からない。SVRがやってたビジネスは武器の密売だけじゃなかったしね。でも上層部の関心はもっと別のことにあったの。ヨーシフのクライアントがSVRかどうか。私達に与えられた任務は、それを確かめること」

「だからヨーシフを捜してたんだな」

国は違っても各部局の秘密主義と派閥争いは変わらぬらしい。SVRの真意をFSBが懸命に探っていたとは。

「ええ。だけど、どうしても行方をつかめなかった。まるで幽霊みたい。もっと早く押さえられてれば、日本警察のボスが狙撃されるなんてことはなかったかもしれない。もちろん、それも仮定の話よ。いずれにしても、現在の状況下でロシアにとって一番の安全策は、ヨーシフを完全に消去すること」

「あの晩、神戸の被災地にいたのも、俺と同じくヨーシフの手がかりを捜すためだったのか」

クラーラは何も答えず、ただ静かに微笑んだ。その効果を確信しているからだ。

認めよう。「自分に逢いたかったから」という可能性を残してくれたというだけで、心がわずかに慰められる。逃げ出したのは「逢うのが怖かった」、もしくは「やっぱり逢わない方がいいと思った」か。実際には「FSBの活動を知られるわけにはいかなかった」というところだろうが。

「亀戸で俺を追尾していたのは君達か、それともSVRか」

「ウチよ。すでにあなたは北朝鮮に目をつけられていた」

「ガードしてくれていたというわけか、俺を」

「ええ。それでもさっきは間一髪だったわ。連中が何か仕掛けようとしていることをつかんだから、先回りして待機してたの」

「日本の一警察官を助けてFSBになんのメリットがあるって言うんだ」

「取引をしたいの」

「取引だと?」

そのとき運転手がブレーキを踏み、ハンドルを切った。有明のあたりだった。

ビルとビルの隙間に設けられたコインパーキングにカローラワゴンを入れた運転手は、率先して車を捨て、隣に駐められていた日産ローレルに乗り込んだ。他の男達も俊敏な動きでそれに続く。

車を乗り換えるため、あらかじめ周到に用意していたのだ。

男達を乗せたローレルはすぐさま発進し、いずこへともなく去った。

「私達はこっちよ」

クラーラは奥に駐められていたセフィーロの運転席のドアを開ける。

「何をしてるの、早く乗って」

鋭い声で促され、砂田は意を決して助手席に乗り込んだ。

セフィーロを発進させたクラーラに問いかける。

「どこへ行くつもりだ」

「さあ、どこか話の続きができるところ。それともこのままドライブを続ける?」

「何かの検問やネズミ取りに引っ掛かったら面倒だ」

「そうね」

「続きを話してくれ。取引とは」

「簡単よ。國松の狙撃にロシアは無関係。そう報告してくれればいい。この件に関する担当者はあなた一人なのだから」

涼しい顔でクラーラは言った。

「それが本当ならな」

「本当よ」

「だとしてもヨーシフはもともと旧ソ連の工作員だ」

「立証はできないわ」

「そんなことは関係ない」

「なんらかの利権が絡んでいるのかもしれないけど、少なくとも彼はＳＶＲの指示で動いていたわけじゃなかった。彼のクライアントは北朝鮮だった。それがこちらの結論。私はそう報告するつもりよ」

さっき自分を轢き殺そうとしたアウディに乗っていたのが本当に北朝鮮人民軍偵察局の機関員なら、クラーラの言っていることは信用できる。

だが、襲撃自体が見せかけの謀略だとしたら。

思考が堂々巡りし始めた。

信ずるべきか、どうか――

どこの国に属していようと、およそ諜報活動に携わる者なら、まず信じない。

だが自分は信じたい。かつて彼女を信じられなかった分だけ。

ハンドルを握るクラーラがちらりとこちらを見た。

どうせそんな葛藤など、手に取るように見透かしているのだろう。その点に関しては、いつもながらクラーラも圭子も大したものだ。自分など到底敵わない。

左右にひとけのない倉庫の建ち並ぶ道に入ったクラーラは、東京港に臨む位置でセフィーロを停めた。

「夜の海も素敵よね」

そう呟いて車から降りる。

砂田もドアを開けて外に出た。

海から微風が吹きつけているが、予想したほど寒くはなかった。

一年前にできたばかりのビッグサイトが間近に見える。逆さまにしたピラミッドをいくつも連結させたようなその奇異な外観は、砂田にとっては不安定な違和感を煽るものでしかなかったが、クラーラは一種奇怪な夜景をそれなりに愉しんでいるようだった。

あ、と小さく声を上げたクラーラが近くにあった倉庫の方へ小走りに駆け出した。

慌てて後を追おうとしたが、彼女は自販機に駆け寄っただけだった。

硬貨を何枚か投入し、温かいミルクティーを二本買って戻ってきた。

「はい」

差し出された一本をつい受け取ってしまった。

プルトップを押し開けながら、「ありがとう」と言うべきだったかと少し後悔する。

「日本はいいわね。どこにでもあんなのがあって」

楽しそうにミルクティーに口をつけたクラーラが、しみじみと呟いた。どうやら自販機のことを言っているらしい。

「許してね、旧都庁から逃げたこと」

　またも先制攻撃を食らった。

「あのときは仕方なかったの」

「分かってる」

「私はなんとか祖国へ帰還することができたけど、それからが大変だった。地獄と言っても足りないくらい。ヤロシェンコ少将の犯罪事実と八月クーデターに関する情報。私の武器はその二つだけだった。それだけであの時代を乗り切らなければならなかったのよ。その苦労は、とても一言では言い尽くせない」

　分かるよ——その後のロシアが歩んだ道を思えば——

「でも、私はまだ武器があっただけ幸運だったわ。なんとか接触することのできた相手が改革派の有力者だったの。おかげで私は新体制の中で生き延びることができたってわけ。〈専門職〉としてね」

　ライトアップされたビッグサイトが、異郷にそびえるロシア正教の大聖堂のように思えてきた。似ている箇所など一つもないのに。

「取引はできない」

　心の中とは関係ない。口はまったく違う言葉を発していた。

「警察官として、俺はあくまで事実を報告するだけだ。ヨーシフを動かしていたのが北朝鮮だという証拠がつかめたら、そのときははっきりと報告しよう。ロシアは少なくとも長官狙撃には無関係だったと……」

どこまで間抜けなのだ。話している途中で気がついた。

「取引はただの口実だな。公安はとんでもない事態に陥っている。狙撃の実行犯が誰であるかなんて、日本の警察は知りたくないってのが本音のようだ。そんな状況を君が把握していないはずがない」

闇の中、ミルクティーを飲むクラーラの髪が風になびいた。

「そうか、だからだな……君は俺が手探りで崖っぷちを歩いていることを誰よりも理解していた。だから俺を助けてくれたんだ」

神秘的にさえ見える微笑みを浮かべ、クラーラは低い声で囁いた。

「〝Старая любовь не ржавеет〟」

その言葉は前にも聞いた。青野の運転するカローラの中で。ゴーベールをおびき出すため、クラーラを帝国劇場に送り届けるときだ。

意味は、確か――『古い愛は錆びない』。

「やめてくれ」

苦心して喉から声を絞り出す。

「俺は日本の警察官で、君は……」

意志に反して、足がクラーラに向かっていた。

彼女もまた、こちらへと歩み寄る。そしてともに両手を広げる。相手を強く抱き締めるために。

だが――

二人とも片手にミルクティーの缶を持っていた。

なんとも間の悪い体勢だ。幸か不幸か、その間が砂田の思考を明瞭にした。

「映画みたいにはいかないってことだな、現実は」

「そうかもね」

缶を手にしたクラーラが、まさに映画のように肩をすくめる。

「君が俺を助けたのはそんな甘い感傷からだけじゃない。真の狙いは、あくまでヨーシフの確保だ。そのためにはまだ俺を生かしておいた方がいい。少なくとも利用価値はある。違うか」

「違ってないわ」

凪はいつの間にかやんでいた。靄《もや》が薄れ去ったように、海辺の淡い情感も消えている。

そうだ――またしても機は去ったのだ――

ロシアの機関員は、ある意味アメリカの機関員以上にプラグマティズムが身についている。何事もシビアに計算し、メリットのない行為は決してやらない。と言うより、そもそも理解できないのだ。それこそが簡単には超えることのできない文化の違いというものである。

作戦行動に感情を挟む者が、たとえ小隊規模であっても指揮を任されることなどあり得ない。

ソ連崩壊時の混乱期を生き延びて、ＦＳＢから日本に派遣されるほどの〈専門職〉ならなおさらだ。

クラーラはセフィーロの運転席に戻り、ドアを閉める前に言った。

「悪いわね、送ってあげるわけにはいかないの。少し歩けば東雲《しののめ》駅があるわ。始発まではだいぶ時間があるけど、運がよければタクシーを拾えるかも」

「気にしないでくれ。命を拾っただけで充分だ」

そのままドアを閉じようとしたクラーラが、ふと思いついたように再び半身を覗かせた。

「〝Стоячая вода гниет〟」

そう言い残し、今度こそ音を立ててドアを閉める。セフィーロは夜の向こうへとまっすぐに走り去って見えなくなった。

『溜まり水は腐る』か――

日本警察の現状を皮肉ったつもりだろうか。それともロシアの官僚支配のことを言ったのだろうか。

どちらも当て嵌まりすぎていて、にわかには判じ難い。

どちらであっても構わない。

自分達はお互いに、腐った水の中で生きる者だから。

残ったミルクティーを一口で飲み干し、砂田はぶらぶらと歩き出した。

空き缶を手にしたまま、先の見えぬ闇に向かって。

十一月二十八日、小松巡査長が懲戒免職となった。

同日、警視庁前副総監、現副総監、前公安部長、刑事部長、警務部参事官兼人事一課長、本富士署署長、本富士署地域課長、本富士署警備課長らにも訓戒や減給等の処分が下された。

十二月三日、オウム真理教科学技術省次官林泰男が殺人容疑で逮捕される。

同日、警視総監辞任。

6

平成九年一月十日、小松元巡査長が地方公務員法違反で書類送検された。

公安部は小松の長官狙撃容疑を立証することができなかったのだ。

凶器の拳銃も発見されていない。東京地検も、供述の信憑性と捜査の適法性に重大な疑問があるとして、小松の殺人未遂での立件については同意しようとしなかった。

公安の完全な敗北である。警察内のある者は恥辱と憤怒に震え、ある者は侮蔑の笑みを浮かべて唾を吐き捨てた。

その翌日、砂田は霞が関の合同庁舎第2号館に足を運んだ。至急会いたいと阿久津から内々に呼び出されたのである。

警察庁会計課長が警視庁公安四課の自分に一体なんの用があるというのか。

怪訝に思いながら会計課の課長室に顔を出すと、阿久津が満面の笑みで出迎えてくれた。

「やあ砂田君。よく来てくれた」

もう一人、ドアに背を向ける恰好で応接用のソファに座っていたずんぐりとした人物が振り返った。警視庁警務部人事第一課の諏訪《すわ》課長であった。黄色く濁った目でこちらを一瞥する。

「実にいいタイミングだ。ちょうど諏訪さんが挨拶に寄ってくれてね、世間話をしてたところなんだよ」

世間話、か――

「何をしてる、そんなとこに突っ立ってないで、まあ座ってくれ」

ソファの下座を勧められ、腰を下ろす。

「失礼します」

「聞いてるよ。君、國松長官の件では孤立無援の大活躍だそうじゃないか」

警察組織で「孤立無援」とは、褒め言葉ではあり得ない。

「それで君を再認識したというわけだ。僕の右腕になってくれるのはやっぱり君しかいないってね。諏訪さんに相談してみたら、次の人事でなんとかできそうだって言ってくれてさ。いやあ、ついてるよ、君は」

「待って下さい」

軽い失望を覚えながら発言する――阿久津がこんな見え透いた手で来ようとは。

「自分は現在の職責に満足しております。せっかくのお誘いですが、自分にはどうも荷が重すぎると――」

「職責とは、資料整理のことかな。それとも馬越さんの使い走りのことかな」

一転して本性を見せてきた。

腹に力を込めて答える。

「両方です」

阿久津は諏訪と目を見交わす。二人の目は「予想通りだ」と言っていた。

「なあ砂田君。君とは大塚署以来の長い付き合いだ。私は本当に君のことを買っているんだ。どうだろう、考え直してみる気はないかね」

「そう言って頂けるのはありがたい限りです。しかし、私は心底から今の仕事を――」

「分かった、もういい」

阿久津がこちらの言葉を遮ると同時に、諏訪が横に置いてあったブリーフケースから数枚の書類を出してきた。

［辞職願］と書かれている。

「ここに署名をお願いします。捺印は後日で結構ですから。退職後の仕事にはいいのをお世話します。本来ならもっと上位の方が座る席ですが、阿久津さんの推薦もあって、特別に用意しました。きっと満足してもらえると思いますよ」

つまりは天下りというわけである。

「いいお話ですね。しかし、今後の人生に関わる大事なお話なので、少し考える時間を頂けませんか」

受ける気など毛頭ないが、無下に断るわけにはいかない。今は少しでも時間を稼いで先延ばしにするしかなかった。

「それは困ります。今ここで署名して下さい。でないと、せっかく用意した再就職先を別の方に回さねばならなくなります。それでもいいんですか。こんないい話、もう二度とありませんよ」

恩着せがましく言いながら諏訪が執拗《しつよう》にサインを迫ってくる。

「やむを得ないと思います。ご厚意に背くようで申しわけないのですが」

「本気で言ってるんですか、それ」

信じられないといった顔で諏訪がこちらを凝視する。

「もういいよ、諏訪さん。彼はね、昔からこういう奴なんだ。私はそこを評価してたんだけどね」

立ち上がった阿久津が、自分のデスクの上に置かれていたファイルから数葉の写真を抜き出し、テーブルの上に広げた。

これは――

驚かなかったと言えば嘘になる。それは、ビルの合間の小さなコインパーキングに放置されたトヨタ・カローラワゴンの写真であった。事故に遭ったように前面が大きく破損している。

「去年の十一月二日未明、君の自宅近くで派手な衝突事故があった。ぶつかった車は二台とも逃走した。だがそれは事故じゃない。砂田君、どうやら君はロシアとの不適切な関係を絶てずにいるようだな」

写真の出元はチヨダか――圭子――

「その件についてはすでに馬越参事官に報告しております」

「馬越さんはあと二か月ほどで定年だ。今さらあの人に尽くしたってなんの得もないよ」

「お言葉ですが、警察官でありながら損得で動いた結果が、今の警察の現状を招いたと認識しております」

言ってしまった――

諏訪は無言で薄笑いを浮かべている。自ら墓穴を掘った愚か者に対する嘲笑だ。

「君の考えはよく分かった。下がっていいよ」

立ち上がって阿久津と諏訪に一礼し、踵を返す。

「砂田君」

ドアノブに手を掛けたとき、阿久津に呼び止められた。

「君が変わらずにいてくれて私は嬉しい。眉墨君もきっとそう思うことだろう」

ろくな返事さえできずに課長室を出た。

逃げるような早足でエレベーターへと向かう。最後にかけられた言葉の意味を考えながら。

馬越参事官退職の日は目前に迫っている。

自分は馬越の期待に応えられなかったばかりか、人事課長の前で自ら警察での居場所をなくすような言辞を弄《ろう》してしまった。それがどういう結果を招くか、大方の見当はつく。

警察に未練はない。とっくに覚悟はできている。だが警察官である限り、少なくとも最後まで責務を全うしようと思う。

すなわち、ヨーシフの発見。それだけが、自分にできる馬越への唯一のはなむけだ。

高田馬場駅の高架下で立ち食い蕎麦《そば》を啜りながらそんなことを考えていると、右側に立った客が小声で話しかけてきた。

「お話ししたいことがあります。一緒に来て下さい」

和泉であった。何食わぬ顔でかけ蕎麦を口に運んでいる。

「拒否すれば逮捕か。なんの容疑だ」

精一杯の皮肉を言うと、今度は左側から思いもかけぬ声がした。

「そうツンケンしなさんなって。そんなんじゃないのはあたしが保証しますよ」

「串田さん……」

驚きのあまり丼を取り落としそうになった。

かつて外事一課四係砂田班の最年長者であった串田は、七年前に早期退職し、今は民間の調査会社で顧問を務めていると聞いていた。

その串田と和泉が連れ立って現われるとは――

「寒い日はこれが一番ですな」

声を失っている砂田に構わず、ずるずると大きな音を立てて蕎麦を食べ終えた串田が丼を置いて言った。

「さて、行きましょうか……あれ、もう食べないんですか、せっかくの蕎麦なのに」

高田馬場駅前でタクシーを拾った。助手席に乗り込んだ和泉は、運転手に「新宿駅東口まで」とだけ告げた。

ごく当たり障りのない世間話の他は、車中では三人ともほとんど口をきかなかった。公安の現役捜査員とOBの組み合わせだから当然であるが、外二係長の和泉とはチヨダ絡みの一件でわだかまりが残っている。状況を把握するまで、迂闊なことは言うべきではない。

タクシーを二回乗り換え、三人は一昨年に開業したばかりのホテルインターコンチネンタル東京ベイに入った。

「先方がここを指定してきたものでしてね」

串田が先に立って一階にある『ニューヨークラウンジ』の個室へと入る。そのモダンな内装は、先ほどの立ち食い蕎麦屋とは世界が違うとしか言いようはない。

「約束よりも三十分ほど早く来ましたんで、先方が着くまでまだ時間があります」

「誰です、先方って」

「その前に……和泉」

串田に促され、和泉が話し始めた。

「自分は外事の人間として、チヨダには無条件で従うべきだと考えています。それは今でも変わっていません。しかし、同時に外二の捜査員であることも事実です。北朝鮮機関員の行確は自分の管轄であり、職分です」

ハーブティーを運んできたウエイトレスが去るのを待ち、和泉が続ける。

「平成七年の三月十六日、万景峰《マンギョンボン》92号が新潟港に入港しています。このとき北朝鮮籍の六名が入国。ドック入りした万景峰号は十八日に出港。ご承知の通り、國松長官が狙撃されたのはその十二日後です。入国した朝鮮人のうち五名は身許や所在が確認されていますが、問題は残る一名で、この人物は偵察局の機関員である可能性が高い」

「和泉、もしかしておまえは、その男が犯行に使用された銃や弾丸を持ち込んだと考えているのか」

口に運びかけたティーカップをソーサーに戻して問う。

「現場には朝鮮人民軍のバッジなんてのもありましたね。しかし、それは単なる想像にすぎません。立証は不可能です」

和泉はどこまでも冷静だった。

「とは言え放置するわけにもいかない。なんとか追及する手立てはないか。コネやパイプは。情報源は。あれこれ考えていたときに思い出したのが串田さんです」

砂田もまた、東芝COCOM違反を捜査していた際に知った串田の意外な人脈を思い出していた。

「そういうわけで、一肌脱がせてもらったたってわけですよ」

現役時代より皺が増えた分、柔和さの増した串田がにこやかに言う。

「アメリカ人てのは意外に碁打ちが多いんですよ。ご存じでした？」

「いえ、全然」

「退職後も連中とプライベートの付き合いは続いてましてね。お互い引退した身ですから気楽なもんです。暇を見ては昔の思い出話をしながら、こう、パチリ、パチリと」

串田が囲碁をやることさえ初めて知った。もしかしたら囲碁というのは半ば口実で、アメリカ側とのパイプ維持が主目的なのかもしれない。

「誰に頼まれたわけでなし、ほとんど自分の道楽みたいなもんで、それがお役に立つってんなら何よりです」

「すると、先方というのは……」

「おや、おいでなさったようだ」

ドアの方を見て串田が立ち上がった。砂田と和泉もそれにならう。

入ってきたのは、案の定大柄な白人だった。

「はじめまして、串田さん。あなたのことはパターソンから引き継ぎを受けています」

串田と握手しながら東部訛《なま》りの残る英語で言う。どうやら串田とも初対面らしい。

「はじめまして、スレーターさん。こちらは日本警察の砂田に和泉です」

「はじめまして。NSAのトッド・スレーターです」

互いに自己紹介をして握手する。

「まず最初に確認しておきます。今日あなた方とお会いしたのは、もちろん本件が我が国の戦略的利害と一致したからでもありますが、基本的にはあくまで私の個人的な〈厚意〉です。そしてそれはいずれ返してもらえるものと信じています」

「お約束します、スレーターさん」

返答したのは和泉であった。

「私どもはあなたのご厚意を忘れることはないでしょう」

「結構です」

頷いたスレーターは、スーツの内ポケットから灰色の手帳を取り出した。

「九五年三月三十日以降の万景峰《マンギョンボン》92号の乗船客を判明している限りリストアップしてきました。お尋ねのヨーシフですが、それはあくまでコードネームですから、当然別名義を使用しているはずです。彼の別名を把握していますか」

和泉の視線がこちらへと向けられた。

砂田は初めて彼が接触してきた目的を理解した。

「島原正です」

スレーターに向かってはっきりと答える。

しばらく手帳を繰っていたスレーターは、申しわけなさそうに言った。

「その名前はありませんね」

「そうですか」

和泉が落胆したように肩を落とす。

「では、ワタナベは」

砂田はもう一つの名前を口にした。ヨーシフが使っていたと思われる最も新しい偽名だ。

「ワタナベですか……ああ、ありますね。『渡辺健一《ワタナベケンイチ》』という人物が新潟から乗船し、北朝鮮の元山《ウォンサン》で下船している。こちらの資料でも、渡辺は要注意人物と特記されています」

今度は砂田が落胆する番だった。落胆と言うより絶望か。

辿るべき線は唐突に途切れた。ヨーシフはすでに日本にいない。万景峰号で北朝鮮へと脱出したのだ。

実行犯は本当にヨーシフだったのか。

仮にそうであったとしても、クライアントは本当に北朝鮮だったのか。何を意図して國松長官の暗殺を謀ったのか。

すべての謎は日本海の彼方へと消えてしまった——

スレーターとの面談を終えた三人は、インターコンチネンタル東京ベイから時間を空けてばらばらに散会した。

終わった——完全に——

四課の自席で、砂田は放心したようにある種の感慨に耽った。

結局、ヨーシフに関する捜査の一切は徒労に帰した。

だが、やるだけのことはやったのだ。少なくとも、馬越参事官に報告することはできる。餞《せん》別《べつ》にもならなかったのは無念と言うよりなかったが。

不意にデスクの上の電話が鳴った。内線だ。

とりとめのない想いから解き放たれて、すぐに受話器を取り上げる。

「公安四課、砂田です」

〈矢島が死んだ〉

馬越の声だった。言っていることの意味が分からない。

〈自殺だ。矢島が自殺したんだ〉

馬越が同じことを繰り返す。どうしても理解できない。頭が理解するのを拒んでいる。

電話の向こうで馬越は苛立ったように叫んだ。

〈遺書があった。小松の軟禁をマスコミにバラしたのは矢島だったんだ〉

受話器を叩きつけるようにして置き、フロアを飛び出す。エレベーターなど待ってはいられない。階段を一気に十四階まで駆け上がり、ノックもせずに馬越の執務室へと飛び込んだ。

それを待ち構えていたかのように、馬越はデスクの前に立っていた。

どういうことですか——

荒い呼吸に邪魔されて、言葉がすぐに出てこない。

馬越にはこちらの言いたいことなど聞くまでもなかったに違いない。

「四時間前、自宅で首を吊っているのが発見された。体調が悪いと言って欠勤してたんだ。部屋から出てこないのを不審に思った奥さんが発見した。俺も直接現場に行った。自殺に間違いない。矢島は去年から様子がおかしかった。それについては奥さんと南千の話は一致している。俺もおまえもよく知っている通りだ。現場の主任捜査官だった矢島は公安と刑事部との板挟みになって苦しんでいた」

「遺書は……遺書があったと……」

歯を堅く食いしばった形相で馬越は唸《うな》るように言った。

「現物は警備局が押さえた。察庁からは厳重な箝口令が敷かれている。奥さんにも遺書の存在は伏せられたくらいだ。警備局が持ち去ろうとする寸前に俺は中身を見た。そこにはっきりと書かれていた。自分があの告発文を書いたってな。矢島が愛用していたワープロも押収された。インクリボンには告発文の文章がそのまま残っていたよ」

「矢島さんは……そこまで苦しんで……現場のためにあんな告発を……」

馬越がゆっくりと首を振る。

「違うんだ」

「え……？」

「捜一出身であったにもかかわらず、矢島は体の芯から公安だった。俺がそう仕込んだんだ。そんな矢島に、警備局が目をつけた。奴はその命令に従っただけだ。犬よりも忠実にな」

なんてことだ——

「俺のせいだ」

見開かれた馬越の両眼から大粒の涙が溢れ出した。

「俺が矢島を南千の主任捜査官に推したりしなければ……こんなことには……俺が矢島を……」

そして馬越は、仁王立ちの体勢のまま号泣した。


深夜、日付が変わるまで自由が丘のマンションを張り込んだ。午前一時近くになってタクシーが停まり、降りてきた女がマンションのエントランスに入る。販売中の建売住宅の隙間から走り出た砂田は、オートロックを解除した女の後からマンション内に滑り込んだ。

「あなたには住所を教えてなかったはずだけど」

驚いた様子も見せず、圭子は平然と言った。

「俺だって公安だ。その気になればすぐに割り出せる」

「そう。でも部屋まで招待する気はないわ」

「元亭主だ。お茶くらい出してくれてもいいんじゃないかな。それに……」

スーツの襟を開いて内ポケットから覗く紙片の端を示し、

「遺書のコピーだと言えば分かるだろう。これについて話そうじゃないか」

「しょうがないわね」

圭子は踵を返してエレベーターに向かう。砂田は黙ってその後に続いた。

四階で降りた圭子は、鍵を取り出し、内廊下のすぐ手前にある部屋に入った。急に閉められないように用心しながら、砂田も中に入る。

内部に漂う懐かしい元妻の匂いが鼻腔《びこう》をくすぐる。こざっぱりとした感じのいい部屋だった。自分の侘《わび》しい住まいとは大違いだ。

圭子はリビングのソファにもたれ込み、気怠そうに言った。

「手っ取り早く話を片づけましょう」

元妻の向かいに腰を下ろし、内ポケットに入っていた紙片を投げ渡す。

圭子が折り畳まれた紙を開く。白紙だ。

「そうだろうと思ったわ」

嘲笑を浮かべて真っ白な紙を放り出した圭子に、

「だが中身は知っている。警視庁が小松を軟禁していることを察知した警備局は、それを利用して総監とその一派を一掃することを思いついた。総監はオウム捜査と長官狙撃事件に関する無数のミスを挽回《ばんかい》しようと焦るあまり、オウム信者狙撃犯説に固執した。その結果、察庁にも秘密で小松を軟禁するという暴挙に出た。途中でとんだ見込み違いだと気づいたが、もう引き返すわけにはいかない。なんとしても小松を犯人に仕立てなければならなくなった。完全なドツボって奴だ。それでいよいよ察庁の総監一派に対する怒りは頂点に達した。小松の件がここまでこじれたのは、もともと察庁側にも責任がある。公安、いやチヨダ最優先ルールのせいだ。

不幸にもチヨダの連絡ルートにいた公安総務課長の尾ヶ瀬は、公安畑の人間じゃなかった。ルールを知らなかったんだ。オウムの強制捜査があんなに遅れたのも、小松の情報が共有されなかったのも、もとはと言えば尾ヶ瀬が真剣に対応しなかったからだ。この間抜けの尻拭いも含めて、自分達のミスを隠蔽するとともに総監人脈の徹底排除に動いたのがチヨダだ」

そこまで一息に言ってから、真正面から圭子の様子を窺う。

だがチヨダ所属の元妻は、昨日の天気予報でも聞かされたように吐き捨てた。

「それがどうしたって言うの」

「どうもしないさ。今のはほとんどが俺の推測だしな。遺書にもそこまでは書かれてなかったろう。つまるところは最大規模の派閥抗争だ。オウムも國松長官も関係ない。憎い身内を叩き潰すことさえできれば、事件の真相なんかどうでもいいというわけだ。むしろ真相は知られない方がいい。自分達の失態の数々が明らかになるだけだからな」

圭子はじっとこちらを見つめている。照明のせいだろうか、砂田にはその目が青みがかったガラス玉のようにも映った。あらゆる感情を遮断した目だ。

「問題はだ、その道具に矢島さんを使ったことだ。矢島さんは命じられた通り暴露文書を作成してマスコミにばらまいた。それでなくても精神的に追いつめられていた矢島さんは、これで決定的に壊れたんだ。分かるか。おまえ達が殺したんだ」

「その指摘は当たらない。何もかも合意の上の作戦だった」

「なに？」

「矢島警視への見返りは保証されていた。昇進と新しい役職も具体的に提示されてたし、総監一派の排除は警察組織にとって必要不可欠な措置だと理解してくれたわ。もちろん捜査の現場にとっても。彼は納得してオペレーションに参加したのよ。なのに自殺という形で自ら契約を破棄した」

どこまでも冷静な口調。冷静で、論理的で、且つ合理的。

「圭子、おまえ、いつからそんな話し方をするようになったんだ。まるでKGBの機関員だな」

期せずしてその一言は思った以上に効いたようだった。

「あなた、まだあの女に執着してるのね」

圭子の眉根に情念らしきものが浮かび上がる。

「あの女？」

「とぼけないで。クラーラ・ルシーノワと接触したことは把握してるわ」

「さすがはチヨダだ」

「それが国家に対する裏切りだって認識はあるの？」

「ますますKGBみたいじゃないか」

「あなたにしては面白い冗談ね」

ようやく気づいた。

圭子という人間が、いつの間にかクラーラという人間に限りなく接近していたことに。まるで表裏一体の鏡像の如く。

「おまえ……」

何か言おうとしたとき、これまで意識して聞き流していた阿久津の言葉の断片が不意に頭をよぎった。

――眉墨君は本当に優秀だよ。女らしく細やかに気がつくだけじゃなくて、変に出しゃばったりしないからな。

――君が変わらずにいてくれて私は嬉しい。眉墨君もきっとそう思うことだろう。

「いつからなんだ、阿久津とは」

なんの根拠もないまったくの勘であり、ブラフであった。

「あなたと別れた後よ。しかもとっくに切れてるわ。何か問題でも？」

そっけない態度で圭子が応じる。

ただの思いつきで言ってみた自分の当て推量は、まさに的中していたのだ。

圭子が――阿久津と――

「チヨダを利用しようと擦り寄ってきただけのつまらない男よ。噂ほど大したこともなかったし。本人は二枚目気取りだけに救いようがないわ」

阿久津に対する手厳しい言葉の数々が、かえって砂田の胸を刺した。

「……すまなかった」

「どうしてあなたが謝るの！」

それまで表面的には冷静さを保っていた圭子が、突如激昂した。

「俺がもっとおまえを――」

「やめて！　私は自分の人生を生きてるの！　今さらあなたなんか関係ない！」

圭子はまた、チヨダ特有の冷笑を浮かべ、

「それが男の思い上がりというものよ。長年外事にいながら、少しも学んでないようね。だから日本のインテリジェンスは三流だって言われるの。ロシアの女にいいように操られるはずだわ」

愕然とする。圭子が浮かべているのは冷笑ではない。憐れみであったのだ。

沈黙が訪れた。互いにどうしようもない悔恨と、癒やし難い痛みとを持てあますばかりの沈黙が。

「帰って」

圭子が低い声で呟いた。

「帰って、早く」

無言で立ち上がり、玄関へと向かう。

靴を履きながら振り返ると、圭子は疲れ果てたように目を閉じてソファに沈み込んでいた。はれぼったい両眼の下に黒ずんだ隈《くま》。頬や顎の弛《たる》みが目立つ。二の腕やふくらはぎの脂肪は昔はなかった。普段は毅然として庁内を闊歩している圭子の、年相応に老け込んだ姿であった。

マンションを出て夜の底を歩き出す。

改めて思う。圭子とはもっと話すべきことが山ほどあった。しかし胸中の言葉はすべて虚しく宙に消え、今はもうその欠片さえ思い出せない。

住宅街の夜道の先は、ヨーシフやオウムの謎を呑み込んだ闇に通じているようで、その実、どこにも通じていないのだ。

7

平成九年三月三十一日、馬越参事官は警察を去った。誰にも何も言い残さずに。最後の登庁日に激励の言葉をかけようとした警察幹部は、生気のない馬越の顔貌を見て一様に声を失ったという。

馬越は警察の用意した再就職先をすべて断り、郷里の福島に帰って農業を始めるとのことだった。馬越らしい身の処し方であると皆が評した。

同日、國松長官勇退。馬越とは対照的に、皆から讃《たた》えられ、祝福されての新たな門出であった。

一方砂田は、竹の塚署の警備課長に異動となった。事実上の左遷である。クビにならなかったのは、要するに〈知りすぎている〉からだと砂田は理解した。警察から放り出すより、内部で飼い殺しにしておく方が安全だということだろう。

同年六月九日、東京地検は小松元巡査長を起訴猶予とした。

それでも警視庁は、あくまで國松長官狙撃事件はオウムの犯行であるとして、小松元巡査長の取り調べをその後も執拗に繰り返した。

チヨダのオペレーションは完遂された。前警視総監の人脈は本流から外され、國松長官狙撃の真相は解明されぬまま、歳月だけが過ぎていく。

竹の塚署の自席に座り、砂田は時折考える。

飄々とした笑みを浮かべた逢沢。療養所で海を眺めていた塩崎。警察参考室で震えていた青野。とぼけた顔で立ち食い蕎麦を啜る串田。自ら死を選んだ矢島。

そして圭子とクラーラのこと。

圭子は阿久津と関係していた。気にならないと言えば嘘になる。だが自分には圭子を責める資格はない。離婚する直前のとげとげしい空気も、投げかけられた失望の視線も、すべて自分のせいなのだと今は分かる。

すまなかった――

誰に言うともなくそう呟く。

クラーラとはそういう関係ではなかった――それはなんの言いわけにもならないだろう。圭子に対しても。自分自身に対しても。またクラーラ本人に対しても。

クラーラはすでに出国したのだろうか。それともまだ日本にいるのだろうか。

それだけは分からない。ＦＳＢが現在日本でどういう活動をしているのか、古巣の外事一課に問い合わせても、体よくあしらわれるのがオチだろう。

諦念とともに目を閉じる。

挫折感には慣れている。その強烈な苦さこそが、唯一の旧友であるようにさえ思われた。

平成十年八月七日、第一四三回臨時国会において、ある質問主意書が衆議院に提出された。それに対し、九月四日、主に警察庁が案文を作成し、閣議決定を経て内閣総理大臣小渕恵三名で提出された答弁書では以下のように回答されている。なお、質問部分は質問主意書の抜粋である。

【巡査長の取り調べは「完全なる違法逮捕状態（よくいって軟禁状態）」で続けられたとあるが、事実か】

御質問のような事実はないものと承知している。

【警察官僚の人事を巡る陰湿な力学は（中略）オウム真理教事件の捜査の最中、そうした人事抗争があったのか】

御質問のような「人事抗争」については承知していない。

【警察庁警備局警備企画課には「裏理事官」と呼ばれるポストがあり（中略）名前の挙がった六氏の警察庁入庁以来の経歴を明らかにされたい】

警察庁警備局警備企画課には、「裏理事官」と呼ばれるポストはない。

【政府は七月十七日付けで「『チヨダ』というものを承知していない」と答弁した。「承知していない」とは、「チヨダ」という組織はないということか】

警察庁には、「チヨダ」という組織はない。

2001
金正男の休日

1

空港ターミナルはいずれも予想された以上の大混雑だということだった。しかしその喧噪もここまでは届かない。大型連休前半の五月一日にしては実に静かなものである。

空港警備隊総務室調査官の砂田は、三里塚の隊舎内にある自席で欠伸《あくび》を嚙み殺しながら書類仕事をこなしていた。階級は警部のままで、警視庁から千葉県警への出向である。

県警警備部内に設置された成田国際空港警備隊は空港警備を担当する執行部隊だが、総務室が扱うのは、人事、総務、会計関連の業務であり、砂田にとってはまったくの閑職でしかない。加えて、課長ポストに比べ「中二階ポスト」とでも称すべき調査官というポジションの曖昧さが、不遇感を倍増させていた。

午後一時五十五分、遅めの昼飯でも食べに出ようと立ち上がったとき、デスクの警察電話が鳴った。

〈あっ、よかった、砂田さん〉

受話器から早口で流れてきたのは成田国際空港署副署長である米倉《よねくら》警視の声だった。

〈急で悪いんですけど、今すぐ署の方に来てもらえませんか〉

「それは構いませんが……どういうご用件でしょうか」

〈ちょっと電話では話せませんので……ともかく大至急お願いします〉

こちらに断る隙を与えぬような勢いで電話は切られた。

副署長が直々に呼び出しの電話をかけてくるなど、就任以来初めてのことだった。

いぶかしく思いつつも、昼食をあきらめた砂田は公用車のアコードで空港敷地内にある空港署へと赴いた。

「こっち、こっちです、砂田さん」

署に入るなり、待ち構えていたように飛び出してきた小太りの米倉が、自ら先に立って応接室へと案内した。奇矯《ききょう》とも言えるその行動に、空港署の署員達も怪訝そうに振り返っている。

ドアを閉めながら米倉はソファを指差した。

「まあ、座って下さい」

「はあ」

なんでしょうか――そう問う前に、米倉の方から慌ただしく切り出してきた。

「砂田さん、確か公安で、しかも外事の出身でしたよね」

「ええ、まあ……」

「聞くところによると相当のベテランだとか」

「いや、長くやってたと言えばやってましたけど、ベテランかどうかまでは……」

曖昧に語尾を濁す。左遷された身で、過去の経歴自慢ほど見苦しいものはない。

だが米倉はこちらの内心などまるで斟酌《しんしゃく》する様子もなく、

「実はですね、ついさっき警視庁から連絡があって、シンガポール発日本航空712便で金《キム》正男《ジョンナム》がこっちに向かってるらしいと」

「誰ですって？」

聞き返したのは、名前が聞こえなかったせいではない。我が耳を疑うとはまさにこのことだった。

金正男。北朝鮮の独裁者である金正日《キムジョンイル》の長男であり、後継者の第一候補とも目される『北の王子』だ。

「金正男です」

「冗談でしょう」

米倉は脂を塗りたくったような顔をハンカチで拭い、

「冗談だったらどんなにいいか。わざわざ連絡してきて、公安の担当者が今こっちに急行中だって言うんですよ。入管にも連絡済みだそうです。まあ、ガセである可能性も大いにあると私も署長も思っとるんですけど」

北朝鮮なら外事二課の担当だ。信頼できる〈回線〉から緊急連絡でも入ったか。

「しかも712便はあと一時間ほどで到着します。あ、言うまでもありませんけど、これ、全部極秘中の極秘ですから、そのつもりでお願いしますね」

「もちろんです」

「それでね、署長とも話したんですけど、事が事だけに、ウチがどう対処すればいいのか見当もつかないってのが正直なところなんですよ。そこで砂田さん、あなたのことを思い出しまして」

署長の長谷川《はせがわ》警視は定年間近で、厄介ごとだけはなんとしても避けたいというのが本音だろう。

「外事と言っても私は一課でしたから、もっぱら対ロシアが専門で……北朝鮮はちょっと……」

「それでも国際外交とか、そっち方面にはウチの誰より詳しいでしょう。三課の鳩井《はとい》課長も言ってましたよ、砂田さんは外国の諜報機関と散々やり合ってきた人だって」

三課とは空港警備隊第三課のことで、公安関係を担当している。

「お願いしますよ砂田さん。署員の現場指揮、いやいや、立ち会ってくれるだけでもいいんです」

万一不測の事態が起こった場合、空港署としての責任を自分一人に押し付けようという肚かもしれない。だが目の前でしきりと汗を拭いている米倉の面上には、純粋な困惑と狼狽しかなかった。

金正男《キムジョンナム》がいきなり来ると言われて動揺しない人間はいないだろう。ましてやその対応となると、長谷川や米倉にとってお手上げとなるのも無理はない。

「分かりました。署を代表して公安と入管の審査に立ち会えばいいんですね」

「ありがとうございます、砂田さん。いやあ、元外事の人がいてくれて本当によかった。署長も喜んでくれます。では早速」

米倉は喜色を露わにして立ち上がった。

時刻は午後二時二十分を過ぎようとしていた。


空港警備隊の総務室に連絡を入れてから、空港署署員六名を連れて出発した。目立たぬようパトカーではなく捜査車輛のカローラに分乗して712便が到着するエプロン（駐機場）へ向かう。時間がないので打ち合わせは直接現場で行ないたいというのが公安からの要望であるという。

空港敷地内を全速で飛ばす。集合場所のエプロンには、見慣れたフォークリフトや貨物運搬車以外に、バンやセダンなど数台の車輛が集まっていた。すでに公安が到着しているようだ。

東京入国管理局成田空港支局の柳下《やなした》審査管理官、安藤《あんどう》入国審査官、それに新堀《にいぼり》入国警備官の姿も見える。彼らと話し込んでいるのは外事二課の関係者だろう。

カローラを降りて歩み寄ると、振り返った男が驚いたように目を見開いた。

「砂田さんじゃないですか」

軽く手を挙げて挨拶する。

「ご無沙汰してます、和泉課長」

かつて部下であった和泉は、今では警視庁公安部外事二課の課長を務めていた。階級も砂田より上の警視である。

「成田に出向中とは伺ってましたが、どうしてこの件に……」

「押し付けられたんですよ、いろいろと。それより状況をお願いします」

面倒な話などしたくない。もっと面倒な昔の話も。砂田は事務的な口調で促した。

和泉もただちに厳しい顔へと戻り、

「ある〈回線〉を通じてタレコミがありました。北朝鮮籍を持つ四人の男女が不法入国しようとしていて、その中には金正男も含まれると」

「確度は」

「我々がここにいることで察してほしいとしか言えません」

「なるほど」

周囲に立つ男達を見回す砂田に、和泉が手早く紹介する。

「こちらから六係の兼平《かねひら》班長、佐竹《さたけ》、市川《いちかわ》、小栗《おぐり》です」

男達が視線を逸らさずに目礼する。

公安部外事二課第六係は、班長の兼平以下、精鋭揃《ぞろ》いと聞いていた。

他の面々も六係の捜査員達だろう。入管の職員や先行した空港署の署員達もいる。

無駄口を叩く者は一人もいない。和泉の指揮の下、早速打ち合わせに入った。

「砂田さん、到着した機体からマル対が脱出しようとした場合、考えられる逃走経路をすべて教えて下さい」

詳細な空港見取り図を広げた和泉に対し、知る限りの情報を伝える。

三時十分。それぞれの持ち場を決め、空港の各所へと散る。

砂田は和泉や柳下らとともにボーディング・ブリッジ（搭乗橋）の出口を固めた。

「712便、間もなく到着するそうです」

兼平が上司の和泉に管制塔からの最新情報を伝える。

配置についた全員が、息を詰めて到着を待つ。

三時十五分。

本当に来るのか、金正男《キムジョンナム》が——

正直に言って、未だに信じられない。冷静に考えると、信じられる方がどうかしている。

一体どの〈回線〉からのネタなんだ——

砂田は疑わずにはいられなかった。北朝鮮という名の黒い小さな基板について。配線が複雑すぎて、〈回線〉が狂っているということも充分にあり得る。

「来ました、あれです」

外が見える位置に待機していた小栗が声を上げる。

三時二十一分。712便が成田空港に着陸した。

やがて、搭乗橋を通ってきた乗客が次々と砂田達の前を通り過ぎ始めた。ある者は弾む心を抑えかねたように明るく微笑み、またある者は疲れた仕草でネクタイを締め直しながら。

問題の〈対象者〉は呆気なく判別できた。

知られている写真通りの顔と体型。無精髭《ぶしょうひげ》を伸ばし、起毛した茶色のベストを羽織っているため、山から下りてきたばかりの猟師を思わせる。いや、猟師と言うより狩られる側の熊に近い。

それでもまだ、砂田は信じられない思いであった。

この男が本当に金正男なのか――

それは他の捜査員や入管職員も同じであったろう。

情報通り、同行者は三人だった。若い女性が二人、そして五、六歳くらいの男児が一人。

「お客様、申しわけありませんが、こちらへお越し願えませんか。お尋ねしたいことがございまして」

安藤入国審査官が対象者に声をかける。同時に男達が四人全員を取り囲んだ。

「なんですか、これは。一体どういうことですか」

髭面の対象者は多少イントネーションのおかしい日本語で抗議した。

「私達とご同行をお願いします。さあ、どうぞ」

緊張のせいか、強張った表情で安藤が頑なに繰り返す。その態度と、周囲を取り巻く男達の強烈な視線に、対象者はあっさりと抵抗をやめ、ふて腐れたような、それでいてどこか他人事のような態度で安藤の先導に従った。三人の同行者も不安そうな面持ちで後に続く。

外事と入管の面々が四人を厳重に囲み、手筈通りひとかたまりとなって素早く移動した。

午後四時前後のことである。時を移さずして、法務省入国管理局に第一報が送られた。

四人が案内されたのは空港内にある取調室──通称『特別審査室』である。警察署の取調室に似ているが、椅子などの調度品はほんの少しだけ上等だった。職分からして砂田も入室することは滅多にない。

そこで一人ずつ、個別に取り調べが行なわれるのだ。

全員がドミニカ共和国のパスポートを所持していた。拘束から一時間と経たぬうちに、それらが偽造であると判明している。

偽造パスポートに記されていた対象者の名前は『胖熊《パンション》 PANG XIONG』。つまり〈太った熊〉の意である。見た目そのままの偽名で、何かの冗談とさえ思える。生年月日は金《キム》正男《ジョンナム》と同じ一九七一年五月十日。まだ二十九歳ということになるが、体型のせいか、若々しさはほとんど感じられない。

砂田は和泉、兼平、柳下、安藤らとともに髭の男の聴取に立ち会った。

まず安藤入国審査官が代表して尋ねる。

「あなたが所持していたパスポート、これは偽造ですね」

「まさか。本当ですか」

「はい」

「信じられない。ずっと本物だと思っていたのに」

「どこで入手されたのですか」

「ドミニカ共和国。私達は騙されたんだ」

「旅行の目的は」

「世界一周です」

「目的をはっきりお願いします」

「観光です」

振り返った安藤は、柳下審査管理官が頷くのを確認し、核心に切り込んだ。

「本当のお名前を正直にお答え下さい」

さすがにすぐには答えない。

「お答え頂けない場合、あなたとお連れの方々の処遇について、我々としては大変遺憾ながら
――」

「金正男」

開き直ったように男は言った。

すかさず安藤が畳み込む。

「金正男。朝鮮民主主義人民共和国最高指導者、金正日《キムジョンイル》総書記の御子息である金正男さんに間違いありませんね」

「そうです」

そっぽを向いた男の態度は、さながら悪戯《いたずら》を咎められた小学生のようだった。

人物特定——

室内に興奮と、一種の感動が満ちるのを、砂田は文字通り全身で体感していた。

ことに外二課長である和泉の歓喜は格別であったに違いない。秘密の土塀に囲まれた北朝鮮について、最高の情報源が得られたのだから。

同行者の女は第二夫人の李恵慶《イヘギョン》、男児は息子の金漢率《キムハンソル》と判明した。もう一人の女は徐英羅《ソヨンラ》。夫人と息子の世話係であるという。世話係にしては派手な身なりで、サングラスを掛け、高級ブランドのバッグを提げていた。

午後七時三十分、「成田国際空港において金正男《キムジョンナム》を入管難民法違反の容疑で拘束」との第一報が森山眞弓法務大臣に秘書官経由で届けられた。

午後八時三十五分、新堀入国警備官による金正男の違反調査開始。

午後九時頃、小泉純一郎総理に第一報。

午後九時五十分頃、警察庁と外務省に法務省より第一報。

そして四人の身柄は、その夜のうちに茨城県牛久《うしく》市の法務省入国者収容所東日本入国管理センターに移送された。

入所に際しては、徹底した所持品検査と身体検査が規則によって定められている。そのとき、金正男の背中に虎の刺青《いれずみ》が彫られていることが発覚、速やかに記録された。空港警備隊長の了承を取りつけた空港署長の要請により、砂田も牛久への移送に同行することとなった。和泉もそれを当然のように受け入れている。言わばなし崩しに国家的大事案のまっただ中に放り込まれた恰好だ。

外二の和泉や兼平達はいいだろう。彼らは若い。長年の宿敵に対し、正面から戦いを挑む闘志と気概に溢れている。

だが、そんなものは自分にはない。とうの昔に失ってしまった。

牛久市内のビジネスホテルに入った砂田は、和泉の言葉を思い出して暗澹《あんたん》たる想いに耽る。

金正男の拘束後、和泉は自分にこう囁いた——「金正男の入国を知らせてきた〈回線〉の発信源は、どうやら高英姫《コヨンヒ》らしいんです。金正哲《キムジヨンチヨル》と金正雲《キムジヨンウン》の母親の」

金正日三番目の妻と言われる高英姫には、次男の正哲、三男の正雲という二人の男子がいるが、祖父の金日成《キムイルソン》に愛されているという長男の正男がいる限り、自分の子が後継者となる可能性は低い。しかも彼女には出自を巡る謎があって、実は在日朝鮮人の子女なのではないかと外交筋で噂されていた。それが本当なら、正哲もしくは正雲が総書記の座に就く望みは絶望的なまでに薄くなる。

だが、もしここで正男が国際的な話題となるような失態を演じたなら。

高英姫、もしくは側近の誰かが、それを狙って情報をリークしたという推測は充分に成立する。

初夏であるにもかかわらず、砂田はうそ寒い想いに身を震わせた。夜の冷気のせいかもしれない。昼間からの疲れが出たせいかもしれない。しかしロシアの闇ともまた違う、骨肉の確執と怨念に満ちた北朝鮮の闇は、できれば踏み込みたくもない領域であった。

2

一夜明けた五月二日も、入国管理センターで四人の厳重な取り調べが行なわれた。昨日に続き、主に安藤入国審査官が中心になって聴取する。砂田も和泉、兼平らとともに立ち会った。

金正男《キムジョンナム》一行は北朝鮮から中国、ロシアを経てオーストラリアに滞在。その後インド、シンガポールを経由して日本に入ったらしい。和泉の話では、北朝鮮の機関員や政府関係者がよく使うルートだということだった。

「この偽造パスポートには、二〇〇〇年十月三日から六日、十二月二日から九日、同じく十二月二十五日から二十九日の計十七日間、日本に滞在したとの記載がありますね。一体なんの目的で入国したのですか」

「それは……」

安藤の質問に、金正男は明らかな狼狽を見せた。

「どうしたんですか。答えて下さい」

「すぐには思い出せません」

「変ですね。半年前に三回も来日してるんですよ」

「外国にはあちこち行っているから……」

「落ち着いてよく思い出して下さい」

「いや、ええと、どうも記憶が混乱して……」

懸命に何かを隠そうとしている。

和泉の目配せで、いかつい顔の兼平が即座に部屋を出ていった。金正男の当該期間における日本での行動を探ろうというのだろう。外事としては当然の反応だ。


昼になり、一旦休憩となった。

昼食もそこそこに、砂田は和泉と二人、別室で供述内容の検討を行なった。

「夫人の方は『息子をディズニーランドに連れていくつもりだった』とか言ってるそうですよ」

李恵慶《イヘギョン》らの聴取に立ち会っていた部下の報告を手短に告げ、和泉は失笑するように言った。

それからテーブルに広げられた写真と書類のうち、徐英羅《ソヨンラ》のものを指差して、

「私はむしろ、この女に注目しています」

「同感です」

理屈ではない。目付きや身のこなし、それに全身から漂う空気で分かる。この女は機関員だ。

「夫人と息子の世話係だと言っていますが、監視役も兼ねているのでしょう」

次いで和泉は、数枚の紙片を差し出した。いずれも金正男《キムジョンナム》が拘束時に所持していたメモ類のコピーである。そこには英語とハングルで、いくつかの単語と数字が記されていた。中には線でつながれた言葉や、大きく丸で囲まれた数字もある。

「砂田さん、これについてどう思われますか」

「さあ、ロシア語なら分かりますが、ハングルは専門外ですし……」

言葉を濁すと、和泉はじっとこちらを見つめて食い下がってきた。

「お願いします。思いつきで結構ですので」

「何か言えるとすれば、勘でしかありませんよ」

「構いません」

和泉がこの重大事案の聴取に、わざわざ自分を参加させた理由が分かった。己の能力がそれほど信頼されているとは正直に言って意外であった。

「判読できる英語部分に『マレーシア』とあり、別の地名らしき単語と線でつながれています。おそらくこれは密売ルートを示しているのでしょう」

「やはりそう思われますか」

「それと、国名や地名の下に書かれている複数のハングルは、私には読めませんが、人名じゃないですか」

「その通りです」

「だとすると、それぞれの国で仲介役を務める機関員かフリーの工作員、もしくは民間の業者である可能性が高い。旧ソ連の事例ですが、八〇年代に似たようなメモや文書を山ほど見た」

和泉は大きく頷いて紙片を手許に戻した。

「ありがとうございます」

諜報関係者の間では、マレーシアが不正取引の迂回地として利用されていることは常識と言っていい。マレーシア政府もその見返りとして海外からの投資を促進するため、税制優遇などの措置を取っている。

それだけではない。砂田自身、九〇年代に旧ソ連の工作員『ヨーシフ』を追う過程で、北朝鮮による武器密売の事実を常に肌身で感じていた。

「ＮＳＡから密かに提供された情報があります」

改まった口調で和泉が切り出す。ＮＳＡのネタか。かつて串田がつないでくれたアメリカとのパイプを今日まで維持してきたということだろう。

「金正男が39号室の幹部もしくは責任者だというのです」

その名称は砂田も耳にしていた。朝鮮労働党『39号室』。北朝鮮の外貨獲得機関で、武器、麻薬、偽札から水産物や農産物まで、あらゆる物資の不正取引に関与している。そのコードネームは３号庁舎の９号室に由来するという。

「それが本当なら、来日の目的は……」

砂田の言葉を遮るように、和泉は腕時計に目を走らせて立ち上がった。

「午後の聴取が始まります」

砂田も立ち上がって書類を片づけにかかる。

「二時から関係省庁の会議があると聞いています。なんとしても今日中に供述を引き出したい」

集めた書類をブリーフケースにしまいながら、和泉は自らに言い聞かせるように呟いた。

廊下を移動しながら、砂田は傍らを歩む和泉に話しかけた。金正男《キムジョンナム》の名を聞いたときから、ずっと心に思っていたことを。

「和泉課長」

「なんでしょう」

「金正男をこのまま日本で収監することができれば、拉致被害者の救出にもつながるんじゃないでしょうか」

北朝鮮工作員による日本人の拉致被害者がいる――平成九年頃から表面化した大問題だ。しかし北朝鮮は未だ認めてはいない。

平穏に暮らしていた市民が、ある日突然見知らぬ国へと拉致される。そして長い年月が過ぎる。想像するだに恐ろしい国家犯罪だ。絶対に許すわけにはいかない。拉致された被害者の救出は、警察官としての、いや同じ日本人としての義務であると思う。

わずかな間があってから、和泉は言葉を選ぶように言った。

「少なくとも、私はそうあってほしいと願っています」

午後の取り調べで、金正男は昨年の十月と十二月に宿泊していた東京のホテル名を供述した。和泉がすぐに室外へ出る。ホテル名を携帯で六係の部下に伝えるためだ。

午後五時三十分を過ぎた頃、取調室のドアがノックされ、兼平が顔を出した。目でこちらを招いている。砂田は和泉と一緒に退室した。

廊下に出てドアを閉めると、兼平が小声で報告する。

「小栗と佐竹から連絡がありました。マル被はこれまでの来日時、ホテルから大阪に何度も電話しています。相手は同じで、実業家の全相吉《チヨンサンギル》。大阪府警も前々から目をつけていた男です。篠ノ目《しののめ》組や関帝会《かんていかい》の幹部ともつながってて、闇金、売春、それにパチンコのアガリも一旦こいつの会社を経由する仕組みになってるとか」

室内に戻った和泉は、安藤に代わって金正男の正面に座った。

「全相吉という人物を知っていますね」

正男の顔色がはっきりと変わった。

「知りません」

「東京のホテルからあなたが何度も電話した相手です。彼は関西における北朝鮮の協力者だ」

「知りません。なんのことですか」

「全氏の口座を洗いざらい調べてみてもいいんですよ。秘密口座も大阪府警が把握しているでしょう」

髭だらけの大きな顔に、蝦蟇《がま》の油のような汗が噴き出した。

和泉は容赦なく畳みかける。

「来日の本当の目的は不正取引による秘密資金の決済だ。全《チョン》を引っ張れば証拠もすぐに揃うでしょう。あなたも一国の要人なら潔くお認めになってはいかがですか。もしこのまま拒否なされるなら、あなたもご家族も、単なる不法入国の外国人犯罪者としていつまでもここに収容され続けるだけですよ」

「それは、困る」

「では、一刻も早くお認めになるべきです」

落ちる――

砂田がそう確信したとき、入国管理センターの係官が告げた。

「規定の時間が過ぎています。本日の聴取はここまででお願いします」

その場にいた者全員で取調室を後にする。安藤は携帯を取り出して上司の柳下審査管理官に報告している。

「この様子なら、明日はきっと吐いてくれるでしょう」

明るい口調で和泉が言った。砂田も同意見であり、重い疲労にもかかわらず、足取りだけは軽かった。

和泉、それに六係の男達三人とホテルに引き揚げ、一階にあるレストランで夕食をとる。前祝いに全員がビールを飲んだ。

その最中に、和泉の携帯が振動した。

「はい、和泉です……」

箸を置いて応答しながら立ち上がった和泉は、テーブルから数歩も離れぬうちに大声を上げていた。

「なんですって」

砂田は驚いて顔を上げる。

何があった——

「そんな……どうして……金正男《キムジョンナム》は必ず……いえ、ですが……ご再考を……いえ、決してそのような……」

席にいた全員が箸を止めて和泉の背中を見つめている。

「はい……承知致しました……では、そのように……は、失礼します」

電話を切った和泉の背中に、兼平班長が問いかける。

「どうしたんですか」

「ここでは話せない。私の部屋に集まってくれ」

振り向いた和泉の顔は蒼白だった。いや、憤怒の朱が混じっていたかもしれない。いずれにしても、以前は彼の上司であった砂田さえも、初めて見る表情だった。

全員が無言で和泉の部屋に移動する。最後に入った市川がドアに施錠するのを確認し、和泉が話し始めた。

「さっきの電話は阿久津総審からだ」

阿久津だったのか――

だとすれば、いい話であるはずがない。

順調に出世を続けた阿久津は、警視監に昇進し、警察庁長官官房総括審議官に納まっている。将来の長官候補との呼び声も高いと聞く。

「福田官房長官臨席のもと、外務省、法務省、警察庁など関係省庁が協議した結果、成田で拘束された四人の不法入国者は早期国外退去との方針が確認された」

男達の間から声が上がった。悲鳴とも怒号ともつかぬ声が。

「本来なら公安部長を通すところ、事態の緊急性と重大性を慮《おもんぱか》って、極めて異例ながら総審が直接現場にお電話を下さった」

「自分は納得できません」

兼平が赤鬼のようになって上司の胸倉をつかんだ。

「私もだ」

いつもの冷静な口調で和泉が応じる。だがそのまなじりには、悔し涙が滲んでいた。

それに気づいた兼平が、はっとしたように手を放して後ずさる。

「総審の話では、田中外務大臣が強硬に主張したそうだ。『そんな厄介者はさっさと北朝鮮へ送り返せ』とな」

眞紀子さんが――

「それじゃ拉致被害者はどうなるんですか。せっかく手に入れた最大の外交カードなのに、みすみす手放すんですか」

「私が決めたことじゃない」

声を詰まらせながらも、和泉は抑制された態度を保って続けた。

「外務大臣はこうも言ったそうだ、『北朝鮮からテポドンが飛んできたらどうするの』ってな。もっとも、阿久津さんの話だからどこまで本当か分からんがな」

本当かもしれないし、そうでないかもしれない。

あの眞紀子さんが――

和泉と兼平達とのやり取りを遠いものと聞きながら、砂田は一人、過ぎ去った日々を思い出していた。

警視庁に入庁し、大塚署地域課員として田中角栄邸の詰所で勤務していた青年の頃。国会へと赴く角栄の車を毎日のように最敬礼で見送った。「お嬢様」はすでに婿養子を迎えていたが、それでも一身をなげうって警護すべき人だった。

あの頃の「お嬢様」は、父の角栄さえたじろがせるほど奔放な物言いの片鱗《へんりん》は見せていたものの、周囲を包み込むような愛嬌と温かいエネルギーに満ちていた。

自分にとって、あの頃のことは生涯忘れられるものではない。だが「お嬢様」にとっては、詰所勤務の一警察官など路傍の雑草にも等しい存在だったろう。

すべての責任が外務大臣の発言にあるのかどうか、自分如きには知るすべもない。

だがあの眞紀子さんが、今になって、外事の足を引っ張ることになろうとは。

田中眞紀子は平成五年七月の衆院選に立候補して見事当選した。同年十二月には脳梗塞で倒れて以来リハビリを続けていた角栄が亡くなっている。

翌年には一年生議員であるにもかかわらず村山内閣の科学技術庁長官として初入閣を果たした。陰ながら「お嬢様」の躍進を応援していた砂田は、さすが角栄の娘と頼もしく思ったものだ。

今年四月二十六日に成立したばかりの小泉内閣では、外務大臣として入閣している。大胆に過ぎる言動から国民に人気のあった「眞紀子さん」は、小泉内閣成立の功労者と言っていい。そのため、小泉純一郎も彼女の処遇に配慮せざるを得ず、外務大臣という有力ポストを与えたのだという話をどこかで聞いた。

それが、就任してほんの一週間足らずで「金正男《キムジョンナム》不法入国」という予測不可能な事案に直面したわけである。一般人ならパニックを起こして正常な判断能力を失ったとしても当然の状況だが、砂田は依然心のどこかで、角栄の血を引く眞紀子に対して大いに期待し、肩入れしていた。それだけに、彼女の発したという言葉――あるいは承認した決断――には、何か大切な心の支柱をすっと外されたような、喪失感にも似たもの寂しい落胆を覚えた。

本当にそれでいいとお考えなのですか、眞紀子さん――

明けて三日。入管は成田で拘束された四人を「入国違反審査の結果、退去強制事由に該当する」と結論づけた。

すべては政府の決定通りに進行している。

だが午後五時を過ぎて、テレビが「金正男氏と見られる男性ら四人の身柄拘束」と報道し始め、瞬く間に世間の耳目を集めた。マスコミも一気に沸き立ち、中には「金正男がディズニーランドに行きたかったと供述」と報道した媒体もあって、それが人々の興味を一層かき立てた。

「官邸か察庁か、とにかく上層部から漏れたんだ」

テレビを眺めながら、和泉は冷笑とともに呟いた。

上層部の保秘の甘さは今に始まったことではないが、これで世論が動くかもしれない。砂田は密かにそう考えた。拉致被害者の『家族会』も『救う会』も黙ってはいないだろう。

砂田や和泉の期待に反し、政府は常になく迅速――と言うより拙速――に対処した。その夜のうちに、法務省が退去強制令書を発付したのである。もはや手の打ちようはなかった。

四日未明、警察庁から千葉県警に対し、四人の送還に伴う警戒要請が出された。これにより、砂田は改めて県警側担当者の一人として現場での対応を命じられた。

同日午前七時三十五分。茨城県警が厳重に警護を固める中、金正男一行は入国管理センターを出た。砂田も六係兼平班の面々と同乗し、警護車列に加わった。

八時二十五分、成田国際空港に到着。

十時四十五分、金正男《キムジョンナム》らが搭乗した北京行きの全日空905便が成田空港を飛び立った。

これらの一部始終はマスコミによって繰り返し報道され、金正男の特徴的な風貌を日本人の記憶に刻み込んだ。『ディズニーランド』という脱力感に満ちたキーワードとともに。

これで拉致被害者奪還の機会はまた遠のいた――

失望という感情を、眼前の光景としてこれほど痛切に見せつけられる局面はそうあるものではない。砂田はその感情を、己の無力感と併せて嚙み締めるしかなかった。

和泉達と並んで、空の彼方へ消えていく旅客機を眺めていたとき、兼平の携帯に着信があった。

すぐに応答した兼平は、通話を終えるなり顔色を変えて和泉に報告した。

「課長、大阪府警より連絡、全相吉《チヨンサンギル》をロスト」

「なんだと」

「また全の片腕と見られていた卓一洙《タクイルス》が轢き逃げに遭い死亡。ナンバープレートを見た目撃者の証言から、逃亡した車の所有者は自称ビジネスコンサルタントの甘地竜夫《たつお》と判明、現在行方を追っているとのことです」

甘地――その名前なら知っている。

砂田は和泉に向かって言った。

「甘地はKGBのダブルだった男です」

「本当ですか、砂田さん」

「ええ。覚えているでしょう、東芝COCOM違反。あのときに小手先の工作を仕掛けてきた。最終的に担当を任せた圭子、いや、眉墨管理官が報告書にまとめているはずです」

黙り込んだ和泉に畳みかける。

「卓の殺しにはロシア、おそらくはFSBが嚙んでいる。しかしいくらロシアでもよっぽどのことがなけりゃここまではやらない。全は正男と何度も連絡を取っていて、しかも正男来日の目的は不正資金の決済だった疑いが濃厚だ。もし仮にですよ、資金決済以外にも何か重要な目的があったとしたらどうです？　金正男は政府の決定通り北へ帰り、我々はそれを見送った。でもここからは我々の通常業務だ。違いますか」

和泉は慎重な姿勢を崩さず答えない。

「その線を追いましょう。対ロシアなら私の専門だ。私も捜査に加えて下さい。今ならまだ残務処理という名目で動ける」

「あなたはもう外一じゃない。今は丸橋《まるはし》課長が――」

「今の外一じゃ駄目だ。私は当時を知っている。甘地という人間を知ってるんだ。お願いします、課長」

二、三秒だったか。こちらを見つめ、考え込んでいた和泉が口を開いた。

「今この場で、外一担当の眉墨管理官に連絡し、甘地について確認します。その上で、管理官経由で外一の了承を得られるかどうか、訊いてみます」

圭子にだと――

「了承が得られれば、砂田さん、あなたにお任せします。それでいいですね？」

頷くしかない。反対のしようがなかった。

携帯を取り出した和泉が、番号を呼び出して発信する。

「……和泉です。緊急を要する案件がありまして電話しました。よろしいでしょうか」

そして今の状況と砂田の話を伝える。

和泉が話し終えてから、長い沈黙があった。相手の返答を待っているのだ。

砂田だけでなく、兼平班の捜査員達も無言で和泉を注視している。

携帯を耳に当てたまま、和泉は凝固したように立ち尽くす。

五月の陽光が照りつける下、離着陸する飛行機の轟音がやけにうるさい。

誰もが呼吸することさえ忘れたかのような時間が流れた。

やがて――

「そうですか……は、ありがとうございます……はい、もちろんです……では」

通話を終えた和泉は、汗の浮いた顔で砂田に向き直った。

「外一が了承してくれました。空港警備隊や丸橋課長にも話を通してくれるということです。ただし、名目はあくまで外二通常業務への捜査協力。外一への配慮も怠らぬようにと」

「了解しました」

感謝するよ、圭子――

「聞いた通りだ、我々はこれより全相吉《チョンサンギル》とその周辺の北朝鮮諜報網を全力で追う」

和泉はただちに部下達へ指示を下した。

「兼平班長は何人か連れてすぐに大阪へ飛んでくれ。府警と連携しつつ、全相吉の行方をなんとしても突き止めるんだ。並行して卓一《タクイル》洙《ス》殺しについても徹底的に捜査。頼んだぞ」

「はっ」

「砂田さんは甘地の線をお願いします。私は急いで各所との調整に当たらねばなりません。連絡は随時私の方へ」

「はい、ありがとうございます」

各員がその場から散っていく。

砂田も急ぎ足で捜査車輌の方へ向かいながら、心の中で別れた元妻を想った。

越権としか言いようのない自分の捜査を認めてくれた彼女の内心は窺い知る由もないが、それでも、湧き起こる感慨を押しとどめることができなかった。

外事一課担当管理官として辣腕を振るう現在の圭子。そして、代々木公園の野外ステージ前で甘地を監視していた若き日の圭子。

まるで別人のようであり、それでいて、少しも変わらぬ眉墨圭子だ。

3

一時は期待の新人とも称されたフリージャーナリストの甘地は、立件こそ免れたものの、KGBとの関係を当局に把握されて以来、スパイ行為からもマスコミ稼業からも足を洗ったはずだった。

それがそうではなかったのだ。

昔の伝手を頼って何本か電話をかけただけで、その後の甘地の凋落《ちょうらく》ぶりが手に取るように分かった。

家庭を捨てて何人かの愛人と同時に付き合っていた甘地は、さまざまな事業に手を出しては失敗を繰り返し、ついには多額の借金を抱えるに至った。女達にも見放され、完全に行き詰まっていた甘地に接触してきたのがFSBであったというわけだ。

もちろん、重要な情報を求めてのことではない。旧ソ連崩壊の打撃からまだ完全に立ち直っていないロシアの諜報機関が、使い捨てにできる〈道具〉を一個確保したにすぎない。その道具が卓一洙《タクイルス》暗殺に利用できたのなら、FSBにとっては予想以上のよい買い物であったに違いない。

甘地の現住所は大阪市此花区《このはな》。東京にいられなくなって地方都市を転々とした挙句、二年前に大阪に流れ着いたらしい。それでFSBは暗殺の実行犯として目をつけたのだ。

そうだ——甘地はずっと弱い人間だった。そして自分は、彼のそんな弱さを利用してきた。

最新情報によると、甘地の車は大阪駅前に乗り捨てられていたらしい。大阪府警が駅周辺の地取を行なっている最中だが、有力な情報は未だ得られずにいるという。言うまでもなく大阪駅は関西最大のターミナル駅だ。また広大な地下街にもつながっている。どこへ向かったのか、推測することは難しい。

砂田は考えた。殺人を犯した——しかも自分の車で——甘地がどこへ行こうとするだろうかと。

大阪市内ではない。またこれまで暮らした地方都市でもない。洒落者《しやれもの》だった甘地は大久保の生まれで、十代の頃は新宿で遊んだと聞いたことがある。甘地は大阪駅から新大阪駅に向かい、東海道新幹線に飛び乗ったに違いない。

そして向かうのは——あそこだ。

それもまた勘でしかない。だが自分にしか備わっていない勘だ。

午後十時すぎ、代々木に直行した砂田は、記憶を頼りに、建ち並ぶ古いビルを一軒一軒調べて回った。老眼が始まっているのか、暗い夜は字を読むのが辛い。

あった。五階建ての古いビル。エントランスの集合ポストを見ると、四一二号室『現論舎現代自由論壇編集部』の表示がある。チラシ類が溜まっていないところからすると、少なくとも誰かが今も入居しているのだ。

かつて現論舎の発行していた『現代自由論壇』は、六〇年代から七〇年代にかけてマスコミ志望の若者の間で大いに評価されたミニマガジンであった。休刊してからずいぶんになるが、将来的な復刊を夢見ていたのか、経営者兼編集長は決して廃刊とは言わなかった。

エレベーターはない。湿気の籠もる階段を使って四階まで上がる。昔は一気に駆け上がれたものだが、この歳になるといいかげん動悸がする。

四一二号室のドアをノックした。返事はない。もう一度、立て続けに激しくノックする。

「やかましいっ」

いきなりドアが開いて、いかつい坊主頭の男が顔を出した。現論舎ただ一人の社長兼社員だ。昔と少しも変わっていなかった。

「……おまえ、もしかして宮田か」

金壺眼《かなつぼまなこ》を見開いてまじまじとこちらを見ながら言う。

「またえらく老けたもんだなあ。どこのジジイかと思ったぜ」

「よくそう言われます」

自分より二十以上も年上の相手からジジイ呼ばわりと来た。

「突然ですみません」

「分かってる。入れ」

「お邪魔します」

中に入ると、一気に時代が七〇年代まで逆行したような錯覚を覚えた。柱時計。黒電話。旧式の大きなコピー機とファクシミリは八〇年代に据えられた物か。

埃の溜まった六畳の編集部に、甘地はいた。

壁際の編集机に突っ伏している。

「甘地君、宮田君だ」

編集長に声をかけられ、甘地がゆっくりと顔を上げる。

「早かったな」

鼻声だった。どうやら泣いていたらしい。

砂田は編集長を振り向いて言った。

「申しわけありませんが、しばらく二人だけにしてくれませんか」

「やたらと図々《ずうずう》しい客だな」

「すみません」

「いいよ。ちょうど銭湯に行こうと思ってたところなんだ」

そう言って手前の机の上に置かれていた洗面器とタオルを取り上げた。どうやらここに住んでいるらしい。

『現代自由論壇』が最盛期を迎えていた頃、出入りしていた学生が甘地であった。編集長に気に入られた甘地は記事執筆のチャンスを与えられ、華々しいデビューを果たした。甘地は編集長を父のように慕い、編集長もまた甘地の成功を我が事のように小さい目を細めて喜んだ。その関係が『現代自由論壇』休刊後も変わらなかったことに、砂田だけが気づいていた。

洗面器を小脇に抱え、ドアを閉めようとした編集長は、ふと思いついたような口振りで言った。

「宮田、おまえ、やっぱりポリ公だったんだな」

「はい」

頷くと、彼は悲しげにドアを閉めて姿を消した。

「久しぶりに聞いたな、ポリ公なんて呼び方」

そう言うと、甘地は泣き濡れた顔に笑みを浮かべ、

「官憲てのも聞かないよな。最近はどう呼ばれるんだい」

「そうだな、デコスケとか、単にデコとか」

「デカじゃないのか」

「あれはテレビだけさ。少なくとも今は」

砂田は手近にあった椅子を取って、甘地に向き合うように腰を下ろした。

「警告したはずだぞ、二度と狸の巣に近寄るなと」

「向こうから寄ってきたんだ、今になってさ。知っててここへ来たんじゃないのか」

一言もなかった。

「編集長には話したのか」

「何も。ずっと音信不通だったのに、黙って俺を受け入れてくれた。そういう人なんだ。下手に話して迷惑をかけたくない」

「じゃあ、このまま姿を消すのが一番だな」

「それからどうなるんだ、俺は」

　確か昔も同じことを訊かれた。だが今は、あのときとは違う。

「警察でありのままに話せ。保護してもらわねば、FSBに消されるだけだ」

「そうか……そうだな……」

　力なく立ち上がった甘地に、それとなく話しかける。

「卓一洙《タクイルス》の殺しを命じられたとき、奴らは何か言ってなかったか」

「さあ、ただ殺せと言われただけだ……金を渡されて……俺には必要だったんだ、その金が……」

　ドアに向かおうとした甘地が足を止める。

「そう言えば……」

「どうかしたか」

「うん、ミサイルがどうとか言ってたな」

「ミサイルだと？」

　驚いて甘地の両肩をつかむ。

「もう少し詳しく話してくれ」

「分からない……そのときは頭がぼうっとしてて……」

「薬でも打たれたのか」

「そうかもしれない……でも、あいつがそう言ってた……仲間に、小声で……」

「あいつ？　あいつって誰だ」

両手に我知らず力がこもる。

その手を払いのけながら、甘地は最も衝撃的な名前を口にした。

「クラーラだ……クラーラ・ルシーノワ」

「本当か？　間違いないな？」

反射的に質していたが、考えてみるとわざわざ問うまでもなかった。

暗殺という重大事案だ。これほどの作戦を指揮できる立場にある大物機関員となると、砂田の把握する限り自ずと限られてくる。

「ああ……」

「クラーラがミサイルと言ったんだな？」

「これでもFSBの使い走りなんだぜ、ロシア語くらい分かる……ほんの少しだけだがな……確かにракетаと言っていた……」

ракета——ラケータ。ロシア語で「ミサイル」の意味だ。

携帯を取り出し、和泉に連絡する。

「砂田です。甘地を確保しました。すぐに代々木署の警備課に連絡して代々木三丁目善台《ぜんだい》ビルにPC（パトカー）を回して下さい。FSBに暗殺されるおそれがあります……そうです、大変危険な状況です。詳細は代々木署で」

通話を切り、ドアに鍵を掛けてパトカーの到着を待った。

甘地を代々木署で保護し、和泉を待つ。間もなく駆けつけてきた和泉を伴い、代々木署警備課長である鴨居《かもい》警部の案内で会議室に入った。

「私は席を外した方がよさそうですね」

事の重大性を察知した鴨居は、自ら退室した。賢明な判断と言えた。

和泉と二人きりになった砂田は、手短に事のあらましを報告する。

「こちらにも新しい情報があります」

血の気を失ったような和泉が口を開く。

「大阪に入った兼平の報告によると、全相吉《チョンサンギル》周辺のビジネス関係者がことごとく姿を消していました。その中には北朝鮮の機関員と見られる人物も多数含まれている模様です。長い時間をかけて築き上げたはずの諜報網を放棄してまで逃亡しなければならなかった理由も、これで説明がつきます。金正日《キムジョンイル》の秘密資金を管理する39号室の責任者が金正男《キムジョンナム》だとすると、来日の目的はやはり武器密売の資金決済だった。それもただの武器じゃない。ミサイルだ」

なんてことだ――

むざむざ金正男を帰してしまった政府の判断が改めて悔やまれる。

和泉はスーツの内ポケットから折り畳んだ紙片を取り出した。

そこに書かれている文字には見覚えがある。

「成田で押収した金正男のメモですね」

「コピーですがね。ここに記されている名前の一つに、『이토사부로』、つまり伊藤三郎というのがあります。外二の資料を当たってみたら、足立区にある『金陽運送』の社員でした。同社は朝鮮労働党対外情報調査部のカバーで、殺された卓一洙《タクイルス》の通信記録に伊藤の名前が頻出するそうです。この二人が武器の密売に直接関与していた可能性が高い」

兼平の報告では、伊藤三郎もすでに行方をくらましています。しかも

「だとすると、伊藤ももう殺されてますね」

「おそらく」

「金陽運送の他の社員は」

「全力を挙げて追っているところです。しかし砂田さん」

「なんでしょう」

「分からないのは、ロシアがこの件にどう関わっているかです。いえ、武器の密売絡みだろうとは思いますが、卓を殺させた意味が分からない」

正直に答えるしかなかった。

「見当もつきません。それについては甘地の聴取に期待するしかないでしょう」

彼の聴取は、大阪府警の担当官の到着を待って翌日から開始されることになっていた。

深夜に帰宅した砂田は、疲労のあまり風呂にも入らず布団に潜り込んだ。

みじめに泣いていた甘地の涙。現実に対する一切の希望を捨てたような編集長の眼差《まなざ》し。そ

して有明で最後に見たクラーラの姿。疲れていたにもかかわらず、それらが頭の中で渦巻いてなかなか寝つけなかった。

ようやくまどろみかけた頃、枕元に置いた携帯電話が鳴り出した。

反射的につかみ取る。

「砂田です」

〈和泉です。甘地が死にました〉

起床時間になっても起きないため、留置管理課員が様子を見たところ、布団の中ですでに死亡していたという。

自殺でも他殺でもない。死因は虚血性心疾患。所持していた病院の診察券から、甘地は糖尿病を患っていたことが判明した。おそらくは極度のストレスが血栓の肥厚を促したものと推測された。

検視を終えた甘地の死顔を見つめ、砂田は絶望と悲哀の入り混じる無力感にさいなまれた。たとえ自分が捕らえずとも、ロシアや北朝鮮の手にかからずとも、甘地は遠からず死を迎えていたことだろう。

誰のせいでもない。自業自得だ。若き日に将来を嘱望されたジャーナリストの、あまりに儚い最期であった。

だが、と思う。本当に自業自得なのかと。彼を操った自分やクラーラに罪はないのか。北朝鮮に責任はないのか。

あるはずはない。そう呟いて踵を返す。外事の発想がそうさせる。操る者と操られる者。人間にはこの二種類しかいない。そして双方は絶えず入れ替わる。好むと好まざるとにかかわらず。それが世界だ。

「砂田さん」

いつの間にか和泉が傍らに立っていた。振り向くと、折り畳んだ携帯をポケットにしまうところだった。

「全相吉《チヨンサンギル》の潜伏場所が判明しました。埼玉県の川越市内です」

全相吉は以前から取引のあった指定暴力団篠ノ目組の世話で川越市南台のマンションに潜伏していた。大阪府警警備部と警視庁外事二課は暴力団関係の線を洗い、その事実を突き止めたのだ。

別件の詐欺容疑で逮捕状を取り、マンションの周囲を固める。

「ごめん下さい、お届け物です」

「なんやねん」

宅配業者を装った捜査員の呼びかけに、パジャマ姿の男が顔を覗かせる。全相吉だ。

「判子お願いします」

「判子？　そんなんないわ」

「じゃあサインで結構です」

「要らんわ。持って帰ってくれ」

男が用心深くドアを閉めようとしたとき、大きな鉄筋カッターが差し込まれ、ドアチェーンを鋏《はさ》んだ。三秒後、チェーンが切断されると同時に捜査員達が雪崩《なだ》れ込む。

彼らに続いて部屋へ踏み込んだ砂田が見たのは、ガラステーブルの上に置かれた書類に全がライターで火を点けているところだった。

炎がたちまち書類を包む。

「この野郎っ」

兼平班の佐竹と市川が左右から全を押さえつける。全は必死にそれを振り払い、なおもライターを書類に向けようとする。

慌てて前に回った砂田は、夢中で火を消そうとしたが間に合わなかった。

焼失する寸前、砂田は見た。書類に記された「9K310」という文字を。


全の聴取は川越署内で行なわれた。

被疑事案の詐欺については認めたが、それ以外は完全否認か黙秘であった。

「9K310。文字通り目に焼き付いてる。間違いない。9、K、3、1、0だ。それが一体なんなのか、最初はさっぱり分からなかった。俺に知識がなかったせいだ。無理もないよな。9K310イグラ。NATOでの名称はSA16。SAはサーフェス・トゥ・エア・ミサイルの略だ。携帯式地対空ミサイルのことなんて、知ってる奴の方が珍しい」

机を挟んで向かいに座る全《チヨン》の目を見つめ、砂田はゆっくりと言った。

取調補助者の小栗は無言でメモを取っている。本来ならば外二が聴取を担当するところだが、ロシアの関与が疑われる微妙な案件であるため、和泉の判断で小栗が補助に回ったのだ。

「金正男《キムジヨンナム》は北朝鮮がイラクに輸出したミサイルの代金を回収するために日本に来た。イラクは代金をスイス、香港、シドニー、東京の四か所に分散して預けた。巨額の資金を一か所に集めると国際的な監視網に引っ掛かる危険がある。資金の移動についてもそうだ。だから金正男が直接集金して回っていた。何人もの腹心に裏切られて、金正日《キムジヨンイル》はもう肉親しか信じられなくなってたんだな。その送金ルートにおける東京の窓口が、全さん、あんただった」

「なんの話か分かりまへんな」

全は滑らかな関西弁で答えた。

「大阪府警はあんたの口座を全部押さえてる。地対空ミサイル三百基。金額も一致する。送金元も判明してる」

「そやったら、卓《タク》と、なんちゅうたかな、金陽運送の、そう、伊藤や。あの二人が勝手にやったんちゃうか。わしはややこしい仕事はみんな卓に任せとったし。あいつ、伊藤と組んでなんやごちゃごちゃやっとったみたいやしなあ」

「死人に口なしってわけか」

「早い話が、そういうこっちゃな」

「ふざけるなよ」

「そやったら証拠出してや。９Ｋ３１０？　燃えてもうたんやろ、全部。そもそもこれ、別件ちゃうんか」

「その通りだよ」

「なんや、認めるんかい。ほなこれ不当逮捕かい」

「違法性はない」

「出たで。警察はいつもそれや。とぼけとらんではよ釈放せんかい。わしかて顧問弁護士くらいおんねんど」

「いいよ。釈放してやる。だが、卓一洙《イルス》のようにロシアに殺されても文句は言うなよ」

全が黙った。

「命が惜しけりゃ吐いてしまえ。ロシアがどうしておまえ達を狙うんだ。ロシアも武器密売に噛んでたのか」

だがそれ以上、全は一言も喋らなくなった。完全黙秘の態勢だ。

「いいだろう。持久戦で行くか」

背後でノックの音がした。

「しばらく一人でアタマ冷やしてろ」

取調室を出ると、待っていたのは川越署の警備課長であった。

「砂田さんに電話が入っています」

「電話?」

「総括審議官からです」

阿久津か。内容は聞かなくても想像できる。中止命令と叱責だ。

「なんで総審が現場に電話なんか……」

あまりの異様さに首を傾げている警備課長に、

「あいつはそういう奴なんですよ」

警備課長と小栗が啞然としたように口を開ける。当然だ。一警部が総括審議官を「あいつ」呼ばわりしたのだから。

「それと……俺達のやってることがやっぱり目障りだったんだろうな。政府にとって」

4

全相吉《チョンサンギル》は最後まで黙秘を貫いた。

詐欺容疑については多額の慰謝料とともに金を返却したことなどが考慮され、不起訴となった。弁護士の力もあるのだろうが、背後でどういう力が働いていたのか、砂田は知らない。

釈放後、事業をすべて清算した全は香港経由で北朝鮮へ帰国した。報道はされなかったが、聞くところによると辛光洙《シンガンス》並みの英雄として特別待遇を受けているという。

北朝鮮による武器密売の捜査は立ち消えとなった。容疑は明白なのだが、いずれも状況証拠であり、決定的な決め手に欠けたため異議を唱える余地すらなかった。

和泉は粛々とそれを受け入れ、今も外二の課長職にある。年々無表情になる彼の面上からは、もはや覇気も精気も、まして野心など、見出すことは困難だった。

そんなものを欠片も覗かせないのが外事の誇りだ。ひたすらに己を殺して使命に殉ずる。和泉はその本義に対して忠実に生きているようにも見えるし、同時に、何か別の境地に至ったようにも見える。

どちらでもいい——砂田はそう独りごつ。警察官の人生はさまざまだ。それが和泉の選んだ道ならば、自分が言うべきことは何もない。


日本政府は、公式には最後まで金正男《キムジョンナム》を本人とは認めなかった。

また、拘束の経緯はいつの間にか「入管職員が偽造パスポートに気づいたため」ということになっていて、マスコミを通じて盛んに報道された。

和泉が言った通り、〈回線〉の発信源が本当に高英姫《コヨンヒ》だったとしたら、彼女は見事に目的を達成したことになる。今度の来日騒動で、金正男は完全に金正日《キムジョンイル》の後継者レースから脱落したと見るのが外交筋の一致した見解であったからだ。

いずれにしても、一度定着したイメージは簡単には拭えない。金正男には「ディズニーランド好き」という間抜けなキャッチコピーが生涯ついて回るだろう。本人がそれをどう思っているかは窺い知る由もなかったが。

珍しく定時に上がった砂田は、豊洲の自宅マンションでビールを飲みながらナイター中継を眺めていた。野球に興味はなかったが、たまたまスイッチを入れたら放映していた。

何も考えずに時間を潰すにはちょうどいい。それは思わぬ発見であった。

振り返れば奉職以来、常に何かを考え、追い、突き詰めるばかりの毎日だった。やりがいを感じていなかったと言えば嘘になるが、その大半は徒労どころか、手痛い敗北に終わった。長年の古傷に、体と心がぎしぎしと痛む。夜中に痛みで目が覚める。もう充分に働いた。これからは定年まで静かに勤めていたかった。

釣りに行くのもいいかもしれない。押し入れの奥には、紐で束ねた『釣り人マガジン』のバックナンバーが今も残っている。

かつて逢沢と約束した通り、砂田は同誌を定期購読していた。だがそれもごく短い期間で、逢沢の死からしばらくして解約した。彼のコラムだけが載っていない誌面を開くことに耐えられなくなったからだ。

あれから何年も経つが、砂田は結局一度も釣りに行くことはなかった。もし逢沢が生きていたら、少しは違っていただろうか。忙しい仕事の合間を縫って、逢沢と渓流で魚を追ったりしていただろうか。

気がつくと、グラウンドから選手の姿が消えていた。アナウンサーが雨による試合の中止を伝えている。

缶ビールを手にしたまま窓に目を遣る。細かい雨粒が窓を叩いていた。

こっちでも降り出したか――

腰を上げかけて、思い直す。窓は閉まっているし、洗濯物など干してはいない。すべて洗濯機の横に溜め込んだままだ。

そのとき、来客を示すチャイムが鳴った。

誰だろう――

今度こそビールの缶を置いて立ち上がる。

それでなくてもこの部屋に来訪者は珍しい。こんな時間に来るとしたら、隣の爺さんか、管理人か。

玄関に行き、用心のためドアスコープから客の顔を確認する。

次の瞬間、砂田は思わず声を上げて後ずさっていた。

魚眼レンズを通して、外廊下の照明に浮かび上がる女の顔。

クラーラだった。

どうしてここへ――

蒸し暑かったはずなのに、全身の汗がいつの間にか蒸発していた。

クラーラは身じろぎもせずドアの外でじっと立っている。チャイムをもう一度押す気配もない。こちらが室内にいると知っているのだ。

ドアを開けるべきか、それとも――

外事の捜査員がFSBの機関員を自宅に招き入れるなど絶対にあってはならない。そうかと言って、このままでは他の住民にクラーラの姿を目撃される可能性がある。

自宅ドアの前に白人女性が立っていた――それだけで確実に監察の対象になってしまう。監察の連中は女の正体をたちどころに割り出すだろう。

すべて計算の上で、クラーラはドアの外に立っているのだ。

やむなく解錠し、ドアを開ける。クラーラが素早く滑り込んできた。同時に再びドアを閉める。外廊下の左右を確認している余裕はない。

「心配しないで。誰にも見られてないはずよ。少なくともあなたは監視されてないわ」

平然と言う。そして親しい友人の家を訪れたかのように、室内のあちこちを興味深そうに見回している。

「日本人の家は狭いんだ。これでも独り暮らしには贅沢《ぜいたく》なくらいだよ」

先回りして言ったつもりが、返ってきたのは失笑とも自嘲ともつかぬ寂しげな笑みだった。

「モスクワの団地も大して変わらないわ。広いアパートに住んでいるのは、政府の高官かオリガルヒだけよ。もしくは犯罪組織の幹部クラス。もっとも、その三者はほとんど同じようなものだけど」

「君はどうなんだ」

「私はただの公務員」

「だが日本では大物機関員だ。少なくとも外事はそう評価している」

「過大評価ね」

「本当にそうかな」

クラーラは二人用のダイニングセットに目を止めた。入居時に量販店のバーゲンセールで買ったものだ。

「あら、かわいい……座っていい？」

「ああ」

気がつけばすでにクラーラのペースに乗せられている。これ以上は危険だ。

「何を考えている」

クラーラの向かいに座り、職業的習慣で相手の人着を頭に入れる。オフホワイトのブラウスチュニックに、グレンチェック柄のワイドパンツ。チュニックはノースリーブだが、ボディラインの出にくいデザインだ。体型を隠そうとしているのか。数年ぶりに会ったクラーラは、確かに記憶の中の姿とはかなり違っていた。

「驚いた？　太ったでしょ、あたし」

一瞬にも満たない視線の意味を察して、クラーラが微笑んだ。

「ロシアの女は年をとるとこうなるの」

「知ってる。だが君は別の美しさを身につけたんじゃないかな」

クラーラが驚いたように目を見張る。

「あなたがそんなにお上手だったなんて、ＦＳＢのファイルに書き加えとかなきゃ」

「やめよう。それより用件を頼む」

「少しのお喋りもできないの？」

「俺達はそんな仲じゃない。この場から通報してもいいんだぞ。ロシアのスパイがいるってな」

クラーラが笑みを浮かべる。それもまた、以前にはなかった円熟と老獪さとを含んでいた。

「金正男《キムジョンナム》の件について話したかったの」

いきなり本題を切り出してきた。そういう手法だけは変わっていない。

「話すことはない。ロシアが北朝鮮の武器密売に噛んでいたことは判明している」

ハッタリだ。相手から新たな情報を引き出す際の常套手段である。〈戦い〉はすでに始まっているのだ。

「否定はしないわ。ロシアはＥＵの東方拡大に神経質だけど、極東と欧州の二正面作戦を避けるため、日米中を引きつける不安定要素として北朝鮮は存続してくれた方が都合がいいの」

「卓一洙《タクイルス》を殺したのもそのためだな」

「ええ。工作員の摘発による対北国際世論の悪化を未然に防止する必要があった」

「そんなことはどうでもいい」

ずっと抱えていた感情が、ついに抑え切れなくなった。

「問題はだ、君達が甘地を利用したことだ」

「もしかして、怒ってるの？」

「当然だ」

クラーラは心底意外そうに、

「彼はダブルだったのよ？」

「昔はな」

「一度足を突っ込んだ者は死ぬまで抜けられない」

「それはロシアだけで通用する話だ」

「違うわ。この世界のどこでも通用する、ごく標準的なルールよ。あなたが許せないのは、彼の死を悼む自分の感情よ」

自己欺瞞を鋭く衝かれ、砂田は黙った。

ロシアが甘地を殺したなら、矢島を死に追いやったのは誰だ。誰が敵で、誰が味方か。分かっている。敵しかいない。この世界で、味方の存在を信じられる方がどうかしている。

クラーラも口を閉じて視線を逸らした。

蒸し暑いキッチンに、テレビの音声だけが流れ続ける。砂田はダイニングテーブルの上にあったリモコンを取り上げ、テレビの電源を切った。

「今さらだけど、おくつろぎのところをごめんなさい」

「別にくつろいでいたわけじゃない」

「でも、あなたのその恰好……」

そう言われて初めて、自分が短パンにランニングシャツ一枚であったことに気がついた。

「ご婦人を迎える服装じゃなかったな」

「気にしないで。とってもチャーミングだわ」

「やめてくれ」

柄にもなく動揺した心の隙を衝くかのように、クラーラは予想もしていなかったことを話し出した。

「北朝鮮はKEDO（朝鮮半島エネルギー開発機構）の米朝枠組み合意に反して、核開発のためのウラン濃縮を続けているわ」

「なんだって」

事実だとすれば最上級の極秘情報だ。

「信じるかどうかはあなたの自由よ。でも、それがせめてものお詫び」

「お詫びにしてはモノが大きすぎる。お得意の攪乱でないとしたら、FSBがそれを俺に教えるメリットはなんだ」

「ロシアの国力はまだまだ回復したとは言えない。もし米朝対決が本格化したら、少々まずいことになるの。それに、ロシアが北朝鮮にエンジン技術を渡したって疑われても困るし。まだあるわ。平壌《ピョンヤン》とモスクワの距離は六四〇〇キロ。地理的に見ても、北朝鮮が強力な弾道ミサイルを保有することはロシアの安全保障上、好ましいことじゃない」

「なるほど、そのあたりが本題か」

窓の外で雨が激しさを増した。

「証拠は」

「あるわ」

クラーラは手にしていたハンドバッグから一枚のコピーを取り出し、テーブルに置いた。

ハングルは読めないが、末尾に記された「김정일」の署名は分かった。「金正日《キムジョンイル》」だ。

衝撃と興奮を隠し、努めて冷静に問う。

「これ一枚か」

「ええ。充分でしょう。全文はとても渡せない。第一、私も持っているどころか見たことさえないしね」

「本物である証拠は」

軽やかな声を上げてクラーラは笑った。

「そんなもの、必要ないわ。大事なのは日本が〈事実〉を知っていて〈証拠〉を持っているという〈情報〉だけ。もし将来的に日朝交渉の機会があれば、それは日本にとって極めて有効なカードになるはずよ。ただしその効力は、どのタイミングでどう切るか、使い方のセンスにだいぶ左右されるでしょうけど」

たまらなく喉が渇く――

砂田は立ち上がって冷蔵庫を開け、ビールに手を伸ばしかけて、やめた。代わりにペットボトルの麦茶をつかみ出す。

二つのコップに麦茶を注ぎ、一つをクラーラの前に置いた。

「頂くわ」

コップを取ったクラーラはすぐに口をつけた。

「……おいしい」

そう呟いて、残りを一息に飲み干した。汗一つかいていないような顔をしているクラーラも、そこまで喉が渇いていたのだ。

砂田は無言で二杯目を注いでやった。

「ありがとう。日本の飲み物や食べ物は最高ね」

「それは君が長年日本にいるせいだろう」

「そうかもね。でも、それももう終わり」

自分のコップを口に運ぼうとしていた砂田は、その言葉の意味が分からず視線を上げた。

「私、明日には帰国するの。本国へ召還よ。配置換えになったの。それもおそらくは現場じゃなくて、事務職に」

混乱する。なんと応じるべきか分からなかった。

「つまり、お別れ。もう二度と会うことはないわ」

二度と――会うことはない――

「だからそのコピーは、私の置き土産でもあるの。私から、あなたへのプレゼント」

「どうして……君ほどの人材を……」

「まあ、嬉しいことを言ってくれるのね。やっぱりファイルには加筆しておかなくちゃ。『砂田修作は少しは女心が分かるようになった』って」

「俺は真面目に訊いてるんだ」

「理由は特に聞かされてない。単に年をとったってことかもしれないし。誰かが私の失脚を狙って密告したのかも。昔から日本は赴任地として一番人気が高いから。ルビャンカではそれでなくても情実人事がまかり通っているし。あ、そういうところは日本も同じだったわね」

「クラーラ……」

「やめてちょうだい」

険しく発して彼女は立ち上がった。呆れるほどに優秀な機関員だ。こちらが何か言い出す前に機先を制した。

「私達はお互い最後まで祖国に対して恥じることはなかった。それでよかったと思っているの」

そうだろうか――本当にそれで――

「さようなら、砂田」

クラーラはそのまま玄関に向かい、ドアを開けて出ていった。ダイニングテーブルに一枚の紙片を残して。

雨の音はもう聞こえない。砂田の耳には、クラーラの最後の言葉だけがいつまでも響いていた。

——さようなら、砂田。

5

平成十四年一月二十九日、外務省との確執の末、田中眞紀子外務大臣が更迭された。

同年九月十七日に北朝鮮を訪問した内閣総理大臣小泉純一郎は、金正日《キムジョンイル》との初の日朝首脳会談を実現させた。このとき金正日は北朝鮮による日本人拉致を初めて公式に認めた。

しかし、それにより帰国できた拉致被害者はわずか五名にすぎなかった。外事ルートからいち早くそのことを知った砂田は、両の拳で机を叩いて激昂した——カードの切り方を誤ったのだと。


平成十六年三月十四日、ロシアではプーチンが大統領再選を果たし、その権力をますます盤石のものとした。

ウラジーミル・ウラジーミロヴィッチ・プーチン。

忘れもしない、旧ソ連八月クーデターの裏に見え隠れしていたあの男だ。

砂田はある種の感慨を抱かずにはいられなかった。

何かというと筋肉質のボディを披露したがる現在のプーチンには、当時不鮮明な写真で見た小鼠《こねずみ》のような蒼白い若僧の面影はほとんど残っていない。ただどこまでも昏《くら》い、チェーカー特有の眼光だけが共通している。

KGBの栄光は不滅であると、自分がそれを取り戻すのだと、その目がはっきりと宣言していた。

平成十七年、小泉総理は長年の悲願であった郵政民営化法案を成立させた。

小泉は「構造改革の構造とは、田中角栄が作った政治構造のことである」と語っていた。つまり、自民党の派閥体質、政官の癒着、それらはすべて田中角栄を根源とする腐敗であって、そうしたもの一切を否定し、一点突破を図るのが郵政民営化であるというのだ。

そしてその主張は、熱狂的な歓呼を伴って大衆に支持された。

世間が郵政民営化で沸き立っていた頃、砂田は各署をたらい回しにされた挙句、池上署の警備課長に納まっていた。

その日、公務で管内の仲池上《なかいけがみ》二丁目を訪れた砂田は、呑川《のみかわ》沿いに建つ『仲池土木』の看板を見つけ、懐かしさのあまり思わず通用口のインターフォンを押していた。

同社を経営しているのは同郷の後輩である。上京したばかりの頃は、よく一緒に飲んだものだ。彼は仲池土木に就職し、社長令嬢に見初められて養子に入った。その後義父の跡を継いで社長になったのだ。ずいぶん羽振りがいいと聞いていたが、よくあるパターンで段々と疎遠になって、池上署管内だったことさえすっかり忘れていた。

あいつは今でも変わらずにやっているだろうか――奥さんは、子供達は――

しかし何度インターフォンを押しても、一向に返事がない。不審に思っていると、背後から声をかけられた。

「そちらにはもうどなたもいらっしゃいませんよ」

振り返ると、近隣の住民らしい老婆が立っていた。

「そうだったんですか。どちらへ越されたか、ご存じありませんか」

「さあねえ。半年ほど前に会社が潰れて、かわいそうに、一家で夜逃げしちゃったんですよ。どこへ越したんだか、あたしらにも……」

半年前なら自分が赴任してくるより前だ。

「多いんですよ、最近は。嫌な世の中ですよねえ」

そんなことを呟きながら、老婆はよちよちと歩み去った。

改めて周辺を見回すと、確かにシャッターを閉ざしたままの店舗や事業所が異様に目につく。活気に満ちた昔日の面影はまるで残っていなかった。

やりきれない思いで砂田は署への帰途に就いた。どこまでも続くシャッターの列を見渡して考える。

確かに田中角栄は「列島改造」で地方への公共事業誘致を優先した。その結果、現在に続く腐敗の原因を作ったことは認めざるを得ない。

対して小泉純一郎は「構造改革」で公共投資抑制を重視し、地方や中小企業の衰退を放置した。

日本中で〈角栄的なるもの〉が敗北し、〈角栄の遺産〉が破壊されていく。勝利したのは小泉純一郎に象徴される、目に見えない大きな流れのようなものだ。

もう何も分からない——果たしてどちらが正しかったのか。

夕陽に伸びる己の影を見つめながら、砂田は靴底から伝わってくるアスファルトの冷たい熱をこらえて歩き続けた。

2018
残照

1

平成三十年五月十一日、砂田は越後交通のバスに揺られていた。上越新幹線の始発で東京を発ち、長岡駅前から柏崎駅前線に乗車したのだ。

その日は朝からよく晴れた上天気であった。警視庁を退職して以来、遠出するのは久々であったから、柄にもなく気分が浮き立った。

退職勧奨に逆らい、定年まで居座った砂田に再就職先はなかった。以来今日まで年金暮らしが続いている。それでも時折、昔の知人に頼まれて相談事に乗ったりするので、結構な臨時収入があったりする。元警察官という肩書は、話し合いの場に立ち会うだけでも効くものらしい。

民間の警備会社や興信所に天下った警察官仲間は、トラブル仲裁の場に善意のボランティアとして顔を出す砂田の存在を苦々しく思っているようだったが、筋道だった正論しか吐かない砂田に対し文句をつけられずにいる。それでなくても定年間近の頃には、警察内でよくも悪くも半ばアンタッチャブルな存在となっていたのでなおさら目障りなのだろうが、こちらの知ったことではない。

七〇をとうに過ぎて、最近は近所を散歩するのも億劫なくらい足腰の衰えた砂田が、こうして旅に出る気になったのにはわけがある。「田中角榮記念館」が角栄の生家と墓所を期間限定で一般公開するとの新聞記事を目にしたからだ。つまり、角栄の墓参りに来たのである。十一年前の新潟県中越沖地震で角栄の墓も倒壊する被害に遭ったという。以来、田中家の敷地内にある墓所は非公開の状態が続いていた。

今年は角栄生誕百周年に当たり、田中角榮記念館でも各種の催しを企画している。その一環で、五月から十一月の第二金土日曜のみ墓所が公開されるという。五月十一日は一般公開の初日に当たる。角栄の命日は十二月十六日だが、その日は身内や関係者だけでゆっくりと故人を偲《しの》んでいるのであろうから仕方がない。無職の身には平日の金曜であっても問題はなかった。

ほとんどの乗客と同じく小坂下《おさかした》バス停で降車し、田中角榮記念館に向かう。そこでチケットを購入し、バス停まで引き返す形で生家へと足を運んだ。

門を潜《くぐ》ると、左手に角栄の胸像が建てられていた。毅然として力強く、それでいて木訥《ぼくとつ》なあの顔だ。歳のせいか涙もろくなった身には、もうそれだけで感無量としか言いようはない。強いてその場を離れ、生家の方へと歩き出す。生家の内部は非公開ということだった。その右側から長い階段を上る。五十段以上はあるだろうか。しかし気持ちが昂ぶっているせいか、思ったより苦にならない。

客が多いのは好天のせいだけではないだろう。一昨年頃から、世間ではにわかに角栄ブームが起こっていた。所用のついでに八重洲の大型書店に入った砂田は、一面に平積みされた角栄本の山に仰天したものだ。そのうちの何冊かを買って読んだが、良い本もあればそう思えない本もあった。警察にいた砂田も知らなかったような新事実が記されているかと思えば、明らかな誤りがもっともらしく述べられていたりもする。

ただ、どの本にも角栄の懐かしい写真が載っていて、それらを眺めているだけでも胸が一杯になった。万年床の上で拾い読みしながら、考えずにはいられなかった。なぜ今になってこんなブームがと。これまでにも角栄再評価の波は何度かあった。それでも今回は今までと違う、どこか切実で根源的な渇望を伴っているように感じられた。

そんなことを想っているうちに階段を上り終えた。

そこに、角栄の墓があった。

押しかけた客達がすでに列を作っている。順番を待って持参した花を供えた砂田は、静かに手を合わせて瞑目した。

目白台の角栄邸に侵入しようとした暴漢を夢中で取り押さえた巡査時代の夜。

入院中の病室に突然見舞いに来てくれた角栄の底抜けの笑顔。

その明るさに、病院中に花が咲いた。

そして、金脈問題での内閣総辞職と、それに続くロッキード事件の発生。

角栄の逮捕を最初に知らせてくれたのは、外事課のフロアに駆け込んできた先輩の矢島だった——

そうした記憶が一度に甦ってきて、思いも寄らぬ混乱に陥った。

いけない、こんな——だが、どうしても——

「ちょっと、早くして下さらない」

背後からの声で我に返った。振り返ると、後ろに並んでいた中年の婦人が薄いサングラス越しに目を見開くのが分かった。まさか泣いているとは思わなかったのだろう。

「すみません……」

頭を下げて早々に立ち去る。善男善女の不審そうな視線を背中に感じたが、どうでもいい。ハンカチを取り出して急ぎ顔全体を拭う。それでも涙は止まらなかった。

田中角榮記念館もゆっくり見学していくつもりだったが、もうそれどころではない。早足でバス停に向かう。

うららかな陽光の下、砂田は顔を伏せるようにして上りのバスを待った。

一度溢れ出した想念は、帰りの上越新幹線の車中でも尽きることがなかった。

かつての部下だった伴は、砂田が退職した三か月後、海に転落して死亡した。警察は事故として早々に捜査を打ち切った。北海道警の警備部でロシアのスパイ事案を追っている最中だったらしい。

同僚の死に囚われ続けた伴は、自らもまた友と同じく、インテリジェンスの狭間《はざま》で謀殺されたのだ。友を失った深い悲しみと、友を奪った者への深い憎悪とが、彼の人生を支配しただけでなく、結局は不幸な運命を呼び寄せたように思えてならない。

圭子は中央署の署長としてキャリアを終え、大手商社のコンプライアンス部門に天下った。そっちの世界でもやり手で通っているそうで、自分の境遇との落差にはもう笑うしかなかった。だが嫉妬はない。そもそも羨ましさを感じないからだ。自分にはできないし、やりたくもない。圭子は自ら望んで、堂々とやり遂げた。元妻を讃えても、貶《おとし》める気はまったくない。

彼女自身が言ったではないか――「私は自分の人生を生きてるの」と。

圭子は強い人間だった。自分よりもずっと。

微かな振動に身を任せて目を閉じる。

久我山の新築マンション。エプロンをして、台所に立つ圭子。儚く潰えた結婚生活。

彼女と暮らした日々は、互いに傷つけ合っているようでいて、その実、二度とない輝きの中にいた。少なくとも自分にとっては。

それから、阿久津。

彼は結局、警視総監にも警察庁長官にもなれなかった。順当に行けばいずれかの地位は確実と見られていたのだが、次長時代に女性スキャンダルを週刊誌にすっぱ抜かれて辞職を余儀なくされた。

だがそこからが本領発揮と言うべきか、かねてより時の政権に擦り寄っていた阿久津は、まんまと政治家への転身を果たした。今では内閣官房副長官の要職を務めている。

阿久津という男には、最初から理想も使命感もなかったのだ。持っていたのはただの野心だ。若い頃の自分はそんなことも見抜けなかった。いまいましいが、今さら嘆いても仕方がない。彼もまた、官僚としての本能に忠実であっただけとも言えた。阿久津以上の厚顔の持ち主などいくらでもいる。警察にも政府にも。砂田は自らにそう言い聞かせる。他にできることはない。

やがて新幹線は東京駅に着いた。宿泊予定だった旅行は、予定外の日帰り旅行に終わった。退職と同時に引っ越してきた武蔵関《むさしせき》の安アパートに帰宅し、旅行鞄を下ろす。豊洲のマンションも1LDKにしては決して家賃が高いわけではなかったが、いかんせん無職である。用心のため、より家賃の安い木造アパートに移ったのだ。それでも風呂は付いていて日当たりがいい。老人の独り暮らしには充分だった。

着替えながらテレビをつけると、いきなり阿久津の顔が大写しになった。

総白髪となった自分と違い、髪は黒々として若々しさを保っている。さすがに老けたが、それでもまだ往年の容色が残っていて、本人もそのことを意識しているのが見て取れた。

なんだろうと思ってしばらく眺めていると、政治資金規正法に引っ掛かったということが分かった。昼間に撮影されたVTRでは、逃げるように足を速めながら「秘書が勝手にやった」とお決まりのフレーズを連発している。

風呂に入ってからビール片手にもう一度テレビをつけると、阿久津の記者会見が始まろうとしていた。どうやら言い逃れのできぬ証拠が出てきて、官邸にも見放されたようだった。

この期に及んでなお、尊大な態度をまるで隠し切れていないところが阿久津らしい。

〈このたびは私の監督が至らず、秘書の手違いから関係者の皆様に誤解を与えたり、ご迷惑をおかけしてしまったとしたら、それについては大変申しわけなく思う次第です〉

反省どころか、「みんなやっていることなのに自分一人だけこんな理不尽な目に遭わされていることが悔しくてならない」という正直な心がありありと感じ取れる文言のオンパレードだ。それもまた実に阿久津らしい。

次いで、そっくり返っているようにさえ見える姿勢から、いかにも不本意そうに頭を下げた。

「申しわけありませんでした」

砂田はぽかんと口を開けた。

まったく謝罪に聞こえない、ふて腐れたような口吻《こうふん》に対してではない。一瞬ではあるが、カメラに向かって下げられた阿久津の頭頂部が、スダレよりもまばらに禿《は》げ上がっているのがモニター全体に大写しになったからである。

あんなに二枚目ぶっていたのに——

人は誰しも年をとる。歳月とともに老いていく。当たり前のことではあるが、唐突に全国ネットで晒された阿久津の頭頂部は、奇妙な衝撃を伴って砂田の網膜に焼き付いた。


その夜はなかなか寝つかれなかった。

一昨年八月、天皇陛下のビデオメッセージが放映され、生前退位のお気持ちが表明された。

それはさまざまな論議を呼び、紆余曲折《うよきょくせつ》を経て、昨年十二月には退位の日を来年の四月三十日とすることが閣議決定された。

平成がまもなく終わろうとしている。

自分が入庁したのは昭和四十五年で二十二歳のときだった。長い警察官人生の前半が昭和、後半が平成だったことになる。どちらの時代にも大事件があった。にもかかわらず、印象としては圧倒的に昭和の方が強い。阪神淡路大震災、オウム、アメリカ同時多発テロ、東日本大震災、福島第一原発事故。いずれも平成の出来事であったというのに。しかもそれらの事件のいくつかには、多かれ少なかれ、警察官として自分も関わってきたというのに。

なぜだろう。平成が終わるというより、昭和という時代の残照がいよいよ薄れ、真に終わろうとしているかのような気分がある。

寝返りを打つと、枕元に積んであった角栄本の山が目に入った。

思い切って起き上がり、明かりを点けて読み耽る。

当時あそこまで角栄を叩いた日本人が、なぜ今になって持ち上げるのか。

個人的な出来事から角栄に思い入れのある自分でさえ、金権体質については口を濁さざるを得ないし、ロッキードの金を受け取ったかどうかと訊かれれば、たぶん受け取ったのではないかと思う。

だが政治家の金権体質は角栄に始まったわけでもないし、角栄で途絶えたわけでもない。政治とは無制限に金を使うものであって、問題はその使い方なのだ。そう言って悪ければ金を動かすときの志なのだ。なのに日本人は、角栄だけを口を極めて罵った。

そもそも日本人はどうしてあのとき、それまで持てはやしていた角栄を、掌を返したように攻撃し始めたのか。

本のページを静かにめくりながら考える。

福田赳夫や三木武夫との確執。アメリカの思惑。著者ごとに各人各様の説が唱えられている。それらのうち、アメリカの謀略らしきことに関しては外事一課五係時代の砂田もその一端に触れている。元ロッキード社社員ヘンリー・ワイズをいずこかへと移送していったＣＩＡの男達。だがそれはあくまでも〈一端〉であって全貌を明らかにするものでは決してない。

問題はそんな細部ではないのではないか――

五係時代の忘れ難い体験を踏まえた上で、砂田はようやく思い至った。

同世代の人々と言うと大げさだが、主に警察学校で同期だった連中を思い浮かべるだけでいい。もちろん例外もいるが、彼らの大部分に共通していたのは、高度経済成長の波に乗れなかったという無意識の鬱屈だ。

待て――似たようなことがあった――

そうだ、『バブル景気』だ。そんなものがいつ、どこであったのか、どうにも判然としない。浮かれ騒いでいたような世相であったことは漠然と覚えている。自分は確かにあの時代を生きていたのに、バブルという言葉だけが自分の頭の上を知らないうちに通り過ぎていったような感覚だ。

高度経済成長もバブル景気も、その残骸だけが悪夢の爪痕の如くに今も在るという点が共通している。経済的恩恵に浴することのなかった自分達は、日本の発展を謳歌《おうか》している特権的な金持ち連中を心の中で嫉《ねた》んでいたはずだ。そんな心の澱が、ほとんど限界まで蓄積されていた。

多数の本の中で、角栄のことを身近にいた人達は一様に「オヤジさん」と呼んでいる。日本において親分、もしくは親分肌の人物はごく普通にそう呼ばれるため、今まで当たり前のように聞いてきたが、こうして振り返ってみると、そのことが特別な意味を持つかのように思えてくる。

それらの本が指摘している通り、角栄が天性の「人たらし」であったことは疑いを容《い》れない。大きすぎる包容力を持っていたがゆえに、日本人はどこかで角栄を自分達の〈父〉として認識し、甘えていたのではなかったか。かくして蓄積された憤懣は、最も身近で象徴的な〈父〉へと向けられた。折から金権政治を批判されていた角栄に。

つまり、あのときの熱に浮かされたような角栄叩きとは、日本人全体による〈父殺し〉であったのだ。

その後ろめたさが今になって角栄を懐かしみ、過剰に持ち上げる精神状態につながった。それこそが角栄ブームの正体だ。

バカバカしい――

本を投げ出し、砂田は再び布団に潜り込む。

自分は評論家でもなんでもない、ただの老いぼれた元警察官だ。

しかしそんな考えを頭の中から追い払おうとすればするほど、よけいに考えてしまう。

角栄邸の門前で勤務して以来、自分はどこかで角栄という人を〈父〉と思っていなかったと言い切れるか。

退職してから知人の頼み事に何度も力を貸してきたが、それらのトラブルの中には、中国人とのものが少なくなかった。尖閣《せんかく》諸島を巡る問題が激化してからは特にそうだ。

そんなケースに遭遇するたび、砂田は日中関係の悪化を肌で実感したものである。そしてそのつど「角栄がいてくれたら」と思わずにはいられなかった。

かつて日中関係の改善に尽くした田中角栄は、中国でも偉大な政治家として今も尊敬されているという。角栄による当時の対中政策は、もちろん政治的な狙いもあってのことだったろうが、それでも昨今の深刻な状況を見るにつけ、繰り返し思うのだ――「角栄がいてくれたら」と。

アメリカでは、マイノリティへのヘイトを主張するトランプ政権が誕生した。常にアメリカに追随する日本でも、あからさまな差別を煽る輩がいつの間にか跋扈《ばっこ》している。

〈戦争を知っている世代が社会の中核にある間はいいが、戦争を知らない世代ばかりになると日本は怖いことになる〉

角栄の言った通りになってしまった。

自分の角栄贔屓は百も承知で、砂田はやはり心に呟く。

アメリカも日本も情けないほどの小物ばかりだ――今こそ角栄がいてくれたら――

気がつけば空が白み始めてもいい時間になっていた。だが冷たい布団の中から見る窓の外は、未だに明けぬ夜のただ中でしかなかった。

2

その日の昼食は冷や麦にしようと決めた。さっと茹《ゆ》でて水道の水で冷やす。薬味は刻んだネギとミョウガがあれば充分だ。年寄りには量は要らない。ゆっくりと時間をかけて食べ終える。食器を丁寧に洗ってから、砂田は身支度を整え、アパートを出て武蔵関駅に向かった。

途中で新しいコンビニを見つけ、入ってみた。蒸し暑い日で、何か冷たいものでも買っていこうと思ったのだ。冷房の効いた店内に入ってすぐ、アイスクリームの並べられた冷凍庫が目についた。

そうだ、久しぶりにダブルソーダを食べてみよう――

思いついた途端、なんだか少し嬉しくなった。子供の頃に戻ったような、ちょっとした高揚感だ。

しかし、各種のアイスが整然と並べられた平型冷凍庫をいくら眺め渡しても、ダブルソーダは見つからなかった。

困惑して店内を見回す。しかしレジにいるのも、商品を補充しているのも、みな外国人の店員だ。ダブルソーダと言って通じるだろうか。

声をかけようか迷っていると、ちょうど傍らを若い女性店員が通り過ぎた。名札を見ると日本人だ。

「あの、すみません」

「はい？」

振り返った女性店員に、

「ダブルソーダはありませんか」

「ダブルソーダ？　ドリンクですか」

「いえ、棒が二本ついてて、真ん中から二つに割れるアイスです」

「さあ……ちょっとお待ち下さい」

面倒臭そうにそう言うと、女性は奥へと引っ込んだ。

後に残された砂田は呆然となって視線を冷凍庫の中へと戻す。

もしかして、今の子はダブルソーダを知らないのか？　信じられない、あのダブルソーダを

――

「あ、お待たせしました」

顔を上げると、眼鏡を掛けた中年男性が立っていた。素早く名札に視線を走らせると「店長」の表記がある。

「ダブルソーダは製造中止になりまして、今はもうどの店舗でも扱ってないんですよ」

「えっ」

心底驚いた。製造中止だって？

「ちょうど一年くらい前でしたかねえ。私も子供の頃はよく食べたものですから、残念なんですけど……どうもすみません」

「いえ、ありがとうございました」

礼を述べて店を出る。

班長だった馬越と、ダブルソーダを分け合って食べたのはいつだったか。

新人だった圭子とコンビニに入り、ダブルソーダを買ったのは、確かＣＯＣＯＭの頃だ——

そうした思い出の数々が、ダブルソーダとともに忘却の淵へと押し流されていくようだった。

ただし東芝の件だけは、忘れたくとも向こうがそれを許してくれそうにない。

平成二十一年と二十三年の所得隠し。不祥事が絶えず、常に世間を騒がせ続けたこの名門企業で、平成二十七年に致命的とも言える超巨額粉飾決算が発覚した。無定見な原子力発電所事業の不振により悪化した財務体質を隠蔽するため、粉飾に手を染めていたのである。

技術立国日本を代表する企業であったはずの東芝は、主力のパソコン事業も半導体事業も手放すことを余儀なくされた。かろうじて倒産は回避したものの、今や昔日の栄光も消え失せて、落魄《らくはく》の無惨な姿を晒すのみである。

東芝はＣＯＣＯＭ違反事件の教訓を何一つとして活かそうとはしなかったのだ。

芝公園の高級フレンチ『クレッセント』でクラーラの誘いに乗り優雅な会食にうつつを抜か

していた東芝の重役達を思い出す。ＣＯＣＯＭ違反の自覚も反省もなく、自分達だけが特権階級であるかのようにふるまっていた。

途方もない脱力感に襲われる。東芝の歴代社長、歴代役員は、問題を隠し、先送りにし、自身の責任を回避することしか頭になかった。苦しむのは東芝の看板を支え続けた一般の社員や技術者達だ。

ＣＯＣＯＭ違反当時と何も変わらない。それどころか、昨今の政治状況と符合するようで、薄ら寒い思いばかりが募っていく。

国有地払い下げ問題に関する政治家や官僚の相次ぐ虚偽答弁や公文書の改竄《かいざん》。徹頭徹尾、すべてが最初の愚かしい誤りの辻褄合わせだ。

どこを見ても嘘しかない。日本はいつの間にか嘘がまかり通る国になってしまった。

毒々しい嘘の花は、ＣＯＣＯＭ違反が発覚したときすでに発芽し、その粘つく蔓《つる》を日本中に伸ばしつつあったのだ。

自分達は、そのことについてもっともっと考えてみるべきだった――

沈んだ気分で武蔵関駅の改札を通り、西武新宿線に乗る。高田馬場で東西線に乗り換え、日本橋へ。

知人と会う約束があって出向いたのだが、その前に少し歩きたくて早めに来た。

地上へと上がると、記憶にない光景が広がっていた。それでも方向くらいは分かる。ためらわずに歩き出した。

千疋屋の方へは行かない。クラーラの嘘は極上の甘口だったが、嘘であったことには違いない。

まだ五月だというのに嫌になるほど蒸し暑い。東京は年々暑く不快になっていく。クラーラと歩いた頃の東京は、どこも清涼の気配に満ちていた。もっとも、あのときの季節は秋であったが。

老いてすっかり肉の落ちた足を止め、日本橋の上の首都高を見上げる。東京オリンピックの前後に完成したという都心環状線だ。再来年には、また東京でオリンピックをやるという。自分も年をとるはずだ。

首都高を地下化して日本橋に再び日を当てるという計画があるそうだが、詳しくは知らない。ここがどんな光景になるのか、想像すらできなかった。自分の記憶にある日本橋は、すでに首都高に覆われた暗い場所でしかない。その記憶は、まだ少女のようだったクラーラと分かち難く結びついているところが哀《かな》しくもあり、懐かしくもあった。

オリンピックか――

間もなく平成が終わり、オリンピックが挙行される。それは新しい時代の始まりとなるのだろうか。それとも終焉《しゅうえん》となるのだろうか。

前のオリンピックはよく覚えている。高校生の頃だから当然だ。

オリンピックを巡る空気は、当時と今とではまるで違う。あのときは、日本中がオリンピックに向けて盛り上がっていた。復興のシンボルであると誰もが信じて疑わなかった。

しかし今の日本にそんな熱気はまったくない。日々露呈する運営の欺瞞に、誰もが不信感を抱き、冷ややかな視線を投げかけるのみである。マスコミは盛んにオリンピックを喧伝《けんでん》しているが、ＣＭ一つにも巨額の税金が投入されていることを誰もが知っているからだ。国民を欺き、途轍もない犠牲を強いてまでオリンピックを強行しようとしているのは、日本人なら当時のように熱狂するはずだと信じて疑わぬ老人だけだろう。さもなくば利権に群がる財界人か。自分はまさに前者と同じか少し下の世代に当たる老人だが、幸いにも恥というものを知っている。老人の無知と頑迷の害も分かるし、若者の絶望も理解できる。これも長年外事にいて、世間を突き放して眺める客観的な視点が身についたせいだろうか。

いいや、と己で首を振る。自分は外事にいながら外事に染まれなかったはぐれ者だ。いばれるような特技は何も持たない。

約束の午後三時、日本橋三越本店の新館四階にある『宮越屋珈琲』に入る。相手はすでに待っていた。

「ご無沙汰してます、砂田さん」

白髪というよりは、見事な銀髪となった青野が窓際のテーブルから手を挙げる。

「どうかしましたか」

こちらの視線を不審に思ったのか、ロマンスグレーの青野が首を傾げる。

「誰かに似ていると思ってな。思い出したよ、塩崎だ」

「塩崎？」

「写真は見たことがあるはずだ。六星インフォメーションの塩崎だよ」

ああ、と青野が頷く。

「自分では考えたこともありませんでした」

定年を待たず、九〇年代の終わりに退職した青野は、ネット・セキュリティーを中心としたベンチャー企業を起ち上げ、それなりの成功を収めていた。実を言うと、砂田は退職時に青野から会社の顧問になってくれないかと誘われたのだが、考えた末、結局応じなかった。インターネットどころかパソコン自体に疎いことが理由の一つ。もう一つの理由は、自分がいると警察に目をつけられてどんな嫌がらせを受けるか分からないと思ったからだ。

それどころか、自分と交流があるというだけで新会社が不利益を被るおそれがある。青野とも今日まであえて距離を置いていたのだが、さすがにもういいかという気になってきて、再会に応じたのである。

「お酒でもご一緒できればよかったんですけど、医者に止められてまして……」

「それはもう電話で聞いた。気にするな。俺だってこの歳だ、酒なんか控えた方がいいに決まってる」

退職を決意するに至った警察時代のストレスに加え、新ビジネスを軌道に乗せる苦労も相当なものだったに違いない。酒だけでなく、厳しい食事制限を余儀なくされているということだった。

「で、どうなんだ、体の方は」

「おかげさまで、食事に気をつけてさえいれば問題ないそうで……後は適度な運動を心掛けろって言われましたね」

「そうか、じゃあせいぜいジムにでも通うんだな」

「入会はしてるんですけど、なかなか行く暇がなくて」

砂田はコーヒー、青野はアイスティーを注文し、積もる話に時を過ごした。

「おまえ、本当は和泉も会社に誘いたかったんじゃないのか」

機を見て尋ねてみると、青野は照れたような笑みを浮かべ、

「どうしてそう思われたんですか」

「俺の下にいた頃、おまえ達は息がぴったりの名コンビだったからさ。仲もよかったし。おかげでずいぶん助けられたもんだ。俺は部下に恵まれたよ」

「いやあ、和泉はあっという間に偉くなったから……それに、あいつとは段々話が合わなくなりましたし……」

それだけ言って語尾を濁した。

青野が警察を辞めた最大の要因は、國松長官狙撃を巡る警察内の暗闘に深い幻滅を覚えたことにある。その際に和泉の選択した態度が、青野を失望させたとしても不思議ではない。

話は自ずと長官狙撃事件へと流れていった。

八年前、同事案は殺人未遂罪の公訴時効を迎えた。それと同時に警視庁公安部長が記者会見を開き、同事案はオウム真理教の計画的犯行であると述べ、警視庁のホームページ上に同一の

内容を掲載し公表した。

常軌も憲法も逸したその行為は、当然の如く激しい批判に晒されたが、それが分かっていながらなお子供じみた自己弁護を展開し、体面に固執する警察組織の妄念に、砂田は恐怖さえ覚えたものである。

あのときの警察の強弁もまた、現代の政治状況につながっていく――「すべてが最初の愚かしい誤りの辻褄合わせ」。

「ご存じですか、尾ヶ瀬さんも加倉井さんも日本オリンピック委員会の理事をやってるって」

「ああ、知ってる」

もはや笑うしかない。國松長官狙撃事件を迷宮入りさせた張本人達は、いわゆる〈渡り〉の天下りを繰り返して巨額の報酬を手に入れたばかりか、各種団体の名誉顧問や理事職に納まっていた。尾ヶ瀬に至っては、大学や企業等で〈危機管理について〉の講演会まで頻繁に行なっている。開いた口がふさがらないとはこのことだ。

そんな連中を理事に押し戴いて開催されるオリンピックだ。到底まともなものとは思えないが、虚飾と不誠実にまみれた平成の、次なる時代の幕開けを飾ると考えれば、案外相応の腐れ具合と言えるかもしれない。

日頃の気晴らしにそんな毒を吐き合って青野と別れた。

暮れなずむ街に消えるかつての部下の背中は、心なしか昔より幾分曲がって、ずいぶんと小さく見えた。

とうとう言えなかったな――

青野の後ろ姿が完全に見えなくなってから、己の弱さを責めつつ踵を返す。

昔使っていた〈情報卸業者〉から〈閉店サービス〉として三日前に聞いた話だ。退職後、大手保険会社の役員に天下った和泉は、半年前病気療養のため辞任した。病名は知らない。それが闘病の甲斐なく、二週間前に亡くなった。病を得てから警察関係者とは一切の連絡を断っていたらしいので、知っている者はほとんどいないという。

そのことを青野に告げようと思っていたのだが、できなかった。寂しげな翳りをまとった青野の顔を眺めていると、どうしても言えなくなってしまったのだ。

意気盛んだった頃の二人を思い浮かべ、砂田は一層俯いた。

互いに競い合い、高め合う、信頼に結ばれた二人。ともに前途洋々の若者だった。和泉と青野だけではない。盛岡も、そして伴も。みんな優秀で、自分には過ぎた部下達だった。

奴らも俺も、警察なんかに入ったばっかりに――

六月十二日、シンガポールでトランプ大統領と金正恩《キムジョンウン》が史上初の米朝首脳会談を行なった。その様子をテレビで観ながら、砂田は北朝鮮に関するさまざまな出来事を振り返らずにはいられなかった。

平成二十三年に金正日《キムジョンイル》が死去したとき、後継者として世界の表舞台に浮上したのが『金正恩』であった。

退職した身ではあっても、それでも警察関係者の声はさまざまな経路から砂田の耳にも入ってくる。

曰く、「なんだよ、ジョンウンて正雲じゃなくて正恩と書くのかよ」。

そうなのだ。北朝鮮の情報が徹底的に遮断されていたため、当時は金正恩の存在は把握されていても、漢字表記は『正雲』とされていた。それゆえ警察や外務省をはじめとする公的機関も、民間の軍事アナリストも、みな『金正雲』だと思い込んでいたのだ。

後継者問題を巡る金《キム》一族の複雑怪奇な関係については公安でも情報の収集に余念がなかった。それでも重大な遺漏があった反面、金正恩なる若い男の性格は極めて冷酷且つ狷介であることが判明していた。

昨年二月、金正男《キムジョンナム》がマレーシアのクアラルンプール国際空港でVXガスにより暗殺された。

その第一報に接したとき、砂田の頭をよぎったのは「やはり……」という感慨であった。

例の〈ディズニーランド〉の一件があるだけに、砂田も意識して情報を集めた。

実行犯である女性二人は現地調達の素人だが、中心となったのは朝鮮人民軍偵察総局19課。国家保衛省も支援したと見られている。命令者はもちろん最高指導者の正恩だ。十七年前の密告が彼の母である高英姫《コヨンヒ》によるものであったとするならば、その凄まじい執念が長い時を経てこういう結果をもたらしたということになる。

だが、何より砂田の目を惹いたのは、金正男が直前まで一緒に暮らしていたという愛人の名前であった。

金正男《キムジョンナム》不法入国事件のとき、和泉の漏らした言葉が鮮明に甦る。

――私はむしろ、この女に注目しています――夫人と息子の世話係だと言っていますが、監視役も兼ねているのでしょう。

和泉の意見は砂田と一致するものだった。

女の名は、徐英羅《ソヨンラ》。

金正男一家とともに不法入国した機関員である。高麗航空のキャビン・アテンダントを経て朝鮮労働党第126連絡所の職員となる。この『126連絡所』とは、対韓国工作部署の別名として知られている。

その後、正男と愛人関係になっていたが、暗殺の直前に姿を消している。なんらかの形で暗殺計画に関与していたと見るのがインテリジェンスの常識だ。

やはり帰すべきではなかったのだ――

あのとき金正男を拘束していれば、北朝鮮の歴史も、正男自身の人生も、もっと違うものになっていたはずだ。そして日本人拉致被害者達の運命も。

平成三十年の現在、北朝鮮で数多く存命していると見られる残りの拉致被害者は、未だ一人も帰還していない。

3

七月六日、麻原彰晃以下、早川紀代秀、井上嘉浩、新実智光ら七人のオウム真理教幹部の死刑が執行された。七人同時の執行はまさに特例と言うほかない。

オウムによる一連の犯罪はまぎれもなく平成初期を代表する重大事件であるが、彼らの死を以《もっ》て平成が締めくくられるのかと思うといよいよ暗澹たる気分になる。

改めて想う——平成とはなんだったのか。

砂田にとって、厳密な答えはもはや必要ではなかった。そんなものは後世の歴史学者がどうとでもしてくれればいい。

自分が体感する答えはただ一つ——平成などなかったということだ。

高度経済成長が永遠に続くわけもない。だが一瞬のバブルよりは充実していた。たとえ時流に乗れなかった身であっても。

経済的には『失われた十年』とよく言われた。あるいは『失われた二十年』か。そんな言葉を耳にするたび問い質したくなった。ならば今はもう失われていないのかと。

冗談ではない。今もずっと失われたままだ。自分達はないはずの時間の中を、あると言い聞かされるままにさまよい歩いているだけなのだ。それが平成という名の幻だ。

折から、西日本では未曾有の豪雨が降り続いているさなかであった。平成三十年七月豪雨である。気象庁では五日午後二時に異例の警告を発していたにもかかわらず、政府が非常災害対策本部を設置したのはそれから六十六時間後のことだった。その時点で、取り返しのつかない時間が空費されている。

報道される被災地の悲惨さにいたたまれず、砂田は衝動的に炎天下の街へ出た。目的地もなく電車に乗り、やみくもに乗り換えを繰り返し、ターミナル駅で降りる。

自分は一体何をやっているのだ?

その自問は、頭の中で勝手にこう変換される——「自分は一体何をやってきたのか」と。

ずっと読み耽っていた本のせいだろうか。あの懐かしいだみ声が聞こえてくる。

——いい政治というのは、国民生活の片隅にあるものだ。目立たず慎ましく、国民の後ろに控えている。吹きすぎていく風。政治はそれでよい。

もちろん実際に聞いたものではない。角栄の名言集か何かに含まれていたものだろう。しかし今の砂田には、目の前に角栄が立っていて、直接言い聞かせてくれているように思えた。場所はもちろん目白台の門前だ。着任したばかりの砂田巡査は、直立不動の姿勢でそれを聞く。

その言葉は、何から何まで今の政治と正反対だった。

角栄は巨額の金を受け取り、動かしたかもしれない。だがそれは、自分と自分の周辺にいる者達のためにではない。国民のための金だったのだ。

なのに日本人は——あんなにも角栄を——

「お爺さん、どうかしましたか」

気がつくと、目の前に制服警官が立っていた。若い頃の矢島に似た精悍な面差しだった。

我に返って立ち止まる。いつの間にか泣いていたようだ。溢れ出た涙でシャツの襟元まで濡れていた。

「え……いや、なんでもありません」

慌ててハンカチを取り出し、涙を拭う。

「年をとるとね、目も言うことを聞かなくなるようで」

「そうですか。暑いですから、熱中症には気をつけて下さいよ」

「ありがとうございます」

「いえ、では」

礼を言うと、若い警官は会釈して立ち去った。

ふう、と息を吐いて再び歩き出す。

熱中症か。自分の若い頃はなかった言葉だ。実はあったのかもしれないが、少なくとも自分が耳にしたことはなかった。

ひたすらに歩き続けていると、大きな書店が見えてきた。いつか入ったことのある店だ。迷わず入店し、角栄コーナーに直行する。

だが、なかった。

あれほど並んでいた角栄関連の本が、いくら探しても見つからない。

もうブームが過ぎたのか――

いつもそうだ。いなくなってから懐かしみ、そして忘れる。同じ過ちを繰り返す。店頭から消えた角栄コーナーは、昭和の名残がついに消滅する、その象徴であるかのように思われた。

七月の連休は記録的な猛暑であった。できればアパートでじっとしていたかったが、外せない所用があって横浜まで出かけた。帰途、思い立って横浜駅とつながっているジョイナスの地下一階にあるクイーンズ伊勢丹横浜店に寄ってみた。夕食を作るのが面倒だったので、弁当でも買って帰ろうと思ったのだ。近所の飯屋はもう飽きた。コンビニ弁当はなおさらだ。ここならば、何か珍しいものがあるかもしれない。

色とりどりの高級食材が並んだ棚を見て回る。値段は高めだが、さすがに品揃えが豊富だった。

ぶらぶらと歩いていた砂田は、前方の人影に気づいて足を止めた。

輸入食品の棚の前。キャビアの瓶詰を手に取って、ためつすがめつしている老婆がいる。外国人で、身なりはお世辞にも上等とは言えない。スーパーの衣料品コーナーで売られているような安物のワンピースだ。押しているカートには、タイムセールの赤いシールが貼られた食品ばかりが入っている。

息が止まった。

クラーラ――

髪は黄金の輝きをすっかり失い、錆びた銅線のように垂れ下がっている。一度太ってから萎《しな》びた肌は、老いの惨《むご》さを露わにしていた。白内障の兆候を示す濁った双眸も、その下の隈も、顎の下の弛みも、何もかもが別人のような変貌ぶりだった。かつては誰もが振り返る美貌であったのに、今は誰も振り返らない。それどころか、みな視線を逸らして避けるように通り過ぎる。

しかし、分かる。自分には。自分の目には。

日本に住んでいたのか――

彼女の資料は今でも外事のファイルにあるはずだ。ＦＳＢの機関員であったことは判明している。しかし逮捕できる容疑はない。証拠のある事案に関してはすべて時効となっている。

さりげなく周囲を見回す。監視はない。外事も放置しているということか。

チェーカーは死ぬまでチェーカーだ。しかし彼女は豊洲での別れ際に「事務職に異動させられる」と言っていた。現在の外見からしても現役ではあり得ない。それどころか、本国から支援を受けているとも思えない。やはり外事も問題なしと見ているのだろう。

値段のシールをしげしげと見てから、クラーラは首を振ってキャビアの瓶を棚に戻した。高価すぎてあきらめたようだ。

カートを押して移動しようとしたクラーラが、こちらに気づいて目を見開く。

店内からすべての音が消えた。

代わりに聴こえてきたのは、繊細で、華麗で、歓喜に満ちたクラシックだった。

曲名までは分からない。しかし聴いていると、異なる旋律を挟みながら、同じ旋律を何度も繰り返していることが分かる。

クラーラが、一歩踏み出す。

こちらも、一歩。

クラーラが、また一歩。

そして、こちらも。

ついに、互いの顔が間近に寄った。

クラーラの目が、わずかに輝きを取り戻す。

――会えるとは思わなかった、あなたに、砂田。

――日本にいたのか。

――ええ。

もちろん言葉には出していない。出さずとも分かる。互いの瞳を見ているだけで。

――よく分かったわね。私、こんなに変わったのに。

――分かるよ。第一、変わったと言ってもほんの少しだ。

――嘘。

――嘘じゃない。君は今も美しい。

――相変わらずお世辞が下手ね。

――出世できなかったのはそのせいかな。

――そうかもね。でも、私はあなたのそういうところが好きだった。

――分かってた。だが俺は、それに応えることができなかった。

――しょうがないわ。だって、あなたと私はずっと敵同士だったもの。

――本当にそうだったんだろうか。俺達は二人とも、敵とすべき相手を間違えていただけじゃないのか。

――考えても無駄よ、そんなこと。あなたは日本の外事で、私はＫＧＢ。選択肢なんてあるはずない。お互い全力で戦った。それが私達の人生だった。楽しかったわ、正直に言うとね。

――そう思えるところが、君の魅力なのかもな。

――今のは、お上手。

思い切って、おずおずと。

クラーラに手を差し伸べる。

微笑んだクラーラが、チャーミングに一礼してその手を取った。

音楽が高まる。

砂田はクラーラと踊り出した。鮮やかな円を描くように回りながら。

クラシックで踊ったことなど一度もないし、そもそも踊り方などまるで知らない。

しかし踊った。クラーラと。一つになって。

周囲を行き交っていた買い物客達も、全員が互いに手を取って踊り始める。

クイーンズ伊勢丹の食品売場が、今は壮麗な王宮のダンスホールへと変わっている。

踊るにつれ、回るにつれ、クラーラの光が増していく。目にも眩《まばゆ》い黄金色だ。肌からは黒ずんだくすみが消え、背筋もいつの間にか伸びている。手足は小鳥のようにしなやかになった。何よりも青い瞳の澄んだ深さだ。

淡いオレンジ色のワンピース。東陽三丁目の倉庫で初めて会ったときに着ていた服だ。それがすぐに、水色のカーディガンに変わった。

——千疋屋で着ていた服だね。

——覚えていてくれたのね。

——忘れられるものか。九月だった。日本橋まで二人で歩いた。

——素敵だったわ、あのときは。

——でも君は俺を騙していた。

——それがゲームよ。引っ掛かったときのあなたの顔と言ったら。

——こんな間抜け面だったかい。

——そうよ、その顔。あのときのままだわ。

着古したYシャツだけだった自分の恰好も、気がつけば真新しいスーツ姿に変わっている。ただしデザインは古い。七〇年代のものだからだ。クラーラの手を握る自分の手指からも、皺や染みがきれいに消えている。

――若かったな、あの頃は。

――あら、今でも若いじゃない。知ってた？　あなたって、とってもかっこいいのよ。エキゾチックで、スマートで、優しそうで。

――ロシア人にはそう見えるだけだろう。

――そうかしら。男らしくて、私は好きよ。

――でもこれは、現実じゃない。

――いいじゃない。みんな楽しそうよ。

彼女の言う通りだった。主婦も、サラリーマンも、学生も、みんな優雅に踊っている。

――これでいいの、人生は。だって一度きりだから、泣いても悔やんでもしょうがない。やるだけやったのなら、後はすべてを受け入れるだけ。

こうして時代が回っていくのか。皆が夢中で踊る輪舞のように。

何度も出会い、そのつど踊り、また別れる。

クラーラと何度出会ったことだろう。

ロッキード、東芝、ソ連崩壊、長官狙撃。

それらの出来事を縫うように、クラーラはくるくると踊り続ける。伸びやかに、しなやかに。

全身で人生の喜びを表現しながら。

踊っている客達の中に、逢沢や伴の姿も見えたように思ったが、気のせいか。

あそこで身を寄せ合っているのは、塩崎と秘書の結野か。しかし自分は、結野と面識などなかったはずだ。

馬越は誰と踊っているのだろう。確か夫人と娘さんがいた。フード付きのコートで顔を隠しているのはヨーシフか。こんなところで無粋な奴だ。久しぶりだなあ、盛岡。おまえの消息だけは俺も知らないというのに、そっちから顔を見せてくれたのか。

——ねえ、あたしだけを見て。

——見てるさ。

——また嘘が下手になったわね。

少女だったクラーラが、魅惑的な大人の女性へと変わった。それから豊満な女性へと。

——そうだ、君はいつだって美しかった。最初に会ったときから、俺はずっと君に惹かれていた。

今だから言える。だが、もっと早くに言うべきだった。

——ありがとう、会えてよかった。

——え？

オフホワイトのブラウスチュニック。豊洲のマンションを単身訪ねてきたときの服装だ。

——もう行かなくちゃ。これ以上踊っていると、お互いに傷つくだけ。私達は同じ時代を生きた。もう充分。最後にこうして会えたのは、きっと神様の贈り物ね。

——神様の贈り物とは、腕利きのスパイらしくもない言葉だね。いや、お得意の謎かけかな。

あれは君ならではのテクニックだった。

——最高の褒め言葉だわ。ありがとう、砂田。

演奏が終わった。優美な音楽は消え薄れて味気ない店内放送が流れ出し、踊っていたはずの客達は思い思いの方向へと散っていく。

無言でこちらを見つめていた老婆は、何も言わずに視線を逸らした。無表情のままカートを押して砂田の脇を抜け、レジの方へと去っていった。

砂田もまた、最初から最後まで声をかけたりはしなかった。

老婆とすれ違うように、反対方向へと痛む足を動かして歩き出す。

ふと立ち止まり、振り返る。

陳列棚の合間を進んでいたクラーラの後ろ姿が、人混みにまぎれて見えなくなった。

同時に、昭和と平成の幕が下りる。

幻影であるとは分かっていても、砂田にははっきりとそう見えた。

本作の執筆に当たり、元警察庁警部の坂本勝氏、
東京大学先端科学技術研究センター特任助教の小泉悠氏、
月刊『軍事研究』(ジャパン・ミリタリー・レビュー)編集部の
大久保義信氏より多くの助言を頂きました。
ここに深く感謝の意を表します。

[主要参考文献]

『秘密解除　ロッキード事件　――田中角栄はなぜアメリカに嫌われたのか』
奥山俊宏著　岩波書店
『冤罪　田中角栄とロッキード事件の真相』石井一著　産経新聞出版
『田中角栄』早野透著　中公新書
『カラー版　素顔の田中角栄　密着！　最後の1000日間』山本皓一著　宝島社新書
『田中角栄　100の言葉』別冊宝島編集部編　宝島社
『モスクワよ、さらば　――ココム違反事件の背景』熊谷独著　文藝春秋
『スクリュー音が消えた　――東芝事件と米情報工作の真相』春名幹男著　新潮社
『沈黙のファイル　――「瀬島龍三」とは何だったのか――』
共同通信社社会部編　新潮文庫
『私を通りすぎたスパイたち』佐々淳行著　文藝春秋
『日本を愛したスパイ』コンスタンチン・プレオブラジェンスキー著　名越陽子訳　時事通信社
『日本の公安警察』青木理著　講談社現代新書
『実録・警視庁公安警部　――外事スパイハンターの30年――』泉修三著　新潮文庫
『警察・ヤクザ・公安・スパイ　日本で一番危ない話』北芝健著　さくら舎
『オウム組織犯罪の謎』東京新聞社会部編　東京新聞出版局
『警察が狙撃された日　――国松長官狙撃事件の闇』谷川葉著　講談社+α文庫
『完全秘匿　警察庁長官狙撃事件』竹内明著　講談社+α文庫
『警察庁長官を撃った男』鹿島圭介著　新潮文庫
『宿命　警察庁長官狙撃事件　捜査第一課元刑事の23年』原雄一著　講談社
『日本が拉致問題を解決できない本当の理由』荒木和博著　草思社
『ロシア語名言・名句・ことわざ辞典』八島雅彦編著　東洋書店

読者の胸を揺さぶる小説とは何かを月村了衛は知っている

杉江松恋《すぎえまつこい》（書評家）

まさに人こそが小説の幹なのである。

物語に出てくるものはすべて虚構だ。だが、そこには人の心が描かれている。ゆえに絵空事であるにもかかわらず、ページをめくる者の気持ちをざわめかせる。読み手によっては、登場人物に自身を重ね合わせてしまうことさえある。すべては現実の似姿として作り出された空中楼閣に過ぎないが、そこには人の影があり、息吹を感じる。

『東京輪舞』を読み終え、改めて小説という表現形式の奥深さに思いを馳《は》せた。本作は月村了衛が「週刊ポスト」二〇一七年二十一号から二〇一八年三十号に連載した長篇である。単行本の奥付は二〇一八年十月三十日初版第一刷発行となっている。今回が初の文庫化だ。

これは、警察一筋に生きた砂田《すなだ》修作《しゆうさく》という男を主人公とする作品である。昇進試験を受けて巡査部長になったとき、彼が配属された部署は警視庁公安部の外事一課だった。警察小説の流行により、その制度についても一般に知られるようになっている。念のために書いておくと、警察組織は一般犯罪を取り締まる刑事部と、治安維持を行う警備部に二分される。後者に属する公安部外事一課はスパイ案件も視野に含めた国際案件を担当するのである。砂田がそこに配属された一九七六年に世間を騒がせたのが、旅客機発注を巡って起きた大規模な汚職事件だ。いわゆる「ロッキード事件」であり、時の内閣総理大臣であった田中角栄が受託収賄罪他の容疑で逮捕されるという衝撃的な事態が出来《しゆつたい》した。新米の公安警察官である砂田は、渦中のロッキード社の元社員だという男性の現況調査と身柄確保を命じられる。それが第一章「１９７６　ロッキードの機影」の発端だ。

砂田が警察になったのは世界が二極に分かれていた冷戦の時代である。アメリカ陣営に属する日本は、当然ながらソヴィエト連邦を中心とした共産圏を仮想敵としていた。第二章「１９８６　東芝ＣＯＣＯＭ違反」で言及されるのは、共産主義諸国への軍事技術や戦略物資の輸出を禁じた協定を私企業が破っていたことが発覚した事件である。しかし、永遠に続くかと思われていた東西対立の構造は、ソヴィエト連邦の相対的な弱体化から崩れていく。第三章「１９９１　崩壊前夜」は、日本国内にいる砂田にもわかる形でその動乱が伝わってくるという内容である。同国の瓦解によって冷戦体制は無化されるが、明確な対立構造がなくなった代わりに、別の形で秩序紊乱《びんらん》を目論む者たちが現れる。第四章「１９９４　オウムという名の敵」以降は、そうした暗黒の事態が描かれていく。

このように各章で、実際に起きた出来事についての言及が行われる。砂田は一人の警察官の立場から、あるときは担当者として深く関わり、またあるときは部外者として遠くから眺めるという形で、それらに関わっていくのである。いや、どの場合でも本質的に砂田は傍観者だと言っていい。事態を見守ることしかできない男が主人公なのだ。

これは砂田が公安の警察官だからでもある。刑事部の警察官は犯人を逮捕し、事件を解決する。だが警備部に求められることは違う。彼らの任務はあくまで治安維持、つまり国家という体制が揺るがないようにすることなのだ。極論すれば、現状を保てるのであれば、事件解決は必要がないとさえ言える。砂田が傍観者となるのは、職業上の必然なのである。

ここに『東京輪舞』という物語の妙味がある。いくつもの事件、事態を間近で見聞きしながら、本質的には何も手を出すことが許されていない男。それが砂田だ。この構図は、歴史と個人、あるいは社会と個人という関係の縮図でもある。人間が精一杯に努力をしても、触れられるのは腕の届く範囲にすぎない。拠《よ》って立つ大地を自分の力で動かせる者はおらず、大いなるものの変化には従うしかない。そうした個人の卑小さを砂田の立場として表現しつつ、一方で彼が胸に抱く激しい思いを作者は描いていく。警察官としての理想が彼にはあり、自分なりの正義を貫こうとするのだ。明確な職分が存在して行動は制限されるが、縛られれば縛られるほど読者は彼の中に渦巻く熱情を知りたくなる。砂田は決して賢い人間ではなく、私生活の失敗や職業上の挫折も体験する。愚かさから逃れられない、まさしく一個の人間であることを作者は強調し、そんな人間の内奥に掘り下げるに値する精神が存在することを印象づけていくのである。それゆえ、事態の傍観者に過ぎない人物に読者はたまらなく惹《ひ》きつけられていく。

砂田はスーパーヒーローではなく、逆に無力な個人であることによって主人公たりえている男だ。そうした特性を際立たせるために、作者は入念に人間関係を作り上げている。彼にとって大きな意味を持つのが、クラーラ・エラストヴナ・ルシーノワという女性だ。彼女はKGB（ソ連国家保安委員会）機関員であり、砂田を利用しようと幾度も接触を図ってくる。危険と知りつつも、なぜか関わってしまう。クラーラと出会ったことで砂田の警察官人生は大きく歪《ゆが》んでいくのである。彼女はファム・ファタール、つまり男の運命を狂わせる女だ。単なる魔性の持ち主ではなく、ソ連という国の底知れない闇、複雑に入り組んだ利害関係といったものを背負った登場人物として描かれる点にご注意されたい。

もう一人重要なのは、阿久津武彦《あくつたけひこ》という警察官だ。阿久津は砂田とは違いキャリア、すなわち国家試験に合格した警察官僚である。警察組織の動向全体を見る役割であるキャリアと、実働部隊として働くノンキャリアは、見ているものも進む方向もまったく異なる。この阿久津を配置することで、砂田の立場が強調されることになるのだ。第一章では、巡査時代の砂田が時の総理大臣であった田中角栄に言葉を掛けられて感激する場面が出てくる。ロッキード事件で失脚する前の田中は庶民宰相として人気があり、彼の唱えた日本列島改造論は右肩上がりの成長を保証するような、高度成長期の日本人が見た夢そのものだった。それを信じた砂田は昭和という時代の幻影を見たのだと言ってもいい。阿久津という怜悧《れいり》な官僚と彼が体現するものは、砂田の甘い夢を破ることになるだろう。

月村了衛の小説家デビュー作は、二〇一〇年発表の『機龍警察』（現・ハヤカワ文庫JA）だ。この物語の中では市街地での近接戦闘を目的とした有人操縦型の兵器が普及しており、配備された部署があるという設定だ。同作はシリーズ化され、第二作『機龍警察　自爆条項』（二〇一一年。同）が第三十三回日本SF大賞、第三作『機龍

警察 暗黒市場』(二〇一二年。同)が第三十四回吉川英治文学新人賞をそれぞれ受賞している。設定が魅力的であるだけに読み手としては戦闘場面につい目を惹かれてしまうが、作者の狙いは兵器を描くこと自体にはない。特殊な技術が存在すれば、情報を巡る争いがさまざまな位相で発生する。作者が目指したのはそうした群像劇なのであり、非情な諜報戦のありようを描いた英国型スパイ小説が念頭にあったモデルなのではないかと思われる。

月村は欧米のスパイ・冒険小説を吸収して育った世代の作家である。二〇一四年に発表した『土漠の花』(現・幻冬舎文庫)で第六十八回日本推理作家協会賞長編及び連作短篇集部門を受賞している。国際連合平和維持活動(PKO)でソマリアに派遣された自衛隊が現地で戦闘に巻き込まれてしまうという内容で、絶体絶命の危機をかいくぐって主人公が生還を果たすという冒険小説の基本形に徹した長篇だった。法律によって交戦を禁止されている自衛隊員が、闘わなければ自らは死ぬという二律背反の状態に追い込まれる点が同作の肝である。活劇という「動き」を見せることを主目的とした小説においても、登場人物は単なる駒でいいわけではなく、人間らしい内面を備えている必要がある。そのことに月村は作家生活の初期段階から自覚的であった。

もちろん活劇そのもの、登場人物を止まらずに動かし続けることに長《た》けた作家であることは、第十七回大藪春彦賞を授与された『コルトM1851残月』(二〇一三年。

現・文春文庫）などの作品を見れば明白だ。そうした冒険小説を書きながら月村は、どのようにして次の段階に行くかを考えていたのではないかと思われる。主人公の動きで見せるだけではなく、大きな状況の中に投げ込まれた人間がどのように翻弄され、流れに抗《あらが》っていくか。社会と個人の関係を描いた小説に挑戦するというのがその答えであった。『東京輪舞』を書くことによって、月村は作家として新たな境地へ踏み出したのである。

『東京輪舞』のあとに月村は、同趣向の長篇を続けざまに放っている。二〇一九年の『悪の五輪』（講談社）は、アンソロジー『激動／東京五輪　１９６４』（二〇一五年。講談社）に掲載された「連環」を原型とする長篇で、東京五輪の記録映画制作を巡る暗闘の物語である。その次の『欺す衆生』（二〇一九年。新潮社）は、戦後犯罪史に残る豊田商事事件に材を取った作品だ。ペーパー商法で多くの犠牲者を出した豊田商事は、暴漢によって会長が刺殺されるという衝撃的な事件によって解散に追い込まれる。その残党は四方に散らばり、同社で培ったノウハウを活かして新たな詐欺事件を生み出したのである。『欺す衆生』はそうした残党たちの物語であり、第十回山田風太郎賞を授与されるなど高い評価を集めた。

事実や事件に因《ちな》んだ作品が続いてはいるが、ここまで書いてきたように題材に寄り添うことが作者の目的ではない。物語の構造を見るとそのことはわかりやすく、これらの長篇で月村は、古典的なプロットを採用してむしろ筋書きを単純化しようとしている。たとえば『欺す衆生』で採用されているのは、悪魔に魂を売った人間が破滅に向かって進んでいくというファウスト伝説のプロットだ。どんでん返しなど、入り組んだ話の運びで読者を驚かすことよりも、単純だが剛直で、その中で登場人物たちが動き回ることに適した物語を月村は選んでいる。砂田のような主人公を活かすためには、広く弾力性のある舞台が必要となったのである。これは第二期月村了衛の特徴である。

『東京輪舞』から『欺す衆生』、さらに二〇二〇年の『白日』（ＫＡＤＯＫＡＷＡ）と見ていくと、もう一つの変化が起きていることがわかる。社会の中に孤独に立つ個人を描くという基本の構えは同じだが、主人公が一人ではなく、家族を持つ存在に設定されているのである。『欺す衆生』の主人公・隠岐《おき》が犯罪だと承知しつつも詐欺を続けたのは、養うべき家族がいたからであった。守るべき家族がいる人間が、他人を食い物にし続けるという皮肉な構図が同作の肝である。個としての人間は、一人ではあるが家族という最小の社会集団の一員でもある。その点に月村は着目したのだろう。『白日』では、主人公が職業人として直面しなければならない事態と、家族として解決すべき課題とが同等の重みで描かれる。人の心を掘り下げていくという作家の試みは、そうした物語へと到達したのである。

月村は挑戦を続ける作家であり、作品の形もこの先どんどん変わっていくはずだ。重要なのはデビュー作の『機龍警察』から転換点となる『東京輪舞』、そして最新作と外観はまったく異なるが、すべての作品に同じ志が貫かれている点である。小説は人間の読むものだから、その人間の心を動かすものでなければならない。作家は貪欲に作品のありようを追究し続けるだろう。追いかけて読み、月村の向かおうとするところを知らねばならない。どこへでも行け、月村了衛。その理想とする境地へと。

俺はエージェント

大沢在昌

23年ぶりに極秘ミッションが発動！　フリーター青年の村井は元凄腕エージェントの白川老人と行動を共にするはめに。次々に襲いかかる敵エージェントの罠。誰が味方で誰が敵なのか!?　年齢差四十歳以上の〝迷コンビ〟が、逃げて、逃げて、巨悪を追いつめるサスペンス巨編。

―――本書のプロフィール―――

本書は、二〇一八年十月に小学館から刊行された単行本を文庫化したものです。

※この作品はフィクションです。

小学館文庫

東京輪舞《とうきょうロンド》

著者　月村了衛《つきむらりょうえ》

二〇二一年四月十一日　初版第一刷発行

発行人　鈴木崇司
発行所　株式会社 小学館
〒一〇一-八〇〇一
東京都千代田区一ツ橋二-三-一
電話　編集〇三-三二三〇-五九六一
　　　販売〇三-五二八一-三五五五
印刷所――――凸版印刷株式会社

この文庫の詳しい内容はインターネットで24時間ご覧になれます。
小学館公式ホームページ　https://www.shogakukan.co.jp

ISBN978-4-09-407010-1